秋雨散文五十篇

余 秋 雨　著

作家出版社

余秋雨

中国当代具有海内外影响力的文学家、美学家、史学家、探险家。

一九四六年八月生，浙江人。早在"文革"灾难时期，针对以"样板戏"为旗号的文化极端主义，勇敢地潜入外文书库建立了《世界戏剧学》的宏大构架。灾难方过，及时出版，至今三十余年仍是这一领域的权威教材。

二十世纪八十年代中期，因三度全院民意测验皆位列第一，被推举为上海戏剧学院院长。后出任上海市中文专业教授评审组组长，兼艺术专业教授评审组组长。曾任复旦大学美学博士答辩委员会主席、南京大学戏剧博士答辩委员会主席。获"国家级突出贡献专家"、"上海十大高教精英"、"中国最值得尊敬的文化人物"等荣誉称号。

在担任高校领导职务六年之后，连续二十三次的辞职终于成功，开始孤身一人寻访中华文明被埋没的重要遗址，探索中国人的文化基因。所写作品，一发表就受到世界上不同政治立场的华人的共同欢迎。曾经写过《丑陋的中国人》一书的柏杨先生称赞他"重新定义了中国人"。李光耀先生说："二十世纪后期，海外华人重新对中华文化产生感动，主要是由于余秋雨先生的书。"

二十世纪末，冒着生命危险贴地穿越数万公里考察了巴比伦文明、克里特文明、希伯来文明、阿拉伯文明、印度文明、波斯文明等一系列重要的文化遗址。他是迄今全球唯一完成此举的人文学者，一路上以《千年一叹》、《行者无疆》的逐日连播，对人类各大文明做出了对比思考和当代提醒，在海内外引起广泛关注，被国际媒体选为"跨世纪十大国际人物"之一。

他所创建的"文化大散文"、"记忆文学"以及"象征诗学"的剧作、小说示范作品，长期位居全球华文书排行榜前列。在台湾，他囊括了白金作家奖、桂冠文学家奖、读书人最佳书奖等多个文学大奖。在大陆，获鲁迅文学奖、全国优秀教材一等奖、上海文学艺术大奖。多年来有不少报刊频频向全国不同年龄的读者调查"谁是你最喜爱的当代写作人"，他每一次都名列前茅。二〇一八年他在网上开播中国文化史博士课程，尽管内容浩大深厚，收听人次却超过了九千万。

几十年来，他自外于一切社会团体和各种会议，不理会境内外贬华势力的种种谣言讹诈，集中全部精力，以独立知识分子的身份完成了对中华文化一系列基础工程的完整研究，相关著作多达五十余部，其中包括《中国文脉》、《老子通释》、《周易简释》、《君子之道》、《佛典今释》等艰深的基础工程。联合国教科文组织、北京大学等机构一再为他颁奖，表彰他"把深入研究、亲临考察、有效传播三方面合于一体"，是"文采、学问、哲思、演讲皆臻高位的当代巨匠"。

自二十一世纪初开始，赴美国国会图书馆、联合国总部、哈佛大学、耶鲁大学、哥伦比亚大学等处演讲中国文化的长寿原因和非侵略本性，反响巨大。二〇〇八年，上海市教育委员会颁授成立"余秋雨大师工作室"；二〇一二年，中国艺术研究院设立"秋雨书院"。

二〇一八年五月，具有国际影响的"天下文化事业群"赴上海颁授奖匾，铭文为"余秋雨——华文世界最具影响力的一支笔"。

现任上海图书馆理事长（陈羽）

编者的话

本书散文，均选自余秋雨先生的名著《文化苦旅》、《中国文脉》、《门孔》、《君子之道》、《暮天归思》。

散文对余先生而言，不仅仅是一种文体，而是社会上典雅人群的一种语言方式和人生态度。即使是大量文学之外的人，也能进入洒脱、自如、美好的"散文情态"。余先生对自己的笔墨又有特殊要求，那就是："诚恳直白的质朴叙事，叩问本真的天地诗情"。由此，在几十年间，写出了大量让人"一拿起就放不下"的传世佳作，轰动海内外。

其实他的很多学术著作，也都用散文笔调写成。他的那些最具高度、深度、难度的研究成果，本应衍化成抽象、艰涩、冷漠的文字，但在他手上，却奇迹般地出现了谈心式的细语、端庄中的体温，这一来，学术也就回到了人生初始时的亲和神情，重振了元典思维的生命活力。正由于此，他在高层学术领域，独具迥异于几代学人的特殊风采。

这五十篇散文，话题范围极为广泛，笔法篇幅也差别巨大，在目录编排上难以明晰分类。那就让它们散散落落、各有秉持地聚合在一起吧，相信读者逐一品味后一定会产生闳富而博大的美感。

需要特别提醒读者的是，本书有四个系列，展现了散文的极致性魅力——

一是全书前前后后有不少千字短文，以最小的篇幅阐述了最大的哲理；

二是从《都江堰》到《追询德国》等十余篇文章，呈示了一个资深探险家惊人的笔端之力；

三是从《黑色光亮》到《简说王阳明》等十来篇文章，渗透着一个文史大学者的文学魂魄，其中长达两万多字的《中国文脉概述》，更是宏观史学散文的隆重示范；

四是《门孔》、《幽幽长者》、《我和妻子》等文章，以个人切身经历写尽了时代人生的波谲云诡，并以此反衬出何谓人格。

——读了这些文章，如果有读者还想进入余先生的著作丛林，也就是由"五十篇"扩展到"五十部"，那么，就能充分领略足以俯仰天地的整体"散文情志"了。

编 者

二〇二三年秋

目录

附录:

我的生命支点

总有年轻人期期艾艾地问我："您的生命支点是什么？"

"支点"非常重要。阿基米德说过，给他一个合适的支点，他就能撬起地球。那么，生命支点也足以撬起整个人生，具有终极信仰的意义。

我的生命支点是：**大悟、大爱、大美**。

大悟就是摆脱一切名位羁绊和利益诱惑，把它们全都看成是空虚的假象，于是生命也就获得了真正的自由。那些假象，看起来堂皇风光，其实只会把自己推入一条轨道，按入一个模式，不再是独立的生命。而且，为了争夺，还会伤害其他生命。如能真正摆脱，便是大悟。

大悟之后，一派轻松：飘若云絮，重若昆仑；毫无权势，却得大雄。

悟，一字已可说清，为什么还要名之为"大悟"呢？因为这不是一般的看穿，而是把一系列世代的传统、朝野的共识、辉煌的话语、尊长的追求都看穿了，不留暗角，不留盲区，彻彻底底。

大悟好像具有整体的挑战性，其实并不，因为它把挑战也看穿了。所以，这种大悟常常表现为会心一笑，而不是不屑一顾。由于看穿的范围很大，很容易伤及上上下下很多人的心态和生态，因此常常看穿而不说穿，要说也只是点到为止，让人家自己慢慢去悟，即使不悟也不着急。

如果为了让别人悟而言辞滔滔，本身就没有悟。

再说大爱。

在"爱"之前加一个"大"，说明此爱不局限于一个人、一家人、一伙人、一国人，而是没有边界的。而且，也不是报答性的爱、感恩式的爱，而是无缘无故的爱、不求回应的爱。这种大爱，是人生在世，天然地对同类产生真诚的好意，并由此而良性传染。即便是最悲观的人，也会因为体验过这种大爱而不后悔活此一遭。

世人有言，爱是排他的，那显然是小爱，而且是小爱中的自私之爱、提防之爱。

投入大爱，是一种自我改造和自我提升。一个人不再是一个人，陌生的天地不再陌生，寂寞的街道突然变得有心，拥挤的人群突然变得有情，远方的荒山突然变得有灵。大爱，因改变自己而改变世界，以此作为生命的支点，正是最好的选择。

建立了这个支点，那么，世间一切散布仇恨、宣扬争斗、崇尚铁血、仰仗威势、夸张胜负、计较输赢、鼓荡民粹的观念和行为，就会看得一清二楚，并断然拒绝于自己的生命系统之外。大爱，是一种干净的信仰。

还要说大美。

美，不仅仅在于外貌、环境和艺术。美的概念非常宏大，蔡元培先生提出过"以美育代宗教"，正表明了一种信仰指向。

美能成为信仰吗？能。

中国近代以来，很多智者在进行国际比较后发现，中国缺少真正的宗教信仰，因此试图设定一种替代物。当时除了蔡元培的"以美育代宗教"外，还有陈独秀的"以科学代宗教"，梁漱溟的"以伦理代宗教"，冯友兰的"以哲学代宗教"，孙中山的"以主义代宗教"，沈从文、朱光潜的"以文学代宗教"，等等，可见各自都希望中国民众去信仰一种他们认为的"好东西"。但他们却未必明白，一说"宗教"，就必须达到终极关怀、灵魂重建、生命回归的高度。相比之下，蔡元培的提法比较靠谱，因此被学界记住了。

其实，与宗教信仰最靠近的，恰恰就是美和艺术。想想欧洲文艺复兴，也就是达·芬奇、米开朗琪罗、拉斐尔等艺术家让美与宗教相融，凭此开辟了人类的一个新时代。人们常常认为，他们让宗教更美了，其实，他们在提升宗教信仰的过程中又创造了一种信仰，那就是美的信仰。例如，我这个与欧洲宗教没有太大关联的人，为什么在面对贝多芬、莫扎特、巴塞罗那圣家族大教堂的时候，每次都神魄俱夺、长久沉迷，而且可以无数次反复？这就是投身了美的信仰。

历来总有人把美看成是工具性、手段性的存在。这一点，连中国的老祖宗也不同意。刘勰在《文心雕龙》的开篇就说，天玄地黄、日月垂丽、山川焕绮、虎豹威武、泉石激韵，大自然都在天天做美的文章，那又何况有心智的人呢？中国古人认为，大自然产生这些美，都是"天道"。既然是"天道"就要信仰，并在这种信仰中，投入"天人合一"的创造。

人创造美，其实也就是借由感觉系统，创造一个更高贵、更自由、更愉悦的内心世界。与理念系统、权位系统相比，人的感觉系统最敏感、最共通、最难欺，因此美的创造也就更入心、更普世、更无争。在这样的创造中，人的生命被肯定、被拔擢、被共鸣，能够更完满地实现终极关怀的全部效能。因此这美就大了，称之为"大美"。

我和妻子，不管承受着多大的伤害和喧闹，只要看到一角明代飞檐、半截北魏残碑、几排灿然银杏，就会浊气全消，欣喜莫名。这很不符合社会逻辑，只能让美的信仰来解释了。因为只有信仰，才有那么神秘的阻断之力、吸附之力、转移之力。

大悟、大爱、大美，三位一体，三足鼎立，作为支点非常稳当。三者之中，大悟是起点，大爱是光照，大美是终极。

看　淡

佛教的教义如果要用最少的字来概括，那就是"悟空"。

悟空，意为觉悟万物皆空。有了这个觉悟，就能海阔天空。

但是，在中国民间，大多不会把纯粹意义上的"空"作为目标。中国人喜欢佛教，就像喜欢其他外来文化一样，取的是一种中国特色的中庸状态，也就是中道。

例如，要让中国民众完全"看空"世间各种事物，他们心中一定会产生一系列障碍；如果降低几度，把"看空"说成是"看穿"、"看淡"、"看轻"，那就会有很多人点头了。

我虽然对佛教做过严谨的研究和阐释，但是为了对应中国民众的有效接受，也赞成中道。

相比之下，"看穿"比较彻底，"看淡"、"看轻"比较温和，我就选"看淡"吧。

《心经》说"五蕴皆空"；我在这里要说的是，"十色皆淡"。五和十都是虚数，背后藏着成千上万，也就是要觉悟者看空万象，看淡万象。

第一色，觉悟者应该看淡利益。

任何人对任何利益，都不可能永久拥有。即便在拥有之时，这种拥有也包含着诸多假象。但是，人们已经习惯于在假象中生活，因为种种假象组成了一条条完整的生态链，给众人带来了精神安慰和实际方便。为了不伤害众人，可以不彻底揭穿，却一定要劝导他们：看淡，看淡，再看淡。

在正常情况下，一个人必要的生活利益不难取得。如果把利益看得太重，他就会忧虑重重，心肠渐硬，逐渐变成一个物质性、竞争性、利己性的存在。即便攫取再多，也是一种豪华而又负面的生命形态。

第二色，觉悟者应该看淡名号。

即使不是觉悟者，只是脑子比较明白的人，也都知道看重名号是多么愚笨。世上大大小小的名号，都是出于颁发者临时性、偶然性的需要而设计的。可惜，历来一切为名号兴奋或苦恼的人，都在争抢那个本不具有实际意义的设计，实在是太可怜了。至于那些排位式名号，更是一种分割性、排斥性的游戏。一旦抢得，表面上招来掌声，暗地里招来嫉恨，明白人都会尽量躲避。

第三色，觉悟者应该看淡成功。

成功，是世俗社会最广泛的追求。但在词语学上，这两个字不具有稳定的含义；在古今中外的高层思维中，更不具有任何地位。在《老子》《周易》中，"成功"与"失败"紧紧拥抱，不仅随时转化，而且互渗互溶。很多人常常会为"成功"订立一些目标，但在相对的序列中，这些目标也可能是失败的记号。这就像揪住了悬崖半坡上的一束草，从山脚下看是高，从悬崖上看是低，都朝夕难保。

现在很多人不屑讲"成功"了，而更喜欢讲"力量"。这种说法虽然离开了琐碎的目标而稍稍超脱，却还是离不开显摆式的比较。这种显摆甚至会提升为群体性仪式，不仅大量消耗自己，而且容易引起他人警惕，带来一系列外部压力。

天下真正伟大的力量都处于寻常状态，昼夜运行而千载不息。相反，一切爆发之力总会使各方失去自然平衡，即便一时"超重"，也会迟早"失重"。因此，人们还是应该遵从《老子》《周易》的教诲。避开太耀眼的光，才能好生滋养。"韬光养晦"，是悟后之言。

第四色，觉悟者应该看淡欲望。

欲望的含义比较负面，其实在觉悟者看来，志向、希望、初愿、期盼，属于同一个范畴。

按照王阳明"知行合一"的哲理，天下一切所谓"知"，如果尚未投入行动、完成行动，其实就是"未知"。人们怎么可以把"未知"之志当作长久志向？少年时的好奇，初中时的暗恋，毕业时的大话，都不应该成为左右今后人生的羁绊。早期的计划再好，也应该不断变通。就连文化立场相当保守的《文心雕龙》也说："变则可久，通则不乏。趋时必果，乘机无怯。"显然，不赞成固执的志向和欲望。

第五色，觉悟者应该看淡情绪。

激烈的情绪都是一时的，如山林野火，烈烈扬扬，光焰百里，却不能给予过多的赞誉。觉悟者懂得，各种情绪有好有坏，但一旦走向激烈，就都是"非正常状态"。正因为是"非正常状态"，即使是好的激烈情绪也必然包含着大量盲目追随的因素，只有让它恢复正常状态之后，才能帮助滤析。也就是说，先要看淡，然后淡化。只有经过这双"淡"，好的东西才可能有所留存。但是，由于已经燃烧过了，留存的不会太多。

觉悟者已经养成了一个习惯，对方越是激烈，我们越是冷静。天下之悟，不管是大悟还是小悟，都只能在冷静中出现。哪怕是一刹那之悟，也必须有一刹那的冷静。因此，觉悟者不会与激烈者直接对晤，只有等到激烈者恢复寻常的心志、眼神和体温之后，才能慢慢交谈。

所有的觉悟者其实并不刻求清高，但是，只要听到那些大声的宣讲，看到那些高亢的表情，都会悄悄离开。因为这些容光焕发的人总以为自己早已觉悟，其实还十分遥远，只能慢慢等待。

第六色，觉悟者应该看淡记忆。

记忆让生命保持时间维度，当然必不可少。但是，由于起点往往是几个老人的主观回想，又无法核准，因此两相失衡，产生了大量的"故意失真"、"诱导失真"和"无奈失真"。

即使完全没有故意，人们也会"天然误记"。例如我写自己家几十年经历的《借我一生》，居然数易其稿、耗时长久，就是因为我父亲、母亲、祖母、姨妈、舅舅对很多事情的回忆差别太大，甚至互相矛盾。他们都是老实人，我们家又非常普通，没有造假的任何必要，因此，这是记忆本身无法避免的异化和蜕变。由此联想开去，那些关及很多人声誉和观念的历史回忆，又会如何呢？

要求人们校正记忆是不可能的，那么，在密密层层的"故意失真"、"诱导失真"、"无奈失真"的丛林中，觉悟者的选择只有一个，那就是：看淡。

对于那些说得特别绘声绘色，且又不断重复张扬的记忆，疑点当然更多，因此更应看淡。

只有看淡，才能轻松，让人们从那些真真假假的过往岁月里挣脱出来，体验今天，创造明天。

第七色，觉悟者应该看淡界限。

歌德说："世人凭着聪明制造了很多界限，终于凭着爱，把它们全都推倒。"这是我喜欢的话。

我有一本书叫《行者无疆》，"疆"，就是界限。

但是，事实上，这个世界似乎由重重叠叠的界限组成。抬眼一看，就是级别之界、专业之界、财产之界、民族之界、籍贯之界、社群之界、团体之界……这些界限，出自对时间和空间的争夺与划分，又满足了辨识的需要、分工的需要、管理的需要、安顿的需要、支配的需要、服从的需要、称呼的需要。如果没有这些界限，天下会陷于混乱。

觉悟者当然明白这个道理，然而更明白，这些界限大多是人为的，却被大大夸张了，似乎成了一种天造地设般的存在。其实，不仅界限是易变的、交错的、互融的，而且每条界限两边的人，都应该有共通的人性、人权、人道、人伦，以及基本一致的善恶是非标准。而这种共通和一致，正是人文关怀的底线。这样的底线，不应该被一条条炫目的界限遮盖。

因此，觉悟者们有一个特点，当人们在大谈种种界限划分规则的时候，他们只会浅浅地听，而不会有太多表情。

第八色，觉悟者应该看淡恩仇。

中国历代民间文化，都有"恩仇必报"的传统，而且还把这一点看成是"快意人生"的标志。但是，到了儒、佛、道大师那里，却不会予以支持。因为他们明白这样三点：一、恩仇极有可能被夸张了；二、恩仇是当初一次次互峙、互伤的结果，双方都有责任；三、时隔已久，不应以"仇仇相报"的方式来延续仇恨。

历史从来没有走在一清二白的大道上，时间本应吞没很多血泪，而不应该当诸多各有偏颇的历史理由早已失去之后，再让它们一次次泛起。

我在《修行三阶》一书中有一篇《仇之惑》，专谈这个问题。那篇文章指出，觉悟者对仇恨的看淡，是想帮助人们摆脱一种传代的迷惑，而进入"不惑"境界。

第九色，觉悟者应该看淡舆论。

所谓舆论，说来好听，但在多数情况下，无非是不知情的众人对一项复杂事端的七嘴八舌、口口相传。

掌权者管理众人的事，理应对众人的口舌予以关注。但是，觉悟者基本上不掌权，可以远远地对舆论保持一种审视的态度。

把舆论看成"民意"，而又把"民意"看成"真理"，这是民粹主义的逻辑。幸好，没有一个觉悟者会相信民粹。觉悟者，是民粹狂潮上方灰色塔楼窗口那双冷漠的眼睛。

我在论述中国文化的千年弱项时曾经指出，缺少实证意识、不懂辨伪程序、喜欢听谣信谣，是中华文化的一大弊病。结果大家都感受到了，直到今天，多数所谓舆论，一是非实证的谣言臆想，二是诱导性的传媒设计，三是低层次的哄闹风潮。

即使在世界范围内，所谓舆论常常是真相的反面。这中间，也会有一些正常舆论，却常常被挤到冷寂的角落无人注意。

觉悟者知道，舆论浪潮中泥沙俱下，却又很难分辨，因此只能淡然以对。淡然，表示对整个舆论的不重视。深知一切都会过去，过去之后，山河依旧，日月无恙。淡然，又表示并不反对舆论，就像正常人并不反对窗外的各种声音。如果全然关闭，也会失去很多人世意趣。

总之，庞大的舆论阵势有可能裹卷千万人，却不可能拉走一个觉悟者。在这种情况下，觉悟者态度很轻，分量很重。

第十色，觉悟者应该看淡自我。

觉悟者看淡这个，看淡那个，似乎强化了自我的地位。但事实上，他们最后看淡的，恰恰是自我。

这里存在着东西方文化的一个重大差别。西方的智者在苏醒之后发现了自我，东方的智者在觉悟之后放逐了自我。

固然，当家族、体制、社团、极权吞噬个体的时候，"我"作为独立生命应该获得释放，但是"我"毕竟包含种种偏仄，如果对它张扬过度，必然会对社会秩序和其他生命带来冲击。其实，现实生活中的任何个体，包括"我"在内，都是渺小的。

记得以前我写过一篇《我在哪里》，讲述了这个问题。

对于社会上那些"以自我为中心"的人，觉悟者除了劝导之外还会有不少怜悯，因为他们对自然状态下的自己缺少信心，所以要吃力地来卫护和加固。历来只有过度自卑，才会造成过度自尊。什么时候，他们也能有所觉悟呢？

顺着"五蕴皆空"，我把"十色皆淡"说了一遍。

全都淡了，一切也就回到了自然本性。这样的人是否显得有点无用？有点。但是，如果眼前突然出现了意料之外的困厄和灾难，那么，这些人反而更会在第一时间迎上前去，从容应对。火来水迎，水来土挡，无忧无惧，成为扶危救难的"大雄"。他们为什么会这样？因为他们未曾被杂物、杂念牵引，是一个个纯净的生命。只有纯净的生命才会凭直感在第一时间分辨出真正的轻重安危，并且依据良知调动出强大的力量，而没有任何磕磕绊绊的自身障碍。

觉悟者由于习惯"看淡"，因而也为爱和美的信仰清理了场地。

把梯子搁错了墙

很多年前，我收到美国企业家贝林（Behring）写来的一封信。他说，他不认识中文，但从中国雇员谈起我名字时的表情看，觉得有必要认识我，并邀我做他的顾问。

他是世界级的富豪，主持着一个庞大的慈善机构，专为各国残疾人士提供轮椅。他开列了一份已聘顾问名单，大半是各国皇室成员和总统夫人。

由此，我认识了他。

他说，他出身贫苦，逐渐致富，曾为自己提出了三个阶段的目标。

第一阶段的目标是"多"，即追求钱多、厂多、房多、车多、雇员多；

第二阶段的目标是"好"，即在多的基础上淘汰选择，事事求精，物物求好，均是名牌，或比名牌还好；

第三阶段的目标是"独"，即在好的基础上追求唯一性，不让自己重复别人，也使别人无法模仿自己。

他很快完成了求多、求好、求独这三个阶段。本应满足了，却深感无聊。当无聊笼罩住了生命时，于是，对自己已经拥有的一切，也就不再有一丝骄傲。

他对我说："余教授，当我完成了这一切，还不到六十岁。家里没有任何人要继承我的产业，今后的日子就失去了目标。一度，甚至不想活下去了。"

他给我说这番话的场合，排场很大。两排服饰整齐的帅哥和美女齐刷刷地站立两旁，这是他私人专机的服务人员，他要他们一起来听听我们两人至关重要的谈话。那架势，显然是很多人的向往，而他却在向我叙述如何摆脱无聊。

他继续告诉我，终于有一天，一个六岁的越南残疾女孩救了他。那天他顺手把专机上的一辆轮椅推给这位无法行走的女孩，女孩很快学会操作后，双眼闪现出一种他从未见过的光亮。

贝林先生在那种光亮中，看到了自己生命的意义。

第二个救了他的是一位津巴布韦青年。那天，这位青年背着一位残疾的中年妇女，走了两天时间穿越沙漠来到了他面前。

贝林先生问："这是你母亲吗？"

青年回答："不是。"

"是你亲戚吗？"

"不是。"

"你认识她吗？"

"不认识。"

"那你怎么把她背来了？"

"她听说有人在这里发轮椅，需要我背她过来。"青年回答。

说完，这个青年说他要回到出发的地方，把这两天的耽误补回来，转身，他就大步走了。

看着他的背影，贝林先生心头一震。这个津巴布韦青年一看就非常穷困，却帮了一个不认识的人一个大忙，而且不要任何回报。

为什么自己以前总认为，连慈善也要在赚够钱之后才能做？

贝林先生自责了："我把梯子搁错了墙，爬到墙顶才知道，搁错了。"

他说："我居然到六十岁才明白，慈善的事，早就可以做了，我也可以早一点摆脱无聊。"

贝林先生告诉我，慈善，是一种寻找人生意义的自我救赎。

我为贝林先生自传的中文版定了一个非常中国化的译名：《为富之道》。他在书的扉页上给我写了很长的一段话，最后他说，我能成为他永久的朋友。

贝林先生与我的对话在报刊上发表之后，中国读者最感兴趣的，是他在六十岁前的三大目标。求多、求好、求独，几乎概括了中国大多数企业家正在逐步攀援的三大台阶。多数还在第一台阶，少数已在第一到第二台阶之间，攀上第三台阶的还比较稀少。

攀援是辛苦的，也是兴奋的，因为毕竟还有目标。但是，他后来说的一句话受到我的高度赞赏，那就是："我把梯子搁错了墙，爬到墙顶才知道，搁错了。"我告诉他，这句话已经具有了文学价值。

我并不认为一切企业家都必须像他一样最后全然投身慈善事业，但是我却希望大家经常想想，爬到墙顶之后要干什么。

其实我发现，很多人还没有攀到高处，在半道上已经感到无聊。

贝林先生告诉我们，需要更换梯子搁置的方向，更换目标。

新的目标会是什么？应该多种多样，但是贝林先生和其他类似人物抬起手来指了一下，那就是超越个人功利，为大善、大爱、大美留出更多的地方。

你比你更精彩

一

这个标题，是我对三个学生讲的话。他们一听，眼中有光。

同一个"你"字，用了两次，还让它们比在一起了。这似乎有语病，却病出了腔调。

第一个"你"，是真正的你；第二个"你"，是今天的你。

或者说，第一个"你"，是失去的你；第二个"你"，是捡得的你。

难道，真正的你，并不是今天的你？确实如此。那么，他到哪里去了？这就是我写这篇文章的主旨：让我们一起来找。

这个世界普遍近视，只承认既成事实。今天的你，是既成事实，因此被看成唯一的你、无可取代的你。如果你自己也这样想，那就陷入了一个思维泥潭。因为按照这种逻辑，布满雾霾的早晨是唯一而且无可取代的早晨，砍伐严重的森林是唯一而且无可取代的森林，浑身油污的海鸥是唯一而且无可取代的海鸥。

于是，世界失去了初始图景，人类失去了赤子纯真，万物失去了天籁本性。而你，也就永远不再是一个美丽的早晨、一片茂盛的森林、一只健全的海鸥。

听起来，这好像是无可奈何的事，其实却是掩盖、自欺和背叛。掩盖了自己，欺骗了自己，背叛了自己。

二

"我自己真有这么好吗？"很多人怀疑。

答案是，比任何再大胆的想象都要好。甚至可以说，即使是那些你毕生敬仰的人格典型，在你自己身上也能找到一半以上的种子。

我曾在《修行三阶》一书中说过，每个人在尚未接受教育的童年时代，就具备善良的天性。

即便在儿时，你曾经舍不得花蕊枯萎，蝴蝶离去；你曾经舍不得小猫跌跤，老牛蹒跚。

即便在儿时，你不忍听小孩子因饿而哭，你不忍听老人家因病而泣。

这一切，谁也没有教过你，你所依凭的，只是瞬间直觉。正是这种瞬间直觉，泄露了你的善良天性。

待到长大之后，你在重重社会规范的指引下学会了无数套路，于是天籁渐失，童真渐远。有时，甚至还会铁石心肠，干下一些事情。时间一长，你甚至怀疑，自己是否储备着足够的善良天性。深夜扪心，觉得还有储备，却已经不知道什么时候以什么方式奉献出来。

这就是说，人人都有伟大基因，却被岁月偷盗了。这些出现在岁月中的盗贼，却有堂皇的理由。可能是生存的需要，可能是长辈的灌输，可能是周围的诱惑，可能是潮流的撺掇，可能是为了成功，可能是为了免输，可能是为了脸面，可能是为了炫耀，结果，遭受了一轮又一轮的抢劫，丢失了与生俱来的纯真和高贵。

剩下的，只能是平庸。也许，还夹带着邪恶。

简单说来，人虽活着，却是毁了。看上去活得像模像样、有名有目、有腔有调，却成了街市间无聊的一员。

何谓无聊？事事趋同，事事比照，事事躲闪，事事苦恼。

可悲的是，伟大基因的被偷盗，基本上属于"监守自盗"。偷盗者，主要是自己。

因此，陷于平庸和无聊，是咎由自取。

现在的自己，不是真正的你，而是你从路边捡得的、拼凑的、黏合的。要找回真正的自己，有点难，但是也有一个"秘方"可以帮助我们稍稍找回一点。那"秘方"上写着六个字：你比你更精彩。

接下来，我就要花费一些篇幅，来说明"真正的你"是怎么丢失的。

三

我前面说过，如此珍贵的善良天性被监守自盗，总有很多借口。最常见的一个是声称受到了"无法推卸的压力"。

我必须说，压力的借口，很难成立。

所谓生活的压力，绝大多数被严重夸大。尤其是刚踏进人生大门的年轻人的所谓生活压力，全是东张西望、左顾右盼的结果。其实，生而为人，立足大地，青春在握，即便是艰难，也不可能被全然困住。

上苍给了我们生命，其实也就给了我们全部。生命本身能够创造一切，包括创造一路艰难，以及克服艰难的能力。因此，所谓压力，即使没有被刻意夸张，也是生命存在的必要验证。没有压力的生命，是不完整的。何苦以压力的借口，去与别人的生命对峙。

别人的生命也已经拥有自己的全部，各自的全部就是各自的独立。真正独立的生命必定会互相欣赏，并在独立和欣赏中多姿多彩。

这就像山间一棵树，既然已经长出了树苗，自然会一天天长大，不必守护过度、警惕过度。何时来了风，何时来了雨，乍一看好像是对手、是敌人，其实都不是，而是自身成长的帮手和见证；近处长了花，边上长了草，乍一看好像是竞争、是抢位，其实都不是，而是这个山角美景的组合者、共建者。

经过漫长岁月，如能保持这种心境，那就是生命的最高精彩，也就是"真正的你"的最高精彩。

四

如果你对此还将信将疑，我可以从一个特殊方位，再提供一些证明。

你迷上了一本书、一首歌、一幅画、一部电影，心里在崇拜那位作家、那位歌手、那位画家、那位导演，崇拜得很深很深。但是你有没有想过，天下那么多书、那么多歌、那么多画、那么多电影，你为什么独独会着迷这一本、这一首、这一幅、这一部？

答案是：你与这些艺术家的审美心理高度重合。有一种潜在的文化基因，使你们在瞬间打通了心灵秘径，暗通款曲。

这种审美心理、文化基因、心灵秘径，为什么黏合得如此紧密，使你难以割舍？因为此间一半属于你自身。你痴迷作品，是因为蓦然发现了自己的灵魂。

所以，我作为《观众心理学》的作者一再论述：读书，就是读自己；听歌，就是听自己；赏画，就是赏自己；看电影，就是在黑暗中看自己。至少，是部分自己。

那么，你在艺术欣赏场合不应该仅仅是"崇拜"了，而更应该是"自认"。承认眼前出现的美学奇迹，属于自己生命的一部分。只要稍有条件，你也能投入创造，只要冲破一些障碍就行。

我在担任上海戏剧学院院长期间，日常要做的事，是与教师们一起告诉那些刚刚中学毕业的毛孩子：只要排除障碍，你就能释放出扮演唐代公主、法国骑士的天赋，展示出营造古典场景、恐怖空间的能力。事实证明，他们都在最短的时间做到了。在这最短的时间之前，他们与你们没有区别。

这，就是你能成为艺术家的雄辩证明。其实你也能成为别的许多"家"，每一种"家"都做得非常精彩。

那就接受我的这句话吧：你比你更精彩。

天天欣赏

很荣幸担任今天这个婚礼的证婚人。

感谢双方的父母亲，让我们看到了新郎、新娘还是婴儿时的照片。

生命，实在是无法想象的奇迹。这么幼小的生命，终于有一天，会说话了；终于有一天，会上学了；终于有一天，会思考了……

终于有一天，石破天惊一般，他们懂得爱了！

懂得爱还不够，他们还懂得了爱的选择，懂得了把选择固定，还愿意把这种固定长久延续，并让亲朋好友来见证……

于是，就有了今天这个日子。

在这儿我想给新郎、新娘说几句重要的话，希望年轻的伴郎、伴娘们也听一听。

结婚以后，爱情的方式不会像以前那样热烈了，但有可能爱得更深。

社会上有一种说法，叫作"婚姻是一个屋顶底下的互相宽容"，我希望你们不要相信。什么叫"互相宽容"？好像妻子或丈夫有不少缺点，只能"开一眼、闭一眼"算了。

请问，你凭什么判断哪一些是对方的"缺点"呢？其实所谓"缺点"，只是一些差异。如果换一副眼光，你就会觉得，恰恰是这些差异，非常值得欣赏。

南非大主教图图的一句话曾被我们写入联合国的《人类发展报告》，那就是"Delight in our differences"，意思是，为差异而欢欣。这个想法，已经成为当代人类哲学。

结婚，就是找到了有差异的对方而彼此欢欣。

对妻子和丈夫，要由衷地天天欣赏、天天惊喜。果然，你会发现，对方确实越来越值得欣赏和惊喜。

在新娘的一天天欣赏和惊喜中，多少年后，今天的新郎一定会变成一个更精彩的男子；同样，在新郎的一天天欣赏和惊喜中，今天的新娘也会越来越出色。

请相信，天下任何丈夫和妻子，都有能力塑造出天下最优秀的妻子和丈夫。

相反，天天抱怨、漠然、疲沓，也会建造出一个抱怨、漠然、疲沓的门庭。

请记住，婚后的每一天，都应该像蓦然初见，一见钟情；都应该像婚礼犹在，鼓乐长鸣。也就是说，婚姻的漫长岁月，都是永不止息的创造过程。天天都在创造着对方，也天天都在创造着自身。

当然，多少年后，新娘脸上会出现皱纹，但那是爱情大树的"必要年轮"；新郎头上还会出现白发，但那是爱情的高峰触及了天上的白云。

我相信，到那时，你们还会互相欣赏，互相惊喜，让"年轮"和"白云"，都闪耀着超逸的神圣。

——我有资格做这一番证明，并不仅仅是因为年龄。今天，我的妻子马兰也来了，我们以几十年老夫老妻的婚姻生活，一起来做证明。因此，今天的证婚人，不是我一个人。另一个更重要，这个以演唱中国的婚姻进行曲《夫妻双双把家还》而温暖过无数家庭的人。

至此我隆重宣布：新郎、新娘的婚姻，成立了。

今天是二〇一八年七月二日，现在是下午五时一刻。

我希望，五十年后，二〇六八年七月二日，也是下午五时一刻，也是这样天光灿烂的时分，有一对上了年纪的夫妻，再次来到这个海滨，这片草坪。两个人微笑地对视着，天地间一片安静。

更有可能，带来一大批儿子、女儿、孙儿、孙女，这儿会像今天一样热闹。那我就希望，把我此刻发表的证婚词录音再播放一遍，让几代孩子都听一听。

大　隐

一

大隐，是我几十年来的基本生活方式。

这种生活方式有一个最简单的标志，那就是除了妻子，谁也找不到我。

但是，这并不是自我封闭。我想出来就出来，而且可以出来得衣带生风、万众瞩目。突然我不愿意了，便快速消失，不见踪影。没有任何人能够把我的衣带拉住，更没有任何堂皇的理由、巨大的名号，能够让我出现在我不愿意出现的场合。

也不是自我噤口。我想说话就说话，我想写书就写书，而且可以说到国内国外，写得畅销不衰，然而没有一种力量，能让我多做一个发言，多写一篇文章。在那些热闹的时间和拥挤的空间中，我的声音隐了，我的笔墨隐了。

此为大隐。

二

大隐很难做到，因为阻碍性的理由太多。

例如——

"我不想显身扬名，但是为了事业，为了同事，不能不站在前台"；

"我们这个行当长期黯淡，就是因为缺少几个叫得响的代表人物，我不小心成了这样的人物，只能当仁不让"；

"我家世代务农，埋身乡里，我终于广受关注，也好让前辈含笑九泉"；

"我本人并不在乎，但妻子需要一个闺蜜们都知道的丈夫，女儿需要一个同学们都听到过的父亲"；

……

这些理由都很正当，我不反对人们为了这样的理由伫立高台，引领视听。只不过，我自己不做这种选择。

我不认为自己要承担那么多责任。因为别人也都有各自的事业、行当、前辈、家人，如果都这么承担，世界是不是太闹腾了？闹腾中必然还会有竞争和嫉恨，这更是我不喜欢的了。

因此，在这么多理由中，我还是选择大隐。

三

在种种理由中，只有一条让我产生过犹豫。

那就是，社会上出现了针对自己的谣言和诽谤，是不是仍然保持大隐，默然不语？

换言之，能不能因大隐而大忍，因大忍而颠倒形象、污损名声？

对于这种情况，很多有隐逸倾向的人也不能接受，他们总是破门而出，拍案而起，激烈辩论，甚至不惜诉诸法庭。

也就是说，他们为了名，放弃了隐。

对此，我仍然做相反的选择。

在我看来，一个人的生命真实，完全把握在自己手里，与别人的说三道四完全无关。有人乐于信谣，有人将信将疑，有人忙于传播，有人听之任之，这一切，更不必理会。因为即使理会了，辩赢了，胜诉了，仍然会有更多的人说三道四、将信将疑、忙于传播、听之任之。

谣言和诽谤像窗外的雨，不管下得多么狂暴和猛烈，反而更能反衬窗内的自如和安定。因此，雨幕雨窗，倒是成了守卫生命的护墙，使生命之隐更加确认。

我自身的经历证明，半辈子大隐，为什么能够隐得那么透彻，主要是靠谣言和诽谤为我打造了一堵狰狞的护墙，使外边的花鸟虫草无法近身。

你看，正是因为这些谣言和诽谤，官场、同行、媒体都尽可能地躲开了我，一切社会荣衔如代表、委员等不再来骚扰我，各种各样的会议、报告、传达都放过了我，这是多么求之不得的事情啊！如果没有这些谣言和诽谤，我要达到这种安静境界，需要花费多少精力去拒绝、推卸、婉谢？

现在它们全部代劳了，真是功德无量。

因此，古语说"大隐隐于市"，而我则"大隐隐于谤"。

千万不要辟谣、除谤。因为这等于解除了门外的铁甲武士，使自己的宅院不再宁谧。

四

大隐千难万难，最难的一项，是"自掩亮点"、"自闭殊色"，使自己在基本生态上，沦于寻常。

这是因为，亮点和殊色，必然会成为他人关注你、牵引你、拥戴你的原因，使你既无法小隐，又无法大隐。

只有一个办法，那就是中国古代智者所说的韬光养晦、中庸守拙。

这可以举一个真实的例子。

前不久，复旦大学历史系钱文忠教授对我说，他的父亲认识一个叫赵纪锁的老干部，知道我四十二年前的一件往事。钱教授才说几句，就把当时在场的一位退休高官吓了一跳，连连问："这么重要的事，我怎么不知道？而且，好像大家都不知道？"

钱文忠教授讲的是，一九七六年周恩来总理去世，"四人帮"在上海的势力严令禁止悼念。我和赵纪锁先生一起，大胆地组织了上海唯一的一个追悼会，由我主持。

这在当时是不要命的事，很快就有上海工人造反司令部一个姓孙的文化教员和我所在单位一个姓周的政治干部神情诡异地来"探望"我，一看就知道是缉捕的前兆。我就立即托请一位早年的老师帮助，潜逃到浙江奉化的半山老屋里躲藏起来，使他们追缉不到。

"四人帮"倒台后政治形势反了过来。我回到上海，发现所有以前的帮凶完全打扮成了相反的面目，全都编造了自己的"光荣斗争经历"而谋取了新的职位。于是，我选择了沉默。

当时，那些为自己涂脂抹粉的昔日帮凶都很难找到像样的脂粉，而我则相反，只要稍稍讲一点主持追悼会的事，而且人证充分，一定会成为一个了不起的"英勇事迹"。如果再加上当年造反派暴徒写入我档案的

"长期对抗文革"的结论，那就更是光环重重了。但是，我一点也不想追求特殊的政治地位，更不想引起大家太热烈的赞颂，就选择了"自我消磁"，几十年都不提一句。直到今天，已成了"前辈的前辈"，再也不会进入任何光圈了，才顺着赵纪锁先生的回忆，补说几句。

我的这种"自我消磁"，也就是前面说的"自掩亮点"、"自闭殊色"，已经成为我的人生习惯，也是我最终实现大隐的一条秘径。

当然，这条秘径也是险径。例如前面说到，我在组织周恩来追悼会之后，不是有两个人前来查缉吗？时世一变，他们都害怕了，但看我没有动作，他们反而以攻为守，开始与其他当年的造反派首领一起大肆诽谤我在"文革"中的经历，实在是彻底颠倒了。我如果怒而反击，他们当然会一败涂地，然而这么一来，我更会万众瞩目，无法大隐了。因此就任由他们闹去，我只安静地做着自己想做的事。

对于这种态度，很多人为我担心。既掩荫自己的优势，又容忍他人的歪曲，那自己还是自己吗？

但是，"自己"真有那么重要吗？庄子在这个问题上留下的名言是："至人无己，神人无功，圣人无名。"

那就可以做一个总结了：何谓大隐？无己，无功，无名。

文化是一条大河

有一种文化，把苍老和蹒跚当作风雅。

有一种文化，让青春和未来牵引当下。

有一种文化，髯沐祖宅显摆身价。

有一种文化，昂首旷野骑着快马。

我的文化，永远在路上，永远有步伐。

我的文化，永远在告别，永远在出发。

文化是一条大河，却不是河边的枯藤、老树、昏鸦。

枯藤枯于何时？不知道，但它确实枯了。枯了还不让消停，实在委屈了它。

老树似乎还活着，大家吵吵嚷嚷，总是要它来见证岁月，但它绝不说话。

昏鸦是指黄昏之鸦，还是指昏迷之鸦？都可以吧，反正都让人心情不佳。

如果这些全是文化，那么，马致远说了，这种文化会让人断肠，不得不远走天涯。

我喜欢的文化是一条大河。喜欢它的千里奔腾，喜欢它的涛声喧哗。

文化的孤静品相

文化也有品相。世上存在大量热闹、亮丽的流行文化，似乎什么都有了，但又缺了一点什么。缺什么呢？就是缺了品相。

文化品相，是一种高尚而又艰难的等级之门。

文化的第一特殊品相，是孤静。

孤静的品相，让文化紧紧地收纳于生命主体，并且凭依着主体自享、自砺，结果，在独立的安静中升华到至高等级。

热闹的文化大多拥有强大的背景，但是这些文化连自己也非常惊讶：为什么造成了那么大的声势还不能被时间首肯？为什么聚集了那么多观众却总是找不到真正典雅的身影？

屈原、司马迁、陶渊明的安静自不必说，就连意气昂扬的李白一写诗，也立即变成了孤帆远影。最热闹的苏东坡被后代记得，全都在于他逃脱热闹之后，执笔于苦风凄雨、荒夜残灯。

我所熟知的欧洲艺术家就更安静了，那些碎石的小巷，那些破旧的披风，那些墓地的脚印。即便是听起来特别热门的音乐，也创作于天荒地老般的心灵大安静。

我非常期盼中国文化人能过上安适裕如的生活，也不反对其中有一些为了名利去参加一些煊赫的节目并被民众追捧。但这些文化人如果还保持着一些清醒的思维，那也会在私下明白，这些活动都在文化品级之外。

无论时代发达到何种程度，传媒开发出何种奇迹，文化还必须保留更高的层次，思考人类的走向、生命的方位、存在的意义，并用一个个醒目的形式表现出来。毫无疑问，这一切，基本不会出现在群体热闹之中，仍然离不开一些寂寞而又伟大的灵魂。

人类如果真要灭亡，那么，最大的悲哀是灭亡之前的喧闹。这时，应该还有几双平静的眼睛，一些镇静的声音，那就是最后一批文化人。

文化的陌生品相

文化的第二特殊品相，是陌生。

我们一直把文化看作是传承，这也不错，但必须明白，文化的本性是创新。

唯有创新，才有活力，才能前行，才是生命。

但是，创新的关键成分，一定是前所未有，一定是除旧布新。因此，基本形态是陌生。

接受陌生，欣赏陌生，拥抱陌生，这是文化创新时代的主要特征。

人们一定误会了唐代，以为在唐诗最繁荣的年月，大家都在背诵一些熟悉的诗句。其实正好相反，人们年年月月哄传的，都是最新的诗作，而最新一定陌生，陌生到惊人。这就有了杜甫的名言："语不惊人死不休"。老句、熟句，哪有惊人可言？

在人类历史上，任何一个文化黄金时代都是这样，大衢深巷都在为惊人的新作而兴奋，兴奋在"昨天还不敢想象"的陌生之中。

真正的创造者，襟怀一定空灵。如果里边已经塞满了东西，哪里还容得下陌生？

相反，每一个文化的停滞时代、倒退时代、泥淖时代，却会把早年记忆当作"经典"，天天磨碾，不得消停。其实在那样的时代也有年轻而优秀的创造者，可惜他们从名字到作品都让人感到陌生。他们只会给伟大时代带来欣喜，却不得不荒芜在荒芜的日月，冷寂在冷寂的年份。这些无可限量的天才，在那些平庸"经典"的喧腾中成了社会的陌路人。

文化的接受，是生命周期的象征。一个人如果正当盛年，一定乐于选择未曾走过的路线，去寻找陌生的风景。相反，如果早入暮年，或未老先衰，则一定不再探寻，不再好奇，只愿在陈旧的记忆里天天翻拣。在审美周期上，他们已进入延命时期、弥留时期。

麻烦的是，在文化接受上，衰老的一切往往会倚老卖老，摆足架势，把满脸的皱纹当作大地的经纬，把缺少文化的磕磕巴巴当作传世之言。

敢于这样，也有背景。因为历朝统治者都不放心陌生，所以总是把全社会的文化接受，维系在衰老的生命周期上，为衰老涂脂抹粉。

那么，我们的结论就很简单了：如果要一个社会、一个时代的文化真正迈进，那就一定要呼唤青春，呼唤突破，呼唤创新，呼唤陌生。

正因为陌生关及文化的生命，所以它也就成了判别文化素质的重要品相。

文化的天问品相

文化的第三特殊品相，是天问。

文化在内容上，可分以下四个等级——

初级，传达常识常理，相当于小学课程；

中级，传达基本命题，包含着颇多思考成分，相当于中学课程；

高级，揭示世间难题，包含着很多未知部分，相当于大学课程；

超级，探询至今未解，也许永远无解的哲学边界，关及人类生存，属于思考者的自设课程。

文化当然要承担启蒙的责任，因此少不了初级课程。但是，迟早会进入思考层次，因此也就必然地升级到中级、高级的课程。这种升级，是文化成熟的标志。

一旦进入较高的课程，文化就必须面对大量困惑和未知。文化正是凭着这种处于明白与不明白之间、已知和未知之间、小惑和大惑之间的两难，显现出一种不得不彷徨的真诚。

只有少数人会进入超级境界，例如发出大量"天问"，立誓"上下求索"的屈原，例如在盛衰、真假的惊惧中，目睹了整体幻灭的曹雪芹。在欧洲也一样，没有一个高明的创作者会把世人已经明白的理念作为作品的主旨。莎士比亚、歌德、贝多芬的最重要创作都展现了神圣的未知，至今未曾有人提供答案，因此还要永远探寻。

但是，在我们周围，却有大量的文化人，绝不以未知为归。他们习惯于居高临下地宣布一个个"正确的结论"，把所有的读者当作了低年级的小学生，而自己，则成了无事不知、无理不明的走街巫士。他们不明白，事事困惑的文化人，远比事事皆知的文化人开阔和高明。

又想起了我曾经讲述过的罗素。作为二十世纪西方最重要的哲学家，他对苏联十月革命并不立即反对而抱有极大好奇，因此就赶去考察。苏联方面当然也非常重视，派了一批布尔什维克理论家陪着他在伏尔加河上边旅行边交谈。罗素惊讶地发现，这些理论家确信，他们已经掌握了人类发展的规律，国家前景的道路，社会生活的奥秘，就连文化问题的方方面面，他们也了然于心。他们现在只是还来不及，向全世界指明前景。他们在船上日日夜夜教导着罗素，早已忘记眼前这个"被教导者"是什么人。罗素觉得，这些装满一肚子"真理"而毫无困惑的理论家，有一种令人恐怖的自我陶醉。由此，他对布尔什维克失去了信任。

看到罗素的这番回忆，我们都笑了，因为这样的理论家经常与我们相邻。罗素只是在一艘船、一条河上痛苦着，但是在很多情况下，这艘船可以变得很大，这条河可以变得很长。

我们的结论很简单，只要是大文化人，一定会在心中贮藏着大量"天问"，因此会在疑惑重重中表现出一种忧郁的诚恳，然后投入不息的探寻。

拼命挥手

这个故事，是很多年前从一本外国杂志中看到的。我在各地讲授文学艺术的时候，也曾提及。

一个偏远的农村突然通了火车，村民们好奇地看着一趟趟列车飞驰而过。有一个小孩特别热情，每天火车来的时候都站在高处向车上的乘客挥手致意，可惜没有一个乘客注意到他。

他挥了几天手终于满腹狐疑：是我们的村庄太丑陋，还是我长得太难看？或是我的手势错了？站的地位不对？天真的孩子郁郁寡欢，居然因此而生病了。生了病还强打精神继续挥手，这使他的父母十分担心。

他的父亲是一个老实的农民，决定到遥远的城镇去问药求医。一连问了好几家医院，所有的医生都纷纷摇头。这位农民夜宿在一个小旅馆里，一声声长吁短叹吵醒同室的一位旅客。农民把孩子的病由告诉了他，这位旅客呵呵一笑又重新睡去。

第二天农民醒来时那位旅客已经不在，他在无可奈何中凄然回村。刚到村口就见到兴奋万状的妻子，妻子告诉他，孩子的病已经好了。今天早上第一班火车通过时，有一个男人把半个身子伸出窗外，拼命地向我们孩子招手。孩子跟着火车追了一程，回来时已经霍然而愈。

这位陌生旅客的身影几年来一直在我心中晃动。我想，作家就应该做他这样的人。

能够被别人的苦难猛然惊醒，惊醒后也不做廉价的劝慰，居然能呵呵一笑安然睡去。睡着了又没有忘记责任，第二天赶了头班车就去行动。他没有到孩子跟前去讲太多的道理，只是代表着所有的乘客拼命挥手，把温暖的人性交还给了一个家庭。

孩子的挥手本是游戏，旅客的挥手是参与游戏。我说，用游戏治愈心理疾病，这便是我们文学艺术的职业使命。

我居然由此说到了文学艺术的职业使命，那是大事，因此还要郑重地补充一句——

这样轻松的游戏，能治愈心理疾病吗？能。因为多数心理疾病，其实只是来自对陌生人群的误会，就像那个小孩对火车旅客的误会。

厌　倦

各种文化，都很难对付一种病毒。

这种病毒极易感染，又极难治疗。麻烦的是，很多人不知道它的危害，甚至不知道它的存在。

这种病毒的名号很普通，叫厌倦。

我在三十五年前写过一部学术著作《观众心理学》，至今还受到海外学术界的重视。这部著作的最后一章叫《心理厌倦》，可见我把心理厌倦放到了审美心理的归结性地位。不错，它，正是一切文化接受的生死命穴。

这书在海峡两岸出过很多版本，大家很容易找到，我也就不重复其中的学理了。只是深感这个问题至今仍然亟待重视，不能不再发一点议论。

厌倦有一个听起来不错的起点，叫适应。

适应，是对外来刺激的逐渐接受。这种刺激，既可能是兴奋的，也可能是沮丧的；既可能是美好的，也可能是无奈的。逐渐接受了，也就是一步步适应了。

但是，必须注意，适应也是刺激效能的降低和钝化。因此，适应了当初的兴奋，也就是兴奋的降低和钝化。同样，适应了沮丧，也就慢慢地减弱了沮丧。

传播一种文化，是为了让人们适应这种文化。然而，即使人们在适应之初的心理感觉是完全正面的，也应该明白，只要适应了，这种正面的心理感觉也就降低而钝化了。初始的兴奋，不可能持续太久。

在接受者失去初始兴奋的情况下，如果传播者还误以为这种兴奋还保持着，继续以激发兴奋的方式在进行，那么，事情就会开始翻转。

以身边的小事为例，一个老奶奶喜欢向后辈讲述早年往事，但是，即便是非常尊敬她的后辈，听到第五遍，就会觉得已经听了几十遍，一定会用逗乐的方式阻止奶奶再讲下去。这种阻止，不是为了听讲者，是为了讲述者，也就是出于对奶奶的尊敬。

这是生活小事，如果提升等级，变成了一场演出，或一次演讲，情况就严重了。

一场不错的演出，如果不是出于艺术的故意设计，演着演着竟然出现了重复，哪怕只是一点点，观众就会立即感到编剧和导演在这里露了怯。只要是内行的演员，在这样的段落也会显得比较尴尬。

同样，一个成功的演讲者，讲着讲着绕出了差不多的意思和话语，听众就会投以同情的目光。其实，演讲者自己心里明白，这只是因为准备不足，在这个话题上出现了"局部失语"。"局部失语"的特征，不是停顿，而是重复。

问题的严重性在于，对于一场不错的演出，对于一次成功的演讲，人们总是以充满期待的心情进入的，为什么仅仅有一点重复，期待的心情就会大打折扣，甚至消失大半？

演员与演讲者的声调和形象，可能都很动人，为什么却抵挡不住因重复所产生的审美障碍？这个问题，关及观众心理学的基本哲理。

我有时会对一些喜欢讲话的企业家和官员产生好奇，他们怎么会如此习惯于重复却相信下属们不会厌倦？或者，相信财富和权力能赶走厌倦？

过度自恋，很容易陷入对自身言语套路的失控。我作为历届国际大专辩论赛的总评判，一再主张为那些特别喜欢演讲的人开设一门心理学课程："厌倦的警讯和灾变"。

需要提醒文化人的是，厌倦心理的产生，远比你们想象的更容易、更快速。

我在《观众心理学》一书中引用了狄德罗、雨果、迪伦马特、梅耶荷德等杰出艺术家克服观众心理厌倦的种种论述，又列举了中国戏曲以"折子戏"的拆解方式来对应观众厌倦的办法。但是，这些纯属艺术技巧的范畴，并不适用在真实生活中。在真实生活中，一个艺术家如果在作品之外招摇过度、广告过甚，甚至为了"混一个脸熟"而参加各种活动，其实都是自毁之途。毁坏你们的，不是诽谤和攻击，而是人们的厌倦。

从数据看，你们可能还有不少追随者，但是应该明白，因厌倦而离开你们的人，可能更值得你们珍惜。

民众中永远有一批奇怪的人长期处于正常的心理机制之外，他们在群体哄闹中让自己的厌倦机制退化、麻痹、失能，结果也就遗弃了自己的精神健康。他们本身已经被更多精神健康者所厌倦，你们怎么可以用他们的"不厌倦"来安慰和刺激自己？

在历史上，用大量重复的咒语让人不知抵拒，那叫蛊惑。被蛊惑者处于被催眠一般的昏迷状态，变成了一群可以随意被搓捏的生命。这是人类应该提防的悲剧，而其中有一个小小的提防起点，那就是要求人们不可失去厌倦能力,并懂得一旦厌倦就要起身离开。

这种厌倦和离开,是在守护生命的尊严,守护世间万物不被磨损的魂魄。

人生也有很多不厌倦的对象,例如山河日月、至爱亲情,以及极少数与自己的生命高度契合的经典作品。但是,要护惜这些最珍罕的部位,更需要懂得对其他部位的厌倦、离开、放弃、驱逐。在这个意义上,厌倦也是一种防卫。

人类,在厌倦中清醒,在厌倦中洗涤,在厌倦中重生。

白 马

那天，我实在被草原上的胡杨林迷住了。薄暮的霞色把那一丛丛琥珀般半透明的树叶照得层次无限，却又如此单纯，而雾气又朦胧地弥散开来。

正在这时，一匹白马的身影由远而近。骑手穿着一身酒红色的服装，又瘦又年轻，一派英武之气。在胡杨林下，马和骑手成了一枚小小的剪影，划破宁静⋯⋯

白马在我身边停下，因为我身后有一个池塘，可以饮水。年轻的骑手微笑着与我打招呼，我问他到哪里去，他腼腆地一笑，说："没啥事。"

"没啥事为什么骑得那么快？"我问。

他迟疑了一下，说："几个朋友在帐篷里聊天，想喝酒了，我到镇上去买一袋酒。"

确实没啥事。但他又说，这次他要骑八十公里。

他骑上白马远去了，那身影融入夜色的过程，似烟似幻。

我眯着眼睛远眺，心想：他不知道，他所穿过的这一路是多么美丽；他更不知道，由于他和他的马，这一路已经更加美丽。

我要用这个景象来比拟人生。人生的过程，在多数情况下远远重于人生的目的。但是，世人总是漠然于琥珀般半透明的胡杨林在薄雾下有一匹白马穿过，而只是一心惦念着那袋酒。

好了，那就可以做一个概括了——

第一，过程高于目的，白马高于酒袋。

第二，过程为什么高？因为它美。

第三，美在何处？美在运动中的色彩斑斓，美在一个青春生命对于辽阔自然的快速穿越。因此，美是青春、生命、自然、色彩、穿越。

你看，匆忙之间，却出现了一门完整的美学。

消　失

你一定要走吗，失望的旅人？

你说，这里冷眼太多，亢奋太多，夜话太多，怪笑太多，让你浑身感到不安全。

你说，你要找一个夜风静静、问候轻轻、笑容憨憨的所在。

我说，别急，留一阵子吧。留下看看，也许能找到一个善良而安静的角落。

你说，也许，但自己已经找了好久，没有了这般时间和耐心。

我说，我也算你要找的那种人吧？至少有了一个。

你说，一个不够，至少三个。一个地方没有三个君子，就不能停留。

你劝我，迟早也应该离开。

没有马，但你的披风飘起来了，你走得很快。

直到你走得很远，我还在低声嘀咕：你一定要走吗，失望的旅人？

其实，我也多次想过消失。

但是，这里的山水太美丽了，我实在割舍不得。也许我会搬到山上的窝棚里去，等来几个猎人。他们没有在村子里住过，因此也没有冷眼，没有亢奋，没有夜话，没有怪笑。我选定一两个说得上话的结交，再慢慢扩大，渐渐变成新的村子。

然后，我会经常站在山口，等你回来。

棍 棒

在长白山的林间小屋前，我看到过几根猎户遗下的棍棒。

棍棒不粗也不长，可见它们在还没有汲取足够营养的时候就已经被拔擢、被砍伐。当时，它们曾经得意地环视了一下四周没有入选的小树木，十分自傲。

它们终于成为又硬又滑的棍棒。在驱赶禽鸟、棰楚万物的过程中，它们变得越来越骄横。

它们已经被使用得乌黑油亮，在"棍棒界"也算是前辈了。直到有一天，看到自己当年同龄的伙伴们早已长成了参天巨树，遮风蔽日，雄视群峰，它们才蓦然震惊，自惭形秽。

我不知道今天媒体网络间成千上万个年轻的"恶评家"，是否听懂了我的比喻，那就让我再说一遍——

树木有多种命运，最悲惨的是在尚未成材之前被拔离泥土，成了棍棒。

当它们还是鲜活树枝的时候，基本上不会对其他生命造成伤害。生命与生命之间，有一种无言的契约。

当它们开始成为伤害工具的时候，它们已经失去了自己生命的根基，成了凶器。这时的它们，既可恶，又可怜。

更可怜的是，它们再也回不去了。它们已经泛不起早年的绿色，回不去茂密的森林。

传媒间的很多"棍棒"，都以为自己还能回去。回到山，回到林，回到泥，回到地，回到文，回到学，回到诗，回到艺。回到他们天真无邪的学生时代，回到大学里如梦如幻的专业追求，回到曾经一再告诫他们永不作恶的慈母身边。但是，很抱歉，他们已经完全没有回去的希望。

为此我要劝告这些年轻人：还是下决心加入森林吧，不要受不住诱惑，早早地做了棍棒。如果已经做了棍棒，那还不如滚入火塘，成为燃料，也给这严寒的小屋添一分暖，添一分光。

都江堰

一

一位年迈的老祖宗，没有成为挂在墙上的画像，没有成为写在书里的回忆，而是直到今天还在给后代挑水、送饭，这样的奇事你相信吗？

一匹千年前的骏马，没有成为泥土间的化石，没有成为古墓里的雕塑，而是直到今天还踯躅在家园四周的高坡上，守护着每一个清晨和夜晚，这样的奇事你相信吗？

当然无法相信。但是，由此出现了极其相似的第三个问题——

一个两千多年前的水利工程，没有成为西风残照下的废墟，没有成为考古学家们的难题，而是直到今天还一直执掌着亿万人的生计，这样的奇事你相信吗？

仍然无法相信，但它真的出现了。

它就是都江堰。

这是一个不大的工程，但我敢说，把它放在全人类文明奇迹的第一线，也毫无愧色。

世人皆知万里长城，其实细细想来，它比万里长城更激动人心。万里长城当然也非常伟大，展现了一个民族令人震惊的意志力。但是，万里长城的实际功能历来并不太大，而且早已废弛。都江堰则不同，有了它，旱涝无常的四川平原成了天府之国，每当中华民族有了重大灾难，天府之国总是沉着地提供庇护和濡养。有了它，才有历代贤臣良将的安顿和向往，才有唐宋诗人出川入川的千古华章。说得近一点儿，有了它，抗日战争时的中国才有一个比较稳定的后方。

它细细渗透，节节延伸，延伸的距离并不比万里长城短。或者说，它筑造了另一座万里长城。而一查履历，那座名声显赫的万里长城还是它的后辈。

二

我去都江堰之前，以为它只是一个水利工程罢了，不会有太大的游观价值。只是要去青城山玩，要路过灌县县城，它就在近旁，就趁便看一眼吧。因此，在灌县下车，心绪懒懒的，脚步散散的，在街上胡逛，一心只想看青城山。

七转八弯，从简朴的街市走进了一个草木茂盛的所在。脸面渐觉滋润，眼前愈显清朗，也没有谁指路，只是本能地向更滋润、更清朗的去处去。

忽然，天地间开始有些异常，一种隐隐然的骚动，一种还不太响却一定是非常响的声音，充斥耳际。如地震前兆，如海啸将临，如山崩即至，浑身骤起一种莫名的紧张，又紧张得急于趋附。

不知是自己走去的还是被它吸去的，终于陡然一惊，我已站在伏龙观前——眼前，急流浩荡，大地震颤。

即便是站在海边礁石上，也没有像在这里这样强烈地领受到水的魅力。海水是雍容大度的聚汇，聚汇得太多太深，茫茫一片，让人忘记它是切切实实的水、可掬可捧的水。这里的水却不同，要说多也不算太多，但股股叠叠都精神焕发，合在一起比赛着飞奔的力量，踊跃着喧嚣的生命。

这种比赛又极有规矩，奔着奔着，遇到江心的分水堤，唰的一下裁割为二，直蹿出去，两股水分别撞到了一道坚坝，立即乖乖地转身改向，再在另一道坚坝上撞一下，于是又根据筑坝者的指令来一番调整……

也许水流对自己的驯顺有点儿恼怒了，突然撒起野来，猛地翻卷咆哮，但越是这样，越是显现出一种更壮丽的驯顺。已经咆哮到让人心魄俱夺，也没有一滴水溅错了方向。

水在这里，吃够了苦头，也出足了风头，就像一大拨翻越各种障碍的马拉松健儿，把最强悍的生命付之于规整、付之于企盼、付之于众目睽睽。

看云看雾看日出各有胜地，要看水，万不可忘了都江堰。

三

这一切，首先要归功于遥远的李冰。

四川有幸，中国有幸，公元前三世纪出现过一项并不惹人注目的任命：李冰任蜀郡守。

据我所知，这项任命与秦统一中国的宏图有关。本以为只有把四川作为一个富庶的根据地和出发地，才能从南线问鼎长江流域。然而，这项任命到了李冰那里，却从一个政治计划变成了一个生态计划。

他要做的事，是浚理，是消灾，是滋润，是灌溉。

他是郡守，手握一把长锸，站在滔滔江边，完成了一个"守"字的原始造型。

没有资料可以说明他作为郡守在其他方面的才能，但因为有过他，中国也就有了一种冰清玉洁的行政纲领。

中国后来官场的惯例，是把一批批杰出学者选拔为无所专攻的官僚，而李冰却因官位而成了一名实践科学家。

他当然没有在哪里学过水利。但是，以使命为学校，竭力钻研几载，他总结出治水三字经（"深淘滩，低作堰"）、八字真言（"遇弯截角，逢正抽心"），直到二十世纪仍是水利工程的圭臬。

他的这点学问，永远水汽淋漓。而比他年轻的很多典籍却早已风干，松脆得难以翻阅。

他没有料到，他治水的韬略很快被偷换成了治人的谋略。他没有料到，他想灌溉的沃土都将成为战场。他只知道，这个人种要想不灭绝，就必须要有清泉和米粮。

他大愚，又大智。他大拙，又大巧。他以田间老农的思维，进入了最清澈的人类学思考。

他未曾留下什么生平故事，只留下硬扎扎的水坝一座，让人们去猜想。

人们到这儿一次次纳闷：这是谁啊？死于两千年前，却明明还在指挥水流。站在江心的岗亭前，"你走这边，他走那边"的吆喝声、劝诫声、慰抚声，声声入耳。

李冰在世时已考虑事业的承续，命令自己的儿子做三个石人，镇于江间，测量水位。李冰逝世四百年后，也许三个石人已经损缺，汉代水官重造高及三米的"三神石人"以测量水位。这"三神石人"其中一尊，居然就是李冰的雕像。

这位汉代水官一定是承接了李冰的伟大精魂，竟敢把自己尊敬的祖师放在江中用于镇水测量。他懂得李冰的心意，唯有那里才是其最合适的岗位。

石像终于被岁月的淤泥掩埋。二十世纪七十年代出土时，有一尊石像头部已经残缺，手上还紧握着长锸。有人说，那是李冰的儿子。

即使不是，我仍然把他看成是李冰的儿子。一位现代女作家见到这尊塑像怦然心动——"没淤泥而蔼然含笑，断颈项而长锸在握"，她由此向现代官场衮衮诸公诘问：活着或死了，应该站在哪里？

出土的石像现正在伏龙观里展览。人们在轰鸣如雷的水声中向他们默默祭奠。在这里，我突然产生了对中国历史的某种乐观：只要李冰的精魂不散，李冰的儿子会代代繁衍。轰鸣的江水，便是至圣至善的遗言。

四

看到了一条横江索桥。桥很高，桥索由麻绳、竹篾编成。跨上去，桥身就猛烈摆动。越是犹豫进退，摆动就越大。

在这样高的地方偷看桥下，一定会神志慌乱。但这是索桥，到处漏空，由不得你不看。一看之下，先是惊吓，后是惊叹。

脚下的江流，从那么遥远的地方奔来，一派义无反顾的决绝势头，挟着寒风，吐着白沫，凌厉锐进。我站得这么高还能感觉到它的砭肤冷气，估计是从雪山赶来的吧。但是，再看桥的另一边，它硬是化作许多亮闪闪的河渠，一片慈眉善目。人对自然力的调理，居然做得这么爽利。

如果人类做什么事都这么爽利，地球早已是另一副模样。

都江堰调理自然力的本事，被近旁的青城山做了哲学总结。

青城山是道教圣地，而道教是唯一在中国土生土长的大宗教。道教汲取了老子和庄子的哲学，把水作为教义的象征。水，看似柔顺无骨，却能变得气势滚滚，波涌浪叠，无比强大；看似无色无味，却能挥洒出茫茫绿野，累累硕果，万紫千红；看似自处低下，却能蒸腾九霄，为云为雨，为虹为霞……

看上去，是人在治水；实际上，却是人领悟了水、顺应了水、听从了水。只有这样，才能天人合一，无我无私，长生不老。

这便是道。

道之道，也就是水之道，天之道，生之道。因此，也是李冰之道、都江堰之道。道无处不在，却在都江堰做了一次集中呈现。

因此，都江堰和青城山相邻而居，互相映衬，彼此佐证，成了研修中国哲学的最浓缩课堂。

那天我带着都江堰的浑身水汽，在青城山的山路上慢慢攀登。忽见一道观，进门小憩。道士认出了我，便铺纸研墨，要我留字。我当即写下了一副最朴素的对子：

拜水都江堰

问道青城山

我想，若能把"拜水"和"问道"这两件事当作一件事，那么，也就领悟了中华文化的一大秘密。

秋雨注：此文被收入中国大陆、香港和台湾地区中学语文课本。"5·12"大地震发生后，我在第一时间赶到受灾严重的都江堰，见到学校的废墟上有很多破残的课本，我蹲下身去细看，居然正巧看到了课本上的这篇文章。更让我惊讶的是，那些倒地破损的公共汽车车身上，也印有我写的对联"拜水都江堰，问道青城山"。原来，这两句话已经成为这个城市的形象口号。在巨大灾难中数度看到自己的文字，感受到一种切身的伤痛。我在废墟边站起身来，手上拿着破残的课本。我快速擦去眼泪，立即决定在灾区捐建三个学生图书馆。

道士塔

一

莫高窟门外，有一条河。过河有一片空地，高高低低建着几座僧人圆寂塔。塔呈圆形，状近葫芦，外敷白色。我去时，有几座已经坍弛，还没有修复。只见塔心是一个个木桩，塔身全是黄土，垒在青砖基座上。夕阳西下，朔风凛冽，整个塔群十分凄凉。

有一座塔显得比较完整，大概是修建年代比较近吧。好在塔身有碑，移步一读，猛然一惊：它的主人，竟然就是那个王圆箓！

再小的个子，也能给沙漠留下长长的身影；再小的人物，也能让历史吐出重重的叹息。王圆箓既是小个子，又是小人物。我见过他的照片，穿着土布棉衣，目光呆滞，畏畏缩缩，是那个时代随处可以见到的一个中国平民。他原是湖北麻城的农民，在甘肃当过兵，后来为了谋生做了道士。几经转折，当了敦煌莫高窟的家。

莫高窟以佛教文化为主，怎么会让一个道士来当家？中国的民间信仰本来就是羼杂互融的，王圆箓几乎是个文盲，对道教并不专精，对佛教也不抵拒，却会主持宗教仪式，又会化缘募款，由他来管管这一片冷窟荒庙，也算正常。

但是，世间很多看起来很正常的现象常常掩盖着一个可怕的黑洞。莫高窟的惊人蕴藏，使王圆箓这个守护者与守护对象之间产生了文化等级上的巨大的落差。这个落差，就是黑洞。

我曾读到潘絜兹先生和其他敦煌学专家写的一些书，其中记述了王道士的日常生活。他经常出去化缘，得到一些钱后，就找来一些很不高明的当地工匠，先用草刷蘸上石灰把精美的古代壁画刷去，再抢起铁锤把塑像打毁，用泥巴堆起灵官之类，因为他是道士。但他又想到这里毕竟是佛教场所，于是再让那些工匠用石灰把下寺的墙壁刷白，绘上唐代玄奘到西天取经的故事。他四处打量，觉得一个个洞窟太憋气了，便要工匠们把它们打通。大片的壁画很快灰飞烟灭，成了走道。做完这些事，他又去化缘，准备继续刷，继续砸，继续堆，继续画。

这些记述的语气都很平静，但我每次读到，脑海里也总像被刷了石灰一般，一片惨白。我几乎不会言动，眼前一直晃动着那些草刷和铁锤。

"住手！"我在心底呼喊，只见王道士转过脸来，满脸困惑不解。我甚至想低声下气地恳求他："请等一等，等一等……"但是等什么呢？我脑中依然一片惨白。

二

一九〇〇年六月二十二日（农历五月二十六日），王道士从一个姓杨的帮工那里得知，一处洞窟的墙壁里面好像是空的，里边可能还隐藏着一个洞穴。两人挖开一看，嗬，果然一个满满实实的藏经洞！

王道士完全不明白，此刻，他打开了一扇轰动世界的门户。一门永久性的学问，将靠着这个洞穴建立。无数才华横溢的学者，将为这个洞穴耗尽终生。而且，从这一天开始，他的实际地位已经直蹿而上，比世界上很多著名博物馆馆长还高。但是，他不知道，他不可能知道。

他随手拿了几个经卷到知县那里鉴定，知县又拿给其他官员看。官员中有些人知道一点轻重，建议运到省城，却又心疼运费，便要求原地封存。在这个过程中，消息已经传开，有些经卷已经流出，引起了在新疆的一些外国人士的注意。

当时，英国、德国、法国、俄国等列强，正在中国的西北地区进行着一场考古探险的大拼搏。这个态势，与它们瓜分整个中国的企图紧紧相连。因此，我们应该稍稍离开莫高窟一会儿，看一看全局。

就在王道士发现藏经洞的前几天，在北京，英、德、法、俄、美等外交使团又一次集体向清政府递交照会，要求严惩义和团。恰恰在王道士发现藏经洞的当天，列强决定联合出兵——这就是后来攻陷北京，迫使朝廷外逃，最终又迫使中国赔偿四亿五千万两白银的"八国联军"。

时间，怎么会这么巧？

好像是北京东交民巷外国使馆里的一个决定，立即刺痛了一个庞大机体的神经系统。于是，西北沙漠中一个洞穴的门，霎时打开了。

更巧的是，仅仅在几个月前，甲骨文也被发现了。

我想，藏经洞与甲骨文一样，最能体现一个民族的文化自信。因此，必须猛然出现在这个民族即将失去自信的时刻。

即使是巧合，也是一种伟大的巧合。

遗憾的是，中国学者不能像解读甲骨文一样解读藏经洞了，因为那里的经卷已被悄悄转移。

三

产生这个结果，是因为莫高窟里三个男人的见面。

第一个就是"主人"王圆箓，不多说了。

第二个是匈牙利人斯坦因，刚加入英国籍不久，此时受印度政府和大英博物馆指派，到中国的西北地区考古。他博学、刻苦、机敏、能干，其考古专业水准堪称世界一流，却又具有一个殖民主义者的文化傲慢。他精通七八种语言，却不懂中文，因此引出了第三个人——翻译蒋孝琬。

蒋孝琬长得清瘦文弱，湖南湘阴人。这个人是中国十九世纪后期出现的买办群体中的一个。这个群体在沟通两种文明的过程中常常备受心灵煎熬，又两面不讨好。我一直建议艺术家们在表现中国近代题材的时候不要放过这种桥梁式的悲剧性典范。但是，蒋孝琬好像是这个群体中的异类，他几乎没有感受到任何心灵煎熬。

斯坦因到达新疆喀什时，发现聚集在那里的外国考古学家们有一个共识，就是千万不要与中国学者合作。理由是，中国学者一到关键时刻，例如，在关及文物所有权的当口上，总会在心底产生"华夷之防"的敏感，给外国人带来种种阻碍。但是，蒋孝琬完全不是这样，那些外国人告诉斯坦因："你只要带上了他，敦煌的事情一定成功。"

事实果然如此。从喀什到敦煌的漫长路途上，蒋孝琬一直在给斯坦因讲述中国官场和中国民间的行事方式。到了莫高窟，所有联络、刺探、劝说王圆箓的事，都是蒋孝琬在做。

王圆箓从一开始，就对斯坦因抱着一种警惕、躲闪、拒绝的态度。蒋孝琬蒙骗他说，斯坦因从印度过来，是要把当年玄奘取来的经送回原处去，为此还愿意付一些钱。

王圆箓像很多中国平民一样，对《西游记》里的西天取经故事既熟悉又崇拜，听蒋孝琬绘声绘色地一说，又看到斯坦因神情庄严地一次次焚香拜佛，竟然心有所动。因此，当蒋孝琬提出要先"借"几个"样本"看看时，王圆箓虽然迟疑、含糊了很久，但终于还是塞给了他几个经卷。

于是，又是蒋孝琬，连夜挑灯研读那几个经卷。他发现，那正巧是玄奘取来的经卷的译本。这几个经卷，明明是王圆箓随手取的，居然果真与玄奘有关。王圆箓知道后，激动地看着自己的手指，似乎听到了佛的旨意。洞穴的门，向斯坦因打开了。

当然，此后在经卷堆里逐页翻阅选择的，也是蒋孝琬，因为斯坦因本人不懂中文。

蒋孝琬在那些日日夜夜所做的事，也可以说成是一种重要的文化破读，因为这毕竟是千年文物与能够读懂它的人的第一次隆重相遇。而且，事实证明，蒋孝琬对中国传统文化有着广博的知识、不浅的根底。

那些寒冷的沙漠之夜，斯坦因和王圆箓都睡了，只有他在忙着。睡着的两方都不懂得这一堆堆纸页上的内容，只有他懂得，由他做出取舍裁断。

就这样，一场天下最不公平的"买卖"开始了。斯坦因用极少的钱，换取了中华文明长达好几个世纪的大量文物。而且由此形成惯例，各国冒险家们纷至沓来，满载而去。

有一天王圆箓觉得斯坦因实在要得太多了，就把部分挑出的文物又搬回到藏经洞。斯坦因要蒋孝琬去谈判，打算用四十块马蹄银换回那些文物。没想到，蒋孝琬谈判的结果，居然只花了四块就解决了问题。斯坦因立即赞扬他，说这是又一场"中英外交谈判"的胜利。

蒋孝琬一听，十分得意。我对他的这种得意有点儿厌恶。因为他应该知道，自从鸦片战争以来，所谓的"中英外交谈判"意味着什么。我并不奢望他在心底会对当时已经极其可怜的父母之邦产生一点点惭愧，而只是想，这种桥梁式的人物如果把一方河岸完全扒塌了，他们以后还能干什么。

由此我想，对那些日子莫高窟里的三个男人，我们还应该多看几眼。前面两个一直遭世人非议，而最后一个总是被轻轻放过。

比蒋孝琬更让我吃惊的是，近年来中国文化界有一些评论者一再宣称，斯坦因以考古学家的身份取走敦煌藏经洞的文物并没有错，是正大光明的事业，而像我这样耿耿于怀，却是"狭隘的民族主义"。

是"正大光明"吗？请看斯坦因自己的回忆：

> 深夜我听到了细微的脚步声，那是蒋在侦察，看是否有人在我的帐篷周围出现。一会儿他扛了一个大包回来，那里装有我今天白天挑出的一切东西。王道士鼓足勇气同意了我的请求，但条件很严格，除了我们三个外，不得让任何人得知这笔交易，哪怕是丝毫暗示。

从这种神态动作，你还看不出他们在做什么吗？

四

斯坦因终于取得了九千多个经卷、五百多幅绘画，打包装箱就整整花了七天时间。最后打成了二十九个大木箱，原先带来的那些骆驼和马匹不够用了，又雇来了五辆大车，每辆都拴上三匹马来拉。

那是一个黄昏，车队启动了。王圆篆站在路边，恭敬相送。斯坦因"购买"这二十九个大木箱的稀世文物，所支付给王圆篆的全部价钱，我一直不忍心写出来，此刻却不能不说一说了。那就是，三十英镑！但是，这点钱对王圆箓来说，毕竟比他平时到荒村野郊去化缘来的，多得多了。因此，他认为这位"斯大人"是"布施者"。

斯坦因向他招过手，抬起头来看看天色。

一位年轻诗人写道，斯坦因看到的，是凄艳的晚霞。那里，一个古老民族的伤口在流血。

我又想到了另一位年轻诗人的诗——他叫李晓桦，诗是写给下令火烧圆明园的额尔金勋爵的：

> 我好恨
>
> 恨我没早生一个世纪
>
> 使我能与你对视着站立在
>
> 阴森幽暗的古堡
>
> 晨光微露的旷野
>
> 要么我拾起你扔下的白手套
>
> 要么你接住我甩过去的剑
>
> 要么你我各乘一匹战马
>
> 远远离开遮天的帅旗
>
> 离开如云的战阵
>
> 决胜负于城下

对于斯坦因这些学者，这些诗句也许太硬。但是，除了这种办法，还有什么方式能阻拦他们呢？

我可以不带剑，也不骑马，只是伸出双手做出阻拦的动作，站在沙漠中间，站在他们车队的正对面。

满脸堆笑地走上前来的，一定是蒋孝琬。我扭头不理他，只是直视着斯坦因，要与他辩论。

我要告诉他，把世间文物统统拔离原生的土地，运到地球的另一端收藏展览，是文物和土地的双向失落、两败俱伤。我还要告诉他，借口别人管不好家产而占为己有，是一种掠夺……

我相信，也会有一种可能，尽管概率微乎其微——我的激情和逻辑终于压倒了斯坦因，于是车队果真被我拦了下来。

那么，接下来该怎么办呢？当然应该送交京城。但当时，藏经洞文物不是也有一批送京的吗？其情景是，没有木箱，只用席子捆扎，沿途官员缙绅伸手进去就取走一把。有些官员还把大车赶进自己的院子里精挑细选，择优盗取。盗取后又怕到京后点数不符，便把长卷撕成几个短卷来凑数搪塞。

当然，更大的麻烦是，那时的中国处处军阀混战，北京更是乱成一团。在兵丁和难民的洪流中，谁也不知道脚下的土地明天将会插上哪家的军旗。几辆装载古代经卷的车，怎么才能通过？怎样才能到达？

那么，不如叫住斯坦因，还是让他拉到伦敦的博物馆里去吧。但我当然不会这么做。我知道斯坦因看出了我的难处，因为我发现，被迫留下了车队而离去的他，正一次次回头看我。

我假装没有看见，只用眼角余光默送他和蒋孝琬慢慢远去，终于消失在黛褐色的山丘后面。然后，我再回过身来。

长长一排车队，全都停在苍茫夜色里，由我掌管。但是，明天该去何方？

这里也难，那里也难，我左思右想，最后只能跪倒在沙漠里，大哭一场。

五

一九四三年十月二十六日，八十二岁的斯坦因在阿富汗的喀布尔去世。

此时是中国抗日战争进行得最艰苦的日子。中国，又一次在生死关头被世人认知，也被自己认知。

在斯坦因去世的前一天，伦敦举行"中国日"活动，博物馆里的敦煌文物又一次引起热烈关注。

在斯坦因去世的同一天，中国历史学会在重庆成立。

我知道，处于弥留之际的斯坦因不可能听到这两个消息。

有一件小事让我略感奇怪，那就是斯坦因的墓碑铭文：

> 马尔克·奥莱尔·斯坦因
>
> 印度考古调查局成员
>
> 学者、探险家兼作家
>
> 通过极为困难的印度、中国新疆、波斯、伊拉克之行，扩展了知识领域

他平生带给西方世界最大的轰动是敦煌藏经洞，为什么在墓碑铭文里故意回避了，只提"中国新疆"？敦煌并不在新疆，而是在甘肃。

我约略知道此间原因。那就是，他在莫高窟的所作所为，已经受到文明世界越来越严厉的谴责。

阿富汗的喀布尔，是斯坦因非常陌生的地方。整整四十年他一直想进去而未被允许，刚被允许进入，却什么也没有看到就离开了人世。

他被安葬在喀布尔郊区的一个外国基督教徒公墓里，但他的灵魂又

怎么能安定下来?

直到今天,这里还备受着贫困、战乱和宗教极端主义的包围。而且,蔓延四周的宗教极端主义,正好与他信奉的宗教完全对立。小小的墓园,是那样孤独、荒凉和脆弱。

我想,他的灵魂最渴望的,是找一个黄昏,再潜回敦煌去看看。

如果真有这么一个黄昏,那么,他见了那座道士塔,会与王圆箓说什么呢?

我想,王圆箓不会向他抱怨什么,却会在他面前稍稍显得有点儿趾高气扬。因为道士塔前,天天游人如潮,虽然谁也没有投来过尊重的目光。而斯坦因的墓地前,永远阒寂无人。

沙原隐泉

沙漠中也会有路的，但这儿没有。

远远看去，有几行歪歪扭扭的脚印。

顺着脚印走吧？不行，被人踩过了的地方反而松得难走。只能用自己的脚，去走一条新路。回头一看，为自己长长的脚印高兴。不知这行脚印，能保存多久？

挡眼是几座巨大的沙山。只能翻过它们，别无他途。上沙山实在是一项无比辛劳的苦役。刚刚踩实一脚，稍一用力，脚底就松松地下滑。用力越大，陷得越深，下滑也愈加厉害。才踩几脚，已经气喘，不禁恼怒。

我在浙东山区长大，在幼童时已经能够欢快地翻越大山。累了，一使蛮劲，还能飞奔峰巅。这儿可万万使不得蛮劲。软软的细沙，既不硌脚，也不让你磕撞，只是款款地抹去你的全部气力。你越发疯，它越温柔，温柔得可恨至极。无奈，只能暂息雷霆之怒，把脚底放松，与它厮磨。

要噌噌噌地快步登山，那就不要到这儿来。有的是栈道，有的是石阶，千万人走过了的，还会有千万人走。只是，那儿不给你留下脚印——属于你自己的脚印。来了，那就认了吧，为沙漠行走者的公规，为这些美丽的脚印。

心气平和了，慢慢地爬。沙山的顶越看越高，爬多少它就高多少，简直像儿时追月。

已经担心今晚的栖宿。狠一狠心，不宿也罢，爬！再不理会那高远的目标了，何必自己惊吓自己。它总在的，看也在，不看也在，那么，看又何益？

还是转过头来打量一下自己已经走过的路吧。我竟然走了那么长，爬了那么高！脚印已像一条长不可及的绸带，平静而飘逸地画下了一条波动的曲线，曲线一端，紧系脚下。

完全是大手笔，不禁钦佩起自己来了。

不为那越来越高的山顶，只为这已经画下的曲线，爬。

不管能抵达哪儿，只为已耗下的生命，爬。

无论怎么说，我始终站在已走过的路的顶端——永久的顶端，不断浮动的顶端，自我的顶端，未曾后退的顶端。

沙山的顶端是次要的。爬，只管爬。

脚下突然平实，眼前突然空阔，怯怯地抬头四顾——山顶还是被我爬到了。

完全不必担心栖宿，西天的夕阳还十分灿烂。

夕阳下的绵绵沙山是无与伦比的天下美景。光与影以最畅直的线条进行分割，金黄和黛赭都纯净得毫无斑驳，像用一面巨大的筛子筛过了。日夜的风，把风脊、山坡塑成波荡，那是极其款曼平适的波，不含一丝涟纹。

于是，满眼皆是畅快，一天一地都被铺排得大大方方、明明净净。色彩单纯到了圣洁，气韵委和到了崇高。

为什么历代的僧人、信众、艺术家偏偏要选中沙漠沙山来倾注自己的信仰，建造了莫高窟、榆林窟和其他洞窟？站在这儿，我懂了。我把自身的顶端与山的顶端合在一起，心中鸣起了天乐般的梵呗。

刚刚登上山脊时，已发现山脚下尚有异象，舍不得一眼看全。待放眼鸟瞰一过，此时才敢仔细端详。那分明是一湾清泉，横卧山底。

动用哪一个藻饰词，都会是对它的亵渎。只觉它来得莽撞，来得怪异，安安静静地躲藏在本不该有它的地方，让人的眼睛看了很久还不大能够适应。再年轻的旅行者，也会像慈父心疼女儿一样叫一声：这是什么地方，你怎么也跑来了！

是的，这无论如何不是它该来的地方。要来，该来一道黄浊的激流，但它是这样清澈和宁谧。或者，来一个大一点儿的湖泊，但它是这样纤瘦和婉约。按它的品貌，该落脚在富春江畔、雁荡山间，或是从虎跑到九溪的树荫下。

漫天的飞沙，难道从未把它填塞？夜半的飓风，难道从未把它吸干？这里可曾出没过强盗的足迹，借它的甘泉赖以为生？这里可曾蜂聚过匪帮的马队，在它身边留下一片污浊？

我胡乱想着，随即又愁云满面。怎么走近它呢？我站立峰巅，它委身山底。向着它的峰坡，陡峭如削。此时此刻，刚才的攀登，全化成了悲哀。

向往峰巅，向往高度，结果峰巅只是一道刚能立足的狭地。不能横行，不能直走，只享一时俯视之乐，怎可长久驻足安坐？上已无路，下又艰难，我感到从未有过的孤独与惶恐。

世间真正温煦的美色，都熨帖着大地，潜伏在深谷。君临万物的高度，到头来只构成自我嘲弄。我已看出了它的讥谴，于是怯怯地来试探下削的陡坡。

咬一咬牙，狠一狠心。总要出点事了，且把脖子缩紧，歪扭着脸上肌肉把脚伸下去。一脚，再一脚，整个骨骼都已准备好了一次重重的摔打。

然而，奇了，什么也没有发生。才两脚，已出溜下去好几米，又站得十分稳当。不前摔，也不后仰，一时变作了高加索山头上的普罗米修斯。

再稍用力，如入慢镜头，跨步若舞蹈，只十来下，就到了山底。

实在惊呆了：那么艰难地爬了几个时辰，下来只是几步！想想刚才伸脚时的悲壮决心，哑然失笑。康德说，滑稽是预期与后果的严重失衡，正恰是这种情景。

来不及多想康德了，急急向泉水奔去。

一湾不算太小，长可三四百步，中间最宽处相当于一条中等河道。水面之下，漂动着丛丛水草，使水色绿得更浓。竟有三只玄身水鸭，轻浮其上，带出两翼长长的波纹。真不知它们如何飞越万里关山，找到这儿。水边有树，不少已虬根曲绕，该有数百岁高龄。

总之，一切清泉静池所应该有的，这儿都有了。至此，这湾泉水在我眼中又变成了独行侠——在荒漠的天地中，全靠一己之力，张罗出了一个可人的世界。

树后有一陋屋，正迟疑，步出一位老尼，手持悬项佛珠，满脸皱纹布得细密而宁静。

她告诉我，这儿本来有寺，毁于二十年前。我不能想象她的生活来源，讷讷地问，她指了指屋后一条路，淡淡地说：会有人送来。

我想问她的事情自然很多。例如，为何孤身一人长守此地，什么年岁初来这里。终是觉得对于佛家，这种追问过于钝拙，掩口作罢。目光又转向这脉静池，答案应该都在这里。

茫茫沙漠，滔滔流水，于世无奇。唯有大漠中如此一湾，风沙中如此一静，荒凉中如此一景，高坡后如此一跌，才深得天地之韵律、造化之机巧，让人神醉情驰。

以此推衍，人生、世界、历史，莫不如此。给浮嚣以宁静，给躁急以清冽，给高蹈以平实，给粗犷以明丽。唯其这样，人生才见灵动，世界才显精致，历史才有风韵。

因此，老尼的孤守不无道理。当她在陋室里听够了一整夜惊心动魄的风沙呼啸时，明晨，就可以借着明净的水色把耳根洗净。当她看够了泉水的湛绿，抬头，即可望望灿烂的沙壁。

山，名为鸣沙山；泉，名为月牙泉。皆在敦煌境内。

阳关雪

中国历史，较多关注文化人的官场身份。但奇怪的是，当峨冠博带早已零落成泥之后，那一杆竹管毛笔偶尔涂画的诗文，却有可能镌刻山河，雕镂人心，永不漫漶。

我曾有缘，在黄昏的江船上仰望过白帝城，在浓洌的秋霜中登临过黄鹤楼，还在一个除夕的深夜摸到了寒山寺。我的周围人头济济，可以肯定，绝大多数人的心头，都回荡着那几首不必引述的古诗。

人们来寻景，更来寻诗。这些诗，他们在孩提时代就能背诵。孩子们的想象，诚恳而逼真。因此，这些城，这些楼，这些寺，早在心头自行搭建。

待到年长，当他们刚刚意识到有足够脚力的时候，也就给自己负上了一笔沉重的宿债，焦渴地企盼着对诗境实地的踏访，为童年，为想象，为无法言传的文化归属。

有时候，这种焦渴，简直就像对失落的故乡的寻找，对离散的亲人的查访。

文人的魔力，竟能把偌大一个世界的生僻角落，变成人人心中的故乡。他们薄薄的青衫里，究竟藏着什么法术呢？

今天，我冲着王维的那首《渭城曲》，去寻阳关了。出发前曾在下榻

71

的县城向老者打听，回答是："路又远，也没什么好看的。这雪一时下不停，别去受这个苦了。"我向他鞠了一躬，转身钻进雪里。

一走出小小的县城，便是沙漠。除了茫茫一片雪白，什么也没有，连一个褶皱也找不到。在别地赶路，总要在每一段为自己找一个目标，盯着一棵树，赶过去，然后再盯着一块石头，赶过去。在这里，睁疼了眼也看不见一个目标，哪怕是一片枯叶、一个黑点。于是，只好抬起头来看天。

从未见过这样完整的天，一点儿没有被吞食、被遮蔽，边沿全是挺展展的，紧扎扎地把大地罩了个严实。

有这样的地，天才叫天；有这样的天，地才叫地。在这样的天地中独个儿行走，侏儒也变成了巨人；在这样的天地中独个儿行走，巨人也变成了侏儒。

天竟晴了，风也停了，阳光很好。没想到沙漠中的雪化得这样快，才片刻，地上已见斑斑沙底，却不见湿痕。

天边渐渐飘出几缕烟迹，并不动，却在加深。疑惑半晌，才发现，那是刚刚化雪的山脊。

地上有一些奇怪的凹凸，越来越多，终于构成了一种令人惊骇的铺陈。我猜了很久，又走近前去蹲下身来仔细观看，最后得出结论：那全是远年的坟堆。

这里离县城已经很远，不大会成为城里人的丧葬之地。这些坟堆被风雪所蚀，因年岁而塌，枯瘦萧条，显然从未有人祭扫。它们为什么会有那么多，又排列得那么密呢？比较合理的解释，这里是古战场。

我在望不到边际的坟堆中茫然前行，心中浮现出如雨的马蹄，如雷的呐喊，如注的热血。随之，更多的图像接连而来：中原慈母的白发，江南春闺的遥望，湖湘稚儿的夜哭；故乡柳荫下的诀别，将军咆哮时的怒目，丢盔弃甲后的军旗……这一切，随着一阵烟尘，又一阵烟尘，都飘散远去。

我相信，死者临死时都面向着朔北敌阵，但他们又很想在最后一刻回过头来，给熟悉的土地投注一个目光。于是，他们扭曲地倒下了，化作一座座沙堆。

远处已有树影。疾步赶去，树下有水流，沙地也有了高低坡斜。登上一个坡，猛一抬头，看见不远的山峰上有荒落的土墩一座，我凭直觉确信，这便是阳关了。

树愈来愈多，开始有房舍出现。这是对的，重要关隘所在，屯扎兵马之地，不能没有这些。转几个弯，再直上一道沙坡，爬到土墩底下，四处寻找，近旁正有一碑，上刻"阳关古址"四字。

这是一个俯瞰四野的制高点。北风浩荡万里，直扑而来，踉跄几步，方才站住。脚是站住了，却分明听到自己牙齿打战的声音。呵一口热气到手掌，捂住双耳用力蹦跳几下，才定下心来睁眼。

这儿的雪没有化，当然不会化。所谓古址，已经没有什么故迹，只有近处的烽火台还在，这就是刚才在下面看到的土墩。土墩已坍了大半，可以看见一层层泥沙，拌和着一层层苇草。苇草飘扬出来，在千年之后的寒风中抖动。

向前俯视，是西北的群山，都积着雪，直伸天际。我突然觉得自己是站在大海边的礁石上，那些山，全是冰海冻浪。

王维的笔触实在温厚。对于这么一个阳关，他仍然不露惊骇之色，而只是淡雅地写道："劝君更尽一杯酒，西出阳关无故人。"他瞟了一眼渭城客舍窗外青青的柳色，看了看友人已打点好的行囊，微笑着举起了酒杯。

这杯酒，友人一定是毫不推却、一饮而尽的。

这便是唐人风范。他们多半不会声声悲叹，执袂劝阻。他们的目光放得很远，他们的人生道路铺展得很广。告别是经常的，步履是放达的。这种神貌，在李白、高适、岑参那里，焕发得愈加豪迈。由此联想到，在南北各地的古代造像中，唐人造像一看便可识认，形体那么健美，目光那么平静，笑容那么肯定，神采那么自信。

可惜，在唐代之后，九州的文风渐渐刻板。阳关，再也难以享用温醇的诗句。西出阳关的文人越来越少，只有陆游、辛弃疾等人一次次在梦中抵达，倾听着穿越沙漠冰河的马蹄声。但是，梦毕竟是梦，他们都在梦中死去。

即便是土墩、石城，也受不住见不到诗人的寂寞。阳关坍弛了，坍弛在一个民族的精神疆域中。它终成废墟，终成荒原。身后，沙坟如潮；身前，寒峰如浪。谁也不能想象，这儿，一千多年之前验证过人生旅途的壮美、艺术情怀的宏广。

这儿应该有几声胡笳和羌笛的，如壮汉啸吟，与自然浑合，却夺人心魄。可惜它们后来都不再欢跃，成了兵士们心头的哀音。既然一个民族都不忍听闻，它们也就消失在朔风之中。

回去吧，时间已经不早，怕还要下雪。

山庄背影

一

我们这些人，对清代总有一种复杂的情感阻隔。记得很小的时候，历史老师讲到"扬州十日"、"嘉定三屠"时，眼含泪花，这是清代的开始；而讲到"火烧圆明园"、"戊戌变法"时又有泪花了，这是清代的尾声。年迈的老师一哭，孩子们也跟着哭。清代历史，是小学中唯一用眼泪浸润的课程。从小种下的怨恨，很难化解得开。

老人的眼泪和孩子们的眼泪拌和在一起，使这种历史情绪有了一种最世俗的力量。我小学的同学全是汉族，没有满族。因此很容易在课堂里获得一种共同语言，好像汉族理所当然是中国的主宰，你满族为什么要来抢夺呢？抢夺去了能够弄好倒也罢了，偏偏越弄越糟，最后几乎让外国人给瓜分了。于是，在闪闪泪光中，我们懂得了什么是汉奸、什么是卖国贼、什么是民族大义、什么是气节。我们似乎也知道了中国之所以落后于世界列强，关键就在于清代后期的腐败无能，而辛亥革命的启蒙者们重新点燃汉人对这个清朝的仇恨，提出"驱除鞑虏，恢复中华"的口号，又是多么有必要、多么让人解气。清朝终于被推翻了，但至今在很多中国人心里，它仍然是一种冤孽般的存在。

年长以后，我开始对这种情绪产生警惕。因为无数事实证明：在我们中国，许多情绪化的社会评判规范，虽然堂而皇之地传之久远，却包含着极大的不公正。我们缺少人类普遍意义上的价值启蒙，因此这些情绪化的社会评判规范大多是从封建正统观念引申出来的，带有很大盲目性。

先是姓氏正统论，刘汉、李唐、赵宋、朱明……在同一姓氏的传代系列中所出现的继承人，哪怕是昏君、懦夫、色鬼、守财奴、精神失常者，都是合法而合理的；而外姓人氏若有觊觎，即便有一千条一万条道理，也站不住脚，真伪、正邪、忠奸全由此划分。由姓氏正统论扩而大之，就是民族正统论。这种观念要比姓氏正统论复杂得多，你看辛亥革命的闯将们与封建主义的姓氏正统论势不两立，却也需要大声宣扬民族正统论，便是例证。

汉族当然非常伟大，没有理由要受到外族的屠杀和欺凌。问题是，不能由此而把汉族等同于中华，把中华历史的正义、光亮、希望全部压在汉族一边。与其他民族一样，汉族也有大量的污浊、昏聩和丑恶，它的统治者曾一再地把整个中国历史推入死胡同。在这种情况下，历史有可能做出超越汉族正统论的选择，而这种选择又未必是倒退。

为此，我要写写承德的避暑山庄。清代的史料成捆成扎，把这些留给历史学家吧，我们，只要轻手轻脚地绕到这个消夏的别墅里去偷看几眼也就够了。

二

承德的避暑山庄是清代皇家园林，又称"热河行宫"、"承德离宫"，虽然闻名史册，但久为禁苑，又地处塞外，历来光顾的人不多。我去时，找了山庄背后的一个旅馆住下。那时正是薄暮时分，我独个儿走出住所大门，对着眼前黑黝黝的山岭发呆。查过地图，这山岭便是避暑山庄北部的最后屏障，就像一把罗圈椅的椅背。在这张罗圈椅上，休息过一个疲惫的王朝。

奇怪的是，整个中华版图都已归属了这个王朝，为什么还要把这把休息的罗圈椅放到长城之外呢？清代的帝王们在这张椅子上面南而坐的时候，都在想些什么呢？

月亮升起来了，眼前的山壁显得更加巍然怆然。北京的故宫把几个不同的朝代混杂在一起，谁的形象也看不真切；而在这里，远远地、静静地、纯纯地、悄悄地，躲开了中原王气，藏下了一个不羼杂的清代。它实在对我产生了一种巨大的诱惑，从第二天开始，我便一头埋到了山庄里边。

山庄很大，本来觉得北京的颐和园已经大得令人咋舌了，它竟比颐和园还大整整一倍，据说装下八九个北海公园是没有问题的。我想不出国内还有哪个古典园林能望其项背。山庄里面，除了南部的宫殿外，还有开阔的湖区、平原区和山区。尤其是山区，几乎占了整个山庄的八成，这让游惯了别的园林的人很不习惯。园林是用来休闲的，何况是皇家园林，大多追求方便平适，有的也会堆几座小山装点一下。哪有像这儿的，硬是圈进莽莽苍苍一大片真正的山岭来消遣？这个格局，包含着一种需要我们抬头仰望、低头思索的审美观念和人生观念。

山庄里有很多楹联和石碑，上面的文字大多由皇帝们亲自撰写。他们当然想不到多少年后会有我们这些陌生人闯入他们的私家园林来读这些文字。这些文字是他们写给后辈继承人看的。我踏着青苔和蔓草，辨识和解读着一切能找到的文字，连藏在山间树林中的石碑都不放过。一路走去，终于可以有把握地说：山庄的营造，完全出自一代政治家在精神上的强健。

首先是康熙。他是走了一条艰难而又成功的长途才走进山庄的，到这里来喘口气，应该。

他一生的艰难都是自找的。他的父辈本来已经给他打下了一个很完整的江山，他八岁即位，十四岁亲政，年纪轻轻一个孩子，坐享其成就是了，能在如此辽阔的疆土、如此兴盛的运势前做些什么呢？他稚气未脱的眼睛，竟然疑惑地盯上了两个庞然大物：一个是朝廷中最有权势的辅政大臣鳌拜，一个是自恃当初领清兵入关有功、拥兵自重于南方的吴三桂。平心而论，对于这样与自己的祖辈、父辈都有密切关系的重要政治势力，有几人能下得了决心去动手？但康熙却向他们，也向自己挑战了。他，十六岁上干净利落地除了鳌拜集团，二十岁开始向吴三桂开战，花八年时间，征战取得彻底胜利。

他等于把到手的江山重新打理了一遍，使自己从一个继承者变成了创业者。他成熟了，眼前几乎已经找不到什么对手，但他还是经常骑着马，在中国北方的山林草泽间徘徊，这是他祖辈崛起的所在，他在寻找着自己的生命和事业的依托点。

他每次都要经过长城。长城多年失修，已经破败。对着这堵历代帝王切切关心的城墙，他想了很多。他的祖辈是破长城进来的，没有吴三桂也绝对进得了，那么长城究竟有什么用呢？堂堂一个朝廷，难道就靠这些砖块去保卫？但是如果没有长城，他们的防线又在哪里呢？他思考的结果，可以从一六九一年他的一份上谕中看出个大概。

那年五月，古北口总兵官蔡元向朝廷提出，他所管辖的那一带长城"倾塌甚多，请行修筑"，康熙竟然不同意，他的上谕是：

秦筑长城以来，汉、唐、宋亦常修理，其时岂无边患？明末我太祖统大兵长驱直入，诸路瓦解，皆莫能当。可见守国之道，唯在修德安民。民心悦则邦本得，而边境自固，所谓"众志成城"者是也。如古北、喜峰口一带，朕皆巡阅，概多损坏，今欲修之，兴工劳役，岂能无害百姓？且长城延袤数千里，养兵几何方能分守？

说得实在是很有道理。

康熙希望能筑起一座无形的长城。对此，他有硬的一手和软的一手。硬的一手是在长城外设立"木兰围场"，每年秋天，由皇帝亲自率领王公大臣、各级官兵一万余人去进行大规模的"围猎"，实际上是一种声势浩大的军事演习。这既可以使王公大臣们保持住勇猛、强悍的人生风范，又可顺便对北方边境起一个威慑作用。"木兰围场"既然设在长城之外的边远地带，离北京就很有一点距离，如此众多的朝廷要员前去秋猎，当然要建造一些大大小小的行宫，而热河行宫就是其中最大的一座。

软的一手是与北方边疆的各少数民族建立起一种常来常往的友好关系，他们的首领不必长途进京，也能在长城之外找到与清廷交谊的场所，以及各自的宗教场所，这就是热河行宫和它周围的寺庙群要承担的另一种重大功能。

总之，软硬两手最后都汇集到这一座行宫、这一个山庄里来了，说是避暑，说是休息，意义却又远远不止于此。把复杂的政治目的转化为一片幽静闲适的园林、一圈香火缭绕的寺庙，这不能不说是康熙的大本事。

康熙几乎每年立秋之后都要到"木兰围场"参加一次为期二十天的秋猎，一生共参加了四十八次。每次围猎，情景都极为壮观。先由康熙选定逐年轮换的狩猎区域，然后就搭建一百七十多座大帐篷为"内城"、二百五十多座大帐篷为"外城"，城外再设警卫。第二天拂晓，八旗官兵在皇帝的统一督导下集结围拢。在上万官兵的齐声呐喊下，康熙一马当先，引弓射猎，每有所中便引来一片欢呼。然后，扈从大臣和各级将士也紧随康熙射猎。

康熙身强力壮，骑术高明，围猎时智勇双全，弓箭上的功夫更让王公大臣由衷惊服，因而他本人的猎获就很多。

晚上，营地上篝火处处，肉香飘荡，人笑马嘶，而康熙还必须回到帐篷里批阅每天疾驰送来的奏章文书。

康熙一生打过许多著名的仗，但在晚年，他最得意的还是自己打猎的成绩，因为这纯粹是他个人生命力的验证。一七一九年康熙自"木兰围场"行猎后返回避暑山庄时，曾兴致勃勃地告谕御前侍卫：

> 朕自幼至今，凡用鸟枪弓矢获虎一百三十五，熊二十，豹二十五，猞猁狲十，麋十四，狼九十六，野猪一百三十二，哨获之鹿数百，其余围场内随便射获诸兽不胜记矣。朕曾于一日内射兔三百一十八，若庸常人，毕世亦不能得此一日之数也。

这笔流水账，他说得很得意，我们读得也很高兴。身体的强健和精神的强健是连在一起的，须知中国历史上多的是病恹恹的皇帝，他们即便再"内秀"，却何以面对如此庞大的国家？

由于强健，他有足够的精力处理复杂的西藏事务和蒙古事务，解决治理黄河、淮河和疏通漕运等大问题，而且大多很有成效，功泽后世。由于强健，他还愿意勤奋地学习，结果不仅武功一流，"内秀"也十分了得，成为中国历代皇帝中特别有学问也特别重视学问的一位。

谁能想得到呢，这位清朝帝王竟然比明代历朝皇帝更热爱汉族传统文化。大凡经、史、子、集、诗、书、音律，他都下过一番功夫，其中对朱熹哲学钻研最深。他亲自批点《资治通鉴纲目大全》，还下令访求遗散在民间的善本珍籍加以整理，大规模组织人力编辑出版了卷帙浩繁的《古今图书集成》和字典辞书，文化气魄铺天盖地。直到今天，我们研究中国古代文化还离不开那些重要的工具书。在他倡导的文化气氛下，涌现了一大批优秀的文史专家。在这一点上，很少有哪个朝代能与康熙朝相比肩。

以上讲的还只是我们所说的"国学"，可能更让现代读者惊异的是他的"西学"。因为即使到了现代，在我们印象中，国学和西学虽然可以沟通，但在同一个人身上深谙两边的毕竟不多。然而早在三百年前，康熙皇帝竟然在北京故宫和承德避暑山庄认真研究了欧几里得几何学，经常演算习题，又学习了法国数学家巴蒂的《实用和理论几何学》，并比较了它与欧几里得几何学的差别。他的老师是当时来中国的一批西方传教士，但后来他的演算比传教士还快。以数学为基础，康熙又进而学习了西方的天文、历法、物理、医学，与中国原有的这方面知识比较，取长补短。在自然科学问题上，中国官僚和外国传教士经常发生矛盾，康熙从不袒护中国官僚，也不主观臆断，而是靠自己认真学习，几乎每次都做出了公正的裁断。

这一切，居然与他所醉心的"国学"互不排斥，居然与他一天射猎三百一十八只野兔互不排斥，居然与他一连串重大的政治行为、军事行为、经济行为互不排斥！

我并不认为康熙给中国带来了根本性的希望，他的政权也做过不少坏事，如臭名昭著的文字狱之类。我想说的只是，在中国历代帝王中，这位少数民族出身的帝王具有异乎寻常的生命力，他的人格比较健全。

有时，个人的生命力和人格会给历史留下重重的印记。与康熙相比，明代的许多皇帝都活得太不像样了，鲁迅说他们是"无赖儿郎"，的确有点儿像。尤其让人生气的是明代万历皇帝（神宗）朱翊钧，在位四十八年，亲政三十八年，竟有二十五年时间躲在深宫之内不见外人的面，完全不理国事，连内阁首辅也见不到他，不知在干什么。他聚敛的金银如山似海，但当辽东起事、朝廷束手无策时问他要钱，他死也不肯拿出来，最后拿出一个无济于事的小零头，竟然都是因窖藏太久变黑发霉、腐蚀得不能见天日的银子。这是一个失去了人格支撑的心理变态者，但他又集权于一身，明朝怎能不垮？他死后还有后代继位，但明朝已在他的手里败定了。康熙与他正相反，把生命从深宫里释放出来，在旷野、猎场和各个知识领域挥洒，避暑山庄就是他这种生命方式的一个重要吐纳点。

三

康熙与晚明帝王的对比，避暑山庄与万历深宫的对比，当时的汉族知识分子当然也感受到了，心情比较复杂。

开始，大多数汉族知识分子都坚持抗清复明，甚至在赳赳武夫们纷纷掉头转向之后，一群柔弱的文人还宁死不屈。文人中也有一些著名的变节者，但他们往往也承受着深刻的心理矛盾和精神痛苦。

我想这便是文化的力量。一切军事争逐都是浮面的，而事情到了要摇撼某个文化生态系统的时候才会真正变得严重起来。

一个民族、一个国家、一个人种，其最终意义不是军事的、地域的、政治的，而是文化的。当时江南地区好几次重大的抗清事件，都起于"削发"之事，即汉人历来束发而清人强令削发，甚至到了"留头不留发，留发不留头"的地步。头发的样式看来事小，却关及文化生态。结果，是否"毁我衣冠"的问题成了"夷夏抗争"的最高爆发点。

这中间，最能把事情与整个文化系统联系起来的是文化人，最懂得文明和野蛮的差别，并把"鞑虏"与野蛮连在一起的也是文化人。老百姓的头发终于被削掉了，而不少文人还在拼死坚持。著名大学者刘宗周住在杭州，自清兵进杭州后便绝食，二十天后死亡；他的门生、另一位著名大学者黄宗羲投身于武装抗清行列，失败后回余姚家乡事母、著述；又一位著名大学者顾炎武，武装抗清失败后便开始流浪，谁也找不着他，最后终老陕西……这些宗师如此强硬，他们的门生和崇拜者们当然也多有追随。

但是，事情到了康熙那儿却发生了一些微妙的变化。文人们依然像朱耷笔下的秃鹰，以"天地为之一寒"的冷眼看着朝廷，而朝廷却奇怪地流泻出一种压抑不住的对汉文化的热忱。开始大家以为是一种笼络人心的策略，但从康熙身上看，好像不完全是。

他在讨伐吴三桂的战争还没有结束的时候，就迫不及待地下令各级官员以"崇儒重道"为目的，向朝廷推荐"学问兼优、文辞卓越"的士子，由他亲自主考录用，称作"博学鸿词科"。

这次被保荐、征召的共一百四十三人，后来录取了五人。其中有傅山、李颙等人被推荐了却宁死不应考。傅山被人推荐后又被强抬进北京，他见到"大清门"三字便滚倒在地，两泪直流。如此行动举止，康熙不仅不怪罪，反而免他考试，任命他为"中书舍人"。他回乡后不准别人以"中书舍人"称他，但这个时候说他对康熙本人还有多大仇恨，大概谈不上了。

李颙也是如此，受到推荐后称病拒考，被人抬到省城后竟以绝食相抗，众人只得作罢。这事发生在康熙十七年，康熙本人二十五岁。没想到二十五年后，年过半百的康熙西巡时还记得这位强硬的学人，要召见他。李颙没有应召，但心里毕竟已经很过意不去了，派儿子李慎言做代表应召，并送自己的两部著作《四书反身录》和《二曲集》给康熙。这件事带有一定的象征性，表示最有抵触的汉族知识分子也开始与康熙和解了。

与李颙相比，黄宗羲是大人物了。康熙对黄宗羲更是礼敬有加，多次请黄宗羲出山未能如愿，便命令当地巡抚到黄宗羲家里，把黄宗羲写的书认真抄来，送入宫内以供自己拜读。这一来，黄宗羲也不能不有所感动。与李颙一样，自己出面终究不便，便由儿子代理。黄宗羲让自己的儿子黄百家进入皇家修史部门，帮助完成康熙交下的修《明史》的任务。你看，即便是原先与清廷不共戴天的黄宗羲、李颙他们，也觉得儿子一辈可以在康熙手下好生过日子了。这不是变节，也不是妥协，而是一种文化生态意义上的开始认同。既然康熙对汉文化认同得那么诚恳，汉族文人为什么就完全不能与他认同呢？

黄宗羲不是让儿子参加康熙下令编写的《明史》吗？编《明史》这事给汉族知识界震动不小。康熙任命了大历史学家徐元文、万斯同、张玉书、王鸿绪等负责此事，要他们根据《明实录》如实编写，说"他书或以文章见长，独修史宜直书实事"。他还多次要大家仔细研究明代晚期破败的教训，引以为戒。汉族知识界要反清复明，而清廷君主竟然亲自领导着汉族的历史学家在冷静研究明代了。这种研究又高于反清复明者的思考水平，那么，对峙也就不能不渐渐化解了。《明史》后来成为整个二十四史中写得较好的一部，这是直到今天还要承认的事实。

当然，也还余留着几个坚持不肯认同的文人。例如，康熙时代浙江有个叫吕留良的学者，在著书和讲学中还一再强调孔子思想的精义是"尊王攘夷"。这个提法，在他死后被湖南一个叫曾静的落第书生看到了，很是激动，赶到浙江找到吕留良的儿子和学生几人，筹划反清。

这时康熙也早已过世，已是雍正年间，这群文人手下无一兵一卒，能干成什么事呢？他们打听到川陕总督岳钟琪是岳飞的后代，想来肯定能继承岳飞遗志来抗击外夷，就派人带给他一封策反的信，眼巴巴地请他起事。

这事说起来已经有点儿近乎笑话。岳飞抗金到那时已隔着整整一个元朝、整整一个明朝，清朝也已过了八九十年，算到岳钟琪身上都是多少代的事啦，居然还想着让他凭着一个"岳"字拍案而起，中国书生的昏愚和天真就在这里。

岳钟琪是清朝大官，做梦也没有想过要反清，接信后虚假地应付了一下，理所当然地报告了雍正皇帝。雍正下令逮捕了这个谋反集团，又亲自阅读了书信、著作，觉得其中有好些观点需要自己写文章来与汉族知识分子辩论。他认为有过康熙一代，已有足够的事实证明清代统治者并不差，可为什么还有人要对抗清廷？于是这位皇帝亲自编了一部《大义觉迷录》颁发各地，而且特免肇事者曾静等人的死罪，让他们专到江浙一带去宣讲。

雍正的《大义觉迷录》写得颇为诚恳。他的大意是：不错，我们是夷人，我们是"外国"人，但这是籍贯而已，天命要我们来抚育中原生民，被抚育者为什么还要把华、夷分开来看？你们所尊重的舜是东夷之人、文王是西夷之人，这难道有损于他们的圣德吗？吕留良这样著书立说的人，将前朝康熙皇帝的文治武功、赫赫盛德都加以隐匿和诬蔑，实在是不顾民生国运只泄私愤了。外族入主中原，可能反而勇于为善，如果著书立说的人只认为生在中原的君主不必修德行仁也可享有名分，而外族君主即便励精图治也得不到褒扬，外族君主为善之心也会因之而懈怠，受苦的不还是中原百姓吗？

雍正的这番话带着明显的委屈情绪，而且是给父亲康熙打抱不平，也真有一些动人的地方。但他的整体思维显然比不上康熙，口口声声说自己是"外国"人、"夷人"，在一些前提性的概念上把事情搞复杂了。他的儿子乾隆看出了这个毛病，即位后把《大义觉迷录》全部收回，列为禁书，杀了被雍正赦免的曾静等人，开始大兴文字狱。

除了华、夷之分的敏感点外，其他地方雍正倒是比较宽容、有度量，听得进忠臣贤士们的尖锐意见和建议，因此在执政的前期，做了不少好事，国运可称昌盛。这样一来，即便存有异念的少数汉族知识分子也不敢有什么想头，到后来也真没有什么想头了。其实本来这样的人已不可多觅，雍正和乾隆都把文章做过了头。真正第一流的大学者，在乾隆时代已经不想做反清复明的事情。

乾隆靠着人才济济的智力优势，靠着康熙、雍正给他奠定的丰厚基业，也靠着他本人的韬略雄才，做起了中国历史上福气最好的大皇帝。承德避暑山庄，他来得最多，总共逗留的时间很长，因此他的踪迹更是随处可见。乾隆也经常参加"木兰秋猎"，亲自射获的猎物也极为可观，但他的主要心思却放在边疆征战上。避暑山庄和周围的外八庙内，记载这种征战成果的碑文极多。

这种征战与汉族的利益没有冲突，反而弘扬了中国的国威，连汉族知识界也引以为荣，甚至可以把乾隆看成是华夏圣君了。但我细看碑文之后却产生一个强烈的感觉：有的仗迫不得已，打打也可以，但多数战争的必要性深可怀疑——需要打得这么大吗？需要反复那么多次吗？需要杀得如此残酷吗？

好大喜功的乾隆把他的所谓"十全武功"雕刻在避暑山庄里乐滋滋地自我品尝，这使山庄回荡出一些燥热而又不祥的气氛。在满、汉文化对峙基本上结束之后，这里洋溢着的是中华帝国的自得情绪。

一七九三年九月十四日，一个英国使团来到避暑山庄，乾隆以盛宴欢迎，还在山庄的万树园内以大型歌舞和焰火晚会招待，避暑山庄一片热闹。英方的目的是希望乾隆同意他们派使臣常驻北京，在北京设立洋行；希望中国开放贸易口岸，在广州附近拨一些地方让英商居住；又希望英国货物在广州至澳门的内河流通时能获免税和减税的优惠。本来，这些都是可以谈判的事，但对于居住在避暑山庄、一生喜欢用武力炫耀华夏威仪的乾隆来说，却不存在任何谈判的可能。

他给英国国王写了信，信的标题是"赐英吉利国王敕书"。信内对一切要求全部拒绝，说"天朝尺土俱归版籍，疆址森然，即岛屿沙洲，亦必划界分疆，各有专属"；"从无外人等在北京城开设货行之事"；"此与天朝体制不合，断不可行"。至今有人认为这几句话充满了爱国主义的凛然大义，与以后清廷签订的卖国条约不可同日而语。对此，我实在不敢苟同。

本来康熙早在一六八四年就已开放海禁，在广东、福建、浙江、江苏分设四个海关欢迎外商来贸易。过了七十多年，乾隆反而关闭其他海关只许外商在广州贸易。外商在广州也有许多可笑的限制，例如，不准学说中国话、买中国书，不许坐轿，更不许把妇女带来，等等。

康熙向传教士学西方自然科学，关系不错，而乾隆却把天主教给禁了。

乾隆在避暑山庄训斥外国帝王的朗声言辞，使这座园林掺杂进了某种凶兆。

四

我在山庄松云峡乾隆诗碑的西侧，读到了他儿子嘉庆写的一首诗。

嘉庆即位后经过这里，看到父亲那些得意扬扬的诗作后不禁长叹一声：父亲的诗真是深奥，而我这个做儿子的却实在觉得肩上的担子太重了！（"瞻题蕴精奥，守位重仔肩。"）

嘉庆一生都在面对内忧外患，最后不明不白地死在避暑山庄。

道光皇帝继嘉庆之位时已近四十岁，没有什么才能，只知艰苦朴素，穿的裤子还打过补丁。朝中大臣竞相模仿，穿了破旧衣服上朝，一眼看去，这个朝廷已经没有多少气数了。

父亲死在避暑山庄，畏怯的道光也就不愿意去那里了，让它空关了几十年。他有时想想也该像祖宗一样去打一次猎，打听能不能不经过避暑山庄就可以到"木兰围场"，回答说没有别的道路，他也就不去了。像他这么个可怜巴巴的皇帝，似乎本来就与山庄和打猎没有缘分。鸦片战争已经爆发，他忧愁的目光只能一直注视着南方。

避暑山庄一直关到一八六〇年九月，突然接到命令，咸丰皇帝要来，赶快打扫。咸丰这次来时带的银两特别多，原来是来逃难的，英法联军正威胁着北京。咸丰这一来就不走了，东走走西看看，庆幸祖辈留下这么个好地方让他躲避。他在这里又批准了好几份丧权辱国的条约，但签约后还是不走，直到一八六一年八月二十二日死在这儿，差不多住了近一年。

咸丰一死，避暑山庄热闹了好些天，各种政治势力围着遗体进行着明明暗暗的较量。一场被历史学家称为"辛酉政变"的行动方案在山庄的几间屋子里制订。然后，咸丰的灵柩向北京起运，浩浩荡荡。避暑山庄的大门，又一次紧紧地关住了。而在这支浩浩荡荡的队伍中间，很快站出来一个二十七岁的青年女子，她将统治中国数十年。

她就是慈禧，离开了山庄后再也没有回来。不久她又下了一道命令，说热河避暑山庄已经几十年不用，殿亭各宫多已倾圮，只是咸丰皇帝去时稍稍修治了一下，现在咸丰已逝，众人已走，"所有热河一切工程，着即停止"。

这个命令，与康熙不修长城的谕旨前后辉映，却又辉映成了一种反讽。康熙的"长城"也终于倾塌了，荒草凄迷，暮鸦回翔，旧墙斑驳，霉苔处处，而大门却紧紧地关着。

关住了那些宫殿房舍倒也罢了，还关住了那么些苍郁的山、晶亮的水。显然，清王朝终于把它丢弃了。被丢弃了的它很可怜，丢弃了它的清王朝更可怜，连一把罗圈椅也坐不到了。

后来慈禧在北京重修了一个颐和园，与避暑山庄"对峙"。塞外朔北的园林不会再有对峙的能力和兴趣，它似乎已属于另外一个时代。热河的雄风早已吹散，清朝从此阴气重重、劣迹斑斑。

当一个新的世纪来到的时候，一大群汉族知识分子向这个政权发出了毁灭性声讨。避暑山庄，在这个时候是一个邪恶的象征，老老实实躲在远处，尽量不要叫人发现。

五

清王朝灭亡后，社会震荡，世事忙乱。直到一九二七年六月二日，大学者王国维先生在颐和园投水而死，才让全国智者肃然沉思。

王国维先生的死因众说纷纭，我们且不管它，只知道这位汉族文化大师拖着清代的一条辫子，自尽在清代的皇家园林里，遗嘱为"五十之年，只欠一死；经此世变，义无再辱"。

他不会不知道明末清初为汉族人是束发还是留辫之争发生过惊人的血案，他不会不知道刘宗周、黄宗羲、顾炎武这些大学者的慷慨行迹，他更不会不知道按照世界历史的进程，社会巨变乃属必然。但是，他还是死了。

我赞成陈寅恪先生的说法，王国维先生并不是死于政治斗争、人事纠葛，而是死于一种文化：

> 凡一种文化值衰落之时，为此文化所化之人，必感苦痛，其表现此文化之程量愈宏，则其所受之苦痛亦愈甚；迨既达极深之度，殆非出于自杀无以求一己之心安而义尽也。

> （《王观堂先生挽词并序》）

王国维先生实在无法把文化与清廷分割开来。在他的书架里，《古今图书集成》、《康熙字典》、《四库全书》、《红楼梦》、《桃花扇》、《长生殿》、乾嘉学派、纳兰性德都历历在目，每一本、每一页都无法分割。在他看来，在他身边殒灭的，是一个文化意义上的古典时代。

他，只想留在古典时代。

我们记得，在康熙手下，汉族高层知识分子经过剧烈的心理挣扎已开始与朝廷建立文化认同，没有想到的是，当康熙的事业破败之后，文化认同还未消散。为此，王国维先生要以生命来祭奠它。他没有从心理挣扎中找到希望，死得可惜又死得必然。

知识分子总是不同寻常，他们总要在政治、军事的折腾之后表现出长久的文化韧性。文化变成了他们的生命，只有靠生命来拥抱文化了，别无他途。明末以后是这样，清末以后也是这样。

文化的极度脆弱和极度强大，都在王国维先生纵身投水的扑通声中呈现无遗。

王国维先生到颐和园这也还是第一次，是从一个同事处借了五元钱才去的。颐和园门票六角，死后口袋中尚余四元四角。他去不了承德，也推不开山庄紧闭的大门。

今天，我面对着避暑山庄的清澈湖水，却不能不想起王国维先生的面容和身影。我轻轻地叹息一声：一个风云数百年的朝代，总是以一群强者英武的雄姿开头，而打下最后一个句点的，却常常是一些文质彬彬的凄怨灵魂。

　　秋雨注：这篇文章发表于一九九三年，后来被中国评论界看成是全部"清宫电视剧"的肇始之文。"清宫电视剧"拍得不错，但整体历史观念与我有很大差别。我对清代宫廷的看法，可参见本书没有收录的另一篇文章《宁古塔》。

抱愧山西

一

十余年前的某一天，我在翻阅一堆史料的时候大吃一惊，便急速放下手上的其他工作，专心致志地研究起来。很长一段时间，我查检了一本又一本的书籍，阅读了一篇又一篇的文稿，终于将信将疑地接受了这样一个结论：在十九世纪乃至以前相当长的时期内，中国最富有的省份不是我们现在可以想象的那些地区，而竟是山西。直到二十世纪初，山西仍是中国的金融贸易中心。北京、上海、广州、武汉等城市里那些比较像样的金融机构，最高总部大抵都在山西平遥县和太谷县几条寻常的街道间。这些大城市，只不过是腰缠万贯的山西商人小试身手的码头而已。

山西商人之富，有许多数字可以引证，本文不做经济史的专门阐述，姑且省略了吧。反正在清代全国商业领域，人数最多、资本最厚、散布最广的是山西人；每次全国性募捐，捐出银两数最大的是山西人；要在全国排出最富的家庭和个人，最前面的一大串名字大多也是山西人；甚至，在京城宣告歇业回乡的各路商家中，携带钱财最多的又是山西人。

按照我们往常的观念，富裕必然是少数人残酷剥削多数人的结果。

但事实是，山西商业的发达、豪富人家的消费，大大提高了所在地的就业幅度和整体生活水平。那些大商人都是在千里万里间的金融流通过程中获利的，并不构成对当地人民的剥削。因此与全国相比，当时山西城镇民众的一般生活水平也不低。

有一份材料有趣地说明了这个问题。一八二〇年，文化思想家龚自珍在《西域置行省议》一文中提出了一个大胆的政治建议。他认为自乾隆末年以来，民风腐败，国运堪忧，城市中"不士、不农、不工、不商之人，十将五六"，因此建议把这种无业人员大批西迁，再把一些人多地少的省份如河北、河南、山东、陕西、江西、福建等地的民众大规模西迁，使之无产变为有产、无业变为有业。他觉得内地只有两个地方可以不考虑（"毋庸议"）西迁，一是江浙一带，那里的人民筋骨柔弱，吃不消长途跋涉；二是山西省——

山西号称海内最富，土著者不愿徙，毋庸议。

（《龚自珍全集》，上海人民出版社，第一〇六页）

龚自珍这里所指的不仅仅是富商，也包括土生土长的山西百姓。

其实，细细回想起来，即便在我本人有限的见闻中，可以验证山西之富的信号也曾屡屡出现，可惜我把它们忽略了。例如，现在苏州有一个规模不小的"中国戏曲博物馆"，我多次陪外国艺术家去参观，几乎每次都让客人们惊叹不已。尤其是那个精妙绝伦的戏台和观剧场所，连贝聿铭这样的国际建筑大师都视为奇迹。但整个博物馆的原址却是"三晋会馆"，即山西人到苏州来做生意时的一个聚会场所。说起来苏州也算富庶繁华的了，没想到山西人轻轻松松来盖了一个会馆就把风光占尽。记得当时我也曾为此发了一阵呆，却没有往下细想。

又如，翻阅宋氏三姊妹的多种传记，总会读到宋霭龄到丈夫孔祥熙家乡去的描写，于是知道孔祥熙这位国民政府的财政部长也正是从山西太谷县走出来的。美国人罗比·尤恩森写的那本传记中说："霭龄坐在一顶十六个农民抬着的轿子里，孔祥熙则骑着马。但是，使这位新娘大为吃惊的是，在这次艰苦的旅行结束时，她发现了一种前所未闻的最奢侈的生活……因为一些重要的银行家住在太谷，所以这里常常被称为'中国的华尔街'。"我初读这本传记时也曾经在这些段落间稍稍停留，却没有去琢磨让宋霭龄这样的人物吃惊、被美国传记作家称为"中国的华尔街"，意味着什么。

看来，山西之富在我们上一辈人的心目中一定是常识，我们的误解完全是出于对历史的无知。在我们这一辈，产生这种误解的远不止我一人。

因此，好些年来，我一直小心翼翼地期待着一次山西之行。

二

我终于来到了山西。为了平定一下慌乱的心情，我先把一些著名的常规景点看完，最后才郑重其事地逼近我心里埋藏的那个大问号。

我的问号吸引了不少山西朋友，他们陪着我在太原一家家书店的角角落落寻找有关资料。黄鉴晖先生所著的《山西票号史》是我自己在一个书架的底层找到的，而那部洋洋一百二十余万言、包罗着大量账单报表的大开本《山西票号史料》则是一直为我开车的司机李文俊先生从一家书店的库房里"挖"出来的，连他也因每天听我在车上讲这讲那知道了我的需要。

待到资料搜集得差不多，我就在电视编导章文涛先生、歌唱家单秀荣女士等一批山西朋友的陪同下，驱车向平遥和祁县出发了。在山西最红火的年代，财富的中心并不在省会太原，而在平遥、祁县和太谷，其中又以平遥为最。

朋友们都笑着对我说，虽然全车除了我之外都是山西人，但这次旅行的向导应该是我，原因只在于我读过比较多的史料。

连"向导"也是第一次来，那么这种旅行自然也就成了一种寻找。

我知道，首先该找的是平遥西大街上中国第一家专营异地汇兑业务的"票号"——大名鼎鼎的"日昇昌"的旧址。这是今天中国大地上各式银行的"乡下外祖父"。

听我说罢，大家就对西大街上每一个门庭仔细打量起来。

这一打量不要紧，才两三家，我们就已经被一种从未领略过的气势所压倒。这实在是一条神奇的街，精雅的屋宇接连不断，森然的高墙紧密呼应。经过一两百年的风风雨雨，处处已显出苍老，但风骨犹在，竟然没有太多的破败和潦倒。

街道并不宽，每个体面门庭的花岗岩门槛上都有两道很深的车辙印痕，可以想见当年这儿是如何车水马龙的热闹。这些车马来自全国各地乃至国境之外，驮载着金钱，驮载着风险，驮载着扬鞭千里的英武气概，驮载着远方的风土人情和方言，驮载出一个南来北往经济血脉的大流畅。

西大街上每一个像样的门庭我们都走进去了，乍一看都像是气吞海内的"日昇昌"，仔细一打听又都不是。直到最后，看到平遥县文物局立的一块说明牌，才认定"日昇昌"的真正旧址。被一个机关占用着，但房屋结构基本保持原样，甚至连当年的匾额楹联还静静地悬挂着。

我站在这个院子里凝神遥想：就是这儿，在几个聪明的山西人的指挥下，古老的中国终于有了一种大范围的异地货币汇兑机制，卸下了实银运送重担的商业流通，被激活了。

我知道，每一家被我们怀疑成"日昇昌"的门庭当时都在做着近似的文章，不是大票号就是大商行。如此密集的金融商业构架必然需要更大的城市服务系统来配套，其中包括旅馆业、餐饮业和娱乐业，当年平遥城会繁华到何等程度，约略可以想见。

我很想找山西省的哪个领导部门建议，下一个不大的决心，尽力恢复平遥西大街的原貌。

因为基本的建筑都还保存完好，只要洗去那些现代涂抹，便会洗出一条充满历史厚度的老街，洗出山西人上几个世纪的自豪。

恢复西大街后，如果力量允许，应该再设法恢复整个平遥古城。平遥的城墙、街道还基本完好，如果能恢复，就可以成为中国明清时代中小型城市的一个标本。

平遥西大街是当年山西商人的工作场所，那他们的生活场所又是什么样的呢？离开平遥后我们来到了祁县的乔家大院，一踏进大门就立即理解了当年宋霭龄女士在长途旅行后大吃一惊的原因。我到过全国各地的很多大宅深院，但一进这个宅院，记忆中的诸多名园便立即显得过于柔雅小气。万里驰骋收敛成一个宅院，宅院的无数飞檐又指向着无边无际的云天。钟鸣鼎食不是靠着先祖庇荫，而是靠着不断地创业。因此，这个宅院没有任何避世感、腐朽感或诡秘感，而是处处呈现出一代巨商的人生风采。

为此，我在阅读相关资料的时候经常抬起头来想象：创建了"海内最富"奇迹的人们，你们究竟是何等样人，是怎么走进历史又从历史中消失的呢？

我只在《山西票号史料》中看到过一幅模糊不清的照片："日昇昌"票号门外，为了拍照，端然站立着两个白色衣衫的年长男人，仪态平静，似笑非笑。这就是你们吗？

三

山西平遥、祁县、太谷一带，自然条件并不好，没有太多的物产。经商的洪流从这里卷起，重要的原因恰恰在于这一带客观环境欠佳。

万历《汾州府志》卷二记载："平遥县地瘠薄，气刚劲，人多耕织少。"

乾隆《太谷县志》卷三说，太谷县"民多而田少，竭丰年之谷，不足供两月。故耕种之外，咸善谋生，跋涉数千里，率以为常。士俗殷富，实由此焉"。

读了这些疏疏落落的官方记述，我不禁对山西商人深深地敬佩起来。

家乡那么贫困、那么拥挤，怎么办呢？可以你争我夺，蝇营狗苟；可以自甘潦倒，忍饥挨饿；可以埋首终身，聊以糊口；当然，也可以破门入户，抢掠造反。按照我们所熟悉的历史观，过去的一切贫困都出自政治原因，因此唯一值得称颂的道路只有让所有的农民都投入政治性的反抗。

但是，在山西的这几个县，竟然有这么多农民做出了完全不同于以上任何一条道路的选择。

他们不甘受苦，却又毫无政权欲望。他们感觉到了拥挤，却又不愿意倾轧乡亲同胞。他们不相信不劳而获，却又不愿将一生的汗水都向一块狭小的泥土上灌浇。

他们把迷惘的目光投向家乡之外的辽阔天地，试图用一个男子汉的强韧筋骨走出另外一条摆脱贫困的大道。他们多数没有多少文化，却向中国传统的文化观念，提供了一些另类思考。

他们首先选择的，正是"走西口"。口外，驻防军、垦殖者和游牧者需要大量的生活用品，塞北的毛皮又吸引着内地的贵胄之家，商事往返一出现，还呼唤出大量旅舍、客店、饭庄……总而言之，口外确实能创造出很大的生命空间。

自明代"承包军需"和"茶马互市"，很多先驱者已经做出了出关远行的榜样。从清代前期开始，山西农民"走西口"的队伍越来越大，于是我们都听到过的那首民歌也就响起在许多村口、路边：

> 哥哥你走西口，
> 小妹妹我实在难留。
> 手拉着哥哥的手，
> 送哥送到大门口。
>
> 哥哥你出村口，
> 小妹妹我有句话儿留：
> 走路走那大路口，
> 人马多来解忧愁。
>
> 紧紧地拉着哥哥的袖，
> 汪汪的泪水肚里流。
> 只恨妹妹我不能跟你一起走，
> 只盼哥哥你早回家门口。
> ……

我怀疑，我们以前对这首民歌的理解过于肤浅了。我怀疑，我们直到今天也未必有理由用怜悯的目光去俯视这一对对年轻夫妻的离别。

听听这些多情的歌词就可明白，远行的男子在家乡并不孤苦伶仃。他们不管是否成家，都有一份强烈的爱恋，都有一个足可生死与之的伴侣。他们本可过一种艰辛而温馨的日子了此一生，但他们还是狠狠心踏出了家门。他们的恋人竟然也都能理解，把绵绵的恋情从小屋里释放出来，交付给朔北大漠。

哭是哭了，唱是唱了，走还是走了。我相信，那些多情女子在大路边滴下的眼泪，为山西终成"海内最富"的局面播下了最初的种子。

这不是臆想。你看乾隆初年山西"走西口"的队伍中，正挤着一个来自祁县乔家堡村的贫苦的青年农民，他叫乔贵发，来到口外一家小当铺里当了伙计。就是这个青年农民，开创了乔家大院的最初家业。

乔贵发和他后代所开设的"复盛公"商号，奠定了整整一个包头市的商业基础，以致出现了这样一句广泛流传的民谣："先有复盛公，后有包头城。"

谁能想到，那一个个擦一把眼泪便匆忙向口外走去的青年农民，竟然有可能成为一座偌大的城市、一种宏伟的文明的缔造者！因此，当我看到山西电视台拍摄的专题片《走西口》以大气磅礴的交响乐来演奏这首民歌时，不禁热泪盈眶。

山西人经商当然不仅仅是"走西口"，到后来，他们东南西北几乎无所不往了。由"走西口"到闯荡全中国，多少山西人一生都颠簸在漫漫长途中。当时交通落后、邮递不便，其间的辛劳和酸楚也实在是说不完。一个成功者背后隐藏着无数的失败者，在宏大的财富积累后面，山西人付出了极其昂贵的人生代价。黄鉴晖先生记述过乾隆年间一些山西远行者的辛酸故事——

临汾县有一个叫田树楷的人从小没有见过父亲的面，他出生的时候父亲就在外面经商，一直到他长大，父亲还没有回来。他依稀听说，父亲走的是西北一路，因此就下了一个大决心，到陕西、甘肃一带苦苦寻找、打听。整整找了三年，最后在酒泉街头遇到一个山西老人，竟是他的父亲。

阳曲县的商人张瑛外出做生意，整整二十年没能回家。他的大儿子张廷材听说他可能在宣府，便去寻找他，但张廷材去了多年也没有了音信。小儿子张廷榕长大了再去找父亲和哥哥，找了一年多没有找到，盘缠用完了，成了乞丐。在行乞时他遇见一个农民，似曾相识，仔细一看竟是哥哥。哥哥告诉他，父亲的消息已经打听到了，在张家口卖菜。

交城县徐学颜的父亲远行关东做生意二十余年杳无音信。徐学颜长途跋涉到关东寻找，一直找到吉林省东北端的一个村庄，才遇到一个乡亲。乡亲告诉他，他父亲早已死了七年。

……

不难想象，这一类真实的故事可以没完没了地讲下去，一切"走西口"、闯全国的山西商人，心头都埋藏着无数这样的故事。于是，年轻恋人的歌声更加凄楚了：

> 哥哥你走西口，
> 小妹妹我苦在心头，
> 这一走要去多少时候，
> 盼你也要白了头！

被那么多失败者的故事重压着，被恋人凄楚的歌声拖牵着，山西商人却越走越远。他们要走出一个好听一点儿的故事，他们迈出的步伐既悲怆又沉静。

四

义无反顾地出发，并不一定能到达预想的彼岸，在商业领域尤其如此。

山西商人全方位的成功，与他们良好的人格素质有关。

我接触的材料不多，只是朦胧感到，山西商人在人格素质上至少有以下几个方面十分引人注目——

其一，坦然从商。

做商人就是做商人，没有什么遮遮掩掩、羞羞答答的。这种心态，在我们中国长久未能普及。士、农、工、商，是人们心目中的社会定位序列，商人处于末位，虽不无钱财却地位卑贱，与仕途官场几乎绝缘。为此，许多人即便做了商人也竭力打扮成"儒商"，发了财则急忙办学，让子弟正正经经做个读书人。在这一点上可以构成对比的是安徽商人，本来徽商也是一支十分强大的商业势力，完全可与山西商人南北抗衡。但徽州民风又十分重视科举，使一大批很成功的商人在后代的人生取向上进退维谷。

这种情景在山西没有出现，小孩子读几年书就去学着做生意了，大家都觉得理所当然。最后连雍正皇帝也认为山西的社会定位序列与别处不同，竟是：第一经商，第二务农，第三行伍，第四读书（见雍正二年对刘于义奏疏的朱批）。

在这种独特的心理环境中，山西商人对自身职业没有太多的精神负担，把商人做纯粹了。

其二，目光远大。

山西商人本来就是背井离乡的远行者，因此经商时很少有空间框范，而这正是商业文明与农业文明的本质差异。整个中国版图都在其视野之内，谈论天南海北就像谈论街坊邻里，这种在地理空间上的心理优势，使山西商人最能发现各个地区在贸易上的强项和弱项、潜力和障碍，然后像下一盘围棋一样把它一一走通。

你看，当康熙皇帝开始实行满蒙友好政策、停息边陲战火之后，山西商人反应最早，很快知道自己该干什么了。面向蒙古、新疆乃至西伯利亚的庞大商队组建起来了，光"大盛魁"的商队就拴有骆驼十万头。商队带出关的商品必须向华北、华中、华南各地采购，因而他们又把整个中国的物产特色和运输网络掌握在手中。

又如，清代南方以盐业赚钱最多，但盐业由政府实行专卖，许可证都捏在两淮盐商手上，山西商人本难插足。但他们不着急，只在两淮盐商资金紧缺的时候给予慷慨借贷，条件是稍稍让给他们一点盐业经营权。久而久之，两淮盐业便越来越多地被山西商人所控制。可见山西商人始终凝视着全国商业大格局，不允许自己在哪个重要块面上有缺漏。人们可以称赞他们"随机应变"，但对"机"的发现，正由于视野的开阔、目光的敏锐。

当然，最能显现山西商人目光的，莫过于一系列票号的建立了。他们先人一步看出了金融对于商业的重要，于是就把东南西北的金融脉络梳理通畅，稳稳地把自己放在全国民间钱财流通主宰者的地位上。我想，拥有如此的气概和谋略，大概与三晋文明的长久陶冶有关，我们只能抬头仰望了。

其三，讲究信义。

山西商人能快速地打开大局面，往往出自结队成帮的群体行为，而不是偷偷摸摸的个人冒险。

只要稍一涉猎山西的商业史料，便立即会看到一批又一批的所谓"联号"。或是兄弟，或是父子，或是朋友，或是乡邻，组合成一个有分有合、互通有无的集团势力，大模大样地铺展开去，不仅气势压人，而且呼应灵活、左右逢源，构成一种商业大气候。

其实，山西商人即便对联号系统之外的商家也会尽力帮助。其他商家借了巨款而终于无力偿还，借出的商家便大方地一笔勾销，这样的事情对山西商人来说，不足为奇。

例如，我经常读到这样一些史料：有一家商号欠了另一家商号白银六万两，到后来实在还不起了，借入方的老板就到借出方的老板那里磕了个头，说明困境，借出方的老板就挥一挥手，算了事了；一个店欠了另一个店千元现洋，还不起，借出店为了照顾借入店的自尊心，就让他象征性地还了一把斧头、一个箩筐，哈哈一笑也算了事。

山西人机智而不小心眼，厚实而不排他，不愿意为了眼前小利而背信弃义，这可称之为"大商人心态"——在南方商家中虽然也有，但不如山西坚实。

众所周知，当时我国的金融信托事业还没有公证机制和监督机制，即便失信也几乎不存在惩处机制，一切全都依赖信誉和道义。金融信托事业的竞争，说到底是信誉和道义的竞争。在这场竞争中，山西商人长久地处于领先地位，他们能给远远近近的异乡人一种极其稳定的可靠感，这实在是很了不得的事情。

其四，严于管理。

山西商人最早发迹的年代，全国商业、金融业的管理基本上处于无政府状态。例如，众多的票号就从来不必向官府登记、领执照、纳税，也基本上不受法律的约束。面对这么多的自由，山西商人却没有表现出放纵习气，而是加紧制定行业规范和经营守则，通过严格的自我约束，在无序中求得有序。因为他们明白，无序的行为至多得益于一时，不能立业于长久。

我曾恭敬地读过清代许多山西商家的"号规"，内容不仅严密、切实，而且充满智慧，即便从现代管理学的眼光去看也很有价值，足可证明在当时山西商人中已经出现了一批真正的管理专家。例如，规定所有的职员必须订立从业契约，并划出明确等级，收入悬殊，定期考察升迁；高级职员与财东共享股份，到期分红，使整个商行在利益上休戚与共、情同一家；总号对于遍布全国的分号容易失控，因此制定分号向总号和其他分号的报账规则，以及分号职工的汇款、省亲规则……凡此种种，使许多山西商号的日常运作越来越正规。一代巨贾也就不必在管理上手忙脚乱，分得出精力去开拓新的领域了。

以上几个方面，不知道是否大体勾勒出了山西商人的人格素质？不管怎么说，有了这几个方面，当年"走西口"的小伙子们也就像模像样地掸一掸身上的尘土，堂堂正正地走进了一代中国富豪的行列。

何谓山西商人？我的回答是："走西口"的哥哥回来了，回来在一个十分强健的人格水平上。

五

然而，一切逻辑概括总带有"提纯"后的片面性。实际上，只要再往深处窥探，山西商人的人格素质中还有脆弱的一面。

他们人数再多，在整个中国还是一个稀罕的群落；他们敢作敢为，却也经常遇到自信的边界。他们奋斗了那么多年，却从来没有遇到过一个能够代表他们说话的思想家。他们的行为缺少高层理性力量的支撑，他们的成就没有被赋予雄辩的历史理由。几乎所有的文化学者都一直在躲避着他们。他们已经有力地改变了中国社会，但社会改革家们却一心注目于政治，把他们冷落在一边。

说到底，他们只能靠钱财发言，但钱财的发言在当时又是那样缺少道义力量，究竟能产生多少社会效果呢？没有外在的社会效果，也就难以抵达人生的大安详。

是时代，是历史，是环境，使这些商业实务上的成功者没能成为历史意志的觉悟者，他们只能是一群缺少皈依的强人，一拨精神贫乏的富豪，一批在根本性的大问题上还不能掌握得住自己的掌柜。

他们的出发地和终结点都在农村，当他们成功发迹而执掌一大门户时，封建家长制是他们可追慕的唯一范本。于是他们的商业人格不能不自相矛盾乃至自相分裂，有时还会做出与创业时判若两人的作为。在我看来，这正是山西商人在风光数百年后终于困顿、迷乱、内耗、败落的内在原因。

在这里，我想谈一谈几家票号历史上一些不愉快的人事纠纷。

最大的纠纷发生在日昇昌总经理雷履泰和副总经理毛鸿翙之间。毫无疑问，两位都是那个时候堪称全国一流的商业管理专家，一起创办了日昇昌票号，因此也是中国金融史上一个新阶段的开创者，都应该名垂史册。雷履泰气度恢宏，能力超群，又有很大的交际魅力，几乎是天造地设的商界领袖；毛鸿翙虽然比雷履泰年轻十七岁，却也是才华横溢、英气逼人。两位强人撞到了一起，开始时亲如手足、相得益彰，但在事业获得成功之后却不可避免地遇到了一个中国式的大难题：究竟谁是第一功臣？

一次，雷履泰生了病在票号中休养，日常事务不管，但遇到大事还是要由他拍板。这使毛鸿翙觉得有点儿不大痛快，便对财东老板说："总经理在票号里养病不太安静，还是让他回家休息吧。"财东老板就去找了雷履泰，雷履泰说："我也早有这个意思。"当天就回家了。

过几天财东老板去雷家探视，发现雷履泰正忙着向全国各地的分号发信，便问他干什么。雷履泰说："老板，日昇昌票号是你的，但全国各地的分号却是我安设在那里的，我正在一一撤回来好交代给你。"

老板一听大事不好，立即跪在雷履泰面前，求他千万别撤分号。雷履泰最后只得说："起来吧，我估计让我回家也不是你的主意。"老板求他重新回票号视事，雷履泰却再也不去上班。老板没办法，只好每天派伙计送酒席一桌、银子五十两。

毛鸿翙看到这个情景，知道自己不能再在日昇昌待下去了，便辞职去了蔚泰厚布庄。

这事件乍一听都会为雷履泰叫好，但转念一想又觉得不是味道。是的，雷履泰获得了全胜，毛鸿翙一败涂地，然而这里无所谓是非，只是权术。用权术击败的对手是一段辉煌历史的共创者，于是这段历史也立即破残。中国许多方面的历史总是无法写得痛快淋漓、有声有色，很大一部分原因就在于这种代表性人物之间必然会产生恶性冲突。商界的竞争较量不可避免，但一旦脱离业务的轨道，在人生的层面上把对手逼上绝路，总与健康的商业动作规范相去遥遥。

毛鸿翙当然也要咬着牙齿进行报复。他到了蔚泰厚之后，就把日昇昌票号中两个特别精明能干的伙计挖走并委以重任，三个人配合默契，把蔚泰厚的业务快速地推上了新台阶。雷履泰气恨难纾，竟然写信给自己的各个分号，揭露被毛鸿翙勾走的两名"小卒"出身低贱，只是汤官和皂隶之子罢了。

事情做到这个份儿上，这位总经理已经很失身份，但他还不罢休，不管在什么地方，只要一有机会就拆蔚泰厚的台。例如，由于雷履泰的谋划，蔚泰厚的苏州分店就无法做成分文的生意。这就不是正常的商业竞争了。

最让我难过的是，雷、毛这两位智商极高的杰出人物在钩心斗角中采用的手法越来越庸俗，最后竟然都让自己的孙子起一个与对方一样的名字，以示污辱——雷履泰的孙子叫雷鸿翔，而毛鸿翔的孙子则叫毛履泰！

这种污辱方法当然是纯粹中国化的，我不知道他们在憎恨敌手的同时是否还爱惜儿孙，也不知道他们用这种名字呼叫孙子的时候会用一种什么样的口气和声调。

可敬可佩的山西商人啊，难道这是你们给后代的遗赠？你们创业之初的吞天豪气和动人信义都到哪里去了？怎么会让如此无聊的诅咒来长久地占据你们日渐苍老的心？

也许，最终使他们感到温暖的还是早年跨出家门时听到的那首《走西口》。但是，庞大的家业也带来了家庭内部情感关系的复杂化，《走西口》所吐露的那种单纯性已不复再现。据乔家后裔回忆，乔家大院的内厨房偏院中曾有一位神秘的老妪专干粗活，玄衣愁容，旁若无人，但气质又绝非用人。

有人说，这就是"大奶奶"，主人的首席夫人。主人与夫人产生了什么麻烦，谁也不清楚，但毫无疑问，当他们偶尔四目相对时，当年《走西口》的旋律立即就会走音。

写到这里我已经知道，我所碰撞到的问题虽然发生在山西却又远远超越了山西。由这里发出的叹息，应该属于我们父母之邦更广阔的天地。

六

当然，我们不能因此而把山西商人败落的原因全然归之于他们自身。一两家铺号的兴衰，自身的原因可能至关重要；而牵涉到山西无数商家的整体败落，一定会有更深刻、更宏大的社会历史原因。

首先是因为中国近代社会的极度动荡。一次次激进的暴力冲撞，表面上都有改善民生的口号，实际上却严重地破坏了各地的商业活动，往往是"死伤遍野"、"店铺俱歇"、"商贾流离"。山西票号不得不撤回分号，龟缩回乡。有时也能发一点儿"国难财"，例如，太平天国时官方饷银无法解送，只能赖仗票号；八国联军时朝廷银库被占，票号也发挥了自己的作用。但是，当国家正常的经济脉络已被破坏时，这种临时的风光也只能是昙花一现。

二十世纪初，英、美、俄、日的银行在中国各大城市设立分支机构，清政府也随之创办大清银行，开始邮电汇兑。票号遇到了真正强大的对手，完全不知怎么应对。辛亥革命时随着一个个省份的独立，各地票号的存款者纷纷排队挤兑，而借款者又不知逃到哪里去了，山西票号终于走上了末路。

走投无路的山西商人傻想，新当政的北洋军阀政府总不会见死不救吧，便公推六位代表向政府请愿，希望政府能贷款帮助，或由政府担保向外商借贷。政府对请愿团的回答是：山西商号信用久孚，政府从保商恤商考虑，理应帮助维持，可惜国家财政万分困难，他日必竭力斡旋。

满纸空话，一无所获，唯一落实的决定十分出人意料：政府看上了请愿团首席代表范元澍，发给月薪两百元，委派他到破落了的山西票号中物色能干的伙计到政府银行任职。这一决定如果不是有意讽刺，那也足以说明这次请愿活动是真正地惨败了。国家财政万分困难是可信的，山西商家的最后一线希望彻底破灭。"走西口"的旅程，终于走到了终点。

于是，人们在一九一五年三月份的《大公报》上读到了一篇发自山西太原的文章，文中这样描写那些一一倒闭的商号：

> 彼巍巍灿烂之华屋，无不铁扉双锁，黯淡无色。门前双眼怒突之小狮，一似泪涔涔下，欲作河东之吼，代主人鸣其不平。前月北京所宣传倒闭之日昇昌，其本店耸立其间，门前尚悬日昇昌金字招牌，闻其主人已宣告破产，由法院捕其来京矣。

这便是一代财雄们的下场。

七

有人觉得山西票号乃至整个晋商的败落是理所当然，没有什么可惋惜的。但是，问题在于，在它们败落之后，中国在很长时间之内并没有找到新的经济活力，并没有创建新的富裕和繁华。

社会改革家们总是充满了理想和愤怒，一再宣称要在血火之中闯出一条壮丽的道路。他们不知道，这条道路如果是正道，终究还要与民生接轨，那里，晋商骆驼队留下的辙印仍清晰可辨。

在没有明白这个道理之前，社会改革家们一直处于两难的困境之中。他们立誓要带领民众摆脱贫困，而要用革命的手段摆脱贫困，最简单的办法就是剥夺富裕。要使剥夺富裕的行为变得合理，又必须把富裕和罪恶画上等号。当富裕和罪恶真的画上等号了，他们的努力也就失去了通向富裕的目标，因为那里全是罪恶。这样一来，社会改革的船舶也就成了无处靠岸的孤舟，时时可能陷入沼泽，甚至沉没。

中国的文人学士更加奇怪。他们鄙视贫穷，又鄙视富裕，更鄙视商业，尤其鄙视由农民出身的经商队伍。他们喜欢大谈"天下兴亡，匹夫有责"，却从来没有把"兴亡"两字与民众生活、社会财富连在一起，好像一直着眼于朝廷荣衰，但朝廷对他们又完全不予理会。他们在苦思冥想中听到有骆驼队从窗外走过，声声铃铛有点儿刺耳，便伸手关住了窗户。

山西商人创造过中国最庞大的财富，居然，在中国文人浩如烟海的著作中，几乎没有留下什么记述。

一种庞大的文化如此轻慢一种与自己有关的庞大财富，以及它的庞大的创造群体，实在不可思议。

为此，就要抱着惭愧的心情，在山西的土地上多站一会儿。

秋雨注： 此文发表于一九九三年，距今已经三十年了。发表时被评为中国第一篇向海内外报告晋商和清代商业文明的散文。由这篇文章，我拥有了无数山西朋友。平遥民众为了保护我在文章中记述的城内遗迹，在古城外面兴建市民新区，作为搬迁点。市民新区竟命名为"秋雨新城"，真让我汗颜。更有趣的是，有一度外地几个嫉妒者对我发起了规模不小的诽谤，山西的出版物也有涉及，但很快就有山西学者在报纸上发表文章《山西应该对得起余秋雨》。厚道的山西人立即围起了一道保护我的墙，让我非常感动。

远方的海

一

此刻我正在西太平洋的一条小船上，浑身早已被海浪浇得透湿。一次次让海风吹干了，接着又是劈头盖脑的浪，满嘴咸苦，眼睛渍得生疼。

我一手扳着船帮，一手抓着缆绳，只咬着牙命令自己，万不可哆嗦。只要一哆嗦，绷在身上的最后一道心理防卫就会懈弛，那么，千百顷的海浪海风会从汗毛孔里涌进，整个生命立即散架。

不敢细想现在所处的真实位置，只当作是在自己熟悉的海域。但偶尔心底又会掠过一阵惊悚，却又不愿承认：这是太平洋中最深的马里亚纳海沟西南部，海底深度超过珠穆朗玛峰的高度。按世界地理，它是在"狭义大洋洲"的中部，属密克罗尼西亚（Micronesia）。最近的岛屿，叫雅浦（Yap），那也是我们晚间的栖宿地。

二

最深的海，海面的状况有点儿特别。不像海明威所写的加勒比海，不

111

像海涅所写的北海，也不像塞万提斯所写的地中海。海水的颜色，并非一般想象的深蓝色，而是黑褐色，里边还略泛一点儿紫光。那些海浪不像是液体，而有凝固感。似乎刚刚由固体解冻，或恰恰就要在下一刻凝固。

不远处也有一条小船，看它也就知道了自己。一会儿，那小船似乎是群山顶上的圣物，光衬托着它，云渲染着它，我们须虔诚仰视才能一睹它的崇高。但它突然不见了，不仅是它，连群山也不见了，正吃惊，发现不远处有一个巨大深渊，它正陷落在渊底，那么卑微和渺小，似乎转眼就要被全然吞没。还没有回过神来，一排群山又耸立在半空了，那群山顶上，又有它在天光云影间闪耀。

如此极上极下，极高极低，却完全没有喧嚣，安静得让人窒息，转换得无比玄奥。

很难在小船上坐住，但必须坐住，而且要坐得又挺又直。那就只能用双手的手指，扣住船帮和缆绳，像要扣入它们的深处，把它们扣穿。我在前面刚刚说过，在海船中万不可哆嗦，现在要进一步补充，在最大的浪涛袭来时，连稍稍躲闪一下也不可以。一躲闪，人就成了活体，成了软体，必然会挣扎，会喊叫，而挣扎和喊叫在这里，就等于灭亡。

要做到又挺又直，也不可以有一点儿走神，必须全神贯注地拼将全部肢体，变成千古岩雕。面对四面八方的狂暴，任何别的身段、姿态和计策都毫无用处，只能是千古岩雕。哪怕是裂了、断了，也是千古岩雕。

我是同船几个人中的大哥，用身体死死地压着船尾。他们回头看我一眼都惊叫了：怎么整个儿都成了黑色？

被海水一次次浇泼，会让衣服的颜色变深，这是可以解释的，但整个人怎么会变黑？

我想，那也许是在生命的边涯上，我发出了加重自己身体分量的火急警报，于是，生命底层的玄铁之气、墨玉之气全然调动并霎时释出。

古代将士，也有一遇强敌便通体迸发黑气的情景。

不管怎么说，此刻，岩雕已变成铁铸，真的把小船压住在狂涛之间。

三

见到了一群海鸟。

这很荒唐。它们飞到无边沧海的腹地，究竟来干什么？又怎么回去？最近的岛屿也已经很远，它们飞得到那里吗？

据说，它们是要叼食浮游到海面的小鱼。但这种解释非常可疑，因为我看了那么久，没见到一只海鸟叼起过一条小鱼，而它们在狂风中贴浪盘旋的体力消耗，又是那么巨大。即使叼到了，吞噬了，体能又怎么平衡？

它们，到底为了什么？

一种牺牲的祭仪？一种求灭的狂欢？或者，我心底一笑：难道，这是一群远行到边极而自沉的"屈原"？

突然想到儿时读过的散文《海燕》，高尔基写的。文章中的海燕成了一种革命者的替身，居然边飞翔边呼唤，"让暴风雨来得更猛烈些吧！"我海旅既深，早已怀疑，高尔基可能从来没有坐着小船来到深海远处。他的"暴风雨"，只是一个陆地概念和岸边概念。在这里，全部自然力量浑然一体，笼罩四周，哪里分得出是风还是雨，是暴还是不暴，是猛烈还是不猛烈。

在真正的"大现场"，一切形容词、抒情腔都显得微弱可笑。这里的海鸟，不能帮助任何人写散文，不能帮助任何人画画，也不能帮助任何人创作交响乐。我们也许永远也猜不透它们翅膀下所夹带的秘密。人类常常产生"高于自然"的艺术梦想，在这里必须放弃。

四

我们的船夫，是岛上的原住民。他的那个岛，比雅浦岛小得多。

他能讲简单的英语，这与历史有关。近几百年，最先到达这些太平洋小岛的是西班牙人，这是欧洲人在"地理大发现"时代的半道歇脚点。德国是第二拨，想来远远地捡拾殖民主义的后期余晖。再后来是太平洋战争时期的日本和美国了，这儿成了辽阔战场的屯兵处。分出胜负后，美国在这里留下了一些军人，还留下了教会和学校。

"每一拨外来人都给岛屿带来过一点儿新东西。这个走了，那个又来了。最后来的是你们，中国人。"船夫笑着说。

船夫又突然腼腆地说，据岛上老人传言，自己的祖辈，也来自中国。

是吗？我看着他的黑头发、黑眼珠，心想，如果是，也应该早已几度混血。来的时候是什么年代？几千年前？几百年前？

我在研究河姆渡人和良渚人的最终去向时，曾在论文中一再表述，不排斥因巨大海患而远航外海的可能。但那时，用的只能是独木舟。独木舟在大海中找到岛屿的概率极小，但极小的概率也可能遗留一种荒岛血缘，断断续续延绵千年。

这么一想，突然产生关切，便问船夫，平日何以为食，鱼吗。

船夫的回答令人吃惊，岛上居民很少吃鱼。主食是芋头，和一种被称为"面包树"的果实。

为什么不吃鱼？回答是，出海打鱼要有渔船，一般岛民没有。他们还只分散居住在林子中的简陋窝棚里，日子非常原始，非常贫困。

少数岛民，有独木舟。

独木舟？我又想起了不知去向的河姆渡和良渚。

"独木舟能远行吗？"我问。

"我不行。我爸爸也不行。我爷爷也不行。我伯伯也不行。亲族里只有一个叔叔，能凭着头顶的天象，从这里划独木舟到夏威夷。只有他，其他人都不行了。"船夫深深叹了一口气，像是在哀叹沧海豪气的沦落。

"一个人划独木舟，能到夏威夷？"这太让人惊讶了。那是多少日子，多少海路，多少风浪，多少险情啊。

"能。"船夫很有把握。

"那也能到中国吧？"

"能。"他仍然很有把握。

五

那海，还是把我妻子击倒了。

她在狂颠的小船上倒还从容，那天晚上栖宿在岛上，就犯了病。肠胃功能紊乱，狂吐不止，浑身瘫软，动弹不得。

栖宿的房舍，是以前美国海军工程兵建造的，很朴素，还干净。妻子病倒后，下起了大雨。但听到的不是雨声，而是木质百叶窗在咯吱吱地摇撼，好像整个屋子就要在下一刻粉碎。外面的原始林木又都在一起呼啸，让人浑身发毛。什么"瓢泼大雨"、"倾盆大雨"等说法，在这里都不成立。若说是"瓢"，那"瓢"就是天；若说是"盆"，那"盆"就是地。天和地在雨中融成了一体，恣肆狂放。

一位走遍太平洋南部和西部几乎所有大岛的历险家告诉我，这儿的雨，减去九成，只留一成，倾泻在任何城市，都会是淹腰大灾。他还说，世间台风，都从这儿起源。如此轰隆轰隆的狂暴雨势，正是在合成着席卷几千公里的台风呢！

这一想，思绪也就飞出去了几千公里，中间是无垠的沧海巨涛。家，那个我们常年居住的屋子，多么遥远，遥远到了无法度量。在这个草莽小岛上，似乎一切都随时可以毁灭，毁灭得如蝼蚁、如碎草、如微尘。我的羸弱的妻子，就在我身旁。

她闭着眼，已经很久颗粒未进，没有力气说话，软软地躺着。小岛不会有医生，即使有，也叫不到。彻底无助的两条生命，躲在一个屋顶下，屋顶随时可能被掀掉，屋顶外面的一切，完全不可想象。这，就是古往今来的夫妻。这，就是真实无虚的家。

我和妻子对家的感受，历来与故乡、老树、熟路关系不大。每次历险考察，万里大漠间一夜夜既不同又相同的家。漂移中的家最能展示家的本质，危难中漂移最能让这种本质刻骨铭心。

总是极其僻远，总是非常陌生，总是天气恶劣，总是无法开门，总是寸步难行，总是疲惫万分，总是无医无药，总是求告无门。于是，拥有了一个最纯净的家，纯净得无限衰弱，又无限强大。

六

大自然的咆哮声完全压过了轻轻的敲门声，然而，不知在哪个间隙，还是听到了。而且，还听出了呼叫我们的声音，是汉语。

赶快开门。一惊，原来是那位走遍了太平洋南部和西部几乎所有大岛的海洋历险家。他叫杨纲，很多年前是北京一名年轻的外交官，负责过南太平洋国家的交往。多次往返，就沉浸在那里了，又慢慢扩展到西太平洋。因喜爱而探寻，因探寻而迷恋，他也就辞去公职，成了一名纵横于大洋洲的流动岛民。

不管走得多远，心里却明白，一个中国人在病倒的时候最需要什么。他站在门前，端着一个小小的平底铁锅，已经熬了一锅薄薄的大米粥，还撒了一些切碎的青菜在大米粥里。

我深深谢过，关上门，把小铁锅端到妻子床前。妻子才啜两口，便抬头看我一眼，眼睛已经亮了。过一会儿，同行的林琳小姐又送来几颗自己随身带的"藿香正气丸"。妻子吃了就睡，第二天醒来，居然容光焕发。

青菜大米粥，加上藿香正气丸，入口便回神，这就是中国人。

这就牵涉到了另一种"家"，比在风雨小屋里相依为命的"家"要大得多。但这个"家"更是流荡的，可以流荡到地球上任何地方。中国有一个成语叫"四海为家"，听起来气象万千，可惜这"四海"两字，往往只是虚词。

对我和妻子来说，我们的家，是一个漫无边际的大海，又是一个抗击风浪的小岛。"家"的哲学意义，是对它的寻常意义的突破。因此，这次居然走得那么远。

七

这个岛上，多年来已经住着一个中国人，他叫陈明灿。作为唯一的中国人住在这么一个孤岛上，种种不方便可想而知，但他一直没有要离开的意思。我想只有一个理由，那就是他实在太爱海、太爱岛了。他也是那种在本性上"四海为家"的人，没有海，就没有他的家。

老家，在广东河源。他曾漂流到太平洋上另一个岛屿帕劳生活了十年，后来又来到了这里。他现在无疑是岛上的"要人"了，开了一个小小的农场，陆续雇来了五个中国职工。酋长有事，也要找他商量。

他居住的地方，是一间可以遮蔽风雨的简单铁皮棚屋，养着几只家禽，放着一些中国食物。他装了一根天线，能接收到香港凤凰卫视，因此见到我便一顿，立即认出来了。在太平洋小岛上听一位黑黝黝的陌生男子叫一声"秋雨老师"，我未免一惊，又心里一热。

在岛上还遇到了一对中国的"潜水夫妻"，那就比陈明灿先生更爱海了。全世界不管什么地方只要有良好的潜水点，他们一听到就赶去，像是必须完成的功课，不许缺漏。去年在非洲塞舌尔的海滩，他们一听说这里有上好的珊瑚礁，就急忙赶过来了。丈夫叫李明学，辽宁铁岭人。我一听铁岭，就聊了几句熟人赵本山。妻子是沈阳人，叫张欣。我一听这个名字，又聊了几句熟人潘石屹，他太太也是这个名字。

李明学、张欣夫妇原本都有很好的专业，在上海工作。但是他们在读了不少有关"终极关怀"的古今文本之后，开始怀疑自己上班、下班的日常生态，强烈向往起自由、自在、开阔、无羁的生活，于是走向了大海。在大海间，必须天天挑战自己的生命，于是他们又迷上了潜水。

"我先在海岸边看他潜水，自己不敢潜。后来觉得应该到水下去陪他。从马尔代夫开始学，终于，等到用完了二十个气瓶，我也潜得很自如了。"张欣说。

"这么多年总是一起潜水，必须是夫妻。"张欣突然说得很动情，"潜水总会遇到意外，例如，一个人气瓶的气不够了，潜伴就要立即用自己的气瓶去援助。如果不是夫妇，首先会考虑自身安全。我丈夫喜欢在水下拍摄各种鲨鱼，这也有很大危险，我必须长时间守在他身边，四处张望着。只有夫妻，才耐得下这个心。"

"世上的潜水夫妻，天天生死相依，一般都没有孩子，也没有房子。脑子中只想着远方一个个必须去的潜水处。欧洲有好几个，更美的是南美洲。阿根廷、巴西、玻利维亚、厄瓜多尔、哥伦比亚，都有潜水者心中的圣地。对中国潜水者来说，近一点儿的是东南亚、马来西亚、印尼、菲律宾、泰国，都有。澳大利亚也有很好的潜水处。我们中国海南岛的三亚也能潜，差一点儿。"

她用十分亲切的语调讲述着全世界的潜水地图，就像讲自己的家，讲自己庞大的亲族。

八

两个月前，这个海岛上来了另一对夫妻，住了一个月就走了，与我们失之交臂。他们对海的痴迷，我听起来有点儿惊心动魄。

丈夫是比利时人，叫卢克（Luc），妻子是美籍华人，叫贾凯依（Jackie）。他们居然在不断航行的海船上住了整整二十五年！

靠岸后当然也上岸，做点儿谋生的事，但晚上必定回到船上。从一个海岸到另外一个海岸，每次航行一般不超过半个月，为的是补充淡水和食物。在航行途中，晚上两人必须轮流值班，怕气象突变，怕大船碰撞，怕各种意外。

由于走遍世界，他们船上的设备也在年年更新，卫星导航、电脑、冰箱，都有了。但在茫茫大海中，在难以想象的狂风巨浪间，他们二十五年的航行，与那个凭着天象划独木舟的土著大叔，没有太多区别。

渺小的人，一个男人和一个女人，走了一条坚韧的路，而且是水路、海路、一条永远不可知的路，当然也是一条惊人的生命之路、忠贞的爱情之路、人类的自雄之路。

我们能设想这二十五年间，日日夜夜在狭小的船上发生的一切吗？我觉得，人类学、伦理学、文学、美学，都已经被这样的夫妻在晨曦和黄昏间，轻轻改写。

我看到了贾凯依的照片，果然是一个中国人，相貌比年龄更为苍老。那是狞厉的空间和时间，在一个中国女性身上留下的浓重印痕。

很多航海者告诉我，夫妻航海，年年月月不分离，听起来非常浪漫，其实很难坚持，首先离开的必定是妻子，因为任何女性都受不了这种生活。因此，这对能在大海上坚持二十五年的夫妻，关键性的奇迹，在于这位中国女性。

看着照片，我想起一路上所见的那一批批爱海、爱岛爱到了不可理喻的中国人。因此我必须说，中国文化固然长期观海、疑海、恐海、禁海，而对无数活生生的中国人来说，则未必。他们可以入海、亲海、依海，离不开海。文化和生命，毕竟有很大不同。

其实，从河姆渡、良渚开始，或者更早，已有无数从中国出发的独木舟，在海上痴迷。可惜，刻板的汉字，与大海不亲。伟大的航海家郑和葬身在哪个海域、哪个海岸，居然也没有清晰记载。中国的一半历史，在海浪间沉没了。慵懒的巷陌学者，只知检索着尘土间的书本。那些书本上，从未有过真实的大海，也没有与大海紧紧相融的中国人的生命。

幸好到了一个可以走出文字、走出小家的时代。终于有一批中国人惊动海天，也唤醒了中国文化中长久被埋没的那种生命。

在密克罗尼西亚的日日夜夜，妻子几次看着我说："早该有一条船……"

我知道她这句话后面无穷无尽的含义。

我说："必须是海船。"

她一笑，说："当然。"

这里真安静

一

我到过国外一个地方，抽象得像寓言，神秘得像梦境。我要写写这个地方，因为它与中国有关。

很多长住新加坡的人都不知道有这么个地方，听我一说，惊讶万分。

是韩山元先生带我去的。韩先生是此地一家大报的高级编辑，又是一位满肚子掌故的乡土历史学家。那天早晨，他不知怎么摸开了我住所的大铁门，从花园的小道上绕到我卧室的南窗下，用手指敲了敲窗框。我不由得悚然一惊，因为除了一位轻手轻脚的马来族园丁，还从来没有人在这个窗下出现过。

他朝我诡秘地一笑，说要带我去一个很少有人知道的奇怪地方。我相信了他，他一定会发现一点儿什么的，就冲他绕来绕去绕到我这个窗下的劲头。

我打开大门，那里还等着两位女记者，韩先生的同事，也算我在这里的学生。她们都还年轻，对探幽索秘之类的事，兴趣很大。于是，一行四人。

其实韩先生也不太记得路了。在车上他托着下巴，支支吾吾地回忆着、嗫嚅着。

驾车的女记者每到岔道口就把车速放慢,好让他犹豫、判断、骂自己的记性。韩先生寻路的表情越艰难,目的地也就变得越僻远、越离奇。

二

目的地竟是一个坟地。

新加坡的坟地很多,而且都很堂皇。漂泊者们葬身他乡已经够委屈的了,哪能不尽量把坟地弄得气派一点儿?但是,这个坟地好生奇特,门面相当狭小,黑色的旧铁栏萎萎缩缩。进得里面才发现占地不小,却冷冷清清不见一个人影。一看几排墓碑就明白,这是日本人的坟地。

"世界上没有哪一个坟地比它更节俭的了。你看这个碑。"韩先生用手一指。那只是许多墓碑中的一个矮小的方尖碑,上面刻着六个汉字:

纳骨一万余体

碑下埋着的,是一万余个侵略东南亚的"皇军"的骨灰。

"再看那边,"顺着韩先生的指点,我看到一片广阔的草地上,铺展着无数星星点点的小石桩,"一个石桩就是一个日本妓女,看有多少!"

用不着再多说话,我确实被震动了。人的生命,能排列得这样紧缩,挤压得这样局促吗?而且,这又是一些什么样的生命啊。

一个一度把亚洲搅得天怒人怨的民族,将自己的媚艳和残暴挥洒到如此遥远的地方,然后又在这里画下一个悲剧的句号。多少倩笑和呐喊,多少脂粉和鲜血,终于都喑哑了,凝结了,凝结成一个角落,凝结成一种躲避，躲避着人群，躲避着历史，只怀抱着茂草和鸟鸣，怀抱着羞愧和罪名，不声不响，也不愿让人靠近。

是的，竟然没有商人、职员、工人、旅客、水手、医生跻身其间，只有两支最喧闹的队伍，浩浩荡荡，消失在这么一个不大的园子里。我们不能不把脚步放轻，怕踩着了什么。

三

到底是日本人，挤到了这么一个地方，依然等级森严。

一般士兵只立集体墓碑。除了"纳骨一万余体"外，还有一个含糊其词的所谓"作业队殉难者之碑"，也是一个万人碑，为太平洋战争时战死的士兵而立。另一个"陆海军人军属留魂之碑"，则是马来西亚战争中战死日军的集体墓，原在武吉知马山上，后被抗日人士炸毁，日本人在碎墟中打点收拾残骨，移葬这里。

军曹、兵长、伍长，乃至准尉级的士官，皆立个人木碑。一根根细长的木桩紧紧地排着，其中稍稍高出周围的是准尉。

少尉以上均立石碑，到了高级军衔大佐，则立大理石碑。

让开这所有的群体，独个儿远远地坐东面西的，则是赫赫有名的日本陆军元帅、日本南方军总司令寺内寿一的大墓。这座墓，傲气十足，俯瞰着自己的数万属下。

作为一个中国人，我对寺内寿一这个名字十分敏感。一九三七年七月七日卢沟桥事变后，寺内寿一曾被任命为日本华北方面军司令官，在他的指挥下，日军由北平大幅度向西进占。在著名的平型关战役中遭受中国军队惨重打击的板垣师团，也属于他的部下。这么一个试图把古老的黄河流域全都征服的军阀，最终竟然躲到了这个角落！

我呆呆地伫立着，看着这座墓。我深知，几乎未曾有过中国人，会转弯抹角地找到这里，盯着它看。那么，今天也算是你寺内元帅与中国人的久别重逢吧。你躲藏得好偏僻，而我的目光背后，则是华北平原的万里云天。

寺内寿一改任南方派遣军总司令是在一九四一年十月东条英机上台组阁之后，他与山本五十六的海军联合舰队相配合，构成了震动世界的太平洋战争。他把试图征服华北的野心挪移到了南洋，从西贡直捣新加坡。他的死亡是在日本投降之后，死因是脑溢血。

元帅的死亡，震动了当时由英军看守的日军战俘营。正是那些早就被解除武装、正在受到公审、正在受到全世界唾骂的战俘，张罗着要为寺内寿一筑坟。而且，是筑一座符合元帅身份的坟。从我接触到的一些资料看，为了眼前这座坟，当时日军战俘营里所发生的事，今天想来依然触目惊心。

这些战俘白天在英军的监视下做苦工，到了夜晚空下来了，就聚集在宿舍里密谋。他们决定，寺内寿一的墓碑必须采用柔佛（今属马来西亚）南部的一座石山上的石料，因为这座石山上曾发生过日军和英澳联军的激战，好多石块都浸染了日本军人的鲜血。他们决定悄悄派出几个目睹当年激战的人去确定当年日军流血最多的地方，再从那里开采巨石，躲过人们耳目，拼死长途运来。

这些战俘开始行动了。他们正儿八经向看守他们的英国军官提出申请，说想自己动手修建战俘营的宿舍，需要到外面去采伐、搬运一些木料和石料。同时，他们又搜集身边带着的日本小玩意儿来笼络英军及其家属。英军同意了他们的申请，结果他们开始大规模地采运石料，不仅为寺内寿一，而且为其他战死的日军筑坟。

柔佛那方染血的巨石，完全不像是修建宿舍的材料，只能在星夜秘密偷运。运到离现在墓地八公里之外一座荒弃的橡胶园里，搭起一个帐篷，用两天时间刻琢碑文。刻好之后又运到墓地，恭恭敬敬竖好，浇上水泥加固。

我现在盯着看的，就是这个墓碑。

这一切，竟然都是一个战败国的俘虏们偷偷做成的，实在让人吃惊。我想，如果有哪位电影大师拍一部影片，就表现一群战俘在黑夜偷运染血巨石来做元帅墓碑的艰苦行程，一定会紧扣人心。山道上，椰林下，低声的呼号，受过伤的肩膀，勒入肌肉的麻绳，摇晃的脚步，警觉的耳朵，尤其是月光下，那一双双不肯认输服罪的眼睛……

资料告诉我，即使在国际法庭公审和处决战犯之后，那些日军战俘，竟还想尽各种办法，通过各种途径，弄到了每个战犯处决时洒血的泥土，汇集起来，到这个坟地"下葬"，竖起所谓"殉难烈士之碑"。这个碑的含义，就像现在日本国内的"靖国神社"一样。

韩山元先生曾听守墓人说，别看这个坟地冷清，多年来，总有一些上年岁的人专程从日本赶来，跪倒在那几座墓碑前献酒上香，然后饮泣良久。这些年，这样的老人看不到了，或许他们也都有了自己的墓碑。于是，坟地真正冷清了，不要说战争，就是那星夜运石的呼号，也已成了遥远的梦影。但是，只要你不小心走进了这个地方，在这些墓碑间巡睃一遍，你就会领受到人类精神中极其执拗的一个部分，阴气森森。

四

现在该来看看那些可怜的日本妓女了。

125

论资格，这些妓女要比埋在近旁的军人老得多。大概从二十世纪初年以来，日本妓女蜂拥来南洋有过几次高潮。当时的南洋，由于橡胶和锡矿的开采，经济颇为繁荣。大批在国内不易谋生的日本少女，就不远千里，给南洋带来了屈辱的笑颜。

日本女子的美貌和温柔使她们很快压倒了南洋各地的其他娱乐项目，轰轰烈烈地构成了一种宏大的职业。从雄心勃勃的创业者到含辛茹苦的锡矿工人，都随时随地能找到适合自己的日本娼寮。各国、各族的嫖客，都在日本妓院中进进出出。在这个时候，日本民族在南洋的形象，显得既柔弱又可怜。

既然日妓南下与经济生态密切相关，那么，不妨说，日本妓女的先来和日本军人的后到，确实存在着某种因果关系。

当日本军队占领南洋时，原先在这里的妓女再加上军妓，日妓的数量更是达到空前，连著名的南华女子中学也解散而成了日本艺妓馆。这简直成了一支与"皇军"并驾齐驱的队伍，有人戏称为"大和部队"。据说还有一个日本官员故意向寺内寿一总司令报告："大和部队已经打进来了。"寺内寿一因此而把不少军妓遣送回国。但日本妓女真正在南洋的锐减，则是在日本投降之后。这些已经够屈辱了的女子，无法在更屈辱的大背景下继续谋生了。

事实上，即便是战败的苦难，她们也比军阀们受得更深，尽管她们远不是战争的发动者，也没有因战争而有任何得益。

我在这个日本坟地中看到一个奇特的情景，三百多个妓女的墓碑，全部向着正西，没有一座向着她们自己的故国故乡北方。

也许是不敢，也许是不愿，她们狠狠心拧过头去，朝着另一方向躺下了。

岂止不再眼巴巴地望着故乡，在她们这么多的墓碑上，连一个真名字也没有留下。石碑上刻着的都是"戒名"。这些姑娘，身陷可怕的泥淖之中，为了保持住一点点生命的信念，便都皈依了佛教。她们希望在虔诚的祈求间，留住一些朦胧的微光。

这种情景，与边上那些写满军衔、官职的军人墓碑，有多大的差别啊。我仔细地拨开草丛，读着那一个个姑娘自己杜撰的假名字。她们都有过鲜亮的青春，但很快都羞缩成了一枚枚琐小的石丁，掩埋在异地的荒草中。我认出那些字来了，显然都是死者的小姐妹们凑几个钱托人刻上去的，却又像死者在低声地自报家门。她们没什么文化，好不容易想出几个字来，藏着点儿内心的悲凉："忍芳信女"、"寂伊信女"、"空寂信女"、"幽幻信女"……

我相信，这些墓碑群所埋藏的故事，一定比那边的墓碑群所埋藏的故事更通人性。可惜，这些墓碑群什么资料也没有留下，连让我胡乱猜想的由头也十分依稀。

例如，为什么这座立于昭和初年的墓碑那么精雕细刻呢？这位"信女"一定有过什么动人的事迹，使她死后能招来这么多姐妹的集资。也许，她在当时是一位才貌双全、侠骨慈心的名妓？

又如，为什么这些墓碑上连一个字也没有呢？是因为她们做了什么错事，还是由于遭致什么意外？

还有，这五位"信女"的墓碑为什么要并排在一个墓基上呢？她们是结拜姐妹？显然不仅是这个原因，因为她们必须同时死亡才会有这样的墓，那么，为什么会同时死亡呢？

……

这些，都一定有故事，而且是极其哀怨，甚至极其绚丽的故事。

发生在妓院里的故事，未必都是低下的。作为特殊时代的一个特殊交际场所，那里会包藏着许多政治风波、人生沧桑、民族恩怨乃至国际谍情。也许，日本史和南洋史的某些线头，曾经由这些"信女"的纤纤素手绾接。我在这片草地上走了一圈又一圈，深深可惜多少动人的故事全都化作了泥土。

当地文学界的朋友常常与我一起叹息当今南洋文学界成果寥寥，恕我鲁莽，我建议南洋文化的挖掘者，多找找这些坟地。军人的坟地，女人的坟地，哪怕它们藏得如此隐蔽。

五

"军人，女人，还有文人！"韩山元先生听我在自言自语，插了一句。

是的，这个坟地里，除了大批军人和女人，竟然还孤零零地插进来一个文人。

这位文人的墓，坐落在坟地的最东边。本来，寺内寿一的墓坐东朝西，俯瞰整个墓地；但这座文人墓却躲在寺内寿一墓的后边，把它也当作了俯瞰的对象。

仅仅这一点，就使我们这几个文人特别解气。而且墓主还是一位挺有名的日本文学家：二叶亭四迷。

我记得他的相片，留着胡子，戴着眼镜，头上的帽子很像中国的毡帽。我应该是在阅读鲁迅和周作人的时候顺便了解这位文学家的，他葬在这里，对我也是个意外。

不管怎么说，整个坟地中，真正能使我产生亲切感的，只能是他了。

二叶亭四迷一九〇九年二月在俄国游历时发现患了肺结核，但是这位固执的文学家不相信医生，自己胡乱服药，致使病情严重。后由朋友帮助，转伦敦坐轮船返日本治疗。但是，他并没有能够到达日本，而是死在由科伦坡驶向新加坡的途中。就这样，他永久留在新加坡了。

他进入坟地是在一九〇九年五月，不仅那些军人的坟墓还一座也没有，连妓女的坟墓也不会有几座，因为当时，日本妓女还刚刚向南洋进发。

二叶亭四迷早早地踞守着这个坟地，他万万没有料到，这个坟地以后会有这般怪异的拥挤。

他更无法设想，多少年后，真正的文人仍然只有他一个，他将永久地固守着寂寞和孤单。

我相信，如果二叶亭四迷地下有灵，他执拗的性格会使他深深地恼怒这个环境。作为日本现实主义文学的一员大将，他最为关注的是日本民族的灵魂。他怎么能忍心，日日夜夜逼视着这些来自自己国家的残暴军士和可怜女性。

但是，二叶亭四迷也许并不想因此而离开。他要让南洋人民知道，二十世纪客死外国的日本人，不仅仅只有军人和女人，"还有我，哪怕只有一个：文人！"

不错，文人。并没有什么了不起，但死的时候不用像那些姑娘那样隐姓埋名，葬的时候不用像那些军人那样偷偷摸摸、鬼鬼祟祟。

我相信，每一次妓女下葬，送葬的小姐妹们都会在整个坟地中走走，顺便看看这位文学家的墓碑，尽管她们未必读过他的作品；我相信，那些战俘偷偷地把寺内寿一的坟筑在他的近侧，也都会对他的墓碑端详良久。

总之，二叶亭四迷为这个坟地提供了陌生，提供了间离。军乐和艳曲的涡旋中，突然冒出来一个不和谐的低沉颤音。

不能少了他。少了他，就构不成"军人、女人、文人"的三相结构，就构不成一种寓言式的抽象。现在够了，一半军人，一半女人，边上，又居高临下地端坐着一位最有年岁的文人。这么一座坟地，还不是寓言？

这个三相寓言结构，隐匿于闹市，沉淀成宁静。民族、历史的大课题，既在这里定格，又在这里混沌。甜酸苦辣的滋味，弥漫于树丛，弥漫于草地。铁栅栏围住的，是一个怪异历史的浓缩体。

六

人类是健忘的，因此常常产生历史的反讽。当年侵略者的少数后裔，一直企图改写历史课本。但是，历史并不仅仅印刷在课本上面，而是掩埋在大地深处。

我认为，这个墓地，就是一个无法改写的历史课本。

战后几十年，日本经济又发达起来。你看，就在我们的车窗外，一大串人力三轮车正慢慢前行，不用细看，坐的大多是比较有钱的日本游客。其他国家的游客，一般是坐大客车。

这时我心中忽起一个念头，真想走上前去告诉那些坐在人力车上的日本人：就在这座城市，一个草木掩隐的冷僻所在，有一个坟地。无论如何，你们应该去看看的。

洁净的起点

终于置身于瓦拉纳西（Varanasi）了。

这个城市现在又称贝拿勒斯（Benares），无论在印度教徒还是在佛教徒心中，都是一个神圣的地方。

伟大的恒河就在近旁，印度人民不仅把它看成母亲河，而且看成是一条通向天国的神圣水道。一生能来一次瓦拉纳西，喝一口恒河水，在恒河里洗个澡，是一件幸事。很多老人感到身体不好就慢慢向瓦拉纳西走来，睡在恒河边，只愿依傍着它结束自己的生命，然后把自己的骨灰撒入恒河。

正由于这条河的神圣性，历史上有不少学者和作家纷纷移居到这座城市，结果这里也就变得更加神圣。我们越过恒河时已是深夜，它的浩浩荡荡的幽光，把这些天的烦躁全洗涤了。

贴着恒河一夜酣睡，今早起来神清气爽。去哪里？向北驱驰十公里，去鹿野苑（Sarnath），佛祖释迦牟尼初次讲法的圣地。

很快就到了。只见一片林木葱茏，这使我想起鹿野苑这个雅致地名的来历。

这里原是森林。一位国王喜欢到这里猎鹿，鹿群死伤无数。鹿有鹿王，为保护自己的部属，每天安排一头鹿牺牲在国王的弓箭之下，其他鹿则躲藏起来。国王对每天只能猎到一头鹿好生奇怪，但既然能猎到也就算了。

有一天，他见到一头气度不凡的鹿满眼哀怨地朝自己走来，大吃一惊，多亏手下有位一直窥探着鹿群的猎人报告了真相。这才知，每天一头的猎杀，已使鹿群锐减，今天轮到一头怀孕的母鹿牺牲，鹿王不忍，自己亲身替代。

国王听了如五雷轰顶，觉得自己身为国王还不及鹿王。立即下令不再猎鹿，不再杀生，还辟出一个鹿野苑，让鹿王带着鹿群自由生息。

就在这样一个地方，大概是在公元前五三一年的某一天，来了一位清瘦的中年男子，来找寻他的五位伙伴。

这位中年男子就是佛祖释迦牟尼。前些年他曾用苦行的方法在尼连禅河畔修炼，五位伙伴跟随着他。但后来他觉得苦行无助于精神解脱，决定重新思考，五位伙伴以为他想后退，便与他分手到鹿野苑继续苦修。释迦牟尼后来在菩提迦耶的菩提树下真正悟道，便西行二百公里找伙伴们来了。

他在这里与伙伴们讲自己的参悟之道，五位伙伴听了也立即开悟，成了第一批弟子。不久，鹿野苑附近的弟子扩大到五十多名。他们都聚集在这里听讲，然后以出家人的身份四出布道。因此，一人之悟在这里成了佛法，有了第一批僧侣。至此，佛、法、僧三者齐全，佛教也就正式形成。

佛祖释迦牟尼初次开讲的地方，有一个直径约二十五米的圆形讲坛，高约一米，以古老的红砂石砖砌成。讲坛边沿，有四道坐墩，应该是首批僧侣听讲的地方。讲坛中心现在没有设置座位，却有一个小小的石栓，可作固定座位之用。不知何方信徒在石栓上盖了金箔，周围还撒了一些花瓣。

讲坛下面是草地，错落有致地建造着一个个石砖坐墩，显然是僧侣队伍扩大后听讲或静修的地方。

讲坛北边有一组建筑遗迹，为阿育王时代所建。还有一枚断残的阿育王柱，立的时间应在公元前三世纪七十年代初。

此后这里差不多热闹了一千年，直到公元七世纪玄奘来的时候还"层轩重阁，丽穷规矩"，《大唐西域记》中的描写令人难忘。

佛教在印度早已衰落，这里已显得过于冷寂。但是，这种冷寂倒真实地传达了佛教创建之初的洁净和素朴。

没有香烟缭绕，没有钟磬交鸣，没有佛像佛殿，没有信众如云。先有几个小孩在讲坛、石礅间爬攀，后来又来了几位翻越喜马拉雅山过来的西藏佛教信徒。除此之外，只有我们。树丛远远地包围着我们，树丛后面已没有鹿群。

我在讲坛边走了一圈又一圈，心想，我从小就在家乡见过不少佛教寺院，更见过祖母一代裹着小脚跋涉百十里前去参拜。中国历史不管是兴是衰，民间社会的很大一部分就是靠佛教在调节着精神，普及着善良。这里，便是一切的起点。

一九九九年十二月二十日，

印度瓦拉纳西，夜宿 Taj Ganges 旅馆

恒河晨浴

昨天参拜鹿野苑满心喜悦，今天的心情却有了变化。原因是，我们看到了举世闻名的"恒河晨浴"。

早晨五时发车，到靠近河边的路口停下，步行过去。河边已经非常拥挤，一半是乞丐，而且大量是麻风病乞丐。

赶快雇过一条船，一一跳上，立即撑开，算是浮在恒河之上了。好几条小船已围了上来，全是小贩。赶也赶不开，那就只能让它们寄生在我们船边。

从船上看河岸，没有一所老房子，也没有一所新房子，全是那些潦潦草草建了四五十年的水泥房，各有台阶通向水面。

房子多数是廉价小客店，短期房客是来洗澡的，长期房客是来等死的。大家相信，恒河是最好的生命终点。

更多的人连小客店也住不起。知道自己什么时候死？哪有这么多钱住店？那就只能横七竖八地栖宿在河岸上，身边放着一堆堆破烂的行李。

他们不会离开，因为照这里的习惯，死在恒河岸边就能免费火化，把骨灰倾入恒河。如果离开了死在半道上，就会与恒河无缘。

此刻，天未亮透，气温尚低，无数黑乎乎的人全都泡在河水里了，不少人因寒冷而颤抖。男人赤膊，只穿一条短裤，什么年龄都有；女人披纱，只有中老年。没有一个人有笑容，也没见到有人在交谈，大家全都一声不吭地浸水、喝水。

还有一些人蹲在台阶上刷牙，都不用牙刷，一半用手指，一半用树枝。刷完后把水咽下，再捧上几捧喝下，与其他地方的人刷牙时吐水的方向正好相反。

来了一个警察，拨弄了一下河岸上躺着的一个老人。老人显然已经死了，昨夜或今晨，死在恒河岸边。

死者将被拖到不远处，由政府的火葬场焚化。但一般人只要有点钱，一定不去火葬场，而去河边的烧尸坑。这个烧尸坑紧贴着河面，已成为河床的一部分，一船船木柴停泊在水边，船侧已排着一具具用彩色花布包裹的尸体。

焚烧一直没停，恶臭扑鼻。工人们浇上一勺勺加了香料的油脂，气味更加让人窒息。几个烧尸坑周围是很大一片陋房，全被长年不断的烟火熏得油黑。

火光烟雾约十米处，浮着半头死牛，腔体在外，野狗正在啃噬。

我知道一定会有人向我解释一种天天被河水洗涤的信仰是多么干净，一个在晨雾中男女共浴的图景是多么具有诗意。遗憾的是，从今以后我对这类说法只能拒绝。

恶浊的烟尘全都融入了晨雾，恒河彼岸上方，隐隐约约的红光托出一轮旭日。没有耀眼的光亮，只是安静上升。

阳光照到岸上，突然发现，河边最靠近水面的水泥高台上，竟然坐着一个用白布紧包全身、只露脸面的女子。她毫无表情，连眼睛也不转一转，像泥塑木雕一般坐在冷峭的晨风中。更让我们吃惊的是：她既不像日本女子，也不像韩国女子，而分明是一个中国女子。

　　一定是遇到什么事情了吧，或作出了决绝的选择？找不到任何理由呼喊她或靠近她，而只是抬头看着她，希望能帮她一点什么。

　　　　　　　　　　　一九九九年十二月二十一日，
　　　　　　　　　　瓦拉纳西，夜宿 Taj Ganges 旅馆

稀释但丁

佛罗伦萨像个老人，睡得早。几年前我和几位朋友驱车几百公里深夜抵达，大街上一切商店都已关门，只能在小巷间穿来穿去寻找那种熬夜的小餐馆。脚下永远是磨得发滑的硬石，幽幽地反射着远处高墙上的铁皮街灯。两边的高墙靠得很近，露出窄窄的夜空，月光惨淡，酷似远年的铜版画。路越来越窄，灯越来越暗，脚步越来越响又悄悄放轻，既怕骚扰哪位失眠者，又怕惊醒一个中世纪。

终于，在前边小巷转弯处，见到一个站着的矮小人影，纹丝不动，如泥塑木雕。走近一看，是一位日本男人，顺着他的目光往前打量，原来他在凝视着一栋老楼，楼房右墙上方垂着一幅布幔，上书"但丁故居"字样。

但丁就是从这里走出。他空旷的脚步踩踏在昨夜和今晨的交界线上，使后来一切早醒的人们都能朦胧记起。

这次来佛罗伦萨，七转八转又转到了故居前，当然不再是黑夜，可以从边门进入，一层层、一间间地细细参观。

但丁在青年时代常常由此离家，到各处求学，早早地成了一位百科全书式的学者，又眷恋着佛罗伦萨，不愿离开太久。这里有他心中所爱而又早逝的比阿特丽（Beatrice），更有新兴的共和政权。三十岁参加佛罗伦萨的共和政权，三十五岁时甚至成为六名执政长官之一，但由于站在新兴商人利益一方反对教皇干涉，很快就被夺权的当局驱逐，后来又被缺席判处死刑。

被驱逐那天，但丁也应该是在深夜或清晨离开的吧？小巷中的马蹄声响得突然，百叶窗里有几位老妇人在疑惑地张望。放逐他的是一座他不愿离开的城市，他当然不能选择在白天。

被判处死刑后的但丁在流亡地进入了创作的黄金时代，不仅写出了学术著作《飨宴》《论俗语》和《帝制论》，而且开始了伟大史诗《神曲》的创作，他背着死刑的十字架而成了历史巨人。

佛罗伦萨当局传信给他，说如果能够忏悔，就能给予赦免。忏悔？但丁一声冷笑，佛罗伦萨当局于一三一五年又一次判处他死刑。

但丁回不了心中深爱的城市了，只能在黑夜的睡梦和白天的痴想中怀念。最后，五十六岁客死异乡。佛罗伦萨就这样失去了但丁，但是最终还是没有失去，后世崇拜者总是顺口把这座城市与这位诗人紧紧地连在一起，例如马克思在引用但丁诗句时就不提他的名字，只说"佛罗伦萨大诗人"，全然合成一体，拉也拉不开。

佛罗伦萨终究是佛罗伦萨，它排斥但丁的时间并不长。我在科西莫·美第奇的住所见到过但丁临终时的脸模拓坯，被供奉得如同神灵。科西莫可称之为佛罗伦萨历史上伟大的统治者，那么，他的供奉也代表着整座城市的心意。

最让我感动的是一件小事。但丁最后是在佛罗伦萨东北部的城市拉文纳去世的，于是也就安葬在那里了。佛罗伦萨多么希望把他的墓葬隆重请回，但拉文纳怎么会放？于是两城商定，但丁墓前设一盏长明灯，灯油由佛罗伦萨提供。一盏灯的灯油能有多少呢？但佛罗伦萨执意把这一粒光亮、一丝温暖，永久地供奉在受委屈的游子身旁。

不仅如此，佛罗伦萨圣十字教堂（Santa Croce）安置着很多本地重要人物的灵柩和灵位，大门口却只有一座塑像压阵，那便是但丁。

　　但丁塑像为纯白色，一派清瘦忧郁，却又不具体，并非世间所常见。我无法解读凝冻在他表情里的一切，只见每次都有很多鸽子停落在塑像上，两种白色相依相融。很快鸽子振翅飞动，飞向四周各条小巷，像是在把艰难的但丁，稀释化解开去。

谁能辨认

一

二十年前，我在一部学术著作中描述过歌德在魏玛的生活。歌德在那座美丽的小城里一直养尊处优，从二十几岁到高寿亡故，都是这样。记得最早读到这方面资料时我曾经疑惑重重，因为我们历来被告知一切优秀的文学作品总与作家的个人苦难直接相关。也许歌德是个例外，但这个例外的分量太重，要想删略十分不易。

由这个例外又想起中国盛唐时期的大批好命诗人，以及托尔斯泰、雨果、海明威等很多生活优裕的外国作家，似乎也在例外之列，我的疑惑转变了方向。如果一个文学规律能把这么多第一流的大师排除在外，那还叫什么规律呢？

今天到了魏玛才明白，歌德在这儿的住宅，比人们想象的还要豪华。

整个街角一长溜儿黄色的楼房，在闹市区占地之宽让人误以为是一个重要国家机关或一所贵族学校，其实只是他个人的家。进门一看里边还有一栋，与前面一栋有几条甬道相连，中间隔了一个石地空廊，其实是门内马车道。车库里的马车一切如旧，只是马不在了。

车库设在内楼的底层，楼上便是歌德的生活区。卧室比较朴素，书库里的书据说完全按他生前的模样摆放，一本未动。至于前楼，则是一个宫殿式的交际场所，名画名雕，罗陈有序，重门叠户，装潢考究，好像走进了一个博物馆。

脚下吱吱作响的，是他踩踏了整整五十年的楼板，那声音，是《浮士德》一句句诞生的最早节拍。

我一间间看得很细很慢，伙伴们等不及了，说已经与歌德档案馆预约过时间，必须赶去了。我说我还没看完，你们先去，我一定找得到。

伙伴们很不放心地先走了，我干脆耐下心来，在歌德家里一遍遍转。直转到每级楼梯都踏遍，每个角落都拐到，每个柜子都看熟，才不慌不忙地出来，凭着以前研究歌德时对魏玛地图的印象，穿旧街，过广场，沿河边，跨大桥，慢慢向感觉中的档案馆走去。

路并不直，我故意不问人，只顾自信地往前走。果然，档案馆就在眼前。伙伴们一见就欢叫起来。

档案馆是一个斜坡深处的坚固老楼。在二楼上，我看到了他们的笔迹。

歌德的字斜得厉害，但整齐潇洒，像一片被大风吹伏了的柳枝。席勒的字正常而略显自由，我想应该是多数西方作家的习惯写法。最怪异的莫过于尼采，思想那么狂放不羁，手稿却板正、拘谨，像是一个木讷的抄写员的笔触。

二

歌德到魏玛来是受到魏玛公国卡尔·奥古斯特公爵的邀请，当时他只有二十六岁。

德国在统一之前，分为很多小邦国，最多时达到二三百个。这种状态非常不利于经济的发展、风气的开化，但对文化却未必是祸害。有些邦国的君主好大喜功，又有一定的文化修养，乐于召集文化名人，很多精英也因此而获得了一个安适的创作环境。德国在统一之前涌现的惊人文化成果，有很大一部分就与此有关。反之，面对统一的强权，帝国的狂热，却很难有像样的文化业绩。

歌德在魏玛创造的文化业绩，远远超过魏玛公爵的预想，尤其是他与席勒相遇之后。

歌德和席勒在魏玛相遇之时，"狂飙突进运动"的风头已经过去，而他们已在开创一个古典主义时代。历史将承认，德国古典主义的全盛时代，以他们的友谊为主要标志，也以魏玛为主要标志。

三

看完歌德档案馆，我们在市中心的一家咖啡馆坐了一会儿，便去看席勒故居。

席勒故居是一座不错的临街小楼，但与歌德的家一比，就差得太远了。由此，不能不想起歌德和席勒的私人关系。

就人生境遇而言，两人始终有很大的差距，歌德极尽荣华富贵，席勒时时陷于窘迫。

他们并不是一见如故，原因就在于差距，以及这种差距在两颗敏感的心中引起的警惕。

从种种迹象看，两人的推心置腹是在十八世纪九十年代中期。席勒命苦，只享受这份友情十年。歌德比席勒年长十岁，但在席勒死后又活了二十多年，承受了二十多年刺心的怀念。

在他们交往期间，歌德努力想以自己的地位和名声帮助席勒，让他搬到魏玛来住，先借居在自己家，然后帮他买房。平日也不忘资助接济，甚至细微如送水果、木柴。当然，更重要的帮助是具体地支持席勒的创作活动。反过来，席勒也以自己的巨大天才重新激活了歌德已经被政务缠疲了的创作热情，使他完成了《浮士德》第一部。

他们已经很难分开，但还是分开了。他们同时生病，歌德抱病探望席勒，后来又在病床上得知挚友亡故，泣不成声。席勒死时家境穷困，他的骨骸被安置在教堂地下室，这不是家属的选择，而是家属的无奈。病中的歌德不清楚下葬的情形，他把亡友埋葬在自己心里了。

没想到二十年后教堂地下室清理，人们才重新记起席勒遗骸的问题。没有明确标记，一切杂乱无章。哪一具是席勒的呢？这事使年迈的歌德一阵惊恐，二十年对亡友的思念积累成了一种巨大的愧疚，愧疚自己对于亡友后事的疏忽。他当即自告奋勇，负责去辨认席勒的遗骨。

在狼藉一片的白骨堆中辨认二十年前的颅骨，这是连现代法医学鉴定家也会感到棘手的事，何况歌德一无席勒的医学档案，二无起码的鉴定工具。他唯一借助的，就是对友情的记忆。天下能有多少人在朋友遗失了声音、遗失了眼神，甚至连肌肤也遗失了的情况下仍然能认出朋友的遗骨呢？

我猜想，歌德决定前去辨认的时候也是没有把握的，刚刚进入教堂地下室的时候也是惊恐万状的。但他很快就找到了唯一可行的办法：捧起颅骨长时间对视。

这是二十年前那些深夜长谈的情景的回复，而情景总是具有删削功能和修补功能。于是最后捧定了那颗颅骨，昂昂然地裹卷起当初的依稀信息。歌德小心翼翼地捧持着前后左右反复端详，最后点了点头："回家吧，伟大的朋友，就像那年在我家寄住。"

歌德先把席勒的颅骨捧回家中安放，随后着手设计棺椁。那些天他的心情难以言表，确实是席勒本人回来了，但所有积贮了二十年的倾吐都没有引起回应，每一句都变成自言自语。

这种在亡友颅骨前的孤独是那样的强烈，苍老的歌德实在无法长时间承受，他终于在魏玛最尊贵的公侯陵为席勒找了一块比较理想的迁葬之地。

谁知一百多年后，第二次世界大战期间席勒的棺椁被保护性转移，战争结束后打开一看，里面又多了一颗颅骨。估计是当初转移时工作人员手忙脚乱造成的差错。

那么，哪一颗是席勒的呢？世上已无歌德，谁能辨认！

席勒，也只有在歌德面前，才觉得有必要脱身而出。在一个没有歌德的世界，他脱身而出也只能领受孤独，因此也许是故意，他自甘埋没。

古老的窄街

塞维利亚，为什么一提这个地名，我就产生了一种莫名的兴奋？

在十六、十七世纪，它是世界第一大港，这是原因。

但是，更重要的原因还在于文学作品。

最容易想到的是塞万提斯。他在这里度过青年时代，很多街道和房屋的名称出现在他的作品中。

他是西班牙作家，这还不算奇怪。奇怪的是，一些并非西班牙籍的世界文学大师，特别喜欢把自己的主角的活动场所，选定在塞维利亚。

法国作家博马舍写了《塞维利亚的理发师》，那位机敏可爱的理发师叫费加罗，于是后来又有了《费加罗的婚礼》。全世界的观众从笑声中想象着这个城市的古老街道。

英国诗人拜伦写了《唐璜》，开门见山便是：

他生在塞维利亚，一座有趣的城市，

那地方出名的是橘子和女人——

没有见过这座城市的人真是可怜……

那么，唐璜这个贵族公子的风流和热情，在读者心目中也就成了塞维利亚的性格。

当然还要提到法国作家梅里美。他把妖丽、邪恶而又自由的吉卜赛姑娘卡门，也安排到了塞维利亚，结果又给这个城市带来了异样的气氛。

这一切，确实是塞维利亚使我们兴奋的原因。但是，原因之上应该还有原因。为什么这些异国文学大师，都会把自己最钟爱的奇特人物放心地交付给塞维利亚？

这是受天意操纵的灵感，艰深难问。我们唯一能做的是前去感受，尽管这座城市现在已经并不重要。

在它非常重要的时代修建的雄伟城堡，看到了。作为第一大港所保存的哥伦布的种种遗物，看到了。多种多样的精致花园，包括阿拉伯式花园、文艺复兴式花园、英国式花园和现代花园，也看到了。但是，我更喜欢那些古老的窄街。几百年未曾改变，应该与塞万提斯、博马舍、拜伦、梅里美见到的没有太大差别。一圈一圈，纵横交错，一脚进去，半天转不出来。

窄街窄到什么程度？

左边楼墙上的古老路灯，从右边楼房的阳台上伸手就可以点着。但此刻天还未暗，用不着火，倒是一束斜阳把两边窗口的鲜花都点燃了，两番鲜亮，近在咫尺。等斜阳一收，路灯就亮了。

一排小桌沿街排列，行人须侧身才能通过。张张桌前座无虚席，而且人人都神采奕奕。西班牙人有一个长长的午休，于是一天也就变成了两天，现在正是同一日期下的第二天的黄金时段。他们乐呵呵地坐着笑着，吃着喝着。端走了盘碟，桌上还闪亮着透明的红醋和橄榄油。不管是阳光还是灯光，都把它们映照成宝石水晶一般。

男女侍者个个俊美，端着餐盘哼着歌。他们要在小桌边飞动，又要为川流不息的行人让路，既不撞翻餐盘也不丢失礼貌，扭来扭去当作了一种自享的舞蹈。座位上的外国游人，已经从他们的腰身眉眼间寻找出费加罗的影子，甚至还会猜测，哪个是复活的卡门？哪个是回乡的唐璜？

现在我已略略理解了文学大师们的地点选择。塞维利亚，因奇异的历史，因多民族的组合，因理性的薄弱和感官的丰裕，因一个个艺术灵魂的居住和流浪，使每个角落都充满了弹性。

这里没有固定主题，一切都有可能发生；

这里从来不设范本，人人都是艺术典型；

这里的神秘并不阴暗，几乎近于透明；

这里的欢乐毫不羼假，比忧伤还要认真。

追询德国

只有柏林，隐隐然回荡着一种让人不敢过于靠近的奇特气势。

我之所指，非街道，非建筑，而是一种躲在一切背后的缥缈浮动或寂然不动；说不清，道不明，却引起了各国政治家的千言万语或冷然不语……

罗马也有气势，那是一种诗情苍老的远年陈示；巴黎也有气势，那是一种热烈高雅的文化聚会；伦敦也有气势，那是一种繁忙有序的都市风范。柏林与它们全然不同，它并不年老，到十三世纪中叶还只是一个小小的货商集散地，比罗马建城晚了足足两千年，比伦敦建城晚了一千多年，比巴黎建城也晚了六百多年，但它却显得比谁都老练含蓄，静静地让人琢磨不透。

成为德意志帝国首都还只是十九世纪七十年代的事，但仅仅几十年，到二十世纪四十年代第二次世界大战结束，已几乎夷为平地，成了废墟。纵然是废墟，当时新当选的德国领导人阿登纳还是担心它仍然会给世界各国人民带来心理威胁，不敢把它重新作为首都。他说："一旦柏林再度成为首都，国外的不信任更是不可消除。谁把柏林作为新的首都，精神上就造成一个新的普鲁士。"

那么，什么叫作精神上的普鲁士，或者叫普鲁士精神？更是众说纷纭。最有名的是丘吉尔的说法："普鲁士是万恶之源。"这在第二次世界大战期间是正义的声音，战后盟军正式公告永久地解散普鲁士，国际间也没有什么异议。但是五十年后两个德国统一，国民投票仍然决定选都柏林，而且也不讳言要复苏普鲁士精神。当然不是复苏丘吉尔所憎恶的那种酿造战争和灾难的东西，但究竟复苏什么，却谁也说不明白。说不明白又已存在，这就是柏林的神秘、老练和厉害。

不管怎么说，既然来到了柏林，我就要向它询问一系列有关德国的难题。例如——

人类一共就遇到过两次世界大战，两次都是它策动，又都是它惨败，那么，它究竟如何看待世界，看待人类？

在策动世界大战前艺术文化已经光芒万丈，遭到惨败后经济恢复又突飞猛进，是一种什么力量，能使它在喧嚣野蛮背后，保存起沉静而强大的高贵？

历史上它的思想启蒙运动远比法国缓慢、曲折和隐蔽，却为什么能在这种落后状态中悄然涌出莱辛、康德、黑格尔、费尔巴哈这样的精神巨峰而雄视欧洲？有人说所有的西方哲学都是用德语写的，为什么它能在如此抽象的领域后来居上、独占鳌头？

一个民族的邪恶行为必然导致这个民族的思维方式在世人面前大幅度贬值，为什么唯有这片土地，世人一方面严厉地向它追讨生存的尊严，一方面又恭敬地向它索求思维的尊严？它的文化价值，为什么能浮悬在灾难之上不受污染？

歌德曾经说过，德意志人就个体而言十分理智，而整体却经常迷路。这已经被历史反复证明，问题是，是什么力量能让理智的个体迷失得那么整齐？迷失之后又不让个人理智完全丧失？

基辛格说，近三百年，欧洲的稳定取决于德国。一个经常迷路的群体究竟凭着什么支点来频频左右全欧，连声势浩大的拿破仑战争也输它一筹？

俄罗斯总统普京冷战时代曾在德国做过情报工作，当选总统后宣布，经济走德国的路，世人都说他这项情报做得不错。那么，以社会公平和人道精神为目标的"社会市场经济"，为什么偏偏能成功地实施于人道记录不佳的德国？

…………

这些问题都会有一些具体的答案，但我觉得，所有的答案都会与那种隐隐然的气势有关。

世上真正的大问题都鸿蒙难解，过于清晰的回答只是一种逻辑安慰。我宁肯接受这样一种比喻：德意志有大森林的气质：深沉、内向、稳重和静穆。

现在，这个森林里瑞气上升，祥云盘旋，但森林终究是森林，不欢悦、不敞亮，静静地茂盛勃发，一眼望去，不知深浅。

他拒绝了

事情发生在一六四二年，伦勃朗三十六岁。这件事给画家的后半生全然蒙上了阴影，直到他六十三岁去世还没有平反昭雪。

那年有十六个保安射手凑钱请伦勃朗画群像，伦勃朗觉得要把这么多人安排在一幅画中非常困难，只能设计一个情景。按照他们的身份，伦勃朗设计的情景是：似乎接到了报警，他们准备出发去查看。队长在交代任务，有人在擦枪筒，有人在扛旗帜，周围又有一些孩子在看热闹。

这幅画，就是人类艺术史上的无价珍品《夜巡》。任何一位外国游客，都想挤到博物馆里看上它一眼。

但在当时，这幅画遇上了真正的麻烦。那十六个保安射手认为没有把他们的地位摆平均，明暗不同，大小有异。他们不仅拒绝接受，而且上诉法庭，闹得沸沸扬扬。

整个阿姆斯特丹不知有多少市民来看了这幅作品，都咧嘴大笑。这笑声不是来自艺术判断，而是来自对他人遭殃的兴奋。

这笑声又有传染性，笑的人越来越多，人们似乎要用笑来划清自己与这幅作品的界限，来洗清它给全城带来的耻辱。

最让后人惊讶不已的，是那些艺术评论家和作家。照理他们不至于全然感受不到这幅作品的艺术光辉，他们也有资格对保安射手和广大市民说几句开导话，稍稍给陷于重围的伦勃朗解点围，但他们谁也没有这样做。他们站在这幅作品前频频摇头，显得那么深刻。市民们看到他们摇头，就笑得更放心了。

有的作家，则在这场围攻中玩起了幽默。"你们说他画得太暗？他本来就是黑暗王子嘛！"于是市民又哄传开"黑暗王子"这个绰号，伦勃朗再也无法挣脱。

只有一个挣脱的办法，那就是重画一幅，完全按照世俗标准，让这些保安射手穿着鲜亮的服装齐齐地坐在餐桌前，餐桌上食物丰富。很多人给伦勃朗提出了这个要求，有些亲戚朋友甚至对他苦苦哀求，但伦勃朗理所当然地拒绝了。因为，他有人格尊严和美学尊严。

但是，人格尊严和美学尊严的代价非常昂贵。伦勃朗为此要面对无人买画的绝境。

直到他去世后的一百年，阿姆斯特丹才惊奇地发现，英国、法国、德国、俄国、波兰的一些著名画家，自称接受了伦勃朗的艺术濡养。

伦勃朗？不就是那位被保安射手们怒骂、被全城耻笑、像乞丐般下葬的穷画家吗？一百年过去，阿姆斯特丹的记忆模糊了。

那十六名保安射手当然也都已去世。他们，怒气冲冲地走向了永垂不朽。

——我每次在画册上看到《夜巡》，总会凝视片刻，想起这个事件。

这个事件，美术史家常常当作笑话来讲，其实是把它看轻了。因为，它关及一个世界顶级画家，关及一幅世界顶级名作，关及一座审美等级很高的城市，关及整整一生的灾祸，关及延续百年的冤屈。里边，显然包含着一系列人类学意义上的重大悲剧。

因此，我们应该严肃面对。

有人说，世间大美，光耀万丈，很难被歪曲。言下之意，只有中下层次的美，才会受到中下层次的委屈。《夜巡》事件证明，错了。

有人说，公民社会，每个参观者都能自由发表意见，因此很难被歪曲；有人说，即使民众缺少审美等级，只要那么多专业评论家和各路学者存在，那就很难被歪曲……事实证明，也错了。

有人说，再怎么着，伦勃朗还在，他的绘画水准还在，他的创作冲动还在，他的一幅幅精美新作，也足以把《夜巡》的冤案翻过去了吧？事实证明，还是错了。

至少，在伦勃朗受到冤屈的漫长时日里，阿姆斯特丹的画坛还很热闹，那么多流行画家的作品在一次次展出，难道没有人在默默地对比中回想起伦勃朗，说几句稍稍公平的话？

遗憾的是，这种情景没有出现，直到伦勃朗去世。

在美的领域，千万不要对人群、社会、专家、同行过于乐观。其实，在其他领域也是一样。埋没优秀、扼杀伟大、泼污圣洁、摧毁坐标的事，年年月月都在发生。反过来，人们虔诚膜拜、百般奉承、狂热追随的，是另外一些目标。

这种颠倒，可以一直保持很久，甚至永远。伦勃朗在百年之后才在外国画家的随意表述中渐渐恢复真容，那还算快的。

我在论述谎言的时候曾经说过，所谓"群众的眼睛是雪亮的"，本身就是最大的谎言。在这里补充一句：我不仅仅是在说中国，也包括欧美，包括全世界。

哪儿都不会出现"雪亮"，因此，整个精神文明的旅程，都是"夜巡"。

送葬人数

对于谣言的问题，我一直最愤怒、最无奈、最悲观。

我说过，我家几代人，都被谣言严重伤害，甚至被谣言剥夺了生命。我叔叔和爸爸的死亡，都与谣言有关。我自己近二十年来遭受谣言的伤害，更是达到了匪夷所思的地步。直到今天，还有很多昔日的朋友相信着这些谣言，传播着这些谣言。我无力辩驳，也不想辩驳了。

因此我断言，中国人直到死亡，也摆脱不了谣言的伴随。

死亡？想到这一点，我突然记起多年前董乐山先生的一篇文章，与死亡有关，也与谣言有关。那篇文章，倒让我稍稍产生了一点乐观。

董先生的文章讲了一个造谣者的人生故事。

这个造谣者就是美国专栏作家瓦尔特·温契尔。在整整几十年间，他既在报纸写文章，又在电台做广播，成天揭发名人隐私，散布流言蜚语。他的读者和听众居然多达五千万，即三分之二美国成年人！

这真可以算得上一位造谣大师了。一派胡言乱语，一旦借助传媒，竟然会引起三分之二成年人的兴趣，这实在让人悲观。

但是，没想到，出现了"温契尔奇迹"。

五千万人听着他，却未必相信他；相信的，也未必喜欢他。

那年他去世，全美国来给他送葬的，只有一个人。

居然，只有一个人！

温契尔的晚境，可以拿来安慰很多遭受谣言伤害的人。受害者也许成天走投无路、要死要活，哪里知道，那个造谣者才惨呢。你想提着棍子去找他算账吗？他已经主动亡故，而且，丧葬之地极其冷清。

人死为大，我们不必去诅咒温契尔这个人了。但是，五千万人与一个人的悬殊对比，会让我们进一步领悟谣言的特征。

但我又有点沮丧了。如果这事发生在中国呢？在葬礼上，"言论领袖"、"城市良心"、"社会脊梁"的名号大概丢不掉的吧？随之，还有大量看热闹的人群……

当然，葬过之后，也会是一片冷清。

模特生涯

我在读初中的时候一心迷恋绘画。好像也已经达到了一定的水平，证据是，经常被邀去为一些大型展览会作画，不少老师也把我的画挂在他们自己家里。

到初中二年级，我终于成了美术课的"课代表"。

回想起来，教我们美术课的陆老师实在是一个高明之人。他反对同学们照本临摹，而重视写生。写生的重点又渐渐从静物、风景上升到人体。人体写生需要模特，但初中的美术课哪有能力雇请？只能在同学中就地取材。我作为课代表，当仁不让。

不用脱光衣服，只是穿了内衣站在讲台上，让大家画。

所有同学都冲着我笑，向我扮鬼脸，把我引笑了，又大声嚷嚷说我表情不稳定，不像合格的模特，影响了他们的创作。

站了整整两节课，大家终于都画完了。老师收上大家的画稿，给我看。这一看可把我吓坏了，奇胖的，极瘦的，不穿衣服的，长胡子的，发如乱柴的，涂了口红的，全是我。而且，每幅画的上端，都大大咧咧地写了我的名字。老师一边骂一边笑，最后我也乐了。

陆老师把我拉到一边说："你真的不该生气。如果画得很像，就成了照相，但美术不是照相。同学们乐呵呵地画你，其实是在画他们自己，这才有意思。"

陆老师看了我一眼，说出了一句最重要的话："天下一切画，都是自画像，包括花鸟山水。"

我为什么被这般"糟蹋"？因为我站在台上，突然成了"公众人物"。全班同学必须抬头仰望我，因此也取得了随意刻画我的权利。

被仰望必然被刻画，这就是代价。画得好或不好，与我完全没有关系。老师一一为他们打了分，但这些分数都不属于我，属于他们。

几十年后我频频被各种报刊任意描绘、编造，形象越来越离奇，而且三天一变，层出不穷。很多朋友义愤填膺，认为那是十足的诽谤和诬陷，应该诉诸法律。但是大家都看到了，我一直平静、快乐，甚至不发任何反驳之声。

为什么？朋友们问，读者也问。

我在心里回答：我上过美术课，做过模特，有过陆老师，因此早就知道，他们其实在画自己，当然不像我。当年同学们为什么在每幅画像上都大大咧咧地写上我的名字？因为他们知道不像，才硬标上一个名字，好与自己撇清关系。

这情景，与报刊上的情景也大体类似。

他们借着我的名字画着自画像，这让我非常快乐。

示　众

"文革"灾难中有一件小小的趣事，老在我的记忆中晃动。

那时学校由造反派执掌，实行军事化管理，每天清晨，全体师生必须出操。其实当时学校早已停课，出操之后什么事也没有了，大家都作鸟兽散。因此，出操是造反派体验掌权威仪的唯一机会。

这事很难对抗，因为有震耳欲聋的高音喇叭在催促，你如果不起床，也没法睡了。但是，还是有几个自称"逍遥派"的同学坚持不出操，任凭高音喇叭千呼万唤，依然蒙头睡觉。这实在有损于造反派领袖的脸面，于是他们宣布：明天早晨，把这几个人连床抬到操场上示众。

第二天果然照此办理。严冬清晨的操场上，呼呼啦啦的人群吃力地抬着几张高耸着被窝的床，出来"示众"了。

造反派们一阵喧笑，出操的师生们也忍俊不禁。然而，接下来的事情就麻烦了。

难道强迫这些"逍遥派"当众钻出被窝穿衣起床？可以想象，他们既然被人隆重地抬出来了，那么起床也一定端足架子，摆足排场，甚至还会居高临下地指点刚才抬床的同学，再做一点什么。如果这样做，他们也太有排场了，简直像老爷一样。

于是造反派领袖下令："就让他们这样躺着示众！"

但是，蒙头大睡算什么示众呢？这边是凛冽的寒风，那边是温暖的被窝，真让人羡慕死了。

造反派领袖似乎也觉得情景不对，只得再下一道命令："示众结束，抬回去！"那些温暖的被窝又乐颠颠地被抬回去了。

后来据抬床的同学抱怨，这些被抬进抬出的同学中，至少有两个，从头至尾都没有醒过。

由这件往事，我想起很多道理。

示众，只是发难者单方面的想法。如果被示众者没有这种感觉，那很可能是一种享受。

蒙头大睡，这实在是最好的抗拒，也是最好的休息。抗拒在休息中，休息在抗拒中。

而且，在外观上，这一面彻底安静，那一面吵吵嚷嚷，立即分出了品级的高低。

这就是为什么，许多常受围攻的人士始终名誉未倒，而那些尖刻的围攻者劳苦半辈子却未能为自己争来一点好名声。

让那些新老造反派站在寒风中慷慨激昂吧，我们自有温暖的被窝，乐得酣睡。

抬来抬去，抬进抬出，辛苦你们了。

——谨以这篇短文，献给至今仍然蒙受委屈和苦厄的朋友。

自大为羞

三十几年前，我还没有动手写散文，学术影响主要集中在专业圈里。有一次，中国戏剧家协会代表团到国外访问，把我的四部学术著作《世界戏剧学》、《中国戏剧史》、《艺术创造学》、《观众心理学》作为"专业礼品"，赠送给外国的对应机构。这事被传媒报道了，很快就有一位著名评论者据此发表文章，说我是"一个具有巨大国际影响的戏剧学家"。

我立即给这位评论者写了一封公开信，说：

感谢你的美言，但你让我受窘了。我的这四部学术著作，都没有翻译成外文，我相信没有一个外国同行会去翻动一页。而且，那些国家的"戏剧家协会"，都是规模很小的民间团体，自生自灭，未必有办公的地方。那几本书，不知塞到哪一个角落里了，估计是丢在某个剧场后台的废物堆里，这哪里说得上什么"国际影响"？

这样的事，让我受窘倒也罢了，就怕大家在国内胡吹"国际影响"，变成了文化自欺，把自己搞晕了。现在报道中经常出现的所谓中国的某某戏曲演出"轰动了伦敦"、"轰动了巴黎"之类，都不能信。那些骄傲的城市，哪能这样被轻易"轰动"？

真到剧场一看，绝大多数是同乡华人，而且是费了不少力气硬拉来的。

这封公开信发表后，影响不小。记得有两位从国外回来的经济学者还写了响应的文章。

我们的同胞，可能是受别人歧视的时间长了，因此特别容易说大话，来获得心理填补。这本来也情有可原，但如果变成了习惯，一定会在内内外外产生负面的效果，不仅受窘，而且蒙羞。

近年来，有些大话，已经把中国的某些特产说成是世界唯一，在语句上看没什么错，但在口气上就太奇怪了。例如——

中国的糟香螺，世界的糟香螺。

这样的说法很容易产生有趣的诱导，以为全世界举行过几次"糟香螺大赛"，而这一种螺获得了公认的世界冠军，而且是几连冠，受到全世界的追捧。

顺着这种口气，大家可以依次说下去——

中国的罗罗腔，世界的罗罗腔。
中国的碎瓦村，世界的碎瓦村。
……

你如果把自己的名字也放入这种格式，转眼也成了疑似的"世界名人"。

暂且把这样的游戏搁下，我们来说点正经的"大话逻辑"。

"大话逻辑"的起点，是处处嫌小。因此，一定要突破小的框范，争取自己在大空间中的形象。如果到此为止，虽然已经离谱却还没有离得太远，但"大话逻辑"还没有完成，还必须进一步往前推，使大空间中的自己成为最高，成为唯一，让万众仰望、百方拜服。

他们有一种自信，觉得只要把话讲大、讲绝，别人自然会仰望、拜服。这种自信中，显然包含着对无数"别人"的严重误判。其实，大话对"别人"产生的效应，并不是仰望和拜服，而是不屑和嘲笑，有时还会刺激他们中某些人的"大话潜意识"，大家都开始大话滔滔。这一来，大话对大话，谁也大不了。

在这里，我又联想起了一件与自己有关的事。

很多年前，我去考察都江堰，在青城山的一个半山道观，被邀请题字。我举笔想了一想，就写了这么两句——

拜水都江堰，
问道青城山。

没想到这两句话后来流传很广，成了当地的一个通行标语。

当地文化界朋友觉得，既然这两句话反响如此之好，那就不妨往前再推进一步。于是他们做了这样的修改：

都江堰灌溉全国，
青城山道传天下。

这一来，大是大了，但恐怕是欺负到"别人"了。

第一，都江堰确实具有全国意义，但如果说它"灌溉全国"，那把长江、黄河、黑龙江、珠江放在哪里？

第二，青城山在道教中影响不小，但道教门派繁多，如果说它"道传天下"，其他那么多山怎么会同意？

相反，我写的那两句，格局就非常小。连主语也没有，但一看就明白，主语是一个书生，既虔诚地"拜水"，又虚心地"问道"，把自己放到了山水之下最卑微的地位。结果，人人都愿意成为这样的书生，这两句反而受到欢迎。

后来，四川发生了汶川大地震，都江堰是重灾区，人们在一片废墟中更明白了，人类不能说大话，而应该在自然山水面前更谦虚地"拜水"和"问道"。于是，大灾过后，当地民众要我重新书写这两句话，他们镌刻成了两方石碑，分别立在都江堰的两个特殊地点。

可见，小格局，低姿态，反而更经得起时间的折腾。

大话的危害，不仅让讲述者失信，而且也让大话所称颂的文化蒙污。一切被大话所装饰的文化，总让人疑窦丛生，产生厌烦，这又验证老子所说的"物极必反"原理了。

我几十年都在国内外讲述中华文化，深深体验过其间的甘苦得失，因此不能不留下四字告诫："自大为羞"。

不要等待

年幼时，不懂得等待。

年轻时，懂得了等待。渐渐明白凡是大事、好事，都需要耐心等待。

终于年长了，才恍然大悟，尽量不要等待，尤其是不要长时间等待。

等待，是把确实的今天，交给未知的明天。

等待，是把当下的精彩，押注给空泛的梦幻。

等待，是一种心理安慰，但也有可能是一种心理欺骗。

有人告诉你，屋后的山坡上有一棵树，三年后会结出一种果实。于是你苦苦守望，天天等待，与朋友交谈也不离这个话题，而且已经一次次安排三年后的开摘仪式。大家对那种果实越想越玄，还不断地加添悬念。

三年一到，终于开摘了，大家张口一尝，立即面面相觑。原来，那果实口味平庸、粗劣、干涩，没有人愿下第二口。

再看周围，漫山遍野都是草莓、刺檬、紫榴、桑葚、酸枣、青柑，整整三年，全被冷落了，连看都没看过一眼。

但是，究竟是你冷落了它们，还是它们冷落了你？看看它们灿烂而欢快的表情，就知道了。

由此证明，等待是一种排他的幻想。苦苦等待来的，多半是尴尬。

何必等待，着眼当下。

与其等待稀世天象，不如欣赏今天的晚霞。晚霞中，哪一团彩云散开了，也不要等待它的重新聚合；哪一脉云气暗淡了，也不要等待它的再度明亮。它们每一次翻卷出来的图案花纹，全在人们的等待之外。

因此，只有不等待的人，才能真正享受晚霞。

晚霞不见了，你还等待什么呢？等待月明星稀、乌鹊南飞？它们恰恰都没有来。于是等待明天的晨曦吧，但是，整个早晨都风雨如晦，别是一番深沉的咏叹。

从理论上说，等待，是一种由"预期"所引起的误导。

那么，"预期"的依据又是什么呢？是"预知"。所谓"预知"，总是掺杂着不少幻想。

对于这种"预知"，哲学家王阳明认为是"未知"和"无知"。因此他提倡"知行合一"，否认在行动之前有什么"知"。他本人就是行动的典范，而且总是立即行动，绝不等待。

如果无法行动，他也不去等待。如果有一丝可能，他只寻找这种可能，而不是等待这种可能。

寻找是主动的，等待是被动的。王阳明宁肯放弃，也不要被动。因为被动往往是不动、乱动、反动。

其实，比王阳明早一千八百多年，大哲学家庄子就已经提出了这个主张，只有两个字："无待"。

中国文脉概述

一

我所说的文脉，是指中国文学几千年发展中最高等级的生命潜流。

这种潜流，在近处很难发现，只有从远处看去，才能领略大概，就像一条倔强的山脊所连成的天际线。

因为太重要，又处于隐潜状态，就特别容易产生误会。所以，我们必须从一开始就指出那些最常见的理论岔道——

一、这股潜流，在绝大多数情况下，不是官方主流；

二、这股潜流，在绝大多数情况下，不是民间主流；

三、这股潜流，虽然决定了漫长文学史的品质，但自身体量不大；

四、这股潜流，并不一以贯之，而是时断时续，断多续少；

五、这股潜流，对周围的其他文学现象具有吸附力，也有排斥力。

寻得这股潜流，是做减法的结果。我一向主张，研究文化和文学，减法比加法更为重要，也更为艰难。

减而见筋，减而显神，减而得脉。

减法难做，首先是因为千百年来人们一直处于文化匮乏状态，见字而敬，见文而信，见书而畏，缺少敢于大胆取舍的心理高度；其次，即使有了心理高度，往往也缺少品鉴高度，"得脉"者知音不多。

大胆取舍，需要锐利斧钺。但是，手握这种斧钺的人，总是在开山辟路。那些只会坐在凉棚下说三道四、指手画脚的人，大多不懂斧钺。开山辟路的人没有时间参与评论，由此造成了等级的倒错、文脉的失落。

等级，是文脉的生命。

人世间，仕途的等级由官阶来定，财富的等级由金额来定，医生的等级由疗效来定，明星的等级由传播来定，而文学的等级则完全不同。文学的等级，与官阶、财富、疗效、传播等因素完全无关，只由一种没有明显标志的东西来定，这个东西叫品位。

其他行业也讲品位，但那只是附加，而不像文学，是唯一。

总之，品位决定等级，等级构成文脉。但是，这中间的所有流程，都没有清晰路标。这一来，事情就麻烦了。

环顾四周，那么多学者不断在显摆那些早就应该退出公共记忆的无聊残屑；不少当代"名士"更是染上了"嗜痂之癖"，如鲁迅所言，把远年的红肿溃烂，赞为"艳若桃花"。

面对这种情况，我曾深深一叹："文脉既隐，小丘称峰；健翅已远，残羽充鹏。"

有人说，对文学，应让人们自由取用，不要划分高低。这是典型的"文学民粹主义"。就个人而言，鼠目寸光、井蛙观天，恰恰自贬了"自由"的空间；就整体而言，如果在精神文化上不分高低，那就会失去民族的尊严、人类的理想，一切都将在众声喧哗中不可收拾。

如果不分高低，只让不同时期的民众根据自己的兴趣"海选"，那么，中国文学，能选得到那位流浪草泽、即将投水的屈原吗？能选得到那位受过酷刑、怀耻握笔的司马迁吗？能选得到那位僻居荒村、艰苦躬耕的陶渊明吗？他们后来为民众知道，并非民众自己的行为。而且，知道了，也并不能体会他们的内涵。因此我敢断言，任何民粹主义的自由海选，即便再有人数，再有资金，也与优秀文学基本无关。

这不是文学的悲哀，而是文学的高贵。

我主张，在目前必然寂寞的文化良知领域，应该重启文脉之思，重开严选之风，重立古今坐标，重建普世范本。为此，应该拨去浮华热闹，远离滔滔口水，进入深度探讨。选择自可不同，目标却是同归，那就是清理地基，搬开芜杂，集得巨砖，寻获大柱，让出空间，洗净耳目，呼唤伟步，期待天才。由此，中华文化的复兴，才有可能。

二

文脉的原始材料，是文字。

汉字大约起源于五千年前。较系统的运用，大约在四千年前。不断出现的考古成果既证明着这个年份，又质疑着这个年份。据我比较保守的估计，大差不差吧，除非有了新的惊人发现。

汉字产生之后，经由"象形—表意—形声"这几个阶段，开始用最简单的方法记载历史，例如王朝谱牒。应该夏朝就有了，到商代的甲骨文和金文，已相当成熟。但是，甲骨文和金文的文句，还构不成文学意义上的"文脉之始"。文学，必须由"意指"走向"意味"。这与现代西方美学家所说的"有意味的形式"，有点儿关系。既是"意味"又是"形式"，才能构成完整的审美。这种完整，只有后来的《诗经》，才能充分满足。《诗经》产生的时间，离现在二千六百年到三千年。

然而，我发现了一个有趣的现象。商代的甲骨文和金文虽然在文句上还没有构成"文脉之始"，但在书法上却已构成了。如果我们把"文脉"扩大到书法，那么，它就以"形式领先"的方式开始于商代，比《诗经》早，却又有所交错。正因为如此，我很喜欢去河南安阳，长久地看着甲骨文和青铜器发呆。甲骨文多半被解读了，但我总觉得那里还埋藏着孕育中国文脉的神秘因子。一个横贯几千年的文化行程将要在那里启航，而直到今天，那个老码头还是平静得寂然无声。

终于听到声音了，那是《诗经》。

《诗经》使中国文学从一开始就充满了稻麦香和虫鸟声。这种香气和声音，将散布久远，至今还能闻到、听到。

十余年前在巴格达的巴比伦遗址，我读到了从楔形文字破译的古代诗歌。那些诗歌是悲哀的、慌张的、绝望的，好像强敌刚刚离去，很快就会回来。因此，歌唱者只能抬头盼望神祇，苦苦哀求。这种神情，与那片土地有关。血腥的侵略一次次横扫，人们除了奔逃还是奔逃，因此诗句中有一些生命边缘的吟咏，弥足珍贵。但是，那些吟咏过于匆忙和粗糙，尚未进入成熟的文学形态，又因为楔形文字很早中断，没有构成下传之脉。

同样古老的埃及文明，至今没见到古代留下的诗歌和其他文学样式。卢克索太阳神庙大柱上的象形文字，已有部分被破译，却并无文学意义。过于封闭、保守的一个个王朝，曾经留下了帝脉，而不是文脉。即便有气脉，却也不见相应的诗脉。

印度在古代有灿烂的诗歌、梵剧和艺术奥论，但大多围绕着"大梵天"的超验世界。与中国文化一比，同样是农耕文明，却缺少土地的气息和世俗的表情。

《诗经》的吟唱者们当然不知道存在以上种种对比，但我们今天一对比，也就对它有了新的认知。

《诗经》中，有祭祀，有抱怨，有牢骚，但最主要、最拿手的，是在世俗生活中抒情。其中抒得最出色的，是爱情。这种爱情那么"无邪"，既大胆又羞怯，既温柔又敦厚，足以陶冶风尚。

在艺术上，那些充满力度又不失典雅的四字句，一句句排下来，成了中国文学起跑点的砖砌路基。那些叠章反复，让人立即想到，这不仅仅是文学，还是音乐，还是舞蹈。一切动作感涨满其间，却又毫不鲁莽，优雅地引发乡间村乐，咏之于江边白露，舞之于月下乔木。终于由时间定格，凝为经典。

没有巴比伦的残忍，没有卢克索的神威，没有恒河畔的玄幻。《诗经》展示了黄河流域的平和、安详、寻常、世俗，以及有节制的谴责和愉悦。

但是，写到这里必须赶快说明，在《诗经》的这种平实风格后面，又有着一系列宏大的传说背景。传说分两种：第一种是"祖王传说"，有关黄帝、炎帝和蚩尤；第二种是"神话传说"，有关补天、填海、追日、奔月。

按照文化人类学的观念，传说和神话虽然虚无缥缈，却对一个民族非常重要，甚至可以成为一种历久不衰的"文化基因"。这一点，在中华民族身上尤其明显。谁都知道，有关黄帝、炎帝、蚩尤的传说，决定了我们的身份；有关补天、填海、追日、奔月的传说，则决定了我们的气质。这两种传说，就文化而言，更重要的是后一种神话传说，因为它们为一个庞大的人种提供了鸿蒙的诗意。即便是离得最近的《诗经》，也在平实中熔铸着伟大和奇丽。

于是，我们看到了，背靠着一大批神话传说，刻写着一行行甲骨文、金文，吟唱着一首首《诗经》，中国文化隆重上路。

其实，这也就是以老子、孔子为代表的先秦诸子出场前的精神背景。

三

先秦诸子，都是思想家、哲学家、教育家、社会活动家，但是，他们要让自己的思想说服人、感染人，就不能不运用文学手段。而且，有一些思维方式，从产生到完成都必须仰赖自然、譬引鸟兽、倾注情感、形成寓言，这也就构成了文学形态。

思想家和哲学家在运用文学手段的时候，有人永远把它当作手段，有人则不小心暴露了自己也是一个文学家。

先秦诸子由于社会影响巨大，历史贡献卓著，因此对中国文脉的形成有特殊贡献。但是，这种贡献与他们在思想和哲学上的贡献，并不一致。

我将先秦诸子的文学品相分为三个等级：

第一等级：庄子、孟子；

第二等级：老子、孔子；

第三等级：韩非子、墨子。

在这三个等级中，处于第一等级的庄子和孟子已经是文学家，而庄子则是一位大文学家。

把老子和孔子放在第二等级，实在有点儿委屈这两位精神巨匠了。我想他们本人都无心于自身的文学建树，但是，虽无心却有大建树。这便是天才，这便是伟大。

在文脉上，老子和孔子谁应领先？这个排序有点儿难。相比之下，孔子的声音，是恂恂教言，浑厚恳切，有人间炊烟气，令听者感动，令读者萦怀；相比之下，老子的声音，是铿锵断语，刀切斧劈，又如上天颁下律令，使听者惊悚，读者铭记。

孔子开创了中国语录式的散文体裁，使散文成为一种有可能承载厚重责任、端庄思维的文体。孔子的厚重和端庄并不堵眼堵心，而是仍然保持着一个健康君子的斯文潇洒。更重要的是，由于他的思想后来成了千年正统，因此他的文风也就成了永久的楷模。他的文风给予中国历史的，是一种朴实的正气，这就直接成了中国文脉的一种基调。中国文脉，蜿蜒曲折，支流繁多，但是那种朴实的正气却颠扑不灭。因此，孔子于文，功劳赫赫。

本来，孔子有太多的理由在文学上站在老子面前，谁知老子另辟蹊径，别创独例，以极少之语，蕴极深之意，使每个汉字重似千钧，不容外借。在老子面前，语言已成为无可辩驳的天道，甚至无须任何解释、过渡、调和、沟通。这让中国语文，进入了一个几乎空前绝后的圣哲高台。

我听不止一位西方哲学家说："仅从语言方式而言，老子就是最高哲学。孔子不如老子果断，因此在外人看来，更像一个教育家、社会评论家。"

外国人即使不懂中文，也能从译文感知"最高哲学"的所在，可见老子的表达有一种"骨子里"的高度。有一段时间，德国人曾骄傲地说："全世界的哲学都是用德文写的。"这当然是故意的自我夸耀，但平心而论，回顾之前几百年，德国人也确实有说这种"大话"的底气。然而，当他们读到老子就开始不说这种话了。据统计，现在几乎每个德国家庭都有一本老子的书，普及程度远远超过老子的家乡中国。

说完第二等级，我顺便说一下第三等级。韩非子和墨子，都不在乎文学，有时甚至明确排斥。但是，他们的论述也具有了文学素质，主要是雄辩的逻辑所造成的简洁明快，让人产生了一种阅读上的愉悦。当然，他们那种风风火火的实干家形象，也会帮助我们产生文字之外的动人想象。

更重要的是要留出时间来看看第一等级，庄子和孟子。孟子是孔子的继承者，比孔子晚了一百八十年。在人生格调上，他与孔子很不一样，显得有点儿骄傲自恃，甚至盛气凌人。这在人际关系上好像是缺点，但在文学上就不一样了。他的文辞，大气磅礴，浪卷潮涌，畅然无遮，情感浓烈，具有难以阻挡的感染力。他让中国语文，摆脱了左顾右盼的过度礼让，连接成一种马奔车驰的畅朗通道。文脉到他，气血健旺，精神抖擞，注入了一种"大丈夫"的生命格调。

但是，与他同一时期，一个几乎与他同年的庄子出现了。庄子从社会底层审察万物，把什么都看穿了，既看穿了礼法制度，也看穿了试图改革的宏谋远虑，因此对孟子这样的浩荡语气也投之以怀疑。岂止对孟子，他对人生都很怀疑。真假的区分在何处？生死的界线在哪里？他陷入了困惑，又继之以嘲讽。这就使他从礼义辩论中撤退，回到对生存意义的探寻，成了一个由思想家到文学家的大步跃升。

他的人生调子，远远低于孟子，甚至也低于孔子、墨子、荀子或其他别的"子"。但是这种低，使他有了孩子般的目光，从世界和人生的底部窥探，问出一串串最重要的"傻"问题。

但仅仅是这样，他还未必能成为先秦诸子中的文学冠军。他最杰出之处，是用极富想象力的寓言，讲述了一个又一个令人难忘的故事，而在这些寓言故事中，都有一系列鲜明的艺术形象。这一下，他就成了那个思想巨人时代的异类、一个充满哲思的文学家。《逍遥游》《秋水》《人间世》《德充符》《齐物论》《养生主》《大宗师》……这些篇章，就成了中国哲学史，也是中国文学史的第一流佳作。

此后历史上一切有文学才华的学人，都不会不黏上庄子。这个现象很奇怪，对于其他"子"，都因为思想观念的差异而有明显的取舍，但庄子却例外。没有人会不喜欢他讲的那些寓言故事，没有人会不喜欢他与南天北海融为一体的自由精神，没有人会不喜欢他时而巨鸟、时而大鱼、时而飞蝶的想象空间。

在这个意义上，形象大于思维，文学大于哲学，活泼大于庄严。

四

我把庄子说成是"先秦诸子中的文学冠军"，但请注意，这只是在"诸子"中的比较。如果把范围扩大，那么，他在那个时代就不能夺冠了。因为在南方，出现了一位比他小三十岁左右的年轻人，那就是屈原。

屈原，是整个先秦时期的文学冠军。

不仅如此，作为中国第一个大诗人，他以《离骚》和其他作品，为中国文脉输入了强健的诗魂。对于这种输入，连李白、杜甫也顶礼膜拜。因此，戴在他头上的，已不应该仅仅是先秦的桂冠。

前面说到，中国文脉是从《诗经》开始的，所以对诗已不陌生。然而，对诗人还深感陌生，何况是这么伟岸的诗人。

《诗经》中也署了一些作者的名字，但那些诗大多是朝野礼仪风俗中的集体创作，那些名字很可能只是采集者、整理者。从内容看，《诗经》还不具备强烈而孤独的主体性。按照我给北京大学学生讲述中国文化史时的说法，《诗经》是"平原小合唱"，《离骚》是"悬崖独吟曲"。

这个悬崖独吟者，出身贵族，但在文化姿态上，比庄子还要"傻"。诸子百家都在大声地宣讲各种问题，连庄子也在用寓言启迪世人，屈原却不。他不回答，不宣讲，也不启迪他人，只是提问，没完没了地提问，而且似乎永远无解。

从宣讲到提问，从解答到无解，这就是诸子与屈原的区别。说大了，也是学者和诗人的区别、教师和诗人的区别、谋士和诗人的区别。划出了这么多区别，也就有了诗人。

从此，中国文脉出现了重大变化。不再合唱，不再聚众，不再宣讲。在主脉的地位，出现了行吟在江风草泽边那个衣饰奇特的身影，孤傲而天真，凄楚而高贵，离群而悯人。他不太像执掌文脉的人，但他执掌了；他被官场放逐，却被文学请回；他似乎无处可去，却终于无处不在。

屈原自己没有想到，他跟两千多年的中国历史开了一个大玩笑。玩笑的项目有这样两个方面：

一、大家都习惯于称他"爱国诗人"，但他明明把"离"国作为他的主题。他曾经为楚抗秦，但正是这个秦国，在他身后统一了中国，成了后世"爱国主义"概念中真正的"国"。

二、他写的楚辞，艰深而华赡，民众几乎都不能读懂，但他却具备了最高的普及性，每年端午节出现的全民欢庆，不分秦楚，不分雅俗。

这玩笑也可以说是两大误会，却对文脉意义重大。第一个误会说明，中国官场的政治权脉试图拉拢文脉，为自己加持；第二个误会说明，世俗的神祇崇拜也试图借文脉来自我提升。总之，到了屈原，文脉已经健壮，被"政脉"和"世脉"深深觊觎，并频频拉扯。说"绑架"太重，就说"强邀"吧。

雅静的文脉，从此经常会被"政脉"、"世脉"频频强邀，衍生出一个个庞大的政治仪式和世俗仪式。这种"静脉扩张"，对文脉而言有利有弊，弊大利小；但在屈原身上发生的事，对文脉尚无大害，因为再扩大、再热闹，屈原的作品并无损伤。在围绕着他的繁多"政脉"、"世脉"中间，文脉仍然能够清晰找到，并保持着主干地位。

记得几年前有台湾大学学生问我，大陆民众在端午节以非常热闹的世俗方式划龙舟、吃粽子的游戏，是否肢解了寂寞的屈原？我回答：没有。屈原本人就重视民俗巫风中的祭祀仪式，后来，民众也把他当作了祭祀对象。屈原确实不仅仅是你们书房里的那个屈原。但是如果你们要找书房里的屈原也不难，《离骚》、《九章》、《九歌》、《招魂》、《天问》自可细细去读。一动一静，一祭一读，都是屈原。

如此文脉，出入于文字内外，游弋于山河之间，已经很成气象。

五

屈原不想看到的事情终于发生了，秦国纵横宇内，终于完成了统一大业。

几乎所有的文学史都在谴责秦始皇为了极权统治而"焚书坑儒"的暴行，严重斫伤了中国文化。马蹄烟尘中的秦国，所留文迹也不多，除了《吕氏春秋》，就是那位游士政治家李斯的了。他写的《谏逐客书》不错，而我更佩服的是他书写的那些石刻。字并不多，但一想起就如直面泰山。

对秦始皇的谴责是应该的，但从更宏观的视角来看，应该有另一番见解。

秦始皇有意做了两件对不起文化的事，却又无意做了两件对得起文化的事，而且那是真正的大事。

他统一中国，当然不是为了文学，却为文学灌注了一种天下一统的宏伟气概。此后中国文学，不管什么题材，都或多或少地有所隐含。李白写道："秦王扫六合，虎视何雄哉！"可见这种气概在几百年后仍把诗人们笼罩。王昌龄写道："秦时明月汉时关，万里长征人未还。"秦人为后人开拓了情怀。

不仅如此，秦始皇还统一了文字，使中国文脉可以顺畅地流泻于九州大地。这种顺畅，尤其是在极大空间中的顺畅，反过来又增添了中国文学对于三山五岳、五湖四海的视野和责任。这就使工具意义和精神意义，产生了相辅相成的互哺关系。我在世界上各个古文明的废墟间考察时，总会一次次想到秦始皇。因为那些文明的割裂、分散、小化，都与文字语言的不统一有关。如果当年秦始皇不及时以强权统一文字，那么，中国文脉早就流逸不存了。

由于秦始皇既统一了中国，又统一了文字，此后两千多年，只要是中国文人，不管生长在如何偏僻的角落，一旦为文，便是天下兴亡、炎黄子孙；而且，不管面对着多么繁密的方言壁障，一旦落笔，皆是汉字汉文，千里相通。总之，统一中国和统一文字，为中国文脉提供了不可比拟的空间力量和技术力量。秦代匆匆，无心文事，却为中国文明的格局进行了重大奠基。

六

很快就到汉代了。

历来对中国文脉有一种最表面、最通俗的文体概括，叫作：楚辞、汉赋、唐诗、宋词、元曲、明清小说。在这个概括中，最弱的是汉赋，原因是缺少第一流的人物和作品。

是枚乘？是司马相如？还是早一点的贾谊？是《七发》、《子虚》、《上林》？这无论如何有点儿拿不出手，因为前前后后一看，远远站着的，是屈原、李白、杜甫、苏东坡、关汉卿、曹雪芹啊。

就我本人而言，对汉赋，整体上不喜欢。不喜欢它的铺张，不喜欢它的富丽，不喜欢它的雕琢，不喜欢它的堆砌，当然，更不喜欢它的腻颂阿谀、不见风骨。我的不喜欢，还有一个长久的心结，那就是从汉代以后两千年间，中国社会时时泛起的奉承文学，都以它为范本。

汉赋的产生是有原因的。一个强大而富裕的王朝建立起来了，确实处处让人惊叹，而"罢黜百家，独尊儒术"的思想文化统治使很多文人渐渐都成了"润色宏业"的驯臣。再加上汉武帝自己的爱好，那些辞赋也就成了朝廷的主流文本，可称为"盛世宏文"。几重因素加在一起，那么，汉赋也就志得意满、恣肆挥洒。文句间那层层渲染的排比、对偶、连词，就怎么也挡不住了。如果说还有正面意义，那么，如此抑扬顿挫、涌金叠银、流光溢彩，确实也使汉语增添了不少辞藻功能和节奏功能。

说实话，我在研究汉代艺术史的时候曾从不少赋作中感受过当时当地的气象，颇有收获；但从文学的角度来看，这些赋，毕竟那么缺少思想、缺少个性、缺少真切、缺少诚恳，实在很难在中国文脉中占据太多正面地位。这就像我们见过的有些名流，在重要时段置身重要职位，服饰考究，器宇轩昂，但一看内涵，却是空泛呆滞、言不由衷，那就怎么也不会真正入心入情，留于记忆。这，也正是我要跳远开去用挑剔的目光来检索文脉的原因。如果是在写文学史，那就不应该表达那么鲜明的取舍褒贬。

汉赋在我心中黯然失色，还有一个尴尬的因素，那就是，离它不远，出现了司马迁的《史记》。

司马迁和《史记》，这是我心中永远的太阳。

大家可能看到，坊间有一本叫《北大授课》的书，这是我为北京大学中文系、历史系、哲学系、艺术学院的部分学生讲授"中国文化史"的课堂记录，在大陆和台湾都成了畅销书。四十八堂课，每堂都历时半天，每星期一堂，因此是一整年的课程。用一年来讲述四千年，无论怎么说还是太匆忙，结果，即使对于长达五百年的明、清两代，我也只用了两堂课来讲述（第四十四、四十五堂课）。然而，我却为一个人讲了四堂课（第二十一、二十二、二十三、二十四堂课）。这个人就是司马迁。看似荒唐的比例，表现出他在我心中的特殊重量。

司马迁在历史学上的至高地位，我们在这里暂且不说，只说他的文学贡献。是他第一次，通过对一个个重要人物的生动刻画，写出了中国历史的魂魄。因此也可以说，他将中国历史拟人化、生命化了。更惊人的是，他在汉赋的包围中，居然不用整齐的形容、排比、对仗，更不用辞藻的铺陈，而只以从容真切的朴素笔触、错落有致的自然文句，做到了这一切。于是，他也就告诉人们：能把千钧历史撬动起来而又滋润万民，只有最本色的文学力量才能做到。

大家说，他借用文学写好了历史；我补充，他又借用历史印证了文学。除了虚构之外，其他文学要素他都酣畅地运用到了极致。但他又不露痕迹，高明得好像没有运用。不要说他同时代的汉赋，即使是此后两千年的文学一旦陷入奢靡，不必训斥，只需一提司马迁，大多就会从梦魇中惊醒，吓出一身冷汗。除非，那些人没读过司马迁。

我曾一再论述，就散文而言，司马迁是中国古代第一支笔。他超过"唐宋八大家"，更不要说其他什么派了。"唐宋八大家"中，也有几个不错，但与司马迁一比，格局小了，又有点儿"做作"。这放到后面再说吧。

七

不要快速地跳到唐代去。由汉至唐，世情纷乱，而文脉健旺。

我对于魏晋文脉的梳理，大致分为"三段论"。

首先，不管大家是否乐见，第一个在战火硝烟中接续文脉的，是曹操。我曾在《丛林边的那一家》中写道："曹操一心想做军事巨人和政治巨人而十分辛苦，却不太辛苦地成了文化巨人。"我还拿同时代写了感人散文《出师表》的诸葛亮和曹操相比，结论是："任何一部《中国文学史》，遗漏了曹操都是难以想象的，而加入了诸葛亮也是难以想象的。"

曹操的权谋形象在中国民间早就凝固，却缺少他在文学中的身份。然而，当大家知道那些早已成为中国熟语的诗句居然都出自他的手笔，常常会大吃一惊。哪些熟语？例如："老骥伏枥，志在千里"；"烈士暮年，壮心不已"；"对酒当歌，人生几何"；"何以解忧，唯有杜康"；"月明星稀，乌鹊南飞"；"山不厌高，海不厌深"；"东临碣石，以观沧海"；"秋风萧瑟，洪波涌起"；"日月之行，若出其中；星汉灿烂，若出其里"……

在漫长的历史上，还有哪几个文学家，能让自己的文句变成千年通用？可能举得出三四个，不多，而且渗入程度似乎也不如他广泛。

更重要的是等级。我在对比后曾说，诸葛亮的文句所写，是君臣之情；曹操的文句所写，是宇宙人生。不必说诸葛亮，即便在文学史上，能用那么开阔的气势来写宇宙人生的，还有几个？而且从我特别看重的文学本体来说，能够提供那么干净、朴素、凝练的笔墨的，又有几个？

曹操还有两个真正称得上文学家的儿子：曹丕、曹植。父子三人中，即便是文学地位最低而终于做了皇帝的曹丕，就文笔论，在数千年中国帝王中也能排到第二。第一是李煜，那是以后的事了。

在三国时代，哪一个军阀都少不了血腥谋略。中国文人历来对曹操的恶评，主要出于一个基点，那就是他要"断绝刘汉正统"。但是我们如果从宏观文化上看，在兵荒马乱的危局中把"正统"的中国文脉强悍地接续下来的，是谁呢？

这是"三段论"的第一段。

第二段，曹操的书记官阮瑀生了一个儿子叫阮籍，接过了文脉。这说起来还算直接，却已有了悬崖峭壁般的"代沟"。比阮籍小十余岁的嵇康，再加上一些文士，通称为"魏晋名士"。其实，真正得脉者，只有阮籍、嵇康两人。

这是一个"后英雄时代"的文脉旋涡。史诗传奇结束，代之以恐怖腐败，文士们由离经之议、忧生之嗟而走向虚无避世。生命边缘的挣扎和探询，使文化感悟告别正统，向着更危险、更神秘的角落释放。奇人奇事，奇行奇癖，随处可见。中国文化，看似主脉已散，却四方奔溢，气貌繁盛。当然，繁盛的是气貌，而不是作品。那时留下的重大作品不多，却为中国文人在血泊间的人格自信，提供了诸多模式。

阮籍、嵇康死后两年西晋王朝建立，然后内忧外患，又是东晋，又是南北朝，说起来很费事。只是远远看去，阮籍、嵇康的风骨是找不到了，在士族门阀的社会结构中，文人们玄风颇盛。

玄谈，一向被诟病。其实中国文学历来虽有写意、传神等风尚，却一直缺少形而上的超验感悟、终极冥思。倘若借助于哲学，中国哲学也过于实在。而且在汉代，道家、儒家又轮番被朝廷征用，那就不能指望了。因此，我们的这些玄谈文士把哲学拉到自己身上，出入佛道之间，每个人都弄得像是从空而降的思辨家似的，我总觉得是补了空缺，利多于弊。故弄玄虚的当然也有不少，但毕竟有几个是在玄思之中找到了自己，获得了个体文化的自立。

王羲之的《兰亭序》是著名的书法作品，而内容就是一篇玄谈，算是其中比较简短、干净的。我把它翻译成了当代文字，大家如有兴趣可找来一读。

王羲之写《兰亭序》是在公元三五三年，地点在浙江绍兴，那年他正好五十岁。在写完《兰亭序》十二年之后，江西九江有一个孩子出生，他将开启魏晋南北朝文学"三段论"的第三段。

这就是第三段的主角，陶渊明。

就文脉而言，陶渊明又是一座时代最高峰了。自秦汉至魏晋，时代最高峰有三座：司马迁、曹操、陶渊明。若要对这三座高峰做排序，那么，司马迁第一，陶渊明第二，曹操第三。曹操可能会气不过，但只能让他息怒了。理由有三：

其一，如果说，曹操们着迷功业，名士们着迷自己，而陶渊明则着迷自然。最高是谁，一目了然。在陶渊明看来，不要说曹操，连名士们也把自己折腾得太过分了。

其二，陶渊明以自己的诗句展示了鲜明的文学主张，那就是戒色彩、戒夸饰、戒繁复、戒深奥、戒典故、戒精巧、戒黏滞。几乎，把他前前后后一切看上去"最文学"的架势全都推翻了，呈现出一种完整的审美系统。态度非常平静，效果非常强烈。

其三，陶渊明创造了一种以"回归田园"为标志的人生境界，成了一种千年不移的文化理想。不仅如此，他还在这种"此岸理想"之外提供了一个"彼岸理想"——桃花源，在中华文化圈内可能无人不知。桃花源因为脱离历史、脱离纷争、脱离荣辱而成了种宁静生态的憧憬，成了中国文化的真正"彼岸"。陶渊明的笔，把一个如此缥缈的理想渲染得极有吸引力，这种心力、笔力谁能及得？

就凭这三点，曹操在文学上只能老老实实地让陶渊明几步了，让给这位不识刀戟、不知谋术的穷苦男人。

陶渊明为中国文脉增添了前所未有的自然之气、洁净之气、淡远之气，而且，又让中国文脉跳开了非凡人物，变得更普世了。

讲了陶渊明，也省得我再去笑骂那个时代很嚣张的骈体文了。

八

眼前就是南北朝。

那就请允许我宕开笔去，说一段闲话。

上次去台北，文友蒋勋特意从宜兰山居中赶到台北看我，有一次长谈。有趣的是，他刚出了一本谈南朝的书，而我则花几年时间一直在流连北朝，因此虽然没有预约，却一南一北地畅谈起来了。台湾《联合报》记者得知我们两人见面，就来报道，结果出了一大版有关南北朝的文章，在今天的闹市中显得非常奇特。

蒋兄写南朝的书我还没有看，但由他来写，一定很好。南朝比较富裕，又重视文化，文人也还自由，可谈的话题当然很多。蒋兄写了，我就不多啰唆了，还是抬头朝北，说北朝吧。

蒋兄沉迷南朝，我沉迷北朝，这与我们不同的气质有关，虽老友也"和而不同"。我经过初步考证，怀疑自己的身世可能是由古羌而入西夏，与古代凉州脱不了干系，因此本能地亲近北朝。北朝文化，至少有一半来自凉州。

当然，我沉迷北朝，还有更宏观的原因，而且与此刻正在梳理的宏观文脉相关。

文脉一路下来，变化那么大，但基本上在一个近似的文明之内转悠。或者说，就在黄河和长江这两条河之间轮换。例如：《诗经》和诸子是黄河流域，屈原是长江流域；司马迁是黄河流域，陶渊明是长江流域。这么一个格局，在幅员广阔的中国也不见得局促。但是那么多年过去，人们不禁要问，作为一种大文化，能不能把生命场地放得再开一些？

于是，公元五世纪，大机缘来了。由鲜卑族建立的北魏王朝，由于文明背景的重大差异，本该对汉文化带来沉重劫难，谁料想，统治者中有一些杰出人物，尤其是孝文帝拓跋宏（元宏），以及为他打基础的冯太后，居然虔诚地拜汉文化为师，快速提升统治集团的文明等级，情况就发生了惊人的变化。他们既然善待汉文化，随之也就善待佛教文化，以及佛教文化背后的印度文化、希腊文化、波斯文化、巴比伦文化，中国北方出现了前所未有的世界文明大汇聚。

从此，中国文化不再只是流转于黄河、长江之间了。经由大兴安岭出发的浩荡胡风，茫茫北漠，千里西域，都被裹卷，连恒河、印度河、幼发拉底河、底格里斯河的波涛也隐约可见，显然，它因包容而更加强盛。山西大同的云冈石窟可以作为这种文明大汇聚的最好见证，因此我应邀在那里题了一方石碑，上刻八字："中国由此迈向大唐"。

在差不多同时，公元四七六年，欧洲的西罗马帝国被"北方蛮族"毁灭，苏格拉底、亚里士多德的文脉被阻断，而且会阻断近千年。中国文脉正好相反，却被"北方蛮族"大幅提振，并即将要为人类文明进程开辟一个"制高点"。

阿基米德说："给我一个支点，我能撬起整个地球。"我觉得，北魏就是一个历史支点，它撬起了唐朝。

当然，我所说的唐朝，是文化的唐朝。

为此，我长久地心仪北魏，寄情北魏。

即使不从"历史支点"的重大贡献着眼，当时北方的文化，也值得好好观赏。它们为中华文化提供了一种力度、一种陌生，让人惊喜。

例如，那首民歌："敕勒川，阴山下。天似穹庐，笼盖四野。天苍苍，野茫茫，风吹草低见牛羊。"

这里出现了中国文学中未曾见过的辽阔和平静，平静得让人不好意思再发什么感叹。但是，它显然闯入了中国文学的话语结构，不再离开。

当然，直接撼动文脉的是那首北朝民歌《木兰诗》。"唧唧复唧唧，木兰当户织"，这么轻快、愉悦的语言节奏，以及前面站着的这位健康、可爱的女英雄，带着北方大漠明丽的蓝天，带着战火离乱中的伦理情感，大踏步走进了中国文学的主体部位。直到当代，国际电影界要找中国题材，首先找到的也还是花木兰。

在文人圈子里，南朝文人才思翩翩，有一些理论作品为北方所不及，如刘勰的《文心雕龙》、钟嵘的《诗品》。而且，他们还在忙着定音律、编文选、写宫体。相比之下，北朝文人没那么多才思。但是，他们拿出来的作品却别有一番重量，例如郦道元的《水经注》和杨衒之的《洛阳伽蓝记》。这些作品的纪实性、学术性，使一代散文走向厚实，也使一代学术亲近散文。郦道元和杨衒之，都是河北人。

九

唐代是一场审美大爆发，简直出乎所有文人的意料。

文人对前景的预料，大多只从自己和文友的状况出发。即便是南朝的那些专门研究来龙去脉的理论家、文选家，也无法想象唐代的来到。

回头细想，原先酝酿于北方旷野上、南方巷陌间的文化灵魂已经积聚有时，其他文明的渗透、发酵也到了一定地步，等到政局渐定，民生安好，西域通畅，百方来朝，自然就出现了一场壮丽的文化大爆发。

这真是机缘巧合、天佑中华。这种"政文俱旺"的现象，在历史上也仅此一次。

有没有唐代的这次大爆发，对中国文化大不一样。试看天下万象：一切准备，如果没有展现，那就等于没有准备；一切贮存，如果没有启用，那就等于没有贮存；一切内涵，如果没有表达，那就等于没有内涵；

一切灿烂，如果没有迸发，那就等于没有灿烂；一切壮丽，如果没有汇聚，那就等于没有壮丽。更重要的是，所有的展现、迸发、汇聚，都因群体效应产生了新质，与各自原先的形态已经完全不同。因此，大唐既是中国文化的平台，又是中国文化的熔炉。既是一种集合，又是一种冶炼。

唐代还有一个好处，它的文化太强了，因此成了中国历史上唯一不以政治取代文化的朝代。说唐朝，就很难以宫廷争斗掩盖李白、杜甫。而李白、杜甫，也很难被曲解成政治人物，就像屈原所蒙受的那样。即使是真正的政治人物如颜真卿，主导了一系列响亮的政治行动，但人们对他的认知，仍然是书法家。可见，唐代是文化可以充分自立的时代，而且历史也承认这种自立。鲁迅说，魏晋时代是文学自觉的时代。这从文化创造者的角度来说还勉强可以，只是有点儿夸张，因为没有"自立"的"自觉"，很难长久。只有到了唐代，文化才因自立而自觉。

文学的自立，不仅是对于政治，还对于哲学。现代有研究者说，唐代缺少像样的哲学家和思想家。这种说法虽大致不错，却不必抱怨。既然发生了强大而壮丽的审美大爆发，那么，哲学的油灯只能黯淡了。

文学不必贯穿一种稳定而明确的哲学理念。文学就是文学，只从人格出发，不从理念出发；只以形式为终点，不以教化为目的。请问唐代那些大诗人各自信奉什么学说？实在很难说得清楚，而且一生多有转换，甚至同时几种杂糅。但是，这一点儿也不影响他们写出千古佳作。

一个时代，为什么不能由文学和艺术走向深刻呢？

唐代文学，说起来太冗长。我多年前在为北大学生讲授中国文化史的时候，曾鼓励他们用投票的方式为唐代诗人排一个次序。标准有两个：一是诗人们真正抵达的文学高度；二是诗人们在后世被民众喜爱的广度。

北大学生投票的结果是这样十名——

第一名：李白；

第二名：杜甫；

第三名：王维；

第四名：白居易；

第五名：李商隐；

第六名：杜牧；

第七名：王之涣；

第八名：刘禹锡；

第九名：王昌龄；

第十名：孟浩然。

有意思的是，投票的那么多学生，居然没有两个人的排序完全一样。

这个排序，可能与我自己心中的排序还有一些出入。但高兴的是，大家没有多大犹豫，就投出了前四名：李白、杜甫、王维、白居易。这前四名，合我心意。

在一个琳琅满目的世界，学会排序是一种本事，不至于迷路。有的诗文，初读也很好，但通过排序比较，就会感知上下之别。日积月累，也就有可能深入文学最微妙的堂奥。例如，很多人都会以最高的评价来推崇初唐诗人王勃所写的《滕王阁序》，把其中"落霞与孤鹜齐飞，秋水共长天一色"说成是"全唐第一佳对"，这就是没有排序的结果。一排，发现这样的骈体文在唐代文学中的地位不应该太高。可理解的是，王勃比李白、王维早了整整半个世纪，与唐代文学的黄金时代相比，是一种"隔代"存在。又如，人们也常常对张若虚的《春江花月夜》赞之有过，连闻一多先生也曾说它是"诗中的诗，顶峰上的顶峰"。但我坚持认为，当李白、杜甫他们还远远没有出生的时候，唐诗的"顶峰"根本谈不上，更不要说"顶峰上的顶峰"了。

但是，无论王勃还是张若虚，已经表现出让人眼睛一亮的初唐气象。在他们之后，会有盛唐、中唐、晚唐，每一个时期各不相同，却都天才喷涌、名家不绝。唐代，把文学的各个最佳可能，都轮番演绎了一遍。请看，从发轫，到飞扬，到悲哀，到反观，到个人，到凄迷，各种文学意味都以最透彻的方式展现了，几乎没有重大缺漏。

因此，一个杰出时代的文学艺术史，很可能被看成人类文学艺术史的浓缩版。有学生问我，如果时间有限，却要集中地感受一下中国文化的极端丰富，又不想跳来跳去，读什么呢？

我回答："读唐诗吧。"

与中国文脉以前的峰峦相比，唐诗具有全民性。唐诗让中国语文具有了普遍的附着力、诱惑力、渗透力，并让它们笼罩九州、镌刻山河、朗朗上口。有过了唐诗，中国大地已经不大有耐心来仔细倾听别的诗句了。

十

再说一说唐代的文章。

唐代的文章，首推韩愈、柳宗元。

他们两位，是后世所称的"唐宋八大家"的领头者。我在前面说过，"唐宋八大家"的文学成就，在整体上还比不过司马迁一人，这当然也包括他们两位在内。但是，他们两位，做了一件力挽狂澜的大事，改变了一代文风，清理了中国文脉。

他们再也不能容忍从魏晋以来越来越盛炽的骈体文了。自南朝的宋、齐、梁、陈到唐初，这种文风就像是藻荇藤蔓，已经缠得中国文学步履蹒跚。但是，文坛和民众却不知其害，还以为光彩夺目、堆锦积绣的文字都是文学之胜，还在竞相趋附。

面对这种风气，韩愈和柳宗元当然坐不住了，他们只想重新接通从先秦诸子到屈原、司马迁的气脉，为古人和古文"招魂"。因此，他们发起了一个"古文运动"。按照韩愈的说法，汉代以后的文章，他已经不敢看了。（《答李翊书》："非三代两汉之书不敢观。"）这种主张，初一看似乎是在"向后退"，但懂得维护文脉的人都知道，这是让中国文化有能力继续向前走的基本条件。

他们两人，特别是韩愈，显然遇到了一个矛盾。他崇尚古文，又讨厌因袭；那么，对古人就能因袭了吗？他几经深思，得出明确结论：对古文，"师其意而不师其辞"，学习者必须"自树立，不因循"。甚至，他更透彻地说："惟陈言之务去。"只要是套话、老话、讲过的话，必须删除。因此，他的"古文运动"，其实不是模仿古文，而是寻找朴实"古意"。"古意"因为本真，具有不可重复的个性，包含着不拘束于华丽巢壳的自然品性，即"词必己出"、"文必求新"。

他与柳宗元在这件事上有一个强项，那就是不停留在空论上，而是拿出了自己的一大批示范作品。韩愈的散文，气魄很大，从句式到词汇都充满了新鲜活力。但是相比之下，柳宗元的文章写得更加清雅、诚恳、隽永。韩愈在崇尚古文时，也崇尚古文里所包含的"道"，这使他的文章难免有一些说教气。柳宗元就没有这种毛病，他被贬于柳州、永州时，离文坛很远，在偏僻而美丽的山水间把文章写得更加情感化、寓言化、哲理化，因此也达到了更高的文学等级。与他一比，韩愈那几篇名文，像《原道》、《原毁》、《师说》、《争臣论》等，道理盖过了审美，已经模糊了论文和文学的界限。

总之，韩愈、柳宗元他们既有观念，又有实践，"古文运动"展开得颇有声势。骈体文的地位很快被压下去了，但是，随之也带来了一些消极的后果。在骈体文盛行的魏晋南北朝，文学的内质已经逐渐自觉，虽触目秾丽，也是文学里边的事。现在"古文运动"让文章重新载道，迎来了太多观念性因素。这些因素，与文学不亲。

因此，一个历史的悖论就出现了。由于韩愈他们的努力，"文起八代之衰"，即阻止了骈体之祸，但唐代在散文领域还来不及真正大"起"。唐文远不及唐诗，唐文也比不过宋文。

十一

唐朝灭亡后，由藩镇割据而形成了五代十国的分裂局面。一度诗情充溢的北方已经很难寻到诗句，而南方却把诗文留存了。特别是，那个南唐的李后主李煜，本来从政远不及吟咏，当他终于成了俘虏被押解到汴京之后，一些重要的诗句穿过亡国之痛而飘向天际，使他成了一种新的文学形式——"词"的里程碑人物。

李煜又一次证明了"政脉"与"文脉"是两件事。在那个受尽屈辱的俘居小楼，在他时时受到死亡威胁的生命余晖之中，明月夜风知道：此刻的中国文脉，正在这里。

从此，"春花秋月"、"一江春水"、"不堪回首"、"流水落花"、"天上人间"、"仓皇辞庙"等意绪，以及承载它们的"长短句"节奏，将深深嵌入中国文化；而这个亡国之帝所奠定的那种文学样式"词"，将成为俘虏他的王朝的第一文学标志。

人类很多文化大事，都在俘虏营里发生。这一事实，在希腊、罗马、波斯、巴比伦、埃及的互相征战中屡屡出现。这次，在李煜和宋词之间，又一次充分演绎。

十二

那就紧接着讲宋代。

我前面说过，在唐代，政文俱旺；那么，在宋代，虽非"俱旺"，却政文贴近。

这有两个原因。

第一个原因，宋代重视文官当政，比较防范武将。结果，不仅科举制度大为强化，有效地吸引了全国文人，而且让一些真正的文化大师如范仲淹、欧阳修、王安石、司马光等居于行政高位。这种景象，使文化和政治出现了一种特殊的"高端联姻"，文化感悟和政治使命混为一体。表面上，既使文化增重，又使政治增色，其实，并不完全如此，有时反而各有损伤。

第二个原因，宋代由于文人当政，又由于对手是游牧民族的浩荡铁骑，在军事上屡屡失利，致使朝廷危殆、中原告急。这就激发了一批杰出的文学家心中的英雄气概、抗敌意志，并在笔下流泻成豪迈诗文。陆游、辛弃疾就是其中最让人难忘的代表，还要包括最后写下《过零丁洋》和《正气歌》的文天祥。

这确实也是中国文脉中最为慷慨激昂的正气所在，具有长久的感染力。但是，我们在钦佩之余也应该明白，一个历时三百余年的重要朝代的文脉，必然是一种多音部的交响。与民族社稷之间的军事征战相比，文化的范围要广泛得多、深厚得多、丰富得多。

因此，宋代文脉的首席，让给了苏东坡。苏东坡也曾经与政治有较密切关系，但终于在"乌台诗案"后两相放逐了：政治放逐了他，他也放逐了政治。他的这个转变，使他一下子远远地高过了王安石、司马光，当然也高过了比他晚得多的陆游、辛弃疾。他的这个转变，我曾在《黄州突围》中有详细描述。说他"突围"，不仅仅是指他突破文坛小人的围攻，更重要的是，突破了他自己沉溺已久的官场价值体系。因此，他的突围，也是文化本体的突围。有了他，宋代文化提升了好几个等级。所以我写道，在他被一再贬谪和流放，在无人理会的彻底寂寞中，中国文脉聚集到了那里。

苏东坡是一位文化全才，诗、词、文、书法、音乐、佛理，都很精通，尤其是词作、散文、书法三项，皆可雄视千年。苏东坡更重要的贡献，是为中国文脉留下了一个快乐而可爱的人格形象。

回顾我们前面说过的文化巨匠，大多可敬有余，可爱不足。从屈原、司马迁到到陶渊明，都是如此。他们的可敬毋庸置疑，但他们可爱吗？没有足够的资料可以证明。曹操太有威慑力，当然挨不到可爱的边儿。魏晋名士中有不少人应该是可爱的，但又过于固执和孤傲，我们可以欣赏他们的背影，却很难与他们随和地交朋友。到唐代，以李白为首的很多诗人名气太大，在那诗风浩荡、从者如云的社会风潮中，不容易让周围的人感到亲近。这种情景，有点像现在的不少流行歌手、流行乐手。

谁知到宋代，出了一个那么有体温、有表情的苏东坡。他的笔下永远有一种美好的诚恳，让读到的每个人都能产生感应。他不仅可爱，而且可亲，成了人人心中的兄长、老友。这种情况，在中国文学史上几乎绝无仅有。

把苏东坡首屈一指的地位安顿妥当之后，宋代文学的排序，第二名是辛弃疾，第三名是陆游，第四名是李清照。

辛弃疾和陆游，除了前面所说的英雄主义气概之外，还表现出了一种品德高尚、怀才不遇、热爱生活的完整生命。这种生命，使兵荒马乱中的人心大地不至于下坠。在孟子之后，他们又一次用自己的一生创建了"大丈夫"的造型。

李清照，则把东方女性在晚风细雨中的高雅憔悴写到了极致，而且已成为中国文脉中一种特殊格调，无人能敌。因她，中国文学有了一种贵族女性的气息。以前蔡琰曾写出过让人动容的女性呼号，但李清照不是呼号，只是气息，因此更有普遍价值。

十三

在宋代几位一流的文学家中，辛弃疾是一个压阵之人。他在晚年曾勇敢地赶不少路去吊唁当时受贬后去世的朱熹。朱熹比他大十岁，也算是同辈人。他在朱熹走后七年去世，一个时代的高层文化，就此垂暮。

朱熹并不是严格意义上的文学家，我也不喜欢他重道轻文的观念。但是，观念归观念，这位杰出的哲学家对文学的审美感觉却是不错的。哲学讲究梳理脉络，他在无意之中也对文脉做了点化，让人印象深刻。

朱熹说，学诗要从《诗经》和《离骚》开始。宋玉、司马相如等人"以浮华为尚，而无实之可言矣"。相比之下，汉魏之诗很好，但到了南朝的齐梁，就不对了。"齐梁间之诗，读之使人四肢皆懒慢不收拾。"这种论断，在宏观的历史视野中切中了文学的要害。

朱熹对古代乐府、陶渊明、李白、杜甫都有很好的评价。他认为陶渊明平淡中含豪放，而李白则有"清水出芙蓉，天然去雕饰"的自然美。对他自己所处的宋代，则肯定陆游的"诗人风致"。这些评价，都很到位。但是，他从理学家的思维出发，对韩愈、柳宗元、苏东坡、欧阳修的文学指责，显然是不太公平。他认为他们道之不纯，又有太多文人习气。

在他之后几十年，一个叫严羽的福建人写了一部《沧浪诗话》，正好与朱熹的观念完全对立。严羽认为诗歌的教化功能、才学功能、批判功能都不重要，重要的是吟咏性情、达到妙悟。他揭示的，其实就是文学超越理性和逻辑的特殊本质，非常重要。由于他，中国文学在今后谈创作时，就会频频用到"不涉理路，不落言筌"、"羚羊挂角，无迹可求"、"透彻玲珑，不可凑泊"、"水中之月，镜中之象"等词语，这是文学理论水准的一大提升。但是，他对同代文学家的评论，却有失度之弊。

谈及朱熹和严羽，不能不追溯到前面提到的《文心雕龙》、《诗品》等理论著作。那是七百多年前的事了，我之所以在前面没有认真介绍，是因为那是中国文论的起始状态，还在忙着为文学定位、分类、通论。当然这一切都是需要的，而《文心雕龙》在这方面确实也做得不错，但要建立一种需要对大量感性作品进行概括的理论，在唐朝开国之前八十多年就去世了的刘勰，毕竟还缺少足够范例。何况，南朝文风也对种种概念的裁定带来局限，影响了他的理论力度。这只要比一比七百多年后那位娴熟一切复杂概念却用明白口语讲文学的顶级哲学家朱熹，就会发现，真正高水准的理论表述，反倒是朴实而干净。

十四

李清照、陆游、辛弃疾、文天祥他们都认为，中国文脉将会随着大宋灭亡而断绝，蒙古马队的铁骑是中华文明覆灭的丧葬鼓点。但是，实际情况并非如此。

元代的诗歌、散文，确实不值一提。但是，中国文脉在元代却突然超常发达。那就是，中华文明几千年的一个重大缺漏，在元代这个不到百年的短暂朝代获得了完满弥补。这个被弥补的重大缺漏，就是戏剧。

古希腊悲剧在两千五百多年前已经充分成熟，印度梵剧也年岁久远，而中国，不仅孔子没看到过戏剧，连屈原、司马迁、曹操、李白、杜甫、苏东坡都没有看到过，这实在有点说不过去了。为什么会产生这种情况，而元代又为什么会改变，这是很复杂的课题，我在《中国戏剧史》一书中有系统探讨。

简单说来，中国文化长期产生不了戏剧，有两个原因：一是由于礼仪太重，中国人在生活上早已"泛戏剧化"；二是由于儒家教化，中国人在精神上一直"非戏剧化"。

有趣的是，既然中国错过了两千多年，照理追赶起来会非常困难，岂能料，入主中原的蒙古民族完全不在意千年禁锢，却有自己对表演艺术的美好，于是，随之冒出来关汉卿、王实甫、马致远、纪君祥等文化天才，合力创作出了一批非常精彩的元杂剧。结果，正如后来王国维先生所说，中国可以立即在戏剧上与其他文明并肩而"毫无愧色"。

此时的中国文脉，在《窦娥冤》，在《望江亭》，在《救风尘》，在《西厢记》，在《赵氏孤儿》，在《汉宫秋》……

在这里，我和王国维先生一样，并不是从表演、唱腔着眼，而只是从文学上评价元杂剧。那些形象，那些故事，那些冲突，那些语言，以前也有可能出现，但是它们在整体格局上的有机组合状态，却是空前的。

是不是绝后呢？还不好说。如果与明代相比，昆曲虽然也出现了汤显祖这样的作家，写出了《牡丹亭》这样的作品，但放在元杂剧面前，却会在整体张力上略逊一筹。多数昆曲作品过于冗长、秾丽、滞缓、入套，缺少元杂剧那种活泼而爽利的悲欢。比《牡丹亭》低一等级的《桃花扇》、《长生殿》又过于拘泥历史，减损了作为一种民间艺术的生命力。

至于清代后期勃发的京剧，唱腔很好，表演虽然没有戏迷们幻想的那么精彩，也算可以，而文学剧作，则完全不能细问。没有文学就只能展示演唱技能了，在整体上当然不能与元杂剧相提并论。

由于元代的统治者是少数民族，不会去支撑汉文化中那些陈旧部位，这也使文化整体比较彻底地挣脱了道统气、宫廷气、阿谀气、头巾气、腐儒气，为贴近自然的天籁式创造留出了空间。这种空间看似边缘，却很辽阔，足以伸展手脚。由此联想到同样产生于元代的那幅具有划时代意义的《富春山居图》。作者黄公望只是一个居无定所的流浪卜者，但是，即使把宋代所有宫廷画师的最好作品加在一起，也无法与他的相比。

元杂剧的情况也是如此，我们哪怕是把后来京剧从慈禧太后开始给予的全部最高权力的扶持加在一起，也无法追赶元杂剧的依稀踪影。元杂剧即使衰落也像一个英雄，完成了生命过程便轰然倒下，拒绝后人以"振兴"的说法来做人工呼吸、打强心针。

一切需要刻意"振兴"的文化，都已经与文脉无关。而且，极有可能扰乱了文脉的自然进程。现在社会上经常有人忙着要把那些该由博物馆保护的文化遗产折腾到现实生活中来，而且动静很大，我就很想让他们听听元杂剧轰然倒地的壮美声响。

十五

明清两代五百四十余年，中国文脉严重衰弱。

我在给北京大学学生讲授中国文化史的时候指出，这五百多年，如果想要找出能够与屈原、司马迁、陶渊明、李白、杜甫、苏东坡、关汉卿可以并肩站立的文化巨人，那么，答案只有两人：一是明代的哲学家王阳明，二是清代的小说家曹雪芹。我们今天所说的文脉，范围要比我在北大讲的文化更小，王阳明不应列入其中，因此只剩下曹雪芹。

这真要顺着他说过的话，感叹一句：白茫茫一片大地真干净。

为什么会产生这么惊人的情况？

原因之一，是明清两代统治者实行的文化专制主义已发展到了文化恐怖主义（如"文字狱"）。这就必然会毁灭文化创新，培养出大量的文化侍从、文化鹰犬、文化侏儒。当然也产生了一些出色的文化叛逆者和思考者，例如黄宗羲、顾炎武、王夫之，但囿于时间和空间，他们指出了社会的痼疾，却开不出治疗的药方。有人把他们当作"启蒙主义者"，可能言之有过，因为并没有形成"被启蒙群体"。真是可称得上启蒙的，要等到近代的严复。

原因之二，是中国文脉的各个条块，都已在风华耗尽之后自然老化，进入萧瑟晚景。这是人类一切文化壮举由盛而衰的必然规律，无可奈何。文脉，从来不是一马平川的直线，而是由一组组抛物线组成。要想继续往前，必须大力改革，重整重组，从另一条抛物线的起点开始。但是明清两代，都不可能提供这种契机。

除了这两个原因外，从今天的宏观视野看去，还有一个对比上的原因。那就是在中国明代，欧洲终于从中世纪的漫长梦魇中苏醒了。而且由于睡得太久，因此苏醒得特别深刻。苏醒之后，他们重新打量自己，然后精力充沛地开始奔跑。而中国文化，却因创建过太久的辉煌而自以为是。欧洲文艺复兴发生在中国的什么时候？我只需提供一个年岁上的概念：米开朗琪罗只比王阳明小三岁。

明清两代五百年衰微中，在文学上只剩下两个光点：一是小说，二是戏剧。明清戏剧我在前面已经作为元杂剧的对比者约略提过，因此能说的只有小说了。

小说，习惯说"四大名著"，即《三国演义》、《水浒传》、《西游记》、《红楼梦》。我们中国人喜欢集体打包，其实这四部小说完全没有理由以相同的等级放在一起。

真正的杰作只有一部：《红楼梦》。其他三部，完全不能望其项背。

《三国演义》气势恢宏，故事密集。但是，按照陈旧的正统观念来划分人物正邪，有脸谱化倾向，又过于粘贴于历史，遮蔽了文学的主体。《水浒传》好得多，有背叛，有正义，有性格，白话文生动漂亮，叙事能力强，可惜众好汉上得梁山后故事便无法推进，成了一部无论在文学上还是精神上都是有头无尾的作品，甚为可惜。《西游记》是一部具有宏大精神格局的寓言小说，整体文学品质高于以上两部，可惜重复过多、套路过多，影响了精神力度。如果要把这三部小说排序，那么第一当是《西游记》，第二当是《水浒传》，第三当是《三国演义》。

这些小说，因为有民间传闻垫底，又有说书人的描述辅佐，流传极广。在流传过程中，《三国演义》的权谋哲学和《水浒传》的暴力哲学对民间有严重的负面影响，于今尤烈。

《红楼梦》则完全是另外一个天域的存在了。这部小说的高度也是世界性的，那就是：全方位地探寻人性美的存在状态和幻灭过程。

它为天地人生设置了一系列宏大而又残酷的悖论，最后都归之于具有哲思的巨大诗情。虽然达到了如此高度，但它的极具质感的白话叙事，竟能把一切不同水准、不同感悟的读者深深吸引。这是世界上寥寥几部千古杰作的共同特性，但它又中国得不能再中国。

于是，一部《红楼梦》，慰抚了五百年的荒凉。

也许，辽阔的荒凉，正是为它开辟的仰望空间？

因此，中国文脉悚然一惊，然后就在这片辽阔的空地上站住了。

明清两代，也有人在关注千年文脉。关注文脉之人，也就是被周围的荒凉吓坏了的人。

例如，明代李梦阳、何景明等"前七子"提出过"文必秦汉、诗必盛唐"的口号。他们还认为"今真诗乃在民间"，例如《西厢记》能与《离骚》相提并论。他们得出结论：各种文学的创建之初虽不精致但精神弥满，可谓"高格"，必须追寻、固守。这种观点，十分可喜。

清代的金圣叹则睥睨历史，把他喜欢的戏剧、小说，如《西厢记》、《水浒传》，与《庄子》、《离骚》、《史记》和杜甫拉成一条线，构成了强烈的文脉意识。

明清两代在文脉旁侧稍可一提的，是"晚明小品"。在刻板中追求个性舒展，在道统下寻找性灵自由，虽是小东西，却开发了中国散文的韵致和情趣。这种散文，对后来"五四"新文化运动中白话美文的建立，起到了正面的滋养作用。新时代的文学改革者们不会喜欢清代桐城派的正统，更不会喜欢乾嘉骈文的回潮，为了展示日常文笔之美，便找到了隔代老师。当然，在精神上并非如此，闲情逸致无法对应大时代的风云。

与明代相比，清代倒有两位不错的诗人：一是前期的纳兰性德，以真切性灵写出很多佳句，让人想到即使李煜处于太平盛世也还会是一个伤感诗人；二是后期的龚自珍，让人惊讶在一个破败时代站出来的思想家居然还能写出这么多诗歌精品。他们的天分本该可以进入文脉，但文脉本身却在那个年月仓皇停步了。

十六

既然已经说到现代，那就顺着再多讲几句吧。

中国近现代文学，成就较低。我前面刚说明清两代五百多年只出了两个一流文人，哲学家王阳明和小说家曹雪芹，那么，我必须紧接着说一句伤心话了：从近代到现代，偌大中国，没出过一个近似于王阳明的哲学家，也没有出过一个近似于曹雪芹的小说家。

一位友人对我说：感冒无药可治，因此世上感冒药最多。同样，中国近现代文学成果寥落，因此研究队伍最大。这可能与所谓"研究"不需要外文和古文的技术性门槛有关，居然还折腾成了大学中文系里一个不小的专业。人一多，就必然出现糊弄、夸张、伪饰的风尚，结果只能在社会上大幅度贬损文学的形象。现在一般正常的读者，已经不愿意去理会所谓"中国近现代文学研究"这个喧闹不已的大杂院了。

说起来，中国现代文学的起点倒是可喜，那就是顺应中国文脉已经不能不转型的时代指令，成功地示范并普及了白话文。由于几个主事者气格不俗，有效抵拒了中国文学中最能闻风而动的骈俪、虚糜、炫学、装扮等可厌旧习，选了朴实、通达一路，诚恳与国际接轨，与当代对话，一时文脉大振。但是，由于兵荒马乱、国运危殆、民生凋敝、颠沛流离，本来迫于国际压力所产生的改革思维，很快又被救亡思维替代，精神哲学让位给现实血火，文学和文化都很难拓展自身的主体性。结果，虽然大概念上的中国文化有幸免于崩溃，而文脉则散佚难寻。

已经稍稍显出一些实力的鲁迅、沈从文和张爱玲都过早地结束了文学生涯，至于其他各种外来流派的匆忙试验，包括现实主义在内，即便流行，一时也没有抵达真正的"高格"。

现代作家之中，真正懂得一点历史文脉的，好像也是鲁迅。这倒不是从他的那册小说史，而是从他对屈原、司马迁和魏晋人物的评价中可以窥探。郭沫若应该也懂，但天生的诗人气质常常使他轻重失度、投情偏仄，影响了整体平正。此外，林语堂凭借着灵性的概念也探摸过文脉，涉及虽广，却流于浮泛感受，较为肤浅。钱锺书以密点探测，入之颇深，却可能是出于故意，未握示其脉，避开了总体阐释。

说早一点，在近代重要学者中，对中国文脉的梳理作出明显贡献的，有梁启超、王国维和陈寅恪三人。梁启超具有宏观的感悟能力，又留下了大量提纲挈领的表述；王国维对甲骨文、戏曲史、《红楼梦》的研究和《人间词话》的写作，处处高标独立；陈寅恪文史互证，对唐代和明清之际文学以及佛教文学的研究颇为精到。我对陈先生评价最高的，在他对唐中期分界为中国全部古代历史分界的论定。这三位中，对于梳理文脉成就最大的是王国维。

说晚一点，在"五四"之后的现代学者中，系统梳理过中国文脉的是胡适。记得"文革"后期周恩来领导编写复课教材，当时文科的主角是鲁迅，胡适是对立面，我趁机通读了胡适的著作，发现他对中国文化的整体联结和现代化改革，贡献无人能及。当时有一份大学学报根据惯常的批判观念连载他的生平，一位编辑人员因与我相识便随意地用了我的署名，我颇为恼火，因此他们只发了一段就中止了。这也算是我与这位大学者的一种特殊缘分吧。但是，我又不能不说，胡适虽然有宏观的文学史识，却缺少艺术的感悟能力。例如他那么认真地考证了《红楼梦》，却不知道这部小说的真正艺术魅力在何处。他的同乡学者刘文典教授说："适之什么都好，就是不太懂文学。"我深以为然。因此，由他来梳理文脉，总是隔了一层。

其他人文学者，即使学贯中西、记忆惊人，也都没有能够对中国文脉做出实质性的推动。须知，记忆性学问和创造性学问，毕竟是两回事。

现代既是如此荒瘠，那就不要在那里流浪太久了。

如果有年轻学生问我如何重新推进中国文脉，我的回答是：首先领略两种伟大——古代的伟大和国际的伟大，然后重建自己的人格，创造未来。

也就是说，每个试图把中国文脉接通到自己身上的年轻人，首先要从当代文化圈的吵嚷和装扮中逃出，滤净心胸，腾空而起，静静地遨游于从神话到《诗经》、屈原、司马迁、陶渊明、李白、杜甫、苏东坡、关汉卿、曹雪芹，以及其他文学星座的苍穹之中。然后，你就有可能成为这些星座的受光者、寄托者、企盼者。

中国文脉在今天，只有等待。

他们的共性

梳理中国文脉这件事，我已经做了整整二十年。

我在《中国文脉》一书的开头，论述了文脉的定义、形态和几项特征。这儿就不重复了。我只希望读者朋友能够理解，文脉是"最高等级的生命潜流"。

堂堂文脉，居然是潜流？

一点不错，是潜流。中国有一个惯常思维，以为凡是重要的东西总是热闹的、展示的、群集的。这种现象当然比比皆是，但是，如果要在重要里边寻找更重要、最重要的元素，那就对不起，一切都反了过来，是冷清的、内敛的、孤独的了。正是这些元素，默默地贯通了千年，构成了一种内在生命。

我在梳理过程中，也经历了由热闹归冷清，由作品归作者，由群体归个人的一次次转折。终于，在最高等级上，留下了为数不多的一些寂寞灵魂。他们，正是中国文脉的维系环扣，却都维系在安静中。

他们，就是庄子、屈原、司马迁、陶渊明、李白、杜甫、王维、苏东坡、陆游、李清照、关汉卿、王实甫、汤显祖、曹雪芹。

我们把他们称为得脉者、执脉者。

他们后来都很出名，而出名必然带来误解。为了消除误解，我想在

《中国文脉》这本书之外写一篇短文，谈谈这些得脉者、执脉者的共性。以往，人们总是以为这样的旷世天才，只有个性，没有共性。

第一个共性，他们都是创造者。

这好像是废话，但针对性很明确，因为不少研究者总喜欢把他们说成是继承者。那些研究者认为，脉，就是前后贯通，因此"继往开来"是得脉者的使命。

真实情况并非如此。文脉的每一个得脉者，都是一种"自立存在"，而不是"粘连存在"。他们只埋首于自己的创造，力求创造的精彩。因此，他们必须摆脱因袭的重担。追求标新立异、石破天惊，是他们的共同特点。

他们当然有很好的文化素养，熟悉前辈杰作，但一定不会把很多精力花在蒙尘的陈迹之间。这有三个原因——

第一，前辈杰作再好，也是一种"异体纹样"。创造者的着力点，只能在本体，而本体的自我觉醒和深入开掘，都非常艰难。

第二，执着前辈杰作，容易产生一种不自觉的"近似化暗示"，这是创造的敌人。哪怕在自己的创作间有淡淡的沿袭印痕，也会遭到他人的嘲笑。因此，创造者不会在自己的道路上留下一个个颟顸的陷阱。

第三，创造的最好时机，应在生命力勃发的青春年月，但是，这年月远比想象的更短暂、更易逝，因此也更珍贵。创造者哪里舍得把这种无限珍贵，抛掷在死记硬背的低智游戏中？他们，实在没有时间。

正是出于以上这三个原因，所有的得脉者都不会让古人的髯须来缚羁自己的脚步，而只会抢出分分秒秒的时间开发自己，开发当下，开发未来。

这中间，司马迁作为一个历史学家，专讲过去的事，但是，即便是他也不是传统的附庸，而是中国历史思维的开创者。在宏大的叙事文学的创建上，他更有开天辟地之功。

事实反复证明，历史上最精彩的段落，总是由创造者的脚步踩出的。文脉，本应处于一切创造之先。捡拾脚边残屑的那些人，虽然辛劳可嘉，却永远不可能是文脉的创造者。

中国文脉的曲线告诉我们，任何一个时代，如果以"捡拾"和"缅怀"为主轴，不管用什么堂皇而漂亮的借口，文脉必然衰滞。

第二个共性，他们都是流放者。

这儿所说的"流放"，有被动的，也有主动的。得脉者即使处于"被动流放"状态，迟早也会进入"主动流放"境界。

主动流放，就是离群索居，无羁漂泊，长为异乡人，永远在路上，处处无家处处家。

这种流放，能让他们感受陌生的自然空间。但是，从深层看，比自然空间更重要的是生命空间。流放，使他们发现了一个与以前不同的自己。他们曾经为此而痛苦，没想到，生命却因不同而变异，而提升。

这些得脉者，多数走了很远的路。即使走得不太远，精神跋涉的脚印也很深刻。他们既挥别一个个旧居所，又迎来一层层新感悟。

这里所说的流放，很可能是离乡、入仕，也可能是被贬、入罪；很可能是戍边、投荒，也可能是求生、等死。总之，完全没有"安居乐业"可言。

流放的最大门槛，是对体制而言。

年纪轻轻就逃出冠缨之门、诗礼之家，就是放弃体制的佑护而独立闯荡。当然，更令人瞩目的是背离官僚体制而飘然远行。这一关，对于得脉之人是生死大关。出之者生，入之者死，可谓"出生入死"。这与官场思维，正恰相反。

诚然，官场未必是罪恶之地，历来总有一些好官为民造福，而且少数高官也是不错的文人。但是，若要成为文脉中的得脉者，却迟早必须脱离那个地方。也就是说，不管是撤职还是辞职，都应该流放。

这是因为，即便是世间最明智的官场，它所需要的功绩、指令、关系、场面、服从，也与最高等级的文化创造格格不入。

我这么说，并不是冀求以最高文化标准来营造官场。其实这是两个完全不同的领域，有着各自不同的逻辑。如果让前面列举的这些得脉者成了官场调度者，情况可能更糟。

顺着这个思路，人们也无法接受以官场逻辑来设计文脉、勾画文脉、建造文脉。这种现象，古已有之，皆成笑柄。

还是让杰出的文化创造者们流放在外吧。流放在传承之外，流放在定位之外，流放在体制之外，流放在重重名号和尊荣之外。只有当他们"失踪"了，文脉才有可能回来。

第三个共性，他们都是无助者。

这是流放的结果，说起来有点不忍，却也无可奈何。

请再看一遍我列出的得脉者名单，当他们遇到巨大困苦乃至生命威胁的时候，有谁帮助过他们？没有，总是没有。

这很奇怪，但粗粗一想，就知道原因了。

原因之一，当巨大困苦降临的时候，能够有效帮助他们的，只能是体制，其中包括官方体制、财富体制、家族体制，但前面已经说过，他们早就远离体制之外；

原因之二，由于他们的精神等级太高，一般民众其实并不了解他们，因此很少伸出援手；

原因之三，他们都很出名，因此易遭嫉妒，即便有难，也会被幸灾乐祸者观赏。

回想一下，这些得脉者的履历，不都是这样吗？

我知道这是必然，已经硬了心肠。但是，想到屈原不得不沉江，想到司马迁哽咽着写《报任安书》，想到李白受屈时"世人皆欲杀"，想到苏东坡被捕后试图跳水自沉，想到曹雪芹在"蓬牖茅椽，绳床瓦灶"中只活了四十几岁，还是一次次鼻酸。

即便是好心人想帮助他们，也很难，因为不知道他们在哪里。为此，当我知道苏东坡在监狱里天天遭受诟辱逼拷时，居然有一个狱卒为他准备了洗脚热水，感动得热泪盈眶。我还特地查到了这个狱卒的名字，叫梁成。

我这么写，容易让人产生一种误会，以为不懂得保护文化天才，是中国特有的民族劣根性。其实，这里触及的是人类通病。我曾长期研究欧洲文化史，写过很多文章告诉读者，塞万提斯、莎士比亚、伦勃朗、莫扎特、凡·高的遭遇也相当不好，他们显然都是欧洲文明的得脉者。

那么，怎么办呢？

没有满意的答案。

我想，对于杰出的文化创造者而言，应该接受这种孤独无助的境界。既然已经决定脱离，决定流放，决定投入突破任何传承的创造，那么，无助是必然的。抱怨，就该回去，但回去就不是你了。那就不如把自己磨炼得强健蛮犷，争取在无助的状态下存活得比较长久。

对于热爱文化的民众而言，虽然不要求你们及时找到那些急需帮助的文化创造者，却希望你们随时做好发现和帮助的准备。尽管，这未必有用。因为在司马迁、李白、苏东坡他们受苦受难的时候，当时何尝无人试图润泽文化、施以援手？但必然地，总是失之交臂，两相脱空。

也许今天我们会认为，现在好了，最优秀的文化创造者都被很多协会、大学、剧团照顾着呢。但是，如果我们的目光能够延伸到百年之后，再反观现在，一定会惊奇地发现，情况完全不是如此。

那么，我们只能用民间的善良，悉心打量了。未必能发现旷世大才，但能帮助一个普通的创造者也好；未必能提供多大帮助，但能像狱卒梁成那样，倒一盆洗脚热水也好。

当然也不妨建立一个戒律：永远不要去伤害一个你并不了解、并不熟悉的文化创造者。任何政治斗争、传媒风潮、社会纠纷，一旦涉及他们，都不要起哄。他们也可能做了傻事，说了错话，情绪怪异，不擅辩解，大家都应该尽量宽容。千万不要再度出现大家都在诵读着李白的诗，但他一旦有事便"世人皆欲杀"的可怕情景。

加害者们很可能指着被害者说："他不可能是李白！"当然不是，但数千年来，有多少个"疑似李白"被伤害了。这种伤害，未必是真的屠杀，还包括群贬、冷冻、闲置、喧哗、谣诼、分隔、暗驱。伤害这样的人非常轻便，遇不到任何反抗，但是中国文脉极有可能维系在这些软弱的生命之上。

黑色光亮

一

诸子百家，其实就是中国人不同的心理色调。

我觉得，孔子是堂皇的棕黄色，近似于我们的皮肤和大地；老子是缥缈的灰白色，近似于天际的雪峰和老者的须发；庄子是飘逸的银褐色；韩非子是沉郁的金铜色……

我还期待着一种颜色。它使其他颜色更加鲜明，又使它们获得定力。它甚至有可能不被认为是颜色，却是宇宙天地的始源之色。它，就是黑色。

它对我来说有点儿陌生，因此正是我缺少的。既然是缺少，我就没有理由躲避它，而应该恭敬地向它靠近。

二

是他，墨子。墨，黑也。

据说，他原姓墨胎（"胎"在此处读作"怡"），省略成墨，名叫墨

209

翟。诸子百家中,除了他,再也没有用自己的名号来称呼自己的学派的。你看,儒家、道家、法家、名家、阴阳家,每个学派的名称都表达了理念和责任,只有他,干脆利落,大大咧咧地叫墨家。黑色,既是他的理念,也是他的责任。

设想一个图景吧,诸子百家大集会,每派都在滔滔发言,只有他,一身黑色入场,就连脸色也是黝黑的,就连露在衣服外面的手臂和脚踝也是黝黑的,他只用颜色发言。

为什么他那么执着于黑色呢?

这引起了近代不少学者的讨论。有人说,他固守黑色,是不想掩盖自己作为社会底层劳动者的立场。有人说,他想代表的范围可能还要更大,包括比底层劳动者更低的奴役刑徒,因为"墨"是古代的刑罚。钱穆先生说,他要代表"苦似刑徒"的贱民阶层。

有的学者因为这个黑色,断言墨子是印度人。这件事现在知道的人不多了,而我则曾经产生过很大的好奇。胡怀琛先生在一九二八年说,古文字中,"翟"和"狄"通,墨翟就是"墨狄",一个黑色的外国人,似乎是印度人;不仅如此,墨子学说的很多观点,与佛学相通,而且他主张的"摩顶放踵",就是光头赤足的僧侣形象。太虚法师则撰文说,墨子的学说不像是佛教,更像是婆罗门教。这又成了墨子是印度人的证据。在这场讨论中,有的学者如卫聚贤先生,把老子也一并说成是印度人。有的学者如金祖同先生,则认为墨子是阿拉伯的伊斯兰教信徒。

非常热闹,但证据不足。最终的证据还是一个色彩印象:黑色。当时不少中国学者对别的国家知之甚少,更不了解在中亚和南亚有不少是雅利安人种的后裔,并不黑。

不同意"墨子是印度人"这一观点的学者,常常用孟子的态度来反驳。孟子在时间和空间上都离墨子很近,他很在乎地域观念,连有人学了一点儿南方口音都会当作一件大事严厉批评；他又很排斥墨子的学说，如果墨子是外国人，真不知会做多少文章。但显然，孟子没有提出过一丝一毫有关墨子的国籍疑点。

我在仔细读过所有的争论文章后笑了，更加坚信：这是中国的黑色。

中国，有过一种黑色的哲学。

三

那天，他听到一个消息，楚国要攻打宋国，正请了鲁班（也就是公输般）在为他们制造攻城用的云梯。

他立即出发，急速步行，到楚国去。这条路实在很长，用今天的政区概念，他是从山东的泰山脚下出发，到河南，横穿河南全境，也可能穿过安徽，到达湖北，再赶到湖北的荆州。他日夜不停地走，走了整整十天十夜。脚底磨起了老茧，又受伤了，他撕破衣服来包扎伤口，再走。

就凭这十天十夜的步行，就让他与其他诸子划出了明显的界限。其他诸子也走长路，但大多骑马、骑牛或坐车，而且到了晚上总得找地方睡觉。哪像他，光靠自己的脚，一路走去，一次次从白天走入黑夜。黑夜、黑衣、黑脸，从黑衣上撕下的黑布条去包扎早已满是黑泥的脚。

终于走到了楚国首都，找到了他的同乡鲁班。

接下来他们两人的对话，是我们都知道的了。但是为了不辜负他十天十夜的辛劳，我还要讲述几句。

鲁班问他：步行这么远的路过来，究竟有什么急事？

墨子在路上早就想好了讲话策略，就说：北方有人侮辱我，我想请你帮忙，去杀了他。酬劳是二百两黄金。

鲁班一听就不高兴，沉下了脸，说：我讲仁义，绝不杀人！

墨子立即站起身来，深深作揖，顺势说出了主题。大意是：你帮楚国造云梯攻打宋国，楚国本来就地广人稀，一打仗，必然要牺牲本国稀缺的人口，去争夺完全不需要的土地，这明智吗？再从宋国来讲，它有什么罪？却平白无故地去攻打它，这算是你的仁义吗？你说你不会为重金去杀一个人，这很好，但现在你明明要去杀很多很多的人！

鲁班一听有理，便说：此事我已经答应了楚王，该怎么办？

墨子说：你带我去见他。

墨子见到楚王后，用的也是远譬近喻的方法。他说：有人不要自己的好车，去偷别人的破车；不要自己的锦衣，去偷别人的粗服；不要自己的美食，去偷别人的糟糠，这是什么人？

楚王说：这人一定有病，患了偷盗癖。

接下来可想而知，墨子通过层层比喻，说明楚国打宋国也是有病。

楚王说：那我已经让鲁班造好云梯啦！

墨子与鲁班一样，也是一名能工巧匠。他就与鲁班进行了一场模型攻守演练。结果，一次次都是鲁班输了。

鲁班最后说：要赢还有一个办法，但我不说。

墨子说：我知道，我也不说。

楚王问：你们说的是什么办法啊？

墨子说：鲁班以为天下只有我一个人能赢过他，如果把我除掉了，也就好办了。但我要告诉你们，我的三百个学生已经在宋国城头等候你们多时了。

楚王一听，就下令不再攻打宋国。

这就是墨子对于他的"非攻"理念的著名实践，同样的事情还有很多。原来，这个长途跋涉者只为一个目的在奔忙：阻止战争，捍卫和平。

一心想攻打别人的，只是上层统治者。社会底层的民众有可能受了奴役或欺骗去攻打别人，但从根本上说，却不可能为了权势者的利益而接受战争。这是黑色哲学的一个重大原理。

这件事情化解了，但还有一个幽默的结尾。

为宋国立下了大功的墨子，十分疲惫地踏上了归途，仍然是步行。在宋国时，下起了大雨，他就到一个门檐下躲雨，但看门的人连门檐底下也不让他进。

我想，这一定与他的黑衣烂衫、黑脸黑脚有关。这位淋在雨中的男人自嘲了一下，暗想："运用大智慧救苦救难的，谁也不认；摆弄小聪明争执不休的，人人皆知。"

四

在大雨中被看门人驱逐的墨子，有没有去找他派在宋国守城的三百名学生？我们不清楚，因为古代文本中没有提及。

清楚的是，他确实有一批绝对服从命令的学生。整个墨家弟子组成了一个带有秘密结社性质的团体，组织严密，纪律严明。

这又让墨家罩上了一层神秘的黑色。

诸子百家中的其他学派，也有亲密的师徒关系，最著名的有我们曾经多次讲过的孔子和他的学生。但是，不管再亲密，也构不成严格的人身约束。在这一点上墨子又显现出了极大的不同，他立足于底层社会，不能依赖文人与文人之间的心领神会。君子之交淡如水，而墨子要的是浓烈，要的是黑色黏土般的成团成块。历来底层社会要想凝聚力量，只能如此。

在墨家团体内有三项分工：一是"从事"，即从事技艺劳作，或守城卫护；二是"说书"，即听课、读书、讨论；三是"谈辩"，即游说诸侯，或做官从政。所有的弟子中，墨子认为最能干、最忠诚的有一百八十人，这些人一听到墨子的指令都能"赴汤蹈火，死不旋踵"。后来，墨学弟子的队伍越来越大，照《吕氏春秋》的记载，已经到了"从属弥众，弟子弥丰，充满天下"的程度。

墨子以极其艰苦的生活方式、彻底忘我的牺牲精神，承担着无比沉重的社会责任，这使他的人格具有一种巨大的感召力。他去世之后，这种感召力不仅没有消散，而且表现得更加强烈。

据记载，有一次墨家一百多名弟子受某君委托守城，后来此君因受国君追究而逃走，墨家所接受的守城之托很难再坚持，一百多名弟子全部自杀。

为什么集体自杀？为了一个"义"字。既被委托，就说话算话，一旦无法实行，宁肯以生命的代价保全信誉。

慷慨赴死，对墨家来说是一件很平常的事。

这不仅在当时的社会大众中，而且在以后的漫长历史上，都开启了一种感人至深的精神力量。司马迁所说的"其言必信，其行必果，已诺必诚，不爱其躯"的"任侠"精神，就从墨家渗透到中国民间。千年信诺，百代刚烈，不在朝廷兴废，不在书生空谈，而在这里。

五

这样的墨家，理所当然地震惊四方，成为显学。后来连法家的主要代表人物韩非子也说："世之显学，儒墨也。"

但是，这两大显学，却不能长久共存。

墨子熟悉儒家，但终于否定了儒家。其中最重要的，是以无差别的"兼爱"否定了儒家有等级的"仁爱"。他认为，儒家的爱，有厚薄，有区别，有层次，集中表现在自己的家庭，家庭里又有亲疏差异，其实最后的标准是看与自己关系的远近。这样的爱是自私之爱。他主张"兼爱"，也就是祛除自私之心，爱他人就像爱自己。

《兼爱》篇说：

> 若使天下兼相爱，国与国不相攻，家与家不相乱，盗贼无
> 有，君臣父子皆能孝慈，若此则天下治……故天下兼相爱则治，
> 交相恶则乱。故子墨子曰：不可以不劝爱人者，此也。

这话讲得很明白，而且已经接通了"兼爱"和"非攻"的逻辑关系。是啊，既然"天下兼相爱"，为什么还要发动战争呢？

墨子的这种观念，确实碰撞到了儒家的要害。儒家"仁爱"的前提和目的都是礼，也就是重建周礼所铺陈的等级秩序。在儒家看来，社会没有等级，世界是平的了，何来尊严，何来敬畏，何来秩序？在墨家看来，世界本来就应该是平的，只有公平才有所有人的尊严。在平的世界中，根本不必为了秩序来敬畏什么上层贵族。要敬畏，还不如敬畏鬼神，让人们感到冥冥之中有一种督察之力、有一番报应手段，由此建立秩序。

由于碰撞到了要害，儒家急了。孟子挖苦说，兼爱，也就是把陌生人当作自己父亲一样来爱，那就是否定了父亲之为父亲，等于禽兽。孟夫子把兼爱推到了禽兽，看来实在是气坏了。

墨家也决不让步，说，如果像儒家一样把爱分成很多等级，一切以自我为中心，那么，总有一天也能找到杀人的理由。因为凡是有等级

的爱，最终的着眼点只能是等级而不是爱，一旦发生冲突，放弃爱是容易的，而爱的放弃又必然导致仇。

在这个问题上，墨家反复指出儒家之爱的不彻底。《非儒》篇说，在儒家看来，君子打了胜仗就不应该再追败逃之敌，敌人卸了甲就不应该再射杀，敌人败逃的车辆陷入了岔道还应该帮着去推。这看上去很仁爱，但在墨家看来，天下本来就不应该有战争。如果两方面都很仁义，打什么？如果两方面都很邪恶，救什么？

《耕柱》篇设计了一个对话情节。一开头，墨家告诉儒家，君子不应该斗来斗去。儒家说，猪狗还斗来斗去呢，何况人？墨家笑了，说，你们儒家怎么能这样，讲起道理来满口圣人，做起事情来却自比猪狗？

作为遥远的后人，我们可以对儒、墨之间的争论做几句简单评述。在爱的问题上，儒家比较实际，利用了人人都有的私心，层层扩大，向外类推，因此也较为可行；墨家比较理想，认为在爱的问题上不能玩弄自私的儒术，但他们的"兼爱"难以实行。

如果要问我，内心倾向何方，我会毫不犹豫地回答：墨家。虽然难以实行，却为天下展示了一种纯粹的爱的理想。这种理想就像天际的光照，虽不可触及，却让人明亮。儒家的仁爱，由于太讲究内外亲疏的差别，造成了人际关系的迷宫，直到今天仍难以走出。当然，不彻底的仁爱终究要比没有仁爱好得多，在漫无边际的历史残忍中，连儒家的仁爱也令人神往。

六

除了"兼爱"问题上的分歧，墨家对儒家的整体生态都有批判。例如，儒家倡导的礼仪过于繁缛隆重，丧葬之时葬物多到像死人搬家一样；居丧三年天天哭泣的规矩，也对子女太不公平，又太像表演；而且，儒家倡导的礼乐精神，过于追求琴瑟歌舞，耗费天下人太多的心力和时间。

从思维习惯上，墨家批评儒家一心复古，只传述古人经典而不鼓励自己的创作，即所谓"述而不作，信而好古"。墨家认为，只有创造新道，才能增益世间之好。在这里，墨家指出了儒家的一个逻辑弊病。儒家认为"述而不作，信而好古"的人才是君子，而成天在折腾自我创新的则是小人。墨家说，你们所遵从的古，也是古人自我创新的成果呀，难道这些古人也是小人，那你们不就在遵从小人了？

墨家还批评儒家"不击则不鸣"的明哲保身之道，认为应该提倡为了天下兴利除弊"击亦鸣，不击亦鸣"的勇者责任。

墨家在批评儒家的时候，对儒家常有误读，尤其是对"天命"中的"命"、"礼乐"中的"乐"，误读得更为明显。但是，即使在误读中，我们也更清晰地看到了墨家的自身形象。既然站在社会底层大众的立场上，那么，对于上层社会的理念，确实有一种天然的隔阂。误读，并不奇怪。

更不奇怪的是，上层社会终于排斥了墨家。这种整体态度，倒不是出于误读。上层社会不会不知道，连早已看穿一切的庄子，也曾满怀钦佩地说"墨子真天下之好也，将求之不得也，虽枯槁不舍也"；连被统治者视为圭臬的法家，也承认他们的学说中有不少是"墨者之法"；公认为经典的《礼记》中的"大同"理想，也与墨家的理想最为接近。总之，墨家已成为当时极为重要的社会精神资源，但是由于墨家所代表的社会力量是上层社会十分防范的，又由于墨家曾经系统地抨击过儒家，上层社会也就很自然地把它从主流意识形态中区隔出来了。

秦汉之后，墨家衰落，历代文人学士虽然也偶有提起，往往句子不多、评价不高，这种情景一直延续到清后期。俞樾在为孙诒让《墨子间诂》写的序言中说：

乃唐以来，韩昌黎外无一人能知墨子者，传诵既少，注释
亦稀，乐台旧本，久绝流传，阙文错简，无可校正，古言古字，
更不可晓，而墨学尘霾终古矣。

这种历史命运实在让人一叹。但是，情况很快就改变了。一些急欲
挽救中国的社会改革家发现，旧时代的主流意识形态必须改变，而那些
深入民间的精神活力则应该调动起来。因此，大家又惊喜地重新发现了
墨子。

孙中山先生在《三民主义》中，故意不理会孔子、孟子、老子、庄
子，而独独把墨子推崇为"平等"、"博爱"的中国宗师。后来他又经常
提到墨子，例如：

仁爱也是中国的好道德，古时最讲"爱"字的，莫过于墨
子。墨子所讲的"兼爱"，与耶稣所讲的"博爱"是一样的。

梁启超先生更是在《新民丛报》上断言："今欲救亡，厥唯学墨。"
他在《墨子学案》中甚至把墨子与西方的思想家亚里士多德、培根、穆
勒做对比，认为一比较就会知道孰轻孰重。他伤感地说：

只可惜我们做子孙的没出息，把祖宗遗下的无价之宝，埋
在地窖子里二千年。今日我们在世界文化民族中，算是最缺乏
论理精神、缺乏科学精神的民族，我们还有面目见祖宗吗？如
何才能够一雪此耻？诸君努力啊！

孙中山和梁启超，是最懂得中国的人。他们的深长感慨中，包含着历史本身的呼喊声。

墨子，墨家，黑色的珍宝，黑色的光亮，中国亏待了你们，因此历史也亏待了中国。

七

我读《墨子》，总是能产生一种由衷的感动。虽然是那么遥远的话语，却能激励自己当下的行动。我的集中阅读也是在那个灾难的年代。往往是在深夜，每读一段我都会站起身来，走到窗口。我想着两千多年前那个黑衣壮士在黑夜里急速穿行在中原大地的身影。然后，我又返回书桌，再读一段。

记得是《公孟》篇里的一段对话吧，儒者公孟子对墨子说，行善就行善吧，何必忙于宣讲？

墨子回答说：你错了。现在是乱世，人们失去了正常的是非标准，求美者多，求善者少，我们如果不站起来勉力引导，辛苦传扬，人们就不会知道什么是善了。

对于那些劝他不要到各地游说的人，墨子又在《鲁问》篇里进一步做了回答。他说：到了一个不事耕作的地方，你是应该独自埋头耕作，还是应该热心地教当地人耕作？独自耕作何益于民？当然应该立足于教，让更多的人懂得耕作。我到各地游说，也是这个道理。

《贵义》篇中写道，一位齐国的老朋友对墨子说，现在普天下的人都不肯行义，只有你还在忙碌，何苦呢？适可而止吧。

墨子又用了耕作的例子，说：一个家庭有十个儿子，其中九个都不肯劳动，剩下的那一个就只能更加努力耕作了，否则这个家庭怎么撑得下去？

在《鲁问》篇中，墨子对鲁国乡下一个叫吴虑的人做了一番诚恳表白。他说：为了不使天下人挨饿，我曾想去种地，但一年劳作下来又能帮助几个人？为了不使天下人挨冻，我曾想去纺织，但我的织物还不如一个妇女，能给别人带来多少温暖？为了不使天下人受欺，我曾想去帮助他们作战，但区区一个士兵，又怎么抵御侵略者？既然这些作为都收效不大，我就明白，不如以历史上最好的思想去晓示王侯贵族和平民百姓。这样，国家的秩序、民众的品德一定都能获得改善。

对于自己的长期努力一直受到别人诽谤的现象，墨子在《贵义》篇里也只好叹息一声。他说，一个长途背米的人坐在路边休息，站起再想把米袋扛到肩膀上的时候却没有力气了，看到这个情景的过路人不管老少贵贱都会帮他一把，将米袋托到他肩上。现在，很多号称君子的人看到肩负道义辛苦行路的义士，不仅不去帮一把，反而加以毁谤和攻击。你看，当今义士的遭遇还不如那个背米的人。

尽管如此，他在《尚贤》篇里还是勉励自己和弟子们：有力量就要尽量帮助别人，有钱财就要尽量援助别人，有道义就要尽量教诲别人。

那么，千说万说，墨子四处传播的道义中，有哪一些特别重要，感动过千年民间社会，并一直感动到孙中山、梁启超他们的呢？

我想，就是那简单的八个字吧：

兼爱，非攻，尚贤，尚同。

"兼爱"、"非攻"我已经在上文做过解释，"尚贤"、"尚同"还没有，但这四个中国字在字面上已经表明了它们的基本含义：崇尚贤者，一同天下。所谓一同天下，也就是以真正的公平来构筑一个不讲等级的和谐社会。

我希望，人们在概括中国文化的传统精华时，不要遗落了这八个字，因为这是我们的精神主脉和文化主脉。

那个黑衣壮士背着这八个字的精神食粮已经走了很久很久。他累了，粮食口袋搁在地上也已经很久很久。我们来背吧，请帮帮忙，托一把，扛到我的肩上。

两个地狱之门

漫长的阅读经历，已经使我有能力对中外历史上各种不可思议的事件保持平静，并用从容的笔调把它们写出来。但是，有一件事，我一直秘藏在心底，长久不敢去惊动。因为一惊动，我的身心必然会产生强烈震撼，很难消解。

但是，一直秘藏终究不是办法，我决定还是用最收敛的笔调，写一篇短文。

为什么这件事会让我的身心产生强烈震撼？

这与以下一些问题有关。

问：在中国运用文字以来的四千多年历史上，哪一个写作人的成就最为宏大？

答：司马迁。

问：他为什么能获得这个地位？

答：他的巨著《史记》，从精神理念到编写体制，被以后的全部断代史所沿用，因此他是中国历史思维的奠基者。同时，在文字表现上，他又是中国古代散文的第一支笔。我们每个人身上，都渗透着他的文化基因。

问：以单个生命体完成如此伟业，他一定是一个超常健全的人吧？

答：不，恰恰相反。当《史记》的写作还"草创未就之时"，由于在朝堂上为一位战败将军说了几句宽慰的话，触怒了汉武帝，被施行了"腐刑"，也就是阉割了男性的生理之本。这当然比死亡还要屈辱百倍，但他咬着牙齿活了下来，为了《史记》。

问：读者难于想象，这部皇皇巨著，居然在地狱里写成。在写成的那一天，他一定感慨万千吧？

答：当然感慨万千，但又无处可说，因为一开口就深感羞污。甚至也不能对家人说，因为阉割之祸使家门受辱，祖坟蒙污。难道这个天下最善于表达的人要把这么多难于启齿的话语全部憋在心底永不吐露，随着生命的消失而消失吗？没想到突然出现了一个机会，一位叫任安的友人，也被莫名其妙地判处了死刑，很快就要执行，司马迁就给他写了一封信，倾吐滔滔心声。他只想倾吐，又不想被世间的一切耳朵听到，因此只能倾吐给一个临死的人。我曾说，这是从一个地狱之门寄向另一个地狱之门的信。不管在什么情况下，这样的信永远让人惊心动魄。

问：司马迁写这封信的时候，《史记》刚刚完成？

答：对。两个地狱之间的信，牵连着一部天堂之书。

问：司马迁写完这封信，还活了多久？

答：不清楚，没有任何记载。一位最伟大的历史学家写完了那么多历史人物的生平，却没有把自己的生平写完，但也许是故意的。一般认为，他写了这封信后不久也死了。这封信，相当于绝命书。信稿留下来了，大家都能读到，叫《报任安书》。

——以上六番问答，大体说明了我每次产生强烈震撼的原因。

当极度的伟大和极度的卑污集中在一个小小的生命之中时，我们看到了生命的最高含量和最后边沿。

中国，居然是靠着这个不敢自称男子的男子，靠着他苍白的脸，萎弱的手，建立了全部历史尊严。

文化，居然是靠着他每天汗流浃背的无限孤独，攀上了前无古人、后无来者的摩天峰巅。

就在司马迁写给任安的这封信中，我们读到了几乎一切中国人都知道的那句话——

人固有一死，或重于泰山，或轻于鸿毛，用之所趋异也。

这句话，后人常常误读，以为不惜赴死就是重于泰山。其实，司马迁认为，死是容易的，但极有可能轻于鸿毛，甚至九牛一毛。最难的是，即便以最屈辱、最卑微的方式活着，也能够"究天人之际，通古今之变，成一家之言"，这就重于泰山了。

这也就是说：精神尊严，高于世俗尊严；人格尊严，高于生理尊严；历史尊严，高于即时尊严；宏观尊严，高于直观尊严。

我从青年时代开始，不断听到不少前辈文人的诚恳表述，说平生读到最感动的文章，就是这篇《报任安书》。我发现，凡是有这种表述的人，人品都很不错。从现代反推上去，可以判断这封写于两个地狱之间的信，对中国两千多年来的文化心态，做了何等程度的提醒和安抚。

前面说到，司马迁为自己指定的目标是"究天人之际，通古今之变，成一家之言"。长期以来，人们对这个目标的后面两点即"通古今之变，成一家之言"非常认同，我本人也为之写过很多文章，此处恕不重复；但是对第一点"究天人之际"，大家常常缺少深刻认识，以为是泛泛之言。

事实上,《史记》留下了大量天文学的资料,而且极具价值。例如,他在《天官书》中发现了月食的周期,并为五大行星裁定了统一的名称,总结了它们顺行、逆行和相对静止的时间规律,又指出行星在逆行时更加明亮。他描述了恒星的不同颜色和明亮度,观察了变星的隐显,还记录了彗星、大流星、陨石、极光、黄道光和新星的奇异天象。他的某些天文观察,早了欧洲一千多年,毫无疑问是古代东方第一流的天文学家。

除了天文学之外,《史记》还对地理、经济、财政、水利、礼制、音乐等学科的历史发展,进行了深入研究,展现了百科全书式的完整结构。由此想起,现在多数论述《史记》的著作,都要用"无韵之《离骚》"来做归纳,实在很不妥当。《离骚》是个人抒情之作,真不该拿来比附《史记》这样庞大的实体工程,因为这对《史记》和《离骚》都不公平。试想,如果把昆仑山脉说成是"无松之黄山",是不是有点怪异?那好像是鲁迅在厦门大学课堂上的随口一说,生前也没有出版过,如果知道现在竟如此流行,他一定会感到尴尬。

不管怎么说,《史记》早已远远超越个人而成为全部中国文化的地标式构建。一个蒙受最大屈辱的伤残之人能靠一人之力完成这样的构建,证明在地狱之门背后,可以有无边无涯的精神天地。

现在我终于要转过身来,面对地狱的制造者了。

而且,不仅仅是司马迁的一座地狱,还包括任安的地狱和其他很多地狱。

他,就是汉武帝刘彻。

说起来,汉武帝算得上是中国古代所有帝王中的佼佼者。他强化封建专制,削弱地方割据,解除匈奴威胁,开辟丝绸之路,开发西南地区,确认儒学正统……终于建立起了空前强大的汉帝国。这一来，一个"汉"字重似千钧，"秦人"改称"汉人"，华夏民族统称为"汉族"。其功绩之大，足以彪炳千古。

然而，就在这种情况下，一架庞大的天平出现了。天平的一边，是无数的功绩、无限的权力、无边的体制、无量的赞誉；而天平的另一边，则是一个孤独的人。这架天平，怎么有可能平衡？

结果，天平剧烈晃荡。

汉武帝十六岁称帝，三十七岁时已经大致战胜匈奴，四十岁开始大兴土木建造宫殿，而到五十七岁，他下令阉割了司马迁，成了摧残中国伟大学者的地狱。杀害任安，则是八年后的事，汉武帝已经六十五岁了，离他去世还有四年。

照理，汉武帝脑子很清晰，应该听得明白那天司马迁表面上在为败将李陵说几句话，实际上是在宽慰盛怒中的自己。但他却无端地怀疑，司马迁有可能在影射与自己有亲属关系的另一位将军李广利，立即作出了匪夷所思的残忍判决。这是为什么？

答案是，长期的专制集权，使他产生了一系列不正常的超限度敏感，并由此转向多疑和暴怒。

乍一看，超敏、多疑、暴怒，好像是专制集权的强化，其实却泄露了深层次的脆弱和恐惧。试想在早期，同样是他，在派遣张骞，指挥卫青、霍去病的时代，怎么可能为一个文官的几句温和语言，而暴跳如雷？然而，当下的他，已经很不自信。他知道长年的穷兵黩武和好大喜功已经造成了"民力屈，财用竭"、"天下虚耗，人复相食"的局面，他知道在人们越来越响的称颂声中已经包含着越来越多的抱怨和疑问。由于是彻底集权，他又无法把这一切责任推给别人，因此只能恼羞成怒。

汉武帝下令阉割司马迁，其实是阉割了自己的政治气格。

至于杀害任安，则牵涉到汉武帝的另一个政治噩梦。

汉武帝像很多陷于衰势的集权者一样，越来越迷信方士神巫。他深信一种起自民间的"巫蛊"之术会左右朝廷政治，便任命江充全面追缉，严刑逼供，造成数万人冤死。江充已把矛头指向太子刘据，刘据不得不起兵反抗江充，但汉武帝站在江充一边，致使太子兵败自杀。

事过之后追究太子同党，汉武帝认定任安"持两端"、"有两心"，而判决"腰斩"。这就是我前面所说的任安的地狱。司马迁得知判决后，就写了这封《报任安书》。

但不久之后汉武帝就发现太子起兵只是被迫，便立即反过来灭了江充家族及其同党，并在太子去世的地方筑起"思子宫"，以示悼念。由此可知，这位政治强人晚年的心理变态，已到了什么地步。

终于，在逼死太子、腰斩任安、制造万人冤案的两年之后，公元前八十九年，汉武帝公开对群臣宣布：

> 朕即位以来，所为狂悖，使天下愁苦，不可追悔。自今事有伤害百姓，靡费天下者，悉罢之。

同时，他又发布了"陈既往之悔"的《轮台罪己诏》，宣布不再将西域的战争升级，而转向"思富养民"。他在诏书中说，轮台那个地方，从车师（今属吐鲁番）往西还有千余里，那么远的距离，还要派兵去烽燧戍边，又要遣送老弱孤独者屯垦，实在是"扰劳天下"，并非为民。因此决定，"由是不复出军"。

这个打了半个世纪仗的战争帝王，终于为了民生，投身和平。

发表《轮台罪己诏》之后才一年多，汉武帝就去世了。幸好，这个强悍生命在熄灭之前留下了这么浓重的"罪己"举动。这使他又比其他专制帝王高出了一截。

当然，汉武帝没有对阉割司马迁、腰斩任安的事发表"罪己诏"。他早就为这些暴行后悔了，却认为是小事，不必公开检讨。

其实，历代帝王不懂，不管是你们声泪俱下的"罪己诏"，还是声色俱厉的这个诏、那个诏，在历史典籍中，只是一些无足轻重、随手可删的零碎素材。就连你们声势浩大的征战地图，至多也只是历史典籍边上的几笔粗疏线条，还未必能挤进插页。

无论在过去还是未来，无论在国家图书馆还是家庭藏书室，有关中华文化，书架上占据最醒目地位的，总是厚厚一排《史记》。《史记》中飘出一道平静而忧郁的目光，谁都知道，这目光来自两千多年前。这道目光完全不在于宏伟宣言、大小排场，只在乎天道、人心、民生、文明。

这道目光曾经穿越过一座座地狱，最终成了至高的历史审判者。

它一直被压在权力底层，因此洞悉权力，终于成了让一切权力者猝不及防的最后权力。

我们所说的"大文化"，即与此有关。

魏晋绝响

一

乱世的文脉，还在以一种更深刻的方式一步步延续。原因是，乱世也进入了新阶段。

出现过了一批名副其实的铁血英雄，播扬过了一种烈烈扬扬的生命意志，普及过了"成者为王，败者为寇"的政治逻辑，即便是再冷僻的陋巷荒陌，也因震慑、崇拜而变得炯炯有神。

突然，英雄们相继谢世了。英雄和英雄之间龙争虎斗了大半辈子，他们的年龄大致相仿，因此也总是在差不多的时间离开人间。像骤然挣脱了条条绷紧的绳索，历史一下子变得轻松，却又剧烈摇晃起来。

过去被英雄们的伟力所掩盖着的各种社会力量猛然涌起，为自己争夺权力和地位。这种力量冲撞，与过去英雄们的争斗相比，低了好几个社会价值等级。于是，宏谋远图不见了，壮丽的鏖战不见了，历史的诗情不见了，代之以权术、策反、谋害。

魏晋，就是这样一个无序和黑暗的"后英雄时期"。

这中间，最可怜的是那些或多或少有点政治热情的文人名士了。每当政治斗争一激烈，这些文人名士便纷纷成了刀下鬼，比政治家死得更多更惨。

我一直在想，为什么在魏晋乱世，文人名士的生命会如此不值钱，思考的结果是：看似不值钱恰恰是因为太值钱。当时的文人名士，有很大一部分承袭了春秋战国和秦汉以来的哲学、政治学、军事学思想，在智能水平、社会声望上都能有力地辅佐各个政治集团。因此，争取他们，往往关及政治集团的品位和成败；杀戮他们，则是因为害怕他们的社会影响，也提防他们为其他政治集团效力。

相比之下，当初被秦始皇所坑的儒生，作为知识分子的个体人格形象还比较模糊，而到了魏晋时期被杀的知识分子，无论在哪一个方面都不一样了。他们早已是真正的名人，姓氏、事迹、品格、声誉，都随着他们的鲜血，渗入中华大地，渗入文明史册。文化的惨痛，莫过于此；历史的恐怖，莫过于此。

何晏，玄学的创始人、哲学家、诗人、谋士，被杀；

张华，政治家、诗人、《博物志》的作者，被杀；

潘岳，与陆机齐名的诗人，中国古代最著名的美男子，被杀；

谢灵运，中国古代山水诗的鼻祖，直到今天还有很多名句活在人们口边，被杀；

范晔，写成了皇皇史学巨著《后汉书》的杰出历史学家，被杀；

……

这个名单可以开得很长，置他们于死地的罪名很多，而能够解救他们、为他们辩护的人，却一个也找不到。对他们的死，大家都十分漠然，也许有几天会成为谈资，但浓重的杀气压在四周，谁也不敢多谈。待到时过境迁，新的纷乱又杂陈在人们眼前，翻旧账的兴趣早已索然。文化名人的成批被杀居然引不起太大的社会波澜，后代史册写到这些事情时笔调也平静得如古井死水。

真正无法平静的，是血泊边上那些侥幸存活的名士。吓坏了一批，吓得庸俗了、胆怯了、圆滑了、变节了、噤口了，这是自然的，人很脆弱，从肢体结构到神经系统都是这样，不能深责；但毕竟还有一些人从惊吓中回过神来，重新思考生命的存在方式，于是，一种独特的人生风范，便飘然而出。

二

当年曹操身边曾有一个文才很好、深受重用的书记官叫阮瑀，生了个儿子叫阮籍。曹操去世时阮籍正好十岁，因此他注定要面对"后英雄时期"的乱世，不幸他又充满了历史感和文化感，内心会承受多大的磨难，我们可以想象。

阮籍喜欢一个人驾木车游荡，木车上载着酒，没有方向地向前行驶。泥路高低不平，木车颠簸着，酒缸摇晃着，他的双手则抖抖索索地握着缰绳。突然马停了，他定睛一看，路走到了尽头。真的没路了？他哑着嗓子自问，眼泪已夺眶而出。终于，声声抽泣变成了号啕大哭。哭够了，持缰驱车向后转，另外找路。另外那条路走着走着也到了尽头，他又大哭，走一路哭一路。荒草野地间谁也没有听见，他只哭给自己听。

一天，他就这样信马由缰地来到了河南荥阳的广武山，他知道这是楚汉相争最激烈的地方。山上还有古城遗迹，东城屯过项羽，西城屯过刘邦，中间相隔二百步，还流淌着一条广武涧，涧水汩汩，城基废弛，天风浩荡，落叶满山。阮籍徘徊良久，叹一声："时无英雄，使竖子成名！"

他这声叹息，不知怎么被传到了世间。也许那天出行因路途遥远，他破例带了个同行者？或是他自己在何处记录了这句感叹？反正这声叹息成了今后千余年许多既有英雄梦又有寂寞感的历史人物的共同心声。直到二十世纪，寂寞的鲁迅还引用过，毛泽东读鲁迅的书时发现了，也把它写进了一封更有寂寞感的家书中。鲁迅凭记忆引用，记错了两个字，毛泽东也跟着错。

遇到的问题是，阮籍的这声叹息，究竟指向着谁？

可能是指刘邦。刘邦在楚汉相争中胜利了，原因是他的对手项羽并非真英雄。在一个没有真英雄的时代，只能让区区小子成名。

也可能是同时指刘邦、项羽。因为他叹息的是"成名"而不是"得胜"，刘、项无论胜负都成名了，在他看来，他们都不值得成名，都不是英雄。

甚至还可能是反过来，他承认刘邦、项羽都是英雄，但他们早已远去，剩下眼前这些小人徒享虚名。面对着刘、项遗迹，他悲叹着现世的寥落。好像苏东坡就是这样理解的，曾有一个朋友问他，阮籍说"时无英雄，使竖子成名"，其中"竖子"是指刘邦吗？苏东坡回答说："非也，伤时无刘、项也。竖子指魏晋间人耳。"

既然完全相反的理解也能说得通，那么我们也只能用比较超拔的态度来对待这句话了。茫茫九州大地，到处都是为争做英雄而留下的斑斑疮痍，但究竟有哪几个时代出现了真正的英雄呢？既然没有英雄，世间又为什么如此热闹？也许，正因为没有英雄，世间才如此热闹的吧？

我相信，广武山之行使阮籍更厌烦尘嚣了。在中国古代，凭吊古迹是文人一生中的一件大事，在历史和地理的交错中，雷击般的生命感悟甚至会使一个人脱胎换骨。

那应是黄昏时分吧，离开广武山之后，阮籍的木车在夕阳衰草间越走越慢，这次他不哭了，但仍有一种沉重的气流涌向喉头，他长长一吐，音调浑厚而悠扬，喉音、鼻音翻卷了几圈，最后把音收在唇齿间，变成一种近似口哨的声音飘洒在山风暮霭之间。这种声音并不尖厉，却是婉转而高亢。

这也算一种歌吟方式吧，阮籍以前也从别人嘴里听到过，好像称之为"啸"。啸不包含切实的内容，不遵循既定的格式，只随心所欲地吐露出一派风致、一腔心曲，因此特别适合乱世名士。尽情一啸，什么也抓不住，但什么都在里边了。这天阮籍在木车中真正体会到了啸的厚味，美丽而孤寂的心声在夜气中回翔。

对阮籍来说，更重要的一座山是苏门山。苏门山在河南辉县，当时有一位有名的隐士孙登隐居其间，苏门山因孙登而著名，而孙登也常被人称为"苏门先生"。阮籍上山之后，蹲在孙登面前，询问他一系列重大的历史问题和哲学问题，但孙登好像什么也没有听见，一声不吭，甚至连眼珠也不转一转。

阮籍傻傻地看着泥塑木雕般的孙登，突然领悟到自己的重大问题是多么没有意思，那就快速斩断吧——能与眼前这位大师交流的，或许是另外一个语汇系统？好像被一种神奇的力量催动着，他缓缓地啸了起来。啸完一段，再看孙登，孙登竟笑眯眯地注视着他，说："再来一遍！"阮籍一听，连忙站起身来，对着群山云天，啸了好久。啸完回身，孙登又已平静入定。阮籍知道自己已经完成了与这位大师的一次交流，此行没有白来。

阮籍下山了，有点儿高兴又有点儿茫然。刚走到半山腰，一种奇迹发生了，如天乐开奏，如梵琴拨响，如百凤齐鸣，一种难以想象的音乐突然充溢于山野林谷之间。阮籍震惊片刻后立即领悟了，这是孙登大师的啸声，如此辉煌和圣洁，把自己的啸声不知比到哪里去了。但孙登大师显然不是要与他争胜，而是在回答他的全部历史问题和哲学问题。阮籍仰头聆听，直到啸声结束。然后疾步回家，写下了一篇《大人先生传》。

他从孙登身上知道了什么叫作"大人"。他在文章中说，"大人"是一种与造物同体、与天地并生、逍遥浮世、与道俱成的存在，相比之下，天下那些束身修行、足履绳墨的君子是多么可笑。天地在不断变化，君子们究竟能固守住什么礼法呢？说穿了，躬行礼法而又自以为是的君子，就像寄生在裤裆缝里的虱子，爬来爬去都爬不出裤裆缝，还标榜说是循规蹈矩；饿了咬人一口，还自以为找到了什么风水吉宅。

文章辛辣到如此地步，我们就可知道他自己要如何处世行事了。

三

平心而论，阮籍本人一生的政治遭遇并不险恶，因此，他的奇特举止也不能算是直接的政治反抗。直接的政治反抗再英勇、再激烈也只属于政治范畴，而阮籍似乎执意要在生命形态和生活方式上闹出一番新气象。

政治斗争的残酷性他是亲眼看到了，但在他看来，既然没有一方是英雄的行为，他也不想去认真地评判谁是谁非。鲜血的教训，难道一定要用新的鲜血来记述吗？不，他在一批批认识的和不认识的文人、名士的新坟丛中，猛烈地憬悟到生命的极度卑微和极度珍贵，他横下心来伸出双手，要以生命的名义索回一点儿自主和自由。他到过广武山和苏门山，看到过废墟，听到过啸声，他已是一个独特的人，正在向他心目中的"大人"靠近。

人们都会说他怪异，但在他眼里，明明生就了一个大活人却像虱子一样活着，才叫真正的怪异。做了虱子还扬扬自得，那是怪异中的怪异。

首先让人感到怪异的，大概是他对官场的态度。对于历代中国人来说，垂涎官场、躲避官场、整治官场、对抗官场，这些都能理解，而阮籍给予官场的却是一种游戏般的洒脱，这就使大家感到十分陌生了。

阮籍躲过官职任命，但躲得并不彻底。有时心血来潮，也做做官。正巧遇到政权更迭期，他一躲不仅保全了生命，而且被人看作一种政治远见，其实是误会了他。例如曹爽要他做官，他说身体不好，隐居在乡间，一年后曹爽倒台，牵连很多名士，他安然无恙；但胜利的司马昭想与他联姻，每次到他家说亲他都醉着，整整两个月都是如此，联姻的想法也就告吹。

有一次阮籍漫不经心地对司马昭说："我曾经到东平（今属山东）游玩过，很喜欢那儿的风土人情。"司马昭一听，就让他到东平去做官了。阮籍骑着驴到东平之后，察看了官衙的办公方式，东张西望了不多久便立即下令，把府舍衙门重重叠叠的墙壁拆掉，让原来关在各自屋子里单独办公的官员们一下子置于互相可以监视、内外可以沟通的敞亮环境之中，办公内容和办公效率立即发生了重大变化。这一招，即便用一千多年后今天的行政管理学来看，也可以说是抓住了"牛鼻子"，国际上许多现代化企业的办公场所不都在追求着一种高透明度的集体气氛吗？但我们的阮籍只是骑在驴背上稍稍一想便想到了。除此之外，他还大刀阔斧地精简了法令，大家心悦诚服，完全照办。他觉得东平的事已经做完，仍然骑上那头驴子，回到洛阳来了。一算，他在东平总共逗留了十余天。

后人说，阮籍一生正儿八经地上班，也就是这十余天。

唐代诗人李白对阮籍做官的这种潇洒劲头钦佩万分，曾写诗道：

阮籍为太守，

乘驴上东平。

剖竹十日间，

一朝风化清。

只花十余天，便留下一个官衙敞达、政通人和的东平在身后，而这对阮籍来说，只是玩了一下而已。玩得如此漂亮，让无数老于宦海而毫无作为的官僚立刻显得狼狈。

他还想用这种迅捷高效的办法来整治其他许多地方的行政机构吗？在人们的这种疑问中，他突然提出愿意担任军职，并明确要担任北军的步兵校尉。但是，他要求担任这一职务的唯一原因，是步兵校尉兵营的厨师特别善于酿酒，而且打听到还有三百斛酒存在仓库里。到任后，除了喝酒，阮籍一件事也没有管过。在中国古代，官员贪杯的多得很，贪杯误事的也多得很，但像阮籍这样堂而皇之纯粹是为仓库里的那几斛酒来做官的，实在绝无仅有。把金印作为敲门砖随手一敲，敲开的却是一个芳香浓郁的酒窖，所谓"魏晋风度"也就从这里飘散出来了。

除了对待官场的态度外，阮籍更让人感到怪异的，是他对于礼教的轻慢。

众所周知，礼教对于男女间接触的防范极严，叔嫂之间不能对话，男子不能面对朋友的女眷，更不能直视邻里的女子，如此等等。中国男子，一度几乎成了最厌恶女性的一群奇怪动物，可笑的不自信加上可恶的淫邪推理，既装模作样又战战兢兢。对于这一切，阮籍断然拒绝。有一次嫂子要回娘家，他大大方方地与她告别，说了好些话，完全不理叔嫂不能对话的礼教。隔壁酒坊里的小媳妇长得很漂亮，阮籍经常去喝酒，喝醉了就在人家脚边睡着了，他不避嫌，小媳妇的丈夫也不怀疑。

特别让我感动的一件事是：一位兵家女孩，极有才华又非常美丽，不幸还没有出嫁就死了。阮籍根本不认识这家的任何人，也不认识这个女孩，听到消息后却莽撞赶去吊唁，在灵堂里大哭一场，把满心的哀悼倾诉完了才离开。阮籍不会装假，毫无表演意识，他那天的滂沱泪雨，全是真诚的。这眼泪，不是为亲情而洒，不是为冤案而流，只是献给一具美好而又速逝的生命。荒唐在于此，高贵也在于此。有了阮籍那一天的哭声，中国数千年来其他许多死去活来的哭声就显得太具体、太实在，也太自私了。终于有一个真正的男子汉像模像样地哭过了，没有其他任何理由，只为美丽，只为青春，只为异性，只为生命，哭得那么抽象又那么淋漓尽致。依我看，男人之哭，至此尽矣。

礼教的又一个强项是"孝"。孝的名目和方式叠床架屋，已经与子女对父母的实际感情没有太大关系。最惊人的是父母去世后的繁复礼仪，三年服丧、三年素食、三年寡欢，甚至三年守墓，一分真诚扩充成十分伪饰，让活着的和死了的都长久受罪，在最不该虚假的地方大规模地虚假着。正是在这种空气中，阮籍的母亲去世了。

那天他正好和别人在下围棋，死讯传来，下棋的对方要停止，阮籍却铁青着脸不肯歇手，非要决出个输赢。下完棋，他在别人惊恐万状的目光中要过酒杯，饮酒两斗，然后才放声大哭，哭的时候，口吐大量鲜血。几天后母亲下葬，他又吃肉喝酒，然后才与母亲遗体告别，此时他早已因悲伤过度而急剧消瘦，见了母亲遗体又放声痛哭，吐血数升，几乎死去。

守丧期间，朋友裴楷前去吊唁，在阮籍母亲的灵堂里哭拜，而阮籍却披散着头发坐着，既不起立也不哭拜，只是两眼发直，表情木然。裴楷吊唁出来后，立即有人对他说："按照礼法，吊唁时主人先哭拜，客人才跟着哭拜。这次我看阮籍根本没有哭拜，你为什么独自哭拜？"裴楷说："阮籍是超乎礼法的人，可以不讲礼法；我还在礼法之中，所以遵循礼法。"

阮籍厌烦身边虚情假意的来来往往，常常白眼相向。时间长了，他的白眼也就成了一种明确无误的社会信号、一道自我卫护的心理障壁。

但是，当阮籍向外投以白眼的时候，他的内心也不痛快。他多么希望少翻白眼，能让自己深褐色的瞳仁去诚挚地面对另一对瞳仁！他一直在寻找，找得非常艰难。在母丧守灵期间，他对前来吊唁的客人表示感谢，但感谢也仅止于感谢而已。人们发现，甚至连官位和名声都不低的嵇喜前来吊唁时，闪烁在阮籍眼角里的，也仍然是一片白色。

人家吊唁他母亲，他也白眼相向！这件事很不合情理，嵇喜和随员都有点儿不悦，回家一说，被嵇喜的弟弟听到了。这位弟弟听了不觉一惊，支颐一想，猛然憬悟，急速地备了酒、挟着琴来到灵堂。酒和琴，与吊唁灵堂多么矛盾，但阮籍却站起身来，迎了上去。你来了吗？与我一样不顾礼法的朋友，你是想用美酒和音乐来送别我操劳一生的母亲？阮籍心中一热，终于把深褐色的目光浓浓地投向这位青年。

这位青年叫嵇康，比阮籍小十三岁，今后他们将成为终生的朋友，而后代一切版本的中国文化史则把他们俩的名字永远地排列在一起，怎么也拆不开。

四

嵇康是曹操的曾孙女婿，与那个已经逝去的英雄时代的关系，比阮籍还要直接。

嵇康堪称中国文化史上第一等的可爱人物，他虽与阮籍并称于世，但对于自己反对什么追求什么，却比阮籍更明确、更透彻，因此他的生命乐章也就更清晰、更响亮了。

他的人生主张让当时的人听了惊心动魄："非汤武而薄周孔"、"越名教而任自然"。他完全不理会种种传世久远、名目堂皇的教条礼法，彻底厌恶官场仕途，因为他心中有一个使他心醉神迷的人生境界。这个人生境界的基本内容，是摆脱约束、回归自然、享受悠闲。他长期隐居山阳（在今河南焦作东南），后来到了洛阳城外，竟然开了个铁匠铺，每天在大树下打铁。他给别人打铁不收钱，如果有人以酒肴作为酬劳，他就会非常高兴，在铁匠铺里拉着别人开怀痛饮。

嵇康长得非常帅气，这一点与阮籍堪称伯仲。魏晋时期的士人为什么都长得那么挺拔呢？你看严肃的《晋书》写到阮籍和嵇康等人时都要在他们的容貌上花不少笔墨，写嵇康更多，说他已达到了"龙章凤姿、天质自然"的地步。朋友山涛曾用如此美好的句子来形容嵇康（叔夜）：

嵇叔夜之为人也，岩岩若孤松之独立。其醉也，傀俄若玉山之将崩。

现在，这棵岩岩孤松、这座巍巍玉山正在打铁。强劲的肌肉，愉悦的吆喝，炉火熊熊，锤声铿锵。难道，这个打铁佬就是千秋相传的《声无哀乐论》《太师箴》《难自然好学论》《管蔡论》《明胆论》《释私论》《养生论》和许多美妙诗歌的作者？

嵇康打铁不想让很多人知道，更不愿意别人来参观。他的好朋友向秀知道他的脾气，悄悄地来到他身边，也不说什么，只是埋头帮他打铁。说起来向秀也是个了不得的人物，文章写得好，精通《庄子》，但他更愿意做一个最忠实的朋友，赶到铁匠铺来当下手，安然自若。向秀还曾到山阳帮另一位朋友吕安种菜灌园，吕安也是嵇康的好友。这些朋友，都信奉回归自然，因此都干着一些体力活。向秀奔东走西地多处照顾，怕朋友们太劳累，怕朋友们太寂寞。

嵇康与向秀在一起打铁的时候，不喜欢议论世人的是非曲直，因此话并不多。唯一的话题是谈几位朋友，除了阮籍和吕安，还有山涛。吕安的哥哥吕巽，和他关系也不错。称得上朋友的也就是这么五六个人，他们都十分珍惜。

有一天嵇康正这么叮叮当当地打铁呢，忽然看到一支华贵的车队从洛阳城里驶来。为首的是当时朝廷宠信的一个贵公子，叫钟会。钟会是大书法家钟繇的儿子，钟繇做过魏国太傅，而钟会本身也博学多才。钟会对嵇康素来景仰，一度曾到敬畏的地步，例如当初他写完《四本论》后很想让嵇康看一看，又缺乏勇气，只敢远远地把文章扔到嵇康住处的门里，转身就走。现在他的地位已经不低，听说嵇康在洛阳城外打铁，决定隆重拜访。钟会的这次来访十分讲排场，照《魏氏春秋》的记述，是"乘肥衣轻、宾从如云"。

钟会把拜访的排场搞得这么大，可能是出于对嵇康的尊敬，也可能是为了向嵇康显示点儿什么。但是，嵇康一看却非常抵拒。这种突如其来的喧闹，严重地侵犯了他努力营造的安适境界。他扫了一眼钟会，连招呼也不打，便与向秀一起埋头打铁了。他抡锤，向秀拉风箱，旁若无人。

这一下可把钟会推到了尴尬的境地：出发前他向宾从们夸过海口，现在宾从们都疑惑地把目光投向他。他只能悻悻地注视着嵇康和向秀，看他们不紧不慢地干活。看了很久，嵇康仍然没有与之交谈的意思，钟会向宾从扬扬手，上车驱马，准备回去了。

刚走了几步，嵇康却开口了："何所闻而来？何所见而去？"

钟会一惊，立即回答："闻所闻而来，见所见而去。"

问句和答句都简洁而巧妙，但钟会心中实在不是味道。鞭声数响，庞大的车队回洛阳去了。

嵇康连头也没有抬，只有向秀怔怔地看了一会儿车队后面扬天的尘土，眼光中泛起一丝担忧。

五

对嵇康来说，真正能从心灵深处干扰他的，是朋友。友情之外的造访，他可以低头不语，挥之即去，但对于朋友就不一样了，哪怕是一丁点儿的心理隔阂，也会使他焦灼和痛苦。因此，友情有多深，干扰也有多深。

这种事情，不幸就在他和好朋友山涛之间发生了。

山涛也是一个很大气的名士，当时就有人称赞他的品格"如璞玉浑金"。他与阮籍、嵇康不同的是，有名士观念却不激烈，对朝廷、礼教、前后左右的各色人等，他都能保持一种温和而友好的关系。他当时担任尚书吏部郎，做着做着不想做了，要辞去，朝廷要他推荐一个合格的人继任，他真心诚意地推荐了嵇康。

嵇康知道此事后，立即写了一封绝交信给山涛。山涛字巨源，因此这封信名为《与山巨源绝交书》。我想，说它是中国文化史上最重要的一封绝交书也不过分吧，反正只要粗涉中国古典文学的人都躲不开它，直到千余年后的今天仍是这样。

这是一封很长的信，其中有些话说得有点儿伤心，我选了几段翻译成了当代语文——

> 听说您想让我去接替您的官职，这事虽没办成，从中却可知道您很不了解我。也许您这个厨师不好意思一个人屠宰下去了，拉一个祭师做垫背吧……

阮籍比我淳厚贤良，从不多嘴多舌，也还有礼法之士恨他；我这个人比不上他，惯于傲慢懒散，不懂人情物理，又喜欢快人快语，一旦做官，每天会招来多少麻烦事！……我如何立身处世，自己早已明确，即便是在走一条死路也咎由自取，您如果来勉强我，则非把我推入沟壑不可！

我的母亲和哥哥刚死，心中凄切，女儿才十三岁，儿子才八岁，尚未成人，又体弱多病，想到这些，真不知该说什么。现在我只想住在简陋的旧屋里教养孩子，常与亲友们叙叙离情，说说往事，浊酒一杯，弹琴一曲，也就够了。不是我故作清高，而是实在没有能力当官，就像我们不能把贞洁的美名加在阉人身上一样。您如果想与我共登仕途，一起欢乐，其实是在逼我发疯，我想您对我没有深仇大恨，不会这么做吧？

我说这些，是使您了解我，也与您诀别。

这封信很快在朝野传开，朝廷知道了嵇康的不合作态度，而山涛，满腔好意却换来一个断然绝交，当然也不好受。但他知道，一般的绝交信用不着写那么长，写那么长，是嵇康对自己的一场坦诚倾诉。如果友谊真正死亡了，完全可以冷冰冰地三言两语，甚至不置一词，了断一切。总之，这两位昔日好友，诀别得断丝飘飘、不可名状。

嵇康还写过另外一封绝交书，绝交对象是吕巽，即上文提到过的向秀前去帮助种菜灌园的那位朋友吕安的哥哥。本来吕巽、吕安两兄弟都是嵇康的朋友，但这两兄弟突然间闹出了一场震惊远近的大官司。原来吕巽看上了弟弟吕安的妻子，偷偷地占有了她。为了掩饰，竟给弟弟安了一个"不孝"的罪名上诉朝廷。

吕巽这么做，无疑是衣冠禽兽，但他却是原告！"不孝"在当时是一个很重的罪名，哥哥控告弟弟"不孝"，很能显现自己的道德形象，朝廷也乐于借以重申孝道；相反，作为被告的吕安虽被冤屈却难以自辩，一个文人怎么能把哥哥霸占自己妻子的丑事公诸士林呢？而且这样的事，证据何在？妻子何以自处？家族门庭何以避羞？

面对最大的无耻和无赖，受害者往往一筹莫展，只能找最知心的朋友倾诉一番。有口难辩的吕安想到了他心目中最尊贵的朋友嵇康。嵇康果然是嵇康，立即拍案而起。吕安已因"不孝"而获罪，嵇康不知官场门路，唯一能做的是痛骂吕巽一顿，写信宣布绝交。

这封绝交信写得极其悲愤，怒斥吕巽诬陷无辜、包藏祸心，宣布除了决裂，无话可说。我们一眼就可看出，这与他写给山涛的绝交信完全是两回事了。

尽管他非常愤怒，他所做的事情却很小——在一封私信里为一个蒙冤的朋友识破了一个假朋友，如此而已。但仅仅为此，他被捕了。

理由很简单：他是"不孝者的同党"。

现在，轮到为嵇康判罪了。

一个"不孝者的同党"，该受何种处罚？

统治者司马昭在宫廷中犹豫。他内心对于孝不孝的罪名并不太在意，却比较注意的倒是嵇康写给山涛的那封绝交书。把官场仕途说得如此厌人，总要给他一点儿颜色看看。

就在这时，司马昭所宠信的一个年轻人求见，他就是钟会。钟会深知司马昭的心思，便悄声进言：

> 嵇康，卧龙也，千万不能让他起来。您现在统治天下已经没有什么担忧的了，我只想提醒您稍稍提防嵇康这样傲世的名士。您知道他为什么给他的好朋友山涛写那样一封绝交信吗？

据我所知，他是想帮助别人谋反，山涛反对，因此没有成功，他恼羞成怒而与山涛绝交。过去姜太公、孔夫子都诛杀过那些危害社会、扰乱礼教的所谓名人，现在嵇康、吕安这些人言论放荡，诽谤圣人经典，任何统治者都是容不了的。您如果太仁慈，不除掉嵇康，可能无以匡正风俗、清洁王道。

（参见《晋书·嵇康传》、《世说新语·雅量》，注引《文士传》）

我特地把钟会的这番话大段地译出来，望读者能仔细一读。他避开了孝不孝的问题，几乎每一句话都打在司马昭的心坎上。在道义人格上，他是小人；在诽谤技巧上，他是大师。

钟会一走，司马昭便下令：判处嵇康、吕安死刑，立即执行。

六

这是中国文化史上最黑暗的日子之一，居然还有太阳。

嵇康身戴木枷，被一群兵丁从大狱押到刑场。

刑场在洛阳东市，路途不近。嵇康一路上神情木然而缥缈。他想起了一生中好些奇异的遭遇。

他想起，他也曾像阮籍一样，上山找过孙登大师，并且跟随大师不短的时间。大师平日几乎不讲话，直到嵇康临别，才深深一叹："你性情刚烈而才貌出众，能避免祸事吗？"

他又想起，早年曾在洛水之西游学，有一天夜宿华阳，独个儿在住所弹琴。夜半时分，突然有客来访，自称是古人，与嵇康共谈音律。来客谈着谈着来了兴致，向嵇康要过琴去，弹了一曲《广陵散》，声调绝伦，弹完便把这个曲子传授给了嵇康，并且反复叮嘱，千万不要再传给别人了。然后这个人飘然而去，没有留下姓名。

嵇康想到这里，满耳满脑都是《广陵散》的旋律。他遵照那个神秘来客的叮嘱，没有向任何人传授过。一个叫袁孝尼的人不知从哪儿打听到嵇康会演奏这首曲子，多次请求传授，他也没有答应。刑场已经不远，难道，这个曲子就永久地断绝了？——想到这里，他微微有点儿慌神。

突然，嵇康听到前面有喧闹声，而且闹声越来越响。原来，有三千名太学生正拥挤在刑场边上请愿，要求朝廷赦免嵇康，让嵇康担任太学的导师。显然，太学生们想以这样一个请愿向朝廷提示嵇康的社会声誉和学术地位。但这些年轻人不知道，他们这种聚集三千人的行为已经成为一种政治示威，司马昭怎么会让步呢？

嵇康望了望黑压压的年轻学子，有点儿感动。一个官员冲过人群，来到刑场高台上宣布：朝廷旨意，维持原判！

刑场上一片山呼海啸。

大家的目光都注视着已经押上高台的嵇康。

身材伟岸的嵇康抬起头来，眯着眼睛看了看太阳，便对身旁的官员说："行刑的时间还没到，我弹一首曲子吧。"不等官员回答，便对在旁送行的哥哥嵇喜说："哥哥，请把我的琴取来。"

琴很快取来了，在刑场高台上安放妥当，嵇康坐在琴前，对三千名太学生和围观的民众说："请让我弹一遍《广陵散》。过去袁孝尼多次要学，都被我拒绝。《广陵散》于今绝矣！"

刑场上一片寂静，神秘的琴声铺天盖地。

弹毕，嵇康从容赴死。

这是公元二六二年夏天，嵇康三十九岁。

七

有几件后事必须交代一下。

嵇康被司马昭杀害的第二年，阮籍被迫写了一篇劝司马昭进封晋公的劝进表，语意进退含糊。几个月后阮籍去世，终年五十三岁。

帮着嵇康一起打铁的向秀，在嵇康被杀后心存畏惧，接受司马氏的召唤而做官。在赴京城洛阳途中，绕道前往嵇康故居凭吊。当时正值黄昏，寒冷彻骨，从邻居房舍中传出呜咽的笛声。向秀追思过去几个朋友在这里欢聚饮宴的情景，不胜感慨，写了《思旧赋》。写得很短，刚刚开头就煞了尾。向秀后来做官做到散骑侍郎、黄门侍郎和散骑常侍，但据说他在官位上并不做实际事情，只是避祸而已。

山涛在嵇康被杀害后又活了二十年，大概是当时名士中寿命最长的一位了。嵇康虽然给他写了著名的绝交书，但临终前却对自己九岁的儿子嵇绍说："只要山涛伯伯活着，你就不会成为孤儿！"果然，后来对嵇绍照顾最多的就是山涛。等嵇绍长大后，由山涛出面推荐他入仕做官。

阮籍和嵇康的后代，完全不像他们的父亲。阮籍的儿子阮浑，是一个极本分的官员，平生竟然没有一次醉酒的记录。被山涛推荐而做官的嵇绍，成了一个为皇帝忠诚保驾的驯臣。有一次晋惠帝兵败被困，文武百官纷纷逃散，唯有嵇绍衣冠端正地以自己的身躯保护了皇帝，死得忠心耿耿。

……

八

还有一件后事。

那曲《广陵散》被嵇康临终弹奏之后，渺不可寻。但后来据说在隋朝的宫廷中发现了曲谱，到唐朝又流落民间，宋高宗时代又收入宫廷，由明代朱元璋的儿子朱权编入《神奇秘谱》。近人根据《神奇秘谱》重新整理，于今还能听到。然而，这难道真是嵇康在刑场高台上弹的那首曲子吗？相隔的时间那么长，所经历的朝代那么多，时而宫廷时而民间，其中还有不少空白的时间段落，居然还能传下来？而最本源的问题是，嵇康那天的弹奏，是如何进入隋朝宫廷的？

不管怎么说，我不会去聆听今人演奏的《广陵散》。在我心中，《广陵散》到嵇康手上就结束了，就像阮籍和孙登在山谷里的玄妙长啸，都是遥远的绝响，我们追不回来了。

然而，为什么这个时代、这批人物、这些绝响，老是让我们割舍不下？我想，这些在生命的边界线上艰难跋涉的人物，似乎为整部中国文化史做了某种悲剧性的人格奠基。他们追慕宁静而浑身焦灼，他们力求圆通而处处分裂，他们以昂贵的生命代价第一次标志出一种自觉的文化人格。中国文脉，因他们开始屹然自立。

在嵇康、阮籍去世之后的百年间，书法家王羲之、画家顾恺之、诗人陶渊明相继出现；二百年后，文论家刘勰、钟嵘也相继诞生；如果把视野拓宽一点儿，这期间，化学家葛洪、天文学家兼数学家祖冲之、地理学家郦道元等大科学家也一一涌现。这些人在各自的领域几乎都称得上是开天辟地的巨匠。魏晋名士们的焦灼挣扎，开拓了中国知识分子自在而又自为的一方心灵秘土，文明的成果就是从这方心灵秘土中蓬勃地生长出来的，以后各个门类的千年传代也都与此有关。但是，当文明的成果逐代繁衍之后，当年精神开拓者们的奇异形象却难以复见。嵇康、阮籍他们在后代眼中越来越显得陌生和乖戾，陌生得像非人，乖戾得像神怪。

有过他们，是中国文脉的幸运；失落他们，是中国文脉的遗憾。

走向大唐

一

巍巍大唐就在前面不远处了，中国，从哪条道路走近它？

很多学者认为，顺着中国文化的原路走下去，就成，迟早能到。

我不同意这种看法，因为事实并不是这样。

走向大唐，需要一股浩荡之气。这气，秦汉帝国曾经有过，尤其在秦始皇和汉武帝身上。到了后来四分五裂的乱世，便气息奄奄。尽管有魏晋名士、王羲之、陶渊明他们延续着高贵的精神脉络，但是，越高贵也就越隐秘，越不能号召天下。

这种状态，怎么缔造得了一个大唐？

浩荡之气来自一种强大的力量。这种力量已经无法从宫廷和文苑产生，只能来自旷野。

旷野之力，也就是未曾开化的蛮力。未曾开化的蛮力能够参与创建一个伟大的文化盛世吗？这就要看它能不能快速地自我开化。如果它能做到，那么，旷野之力也就可能成为支撑整个文明的脊梁。

中国，及时地获得了这种旷野之力。

二

这种旷野之力，来自大兴安岭北部的东麓。

一个仍然处于原始游牧状态的民族——鲜卑族，其中拓跋氏一支渐有起色。当匈奴在汉武帝的征战下西迁和南移之后，鲜卑拓跋氏来到匈奴故地，以强势与匈奴余部联盟，战胜其他部落，称雄北方，建立王朝，于公元四世纪后期定都于今天的山西大同，当时叫平城。根据一位汉族士人的提议，正式改国号为"魏"，表明已经承接三国魏氏政权而进入中华正统，史称北魏。此后，又经过半个世纪的征战，北魏完成了黄河流域的统一。

胜利，以及胜利后统治范围的扩大，使北魏的鲜卑族首领们不得不投入文化思考。

最明显的问题是：汉族被战胜了，可以任意驱使，但汉族所代表的农耕文明，却不能按游牧文明的规则来任意驱使。要有效地领导农耕文明，必然要抑制豪强兼并，实行均田制、户籍制、赋税制、州郡制，而这些制度又牵动着一系列生活方式和文化形态的重大改革。

要么不改革，让中原沃土废耕为牧，一起走回原始时代；要么改革，让被战胜者的文化来战胜自己，共同走向文明。

鲜卑族的智者们勇敢地选择了后者。这在他们自己内部，当然阻力重重。自大而又脆弱的民族防范心理，一次次变成野蛮的凶杀。有些在他们那里做官的汉人也死得很惨，如崔浩。但是，天佑鲜卑，天佑北魏，天佑中华，这条血迹斑斑的改革之路终于通向了一个结论：汉化！

从公元五世纪后期开始，经由冯太后，到孝文帝拓跋宏，开始实行一系列强有力的汉化措施。先在行政制度、农耕制度上动手，然后快速地把改革推向文化。

孝文帝拓跋宏发布了一系列属于文化范畴的严厉命令。

第一，把首都从山西大同（平城）南迁到河南洛阳。理由是北方的故土更适合游牧式的"武功"，而南方的中原大地更适合"文治"。而所谓"文治"，也就是全面采用汉人的社会管理模式。

第二，禁说鲜卑族的语言，一律改说汉语。年长的官员可以允许有一个适应过程，而三十岁以下的鲜卑族官员如果还说鲜卑话，立即降职处分。

第三，放弃鲜卑民族的传统服饰，颁行按汉民族服饰制定的衣帽样式。

第四，迁到洛阳的鲜卑人，一律把自己的籍贯定为"河南洛阳"，死后葬于洛阳北边的邙山。

第五，改鲜卑部落的名号为汉语单姓。

第六，以汉族礼制改革鲜卑族的原始祭祀形式。

第七，主张鲜卑族与汉族通婚，规定由鲜卑贵族带头，与汉族士族结亲。

……

这么多有关文化大选择的强硬命令，出自一个充分掌握了权力的少数民族统治者，而周围并没有人威逼他这么做，这确实太让人惊叹了。我认为，这不仅在中国，而且在世界历史上，也是极为罕见的。

愤怒的反弹可想而知。所有的反弹都是连续的、充满激情的、关及民族尊严的。而且，还会裹卷孝文帝的家人，如太子。孝文帝拓跋宏对这种反弹的惩罚十分冷峻，完全不留余地。

这有点儿像莎士比亚戏剧中的角色了。作为鲜卑民族的后代，他不能不为自己的祖先感到自豪，却又不得不由自己下令放弃祖先的传统生态。对此，他强忍痛苦。但正因为痛苦，反而要把自己的选择贯彻到底，不容许自己和下属犹疑动摇。他惩罚一个个反弹者，其实也在惩罚另一个自己。

他的前辈，首先提出汉化主张的北魏开国皇帝拓跋珪（道武帝），曾经因为这种自我挣扎而陷入精神分裂，自言自语，随手杀人。在我看来，这是文明与蒙昧、野蛮周旋过程中必然产生的精神离乱。这样的周旋过程，在一般情况下往往会以数百年甚至上千年的时间才走完，而他们则要把一切压缩到几十年，因此，连历史本身也眩晕了。

中国的公元五世纪，与孝文帝拓跋宏的生命一起结束。但是，他去世时只有……只有三十二岁！

仅仅在这个世界上活了三十二年的孝文帝拓跋宏，竟然做了那么多改天换地的大事，简直让人难以相信。他名义上四岁即位，在位二十八年，但实际上他的祖母冯太后一直牢牢掌握着朝政。冯太后去世时，他已经二十三岁，因此，他独立施政只有九年时间。

这是多么不可思议的九年！

他的果敢和决断，也给身后带来复杂的政治乱局。然而，那一系列深刻牵动生态文化的改革都很难回头了，这是最重要的。他用九年时间把中国北方推入了一个文化拐点，而当时全中国的枢纽也正在那里。因此，他是鲜卑族历史上、也是中国历史上的一位杰出帝王。

我对他投以特别的尊敬，因为他是一位真正宏观意义上的文化改革家。

三

说到北魏孝文帝拓跋宏的改革，我一直担心会对今天中国知识界大批狂热的大汉族主义者、大中原主义者带来某种误导。

似乎，孝文帝拓跋宏的行动为他们又一次提供了汉文化高于一切的证据。

固然，比之于刚刚走出原始社会的鲜卑族，汉文化成熟得太多，不仅有足够的资格引领一个试图在文化上快速跃进的游牧民族，而且教材已经大大超重。

但是，孝文帝拓跋宏的汉化改革，并不仅仅出于对汉文化的崇尚，而且还有更现实的原因，那就是寻找军事之外的统治资格。

在古代马其顿，差不多和孝文帝死于同样年纪的年轻君主亚历山大每征服一个地方，总是虔诚地匍匐在那里的神祇之前，这也是在寻找军事之外的统治资格。

我们必须看到这样一个事实：孝文帝拓跋宏强迫自己的部下皈依汉文化，却未曾约束他们把豪迈之气带入汉文化。或者说，只有当他们充分汉化了，豪迈之气才能真正植入汉文化。

他禁止鲜卑族不穿汉服、不说汉语，却没有禁止汉人不穿汉服、不说汉语。其实，"胡人"汉化的过程，也正是汉人"胡化"的过程。

从北魏开始，汉人大量汲取北方和西域少数民族生态文化，这样的实例比比皆是。有一次我向北京大学学文科的部分学生讲解这一段历史，先要他们随口列举一些这样的实例来。他们在事先没有准备的情况下居然争先恐后地说出一大堆。我笑了，心想年轻一代中毕竟还有不少深明事理的人，知道汉文化即便在古代也常常是其他民族文化的受惠者，而不仅仅是施惠者。

我对北京大学的学生们说，在你们列举的那么多实例中，我最感兴趣的是那些乐器：胡笳、羌笛、羯鼓、龟兹琵琶……如果没有它们，大唐的宏伟交响音乐就会减损一大半。这只要看看敦煌、读读唐诗，就不难明白。

这还只是在讲音乐。其实，任何一个方面都是如此。由此可知，大唐，远不是仅仅中原所能造就。

更重要的，还是输入中华文化的那股豪气，有点儿剽悍，有点儿清冷，有点儿粗粝，有点儿混沌，却是那么开阔、那么自由、那么放松。诸子百家在河边牛车上未曾领略过的"天苍苍，野茫茫"，变成了新的文化背景。中华文化也就像骑上了草原骏马，鞭鸣蹄飞，焕发出前所未有的生命力。

鲁迅说"唐人大有胡气"，即是指此。

事情还不仅仅是这样。

自从孝文帝拓跋宏竭力推动鲜卑族和汉族通婚，一个血缘上的融合过程也全面展开了。请注意，这不再是政治意义上，而是生命意义上的不分彼此，这是人类学范畴上的宏大和声。

唐高祖李渊和唐太宗李世民的生母都是鲜卑人。李世民的皇后也是鲜卑人。结果，唐高宗李治的血统四分之三是鲜卑族，四分之一是汉族。（参见王桐龄《中国民族史》）其实，隋炀帝杨广的母亲也是鲜卑人，她和唐高祖李渊的母亲是亲姐妹。她们的籍贯都算是"河南洛阳"。我们记得，这是出于孝文帝拓跋宏的设计。至此我们不能不再一次深深佩服这位孝文帝的远见了，他以最温柔、最切实的方式，让自己的民族参与了一个伟大的历史盛典。

一条通向大唐的路，这才真正打通了。

这条路的开始有点儿窄、有点儿偏、有点儿险，但终于，成了中国历史上具有关键意义的大道。

二十世纪八十年代初，我听说内蒙古鄂伦春自治旗阿里河镇西北的山麓上发现了一个俗称"嘎仙洞"的所在，一位考古学女教授刮去洞壁上的一片泥苔，露出石碑，惊喜地发现这正是《魏书》上记载的"鲜卑石室"——鲜卑族先祖的祭坛所在，也可以说是鲜卑族的起始圣地。闻讯后我曾三次前往，每次都因交通、气候方面的原因未能最终抵达。当地的朋友奇怪我为什么对一个不大的石洞如此痴迷，我说，那里有大唐的基因。

四

通向大唐之路，最具有象征意义的是云冈石窟和龙门石窟。

云冈石窟在山西大同，龙门石窟在河南洛阳，正是北魏的两个首都所在地。北魏的迁都之路，由这两座石窟作为标志。

我很想对它们做一点儿描写，好让那些过于沉醉于汉族传统文化的人士有一点儿震动。但是我犹豫再三还是决定放弃，因为在云冈和龙门面前，文字是不太有用的。手边有一个证据，女作家冰心年轻时曾与友人一起风尘仆仆地去瞻仰过一次云冈石窟，执笔描写时几乎用尽激动的词，差点儿绕不出来了，最后还是承认文字之无用。她写道：

> 万亿化身，罗刻满山，鬼斧神工，骇人心目。一如来，一世界，一翼，一蹄，一花，一叶，各具精严，写不胜写，画不胜画。后顾方作无限之留恋，前瞻又引起无量之企求。目不能注，足不能停，如偷儿骤入宝库，神魂丧失，莫知所携，事后追忆，亦如梦入天宫，醒后心自知而口不能道，此时方知文字之无用了！

冰心显然是被重重地吓了一跳。原因是，主持石窟建造的鲜卑族统治者不仅在这里展现了雄伟的旷野之美，而且爽朗地在石窟中引进了更多、更远的别处文明。

既然他们敢于对汉文化放松身段，那么也就必然会对其他文化放松身段。他们成了一个吸纳性极强的"空筐"，什么文化都能在其间占据一席之地。他们本身缺少文化厚度，还没有形成严密的文化体系，这种弱点很快转化成了优点，他们因为较少排他性而成为多种文化融合的"当家人"。于是，真正的文化盛宴张罗起来了。

此间好有一比：一批学养深厚的老者远远近近地散居着，因为各自的背景和重量而互相矜持；突然从外地来了一个自幼失学的年轻壮汉，对谁的学问都谦虚汲取，不存偏见，还有力气把老者们请来请去，结果，以他为中心，连这些老者也渐渐走到一起，一片热闹了。

这个年轻壮汉，就是鲜卑族拓跋氏。

云冈石窟的最重要开凿总监叫昙曜，直到今天，"昙曜五窟"还光华不减。他原是凉州（今甘肃武威一带）高僧，当年凉州是一个极重要的佛教文化中心。公元四三九年北魏攻占凉州后把那里的三万户吏民和数千僧人掠至首都平城，其间有大批雕凿佛教石窟的专家和工匠，昙曜应在其中。因此，云冈石窟有明显的凉州气韵。

但是，凉州又不仅仅是凉州。据考古学家宿白先生考证，凉州的石窟模式中融合了新疆的龟兹（今库车一带）、于阗（今和田一带）的两大系统。而龟兹和于阗，那是真正的西域了，更是连通印度文化、南亚文化和中亚文化的交汇点。

因此，云冈石窟，经由凉州中转，沉淀着一层层悠远的异类文化，简直深不可测。

例如，今天很多参观者到了云冈石窟，都会惊讶：从高大的露天石柱开始，为什么有那么明显的希腊雕塑风格？

对此，我可以很有把握地回答：那是受了犍陀罗（Gandhara）艺术的影响。而犍陀罗，正是希腊文化与印度文化的交融体。

希腊文化是凭着什么机缘与遥远的印度文化交融的呢？我们要再一次提到那位马其顿国王亚历山大了。正是他，作为古希腊最有学问的学者亚里士多德的学生，长途东征，把希腊文化带到了巴比伦、波斯和印度。

我以前在考察佛教文化时到过现在巴基斯坦的塔克西拉（Taxila），那里有塞卡普（SirKap）遗址，正是犍陀罗艺术的发祥地。

在犍陀罗之前，佛教艺术大多以佛塔和其他纪念物为象征，自从亚历山大东征，一大批随军艺术家的到达，佛教艺术发生了划时代的变化。一系列从鼻梁、眼窝、嘴唇和下巴都带有欧洲人特征的雕像产生了，并广泛传入中国的西域，如龟兹、于阗地区。为此，我还曾一再到希腊和罗马进行对比性考察。

由此我们知道，云冈石窟既然收纳了凉州、龟兹、于阗，也就无可阻挡地把印度文化和希腊文化也一并收纳了。

北魏迁都洛阳后，精力投向龙门石窟的建造。龙门石窟继承了云冈石窟的深远度量，但在包容的多种文化中，中华文化的比例明显升高了。

这就是北魏的气魄：吞吐万汇，兼纳远近，几乎集中了世界上几大重要文化的精粹，熔铸一体，互相化育，烈烈扬扬。

这种宏大，举世无匹。

由此，大唐近了。

五

大唐之所以成为大唐，正在于它的不纯净。

历来总有不少学者追求华夏文化的纯净，甚至包括语言文字在内。其实，过度纯净就成了玻璃器皿，天天擦拭得玲珑剔透，总也无法改变它的小、薄、脆。

北魏，为不纯净的大唐做了最有力的准备。

那条因为不纯净而变得越来越开阔的大道，有两座雄伟的石窟门廊。如果站在石窟前回首遥望，大兴安岭北部东麓还有一个不大的鲜卑石室。

一个石室、两座石窟，这是一条全由坚石砌成的大道，坦然于长天大地之间。

至此，我可以讲几句归结性的话了。

表面上看，缺少文化积累的鲜卑族入主中原，很可能中断了中国文脉。但事实上，这股北方来的浩荡雄风，为开始走向散落、萎靡的中国文脉注入了强大活力，还带来了远方其他文明的大汇聚。当生命力和包容度出现了前所未有的体量，大唐文化就出现了。

仅仅靠着诸子、秦汉、魏晋，还抵达不了大唐。

如何读唐诗

我说过，人类历史上有四五个举世公认的"文化黄金时期"，各有重大优势。相比之下，最具有"集体诗情"，因此排位也最高的，是中国唐代。

唐代，塑造了一个庞大族群的共同素养。直到今天，世界各地的华人偶然相遇，如果互相要测试彼此的文化认同程度，最后往往会吟诵几句唐诗。不错，品味唐诗，是修习中华文化的白玉基台。

那么，究竟应该如何吸引当代年轻人来愉悦地接近唐诗呢？

反复地强调它的重要性，没有用。因为一切正常人都不会成天去追随别人所说的"重要性"，而且，要追也追不过来。

用现代传媒的浩大比赛来造势，也没有用。事实证明，这样的赛事最多只是让观众对几个善于背诵的孩子保持几天的记忆。而且谁都知道，善于背诵并不等于善于辨识，更不等于善于创作。

排除了这一些热闹，总该可以安心读唐诗了吧？也不，因为还会遇到一个个迷宫挡在半道上，那就是学术误导、史迹误导、生平误导、考证误导。

这些误导，看起来比较安静，比较斯文，容易取信于很多不喜欢喧闹的人。但是，这种取信，结果也是悲剧性的。那些沉进去了的人，尽管很可能被旁人称为"唐诗专家"，其实唐诗在他们那里，早已变得浑身披挂、遍体锈斑、老尘厚积、陈词缠绕，没有多少活气了。

喧闹走不通，安静也走不通，问题究竟出在哪里呢？

问题的关键，在于这些路都断送了诗情、诗魂。

诗情、诗魂，潜藏在每个人心底。早在孩童时代，很多人的天性中就包含着某种如诗如梦、如呓如痴的成分。待到长大，世事匆忙，但只要仍然能以天真的目光来惊叹大地山水，发现人情之美，那就证明诗情未脱，诗魂犹在。读唐诗，只是对自身诗情、诗魂的印证和延伸。因此，归结点还在于自身。

由于社会分工不同，也会有一些专业研究者去考据唐诗的种种档案资料。他们的归结，不是人人皆有的诗情、诗魂，而是越写越冷的专著、论文。前面所说的迷宫，就是由他们挖掘和搭建的。

天底下有一些迷宫也不错，可以让一些闲散人士转悠一下，却不宜诱惑普通民众都进去折腾。尤其是年轻人，只要进入了这样的迷宫，原先藏在心底的诗情、诗魂就会荡然无存。

我们寻找自己喜爱的唐诗，其实也是在寻找能够打动自己灵魂的文化信号。可惜，我们的很多研究专家，只是户籍科里的档案资料员，与灵魂和感情基本无关。

对这件事，我倒是具有双重话语权。长久的学术经历使我对迷宫的沟沟坎坎非常熟悉，而我的生命基点毕竟承担着追求感性大美的责任，因此更知道迷宫之外的风景。

我很想举出几首唐诗，来分辨档案迷宫与诗情、诗魂的区别。

例一：李白的《早发白帝城》，又叫《下江陵》。

这是我选的"必诵唐诗五十首"中的第一首，因此先讲。这首诗大家都很熟悉——

朝辞白帝彩云间，

千里江陵一日还。

两岸猿声啼不住，

轻舟已过万重山。

最好的唐诗都不喜欢生僻词语和历史典故，因此习惯于档案迷宫的研究专家面对这样的诗总是束手无策。这首诗也是这样，明白如话，毫无障碍，研究专家只能在"生平事迹"上面下学术功夫了。

这功夫一下可了不得，因为这首诗是李白获得一次大赦后写的。于是，那些专家就要追问：他犯了什么罪？那就必须牵涉到他在安史之乱发生后跟随永王李璘平叛的事了。李璘为什么招他入幕？平叛为什么又犯了罪？与他一起跟随永王平叛的将领均已无罪，为什么他反而被判流放夜郎？又为什么获得大赦？……这些问题，都非常重大，当然也是这首诗的历史背景和心理背景。中国学术界常常认为，历史重于艺术，所以一门诗歌课程常常也就变成了历史课程。历史讲了千言万语，诗情、诗魂都被挤到了一边，成了庞大历史的可怜附庸。

接下来，研究专家还会细细讲述，李白在这首诗中写到的千里之外的江陵，是此行的目的地。他到那里何以为生？投靠谁？好像是投靠做太守的朋友韦良宰。后来他又到过洞庭、宣城、金陵，生活困难，最后投奔在当涂做县令的族叔李冰阳，并在那里去世。

诗人的这种生平档案，常常成为我们论诗的主要内容，显得很有学问,其实是把事情完全颠倒了。

难道一切艺术创作,都是自我经历的直接写照吗?小诗人、小作品也许是,大诗人、大作品就不是了。人类要诗,是在寻求超越——超越时间,超越空间,超越自我,超越身边的混乱,超越当下的悲欢,而问鼎永恒的大美。诗,既是对现实人生的反映,又是对现实人生的叛离,并在叛离中抵达彼岸。不叛离,就没有彼岸。

因此,我虽然也很乐意阅读诗人的生平事迹,却不愿把他们的繁杂遭遇与他们的千古诗句直接对应。那样的繁杂遭遇,人人都碰到过,为什么只有他写出了常人无法企及的诗句?可见那是一条孤单的小舟在天性指引下划破浩渺烟波而停泊到了彼岸的神圣诗境,这与此岸的生态已经非常遥远。

还是回到这首《早发白帝城》吧,让我们看看它的诗情、诗魂是如何在超越中出现的。

李白的高妙,首先是在交通条件还很原始的古代,完成了极短的时间和极长的空间的奇异置换。这种在"一日"和"千里"之间的奇异置换,昭示了人类生命力有可能达到的畅快,因此能使一切读者产生一种生命的动态喜悦。

这种人类生命力的畅快和喜悦实在太珍罕、太精彩了,因此诗人借一些自然力来衬托和喝彩。哪些自然力?一是彩云;二是白帝城;三是千里江陵;四是万重山。

这四项,足够气派,又足够美丽,但都是静穆的,还缺一点声音,于是,李白拉出了"猿声",还"啼不住",于是视觉和听觉一起调动起来了,全盘皆活。

这"两岸猿声",是一种自然存在,还是被李白的轻舟惊动出来的,特地在为李白的轻舟叫好？都可以。因为它没完没了，也就变成了一种绵绵不绝的交响伴奏。

比彩云、白帝城、千里江陵、万重山、猿声更为主动的，就是那条轻舟。它琐小、不定、无彩、无声，却以一种大运动，压过了前面这一切。山水云邑，只为大运动让路。

始终没有提到这种大运动的执掌者，那就是比轻舟更琐小的诗人。山水云邑为大运动的轻舟让路，其实也就是为诗人让路。边让路边喝彩，今天，千里山河的主人就是他了。

由此，千里山河也因他而焕发了诗情、诗魂。是轻舟在写诗，也是彩云、白帝城、千里江陵、万重山、猿声一起在写诗。当然，这就写成了一首真正的大诗。尽管，只有四句，二十八个汉字。

诗的奇迹，莫过于此。因此，我把它列为必诵唐诗第一首。

那就紧接着来看看第二首吧，也是李白的，《静夜思》，所有的中国人都会随口背诵。

床前明月光，
疑是地上霜。
举头望明月，
低头思故乡。

这首诗的通俗程度，进一步证明了极品唐诗都不深奥。研究专家更加不知怎么来显摆学识了，这让我深感痛快。我从几十年前开始就不断论述，学问和诗情是两回事，而对人类而言，诗情比学问更重要，却很少有人相信。直到我一次次搬出亚里士多德对诗和历史孰重孰轻的论述，大家还是不相信。人们似乎越来越崇拜那些引经据典、咬文嚼字的腐酸群落，而不看重衣带飘飘、心怀天地的行吟身影。

由于那些研究专家对于《静夜思》无从下手，就走了偏门，专门去研究李白所思的故乡究竟在哪里。这就惹出了大麻烦，几个地方在争抢，都有历史考据文章做支撑，于是一下子又陷入了学术泥淖。其中，比较可信的论点是李白出生于今天吉尔吉斯斯坦北部的托克马克城，那时叫碎叶。那么，李白思念的故乡，难道就是托克马克城吗？还是童年时迁徙到过的某个地方？这个争抢显然还会长期继续，但我知道，再多的地名也与诗情和诗魂关系不大。

那么，就让我们回到非学术的诗句上来吧。

首先，把"明月光"疑看成"地上霜"，这情景很美，美在诗人还没有醒透，美在还没有醒透时的迷离目光。因为诗人的床不会在露天，所以永远也不可能结霜在床前之地。如此一疑，诗人倒是醒了。一醒就知道是月光，但如此明亮却是罕见，于是抬起头来望月。

——至此，已经有了诗意，却还没有诗情。诗情，往往产生于大空间的滑动式联想。也就是说，李白从一个疑似的错觉很诗意地找到月亮，而要调动诗情，还必须从月亮联想开去，而且必须是大空间的想象。他，很自然，又很天才地从明月联想到了故乡。

几乎一切中国人，在静夜仰月时都会联想到故乡，这个习惯就是由李白的这首诗养成的。一个诗人如果能用几句诗建立千年民众的心理习惯，那实在是问鼎了稀世伟大。李白用这首最通俗的诗，做到了。

由明月联想到故乡，他只是一笔带过，但这一笔之中包含的内容却极其丰富。人人都会从这个联想伸发出自己的各种感受，例如——

这月亮，我最早看到，是在故乡的屋顶。

这里与故乡远隔千里，只有它完全一样。

那夜妈妈正在门前月光下安排晚餐，一个骑士的黑暗遮住了餐桌，我们抬头一看，爸爸背了一个大月亮。

故乡童年的游戏，总是在夜间野外，因此，月亮是所有小伙伴每天的企盼。

今夜故乡的明月照见了什么？有没有几个我认得的身影？

可能没有什么变化，可能已经大变，月亮，你能告诉我吗？

……

这就是从月亮联想故乡的起点性话题，但这个话题又会无限展开，于是李白就从"举头"变成了"低头"。"举头"时已经想了很多，一"低头"，那就会想得越来越深入。

广大读者也顺着李白铺下的"习惯想象"轨道，一见月亮就想故乡。月亮老在头上，故乡老在心中。这就是一首名诗交给天下大地的魅力。

少数知道李白生平的读者在联想之后还会在心中发问：这个写下"中华第一思乡诗"的诗人，为什么总也不回故乡看看呢？他又没有什么公务缠身，也不怕长途跋涉，却一直思乡而不回乡，这中间一定有更深刻的哲理吧？

这里确实蕴藏着一种"诗人的哲理"，那就是：最美的故乡就在思念中。李白的故乡只能隐隐地浮动于"地上霜"和"明月光"之间，只能飘飘地出没在"举头"和"低头"之间。他太懂这种"诗人的哲理"，因此要小心翼翼地维护，绝不走上回乡的路。

其实，对李白来说，故乡早已泛化、虚化、诗化。这样的故乡不同于真实的故乡。因此研究专家们不管做多少考证，写多少文章，都在背离他心中诗化了的故乡。

再讲必诵唐诗第三首，还是李白的，题为《黄鹤楼送孟浩然之广陵》。也是四句——

故人西辞黄鹤楼，

烟花三月下扬州。

孤帆远影碧空尽，

唯见长江天际流。

研究专家们一定会花不少笔墨来写李白与孟浩然的友情，追溯他们这次告别的原因，以及孟浩然到扬州去干什么，李白当时的处境，等等。这些背景资料，说说也可，但不能本末倒置，而忘了千古诗魂。

古人对这首诗的评价是："送别诗之祖"。

送别诗，本是古今诗坛中最重要的门类之一，居然可以在这首诗中认祖，可见这二十八个汉字成了一个极关键的始发之源。也就是说，它为后代的各种送别诗提供了"传代基因"。

那么，这种"基因"是什么呢？

第一，用高超的方式表现送别，往往只写景，少抒情，甚至不抒情。

第二，用高超的方式表现送别，往往十分安静，好像什么事也没有发生。

第三，用高超的方式表现送别，最好聚焦于离开之后。

第四，用高超的方式表现送别，要在气氛上力求美丽、大气、开阔。

这四点，正可以由李白的这首诗来印证。

这首诗的送别礼仪，布置得美丽而贵重。地点是黄鹤楼，时间是烟花三月，至于被送者的目标扬州则更加美丽和贵重。诗的上半首有了这番提领，今天的送别就有了超常的力度。

但是请注意，这个力度并没有落到告别的两人身上，而是故意放过两人的场面，只留下送行者一人，安静地看着友人乘船远去。其实连友人的身影都见不到，看到的只是"孤帆远影"。那就是说，他们已经分手好一会儿了。

这里就出现了写诗的一种美学策略。短短四句，万千深情，只能严选一个"最有意味的场景"。李白显然是选对了：一个人，在高处眺望友人的孤舟越来越远，一直到完全看不见，消失在碧空之中。

这个场景的主角并不是孤舟，也不是孤舟上的友人，而是这个站在高处的眺望者。他眼里只要还有一丝朋友的痕迹就绝不离开。这一来他就成了感动读者的主体形象，成了江边的主角，情感的主角。这种美学设计，确实高明。

但是事情还没有完。等到孤帆消失于碧空之中，诗人还舍不得离开，又呆呆地看了一会儿长江。"唯见长江天际流"，这已经成了一个"空镜头"。但是，正是这个"空镜头"的定格，展现了送别的无限深度和广度。

由此，说这首诗是"送别诗之祖"，完全合格。

有人说，这几句诗，是用长江象征着友情。是吗？抱歉，这一点我倒是没有看出来。

就像我不喜欢抒情之诗一样，我也不喜欢哲理之诗。诗中本可渗透一点哲理，但是如果拿一首诗来做哲理的象征，或者通过象征达到哲理，都有点反客为主。哲理有不小的派头，它一来，诗情、诗魂只能让到一边去了，这就是"鸠占鹊巢"，不太好。诗的最高等级，还在于不动声色的极致情景。

本来，我想顺着上面的路子，把我选的"必诵唐诗五十首"都讲述一遍，甚至扩大篇目，写成一本像模像样的《余读唐诗》。而且可以想象，这是一件非常轻松、愉快的事情。

但是，考虑再三，决定不写这本书了。因为我觉得前面对三首唐诗的讲述，已经大体展示了我的读诗方法。不同的读者在唐诗面前，应该展现出不同的解读。唐诗是一种"远年引信"，能够激发出我们每个人天性中早就储存着的诗情、诗魂，因此应该有大量不同的门径。

在这篇文章的最后，我要对接触唐诗不久的年轻人做几点较完整的提示。

一、唐诗是诗，不是学问。诗与我们每个人的内心相关，因此，你们尽可以一门心思地去读那些"一上眼就喜欢"的诗。"一上眼就喜欢"，是现代心理学研究的重要现象，证明那些诗句与你自己的心理结构存在着"同构关系"。喜欢李白的这两句，证明千年之后的你，与写诗时的李白有一种隔代的心理共振。这是通向伟大的缆索，因此要抓住不放，反复吟诵。读这样的诗，其实在读自己。读自己，也可以说是用唐诗唤醒自己，唤醒一个具有潜在诗魂的人。

二、太复杂、深奥、艰涩的诗，可以暂时搁置。如果今后你选了中国古典文学专业，再读也不迟。我在前面说过，最好的唐诗都不喜欢生僻词语和历史典故。这是唐诗在楚辞和汉赋之后的一次整体解放，也是唐诗能够轰动社会的原因之一。最好的唐诗，不允许学术硬块来阻挡流荡的诗情，而真正的诗情因为直通普遍人性，所以一定畅然无碍，人人可感。

三、读唐诗就是读唐诗，不要把衍生体、派生体、次生体当作唐诗本体。衍生体中，精简的注释倒是可以偶尔读一下，却不宜让太多知识性、资料性、考证性的文本挡住了视线。写这些文本的人，以诗的名义失去了诗，实在是一种无奈的文化牺牲，我们应该予以同情，却不必追随他们。

黄州突围

一

这便是黄州赤壁，或者说是东坡赤壁。赭红色的陡坡直逼着浩荡大江，坡上有险道可供俯瞰，江面有小船可供仰望。

地方不大，但一俯一仰之间就有了气势，有了伟大与渺小的比照，有了时间和空间的交错，因此也就有了冥思的价值。

苏东坡走过的地方很多，其中不少地方远比黄州美丽。但是，他却把黄州当作最重要的人生驿站。这一切，决定于他来到这里的原因和心态。

他从监狱里走来，带着一个极小的官职，实际上以一个流放罪犯的身份走来。他带着官场和文坛泼给他的浑身脏水走来，他满心侥幸又满心绝望地走来。他被人押着，远离自己的家眷，没有资格选择黄州之外的任何一个地方，只能朝着这个当时还很荒凉的小镇走来。

他很疲倦，他很狼狈。出汴梁，过河南，渡淮河，进湖北，抵黄州。萧条的黄州没有给他预备任何住所，他只得在一所寺庙中住下。他擦一把脸，喘一口气，四周一片静寂，连一个朋友也没有。他闭上眼睛摇了摇头。

二

人们有时也许会傻想，像苏东坡这样让中国人共享千年的大文豪，应该是他所处的时代的无上骄傲，他周围的人一定会小心地珍惜他，虔诚地仰望他，总不愿意去找他的麻烦吧？

事实恰恰相反，越是超时代的文化名人，往往越不能相容于他所处的具体时代。中国世俗社会的机制非常奇特，它一方面愿意播扬和哄传一位文化名人的声誉，利用他、榨取他、引诱他，另一方面却又把他视为异类，迟早会排拒他、糟践他、毁坏他。起哄式的传扬，转化为起哄式的贬损，两种起哄都起源于自卑而狡黠的觊觎心态。

苏东坡到黄州来之前正陷入一个被文学史家称为"乌台诗案"的案件中。这个案件的具体内容是特殊的，但集中反映了文化名人在中国社会中的普遍遭遇，很值得说一说。

为了不使读者把注意力耗费在案件的具体内容上，我们不妨先把案件的底交代出来。即便站在朝廷的立场上，这也完全是一个莫须有的可笑事件。一群大大小小的文化官僚硬说苏东坡在很多诗中流露了对政府的不满和不敬，方法是对他诗中的词句做上纲上线的诠释，搞了半天连神宗皇帝也不太相信——他在将信将疑之间，几乎不得已地判了苏东坡的罪。

在中国古代的皇帝中，宋神宗并不算坏。他没有迫害苏东坡的企图，他的祖母光献太皇太后甚至竭力要保护苏东坡，而他又是尊重祖母的。在这种情况下，苏东坡不是非常安全吗？然而，完全不以神宗皇帝和太皇太后的意志为转移，名震九州的苏东坡还是下了大狱。这一股强大而邪恶的力量，很值得研究。

使神宗皇帝动摇的，是突然之间批评苏东坡的言论几乎不约而同地聚合到了一起。他为了维护自己尊重舆论的形象，不能为苏东坡说话了。

那么，批评苏东坡的言论为什么会不约而同地聚合在一起呢？我想最简要的回答是他弟弟苏辙说的那句话："东坡何罪？独以名太高。"

他太出色、太响亮，能把四周的笔墨比得十分寒碜，能把同代的文人比得有点儿狼狈，于是引起一部分人酸溜溜的嫉恨，然后你一拳我一脚地糟践，这几乎是不可避免的。在这场可耻的围攻中，一些品格低劣的文人充当了急先锋。

例如，舒亶。

这人可称为"检举揭发专业户"，在揭发苏东坡的同时他还揭发了另一个人，那人正是以前推荐他做官的大恩人。这位大恩人给他写了一封信，拿了女婿的课业请他提意见、加以辅导，这本是朋友间正常的小事往来，没想到他竟然忘恩负义，给皇帝写了一封莫名其妙的检举揭发信，说："我们两人都是官员，我又在舆论领域，他让我辅导他女婿总不大妥当。"皇帝看了他的检举揭发信，也就降了那个人的职。

就是这么一个人，与何正臣等人相呼应，写文章告诉皇帝，苏东坡到湖州上任后写给皇帝的感谢信中"有讥切时事之言"。苏东坡的这封感谢信皇帝早已看过，没发现问题；舒亶却"苦口婆心"地一款一款分析给皇帝听：苏东坡正在反您呢，反得可凶呢，而且已经反到了"流俗翕然，争相传诵，忠义之士，无不愤惋"的程度！"愤"是愤苏东坡，"惋"是惋皇上。有多少忠义之士在"愤惋"呢？他说是"无不"，也就是百分之百，无一遗漏。这种数量统计完全无法验证，却能使注重社会名声的神宗皇帝心头一咯噔。

又如，李定。

这是一个曾因母丧之后不服孝而引起人们唾骂的高官，他对苏东坡的攻击最凶。他归纳了苏东坡的许多罪名，但我仔细鉴别后发现，他特别关注的是苏东坡早年的贫寒出身、现今在文化界的地位和社会名声。这些都不能列入犯罪的范畴，但他似乎压抑不住地对这几点表示出最大的愤慨。

他说苏东坡"起于草野垢贱之余"，"初无学术，滥得时名"，"所为文辞，虽不中理，亦足以鼓动流俗"，如此等等。苏东坡的出身引起他的不服且不去说它，硬说苏东坡不学无术、文辞不好，实在使我惊讶不已。但他如果不这么说，也就无法断言苏东坡的社会名声是"滥得"。总而言之，李定的攻击在种种表层理由里边显然埋藏着一个最核心的元素：妒忌。

无论如何，诋毁苏东坡的学问和文采毕竟是太愚蠢了。但是，妒忌一深就会失控，他只会找自己最痛恨的部位来攻击，已顾不得哪怕是装装样子的合理性了。

又如，王珪。

这是一个比较跋扈和虚伪的人。他凭着资格自认为文章天下第一，实际上他写诗作文绕来绕去都离不开"金玉锦绣"这些字眼，大家暗暗掩口而笑，他还自我感觉良好。现在，一个苏东坡名震文坛，他当然要想尽一切办法来对付。

有一次他对皇帝说："苏东坡对皇上确实有二心。"皇帝问："何以见得？"他举出苏东坡一首写桧树的诗中有"蛰龙"二字为证。皇帝不解，说："诗人写桧树，和我有什么关系？"他说："写到了龙还不是写皇帝吗？"皇帝倒是头脑清醒，反驳道："未必，人家叫诸葛亮还叫卧龙呢！"

又如，李宜之。

这又是另一种特例。做着一个芝麻绿豆小官，在安徽灵璧县听说苏东坡以前为当地一个园林写的一篇园记中，有劝人不必热衷于做官的词句，竟也写信向皇帝检举揭发。他在信中分析说，这种思想会使人们缺少进取心，也会影响取士。看来这位李宜之除了心术不正之外，智力也大成问题，你看他连诬陷的借口都找得不伦不类。但是，在没有理性法庭的情况下，再愚蠢的指控也能成立，因此这对散落全国各地的"李宜之"们构成了一个鼓励。

为什么档次这样低下的人也会挤进来围攻苏东坡？当代苏东坡研究者李一冰先生说得很好："他也来插上一手，无他，一个默默无闻的小官，若能参加一件扳倒名人的大事，足使自己增重。"

从某种意义上说，他的这种目的确实也部分地达到了，例如，我今天写这篇文章竟然还会写到李宜之这个名字，便完全是因为他参与了对苏东坡的围攻。

我的一些青年朋友根据他们对当今世俗心理的体察，觉得李宜之这样的人未必是为了留名于历史，而是出于一种可称作"砸窗子"的恶作剧心理。晚上，一群孩子站在一座大楼前指指点点，看谁家的窗子亮就捡一块石子扔过去，谈不上什么目的，只图在几个小朋友中间出点风头而已。

我觉得我的青年朋友们把李宜之看得过于现代派，也过于城市化了。李宜之的行为主要出于一种政治投机，听说苏东坡有点儿麻烦，就把麻烦闹得大一点儿，反正对内不会负道义责任，对外不会负法律责任，乐得投井下石、撑顺风船。这样的人倒是没有胆量像舒亶、李定和王珪那样首先向一位文化名人发难，说不定前两天还在到处吹嘘在什么地方有幸见过苏东坡，硬把苏东坡说成是自己的朋友甚至老师呢。

又如——我真不想写出这个名字，但再一想又没有讳避的理由，还是写出来吧——沈括。这位在中国古代科技史上占有不小地位的著名科学家也因嫉妒而伤害过苏东坡，批评苏东坡的诗中有讥讽政府的倾向。如果他与苏东坡是政敌，那倒也罢了，问题是他们曾是好朋友，他所提到的诗句正是苏东坡与他分别时手录近作送给他留作纪念的。这实在有点儿不是味道了。历史学家们分析，这大概与皇帝在沈括面前说过苏东坡的好话有关，沈括心中产生了一种默默的对比。另一种可能是他深知王安石与苏东坡政见不同，就站到了王安石一边。但王安石毕竟是一个讲究人品的文化大师，重视过沈括，但最终却觉得沈括不可亲近。当然，不可亲近并不影响我们对沈括科学成就的肯定。

围攻者还有一些，我想，举出这几个也就差不多了，苏东坡突然陷入困境的原因已经可以大致看清，我们也领略了一组超越时空的中国式批评者的典型。他们中的任何一个人要单独搞倒苏东坡都很难，但是在社会上没有一种强大的反诽谤、反诬陷机制的情况下，一个人探头探脑的冒险会很容易地招来一堆凑热闹的人，于是七嘴八舌地组合成一种舆论。

苏东坡开始很不在意。有人偷偷告诉他，他的诗被检举揭发了，他先是一怔，后来还幽默地说："今后我的诗不愁皇上看不到了。"但事态的发展却越来越不幽默，一〇七九年八月二十七日，朝廷派人到湖州的州衙来逮捕苏东坡。苏东坡得知风声，便不知所措。

文人终究是文人。他完全不知道自己犯了什么罪，从来者气势汹汹的样子看，估计会被处死，他害怕了，躲在后屋里不敢出来。朋友说，躲着不是办法，人家已在前面等着了，要躲也躲不过。

正要出来，他又犹豫了：出来该穿什么服装呢？已经犯了罪，还能穿官服吗？朋友说，什么罪还不知道，还是穿官服吧。

苏东坡终于穿着官服出来了，朝廷派来的差官装模作样地半天不说话，故意要演一个压得人气都透不过来的场面出来。苏东坡越来越慌张，说："我大概把朝廷惹恼了，看来总得死，请允许我回家与家人告别。"

差官说："还不至于这样。"便叫两个差人用绳子捆扎了苏东坡，像驱赶鸡犬一样上路了。家人赶来，号啕大哭，湖州城的市民也在路边流泪。

长途押解，犹如一路示众。可惜当时几乎没有什么传播媒介，沿途百姓不认识这就是苏东坡。贫瘠而愚昧的国土上，绳子捆扎着一个世界级的伟大诗人，一步步行进。苏东坡在示众，整个民族在丢人。

全部遭遇还不知道半点起因。苏东坡只怕株连亲朋好友，在途经太湖和长江时几度想投水自杀，由于看守严密而未成。

当然也很可能成，那么，江湖淹没的将是一大截特别明丽的中华文明。文明的脆弱性就在这里，一步之差就会全盘改易。而把文明的代表者逼到这一步之差境地的，则是一群小人。

一群小人能做成如此大事，只能归功于中国的独特国情。

小人牵着大师，大师牵着历史。小人顺手把绳索重重一抖，于是大师和历史全都成了罪孽的化身。一部中国文化史，有很长时间一直把诸多文化大师捆押在被告席上，而法官和原告大多是一群挤眉弄眼的小人。

究竟是什么罪？审起来看！

怎么审？打！

一位官员曾关在同一监狱里，与苏东坡的牢房只有一墙之隔，他写诗道：

却怜比户吴兴守，

诟辱通宵不忍闻。

通宵侮辱到了其他犯人也听不下去的地步，而侮辱的对象竟然就是苏东坡！

请允许我在这里把笔停一下。我相信一切文化良知都会在这里战栗。

中国几千年间有几个像苏东坡那样可爱、高贵而有魅力的人呢？但可爱、高贵、魅力之类往往既构不成社会号召力也构不成自我卫护力，真正厉害的是邪恶、低贱、粗暴，它们几乎战无不胜、攻无不克、所向无敌。现在，苏东坡被它们抓在手里搓捏着——越是可爱、高贵、有魅力，搓捏得越起劲。

温和柔雅如林间清风、深谷白云的大文豪，面对这彻底陌生的语言系统和行为系统，不可能做任何像样的辩驳。他一定变得非常笨拙，无法调动起码的言辞，无法完成简单的逻辑推断。他在牢房里的应对，绝对比不过一个普通的盗贼。

因此，审问者们愤怒了，也高兴了：原来这么个大名人竟是草包一个！你平日的滔滔文辞被狗吃掉了？看你这副熊样还能写诗作词？纯粹是抄人家的吧！

接着就是轮番扑打，诗人用纯银般的嗓子哀号着，哀号到嘶哑。这本是一个只需要哀号的地方，你写那么美丽的诗就已荒唐透顶了，还不该打？打，打得你"淡妆浓抹"，打得你"乘风归去"，打得你"密州出猎"！

开始，苏东坡还试图拿点儿正常逻辑顶几句嘴。审问者咬定他的诗里有讥讽朝廷的意思，他说："我不敢有此心，不知什么人有此心，造出这种意思来。"

但是，苏东坡的这一思路招来了更凶猛的侮辱和折磨。当诬陷者和办案人完全合成一体、串成一气时，只能这样。

终于，苏东坡经受不住了，经受不住日复一日、通宵达旦的连续逼供。他想闭闭眼、喘口气，唯一的办法就是承认。于是，他以前的诗中有"道旁苦李"，是在说自己不被朝廷重视；诗中有"小人"字样，是讥刺当朝大人。特别是苏东坡在杭州做官时兴冲冲去看钱塘潮，回来写了咏弄潮儿的诗"吴儿生长狎涛渊",据说竟是在影射皇帝兴修水利!

这种大胆联想,连苏东坡这位浪漫诗人都觉得实在不容易跳跃过去,因此在承认时还不容易"一步到位"。审问者有本事耗时间一点点逼过去,案卷记录上经常出现的句子是:"逐次隐讳,不说情实,再勘方招。"苏东坡全招了,同时他也就知道自己必死无疑了。

他一心想着死。他觉得连累了家人,对不起妻子,又特别想念弟弟。他请一位善良的狱卒带了两首诗给苏辙,其中有这样的句子:"是处青山可埋骨,他年夜雨独伤神。与君世世为兄弟,更结来生未了因。"

埋骨的地点,他希望是杭州西湖。

不是别的,是诗句,把他推上了死路。我不知道那些天他在铁窗里是否痛恨诗文。

没想到,就在这时,隐隐约约地,一种散落四处的文化良知开始汇集起来了——他的读者们慢慢抬起了头,要说几句对得起自己内心的话了。

很多人不敢说,但毕竟还有勇敢者;他的朋友大多躲避了,但毕竟还有侠义人。

杭州的父老百姓想起他在当地做官时的种种美好行迹,在他入狱后公开做了解厄道场,求告神明保佑他。

狱卒梁成知道他是大文豪,在审问人员离开时尽力照顾他的生活,连每天晚上的洗脚热水都准备了。

他在朝中的朋友范镇、张方平不怕受到牵连,写信给皇帝,说他在文学上"实天下之奇才",希望宽大。

他的政敌王安石的弟弟王安礼也仗义执言,对皇帝说,"自古大度之君,不以言语罪人",如果严厉处罚了苏东坡,"恐后世谓陛下不能容才"。

最动情的是那位我们前文提到过的太皇太后,她病得奄奄一息,神宗皇帝想大赦犯人来为她求寿，她竟说："用不着去赦免天下的凶犯，放了苏东坡一人就够了！"

最直截了当的是当朝左相吴充，有次他与皇帝谈起曹操，皇帝对曹操评价不高。吴充立即接口说："曹操猜忌心那么重还容得下祢衡，陛下怎么容不下一个苏东坡呢？"

对这些人，不管是狱卒还是太皇太后，我们都要深深感谢。他们有意无意地在验证着文化的感召力。就连那盆洗脚水，也充满了文化的热度。

据王巩《甲申杂记》记载，那个带头诬陷、调查、审问苏东坡的李定，整日得意扬扬。有一天他与满朝官员一起在崇政殿的殿门外等候早朝时，向大家叙述审问苏东坡的情况。他说："苏东坡真是奇才，一二十年前的诗文，审问起来都记得清清楚楚！"

他以为，对这么一个哄传朝野的著名大案，一定会有不少官员感兴趣。但奇怪的是，他说了这番引逗别人提问的话之后，没有一个人搭腔，没有一个人提问，崇政殿外一片静默。

他有点儿慌神，故作感慨状，叹息几声，回应他的仍是一片静默。

这静默算不得抗争，也算不得舆论，但着实透着点儿高贵。相比之下，历来许多诬陷者周围常常会出现一些不负责任的热闹，以嘈杂助长了诬陷。

就在这种情势下，皇帝释放了苏东坡，将其贬谪黄州。黄州对苏东坡的重要性，不言而喻。

三

我很喜欢读林语堂先生的《苏东坡传》，但又觉得他把苏东坡在黄州的境遇和心态写得太理想了。其实，就我所知，苏东坡在黄州还是很凄苦的，优美的诗文是一种挣扎和超越。

苏东坡在黄州的生活状态，已在他自己写给李端叔的一封信中描述得非常清楚。

信中说：

> 得罪以来，深自闭塞，扁舟草屦，放浪山水间，与樵渔杂处，往往为醉人所推骂，辄自喜渐不为人识。平生亲友，无一字见及，有书与之亦不答，自幸庶几免矣。

我初读这段话时十分震动，因为谁都知道苏东坡这个平素乐呵呵的大名人是有很多很多朋友的。日复一日的应酬，连篇累牍的唱和，几乎成了他生活的基本内容，他一半是为朋友们活着。但是，一旦出事，朋友们不仅不来信，而且也不回信了。

他们都知道苏东坡是被冤屈的，现在事情大体已经过去，却仍然不愿意写一两句哪怕是问候起居的安慰话。苏东坡那一封封用美妙绝伦、光照中国书法史的笔墨写成的信，千辛万苦地从黄州带出去，却换不回一丁点儿友谊的信息。

我相信这些朋友都不是坏人，但正因为不是坏人，更让我深长地叹息。

总而言之，原来的世界已在身边轰然消失，于是一代名士也就混迹于樵夫渔民间不被人认识。原本这很可能换来轻松，但他又觉得远处仍有无数双眼睛注视着自己，只能在寂寞中惶恐。即使这封无关宏旨的信，他也特别注明不要给别人看。

日常生活，在家人接来之前，大多是白天睡觉，晚上一个人出去溜达；见到淡淡的土酒也喝一杯，但绝不喝多，怕醉后失言。

他真的害怕了吗？也是也不是。他怕的是麻烦，而绝不怕大义凛然地为道义、为百姓，甚至为朝廷、为皇帝捐躯。他经过"乌台诗案"已经明白，一个人蒙受了诬陷，即便是死也死不出一个道理来。

你找不到慷慨陈词的目标，你抓不住从容赴死的理由。你想做个义无反顾的英雄，不知怎么一来把你打扮成了小丑；你想做个坚贞不屈的烈士，闹来闹去却成了一个深深忏悔的俘虏。

无法洗刷，无处辩解，更不知如何来提出自己的抗议、发表自己的宣言。这确实很接近柏杨先生所说的"酱缸文化"，一旦跳到里边，怎么也抹不干净。

苏东坡怕的是这个，没有哪个高品位的文化人会不怕。但他的内心仍有无畏的一面，或者说灾难使他更无畏了。

他给李常的信中说：

> 吾侪虽老且穷，而道理贯心肝，忠义填骨髓，直须谈笑于死生之际……虽怀坎壈于时，遇事有可尊主泽民者，便忘躯为之，祸福得丧，付与造物。

这么真诚的勇敢，这么洒脱的情怀，出自天真了大半辈子的苏东坡笔下，是完全可以相信的。但是，让他在何处做这篇人生道义的大文章呢？没有地方，没有机会，没有观看者，也没有裁决者，只有一个把是非曲直、忠奸善恶染成一色的大酱缸。于是，苏东坡刚刚写了上面这几句，支颐一想，又立即加一句："此信看后烧毁。"

这是一种真正精神上的孤独无告。对于一个文化人，没有比这更痛苦的了。那阕著名的《卜算子》，用极美的意境道尽了这种精神遭遇：

缺月挂疏桐，漏断人初静。时见幽人独往来，缥缈孤鸿影。

惊起却回头，有恨无人省。拣尽寒枝不肯栖，寂寞沙洲冷。

正是这种难言的孤独，使他彻底洗去了人生的喧闹，去寻找无言的山水，去寻找远逝的古人。在无法对话的地方寻找对话，于是对话也一定会变得异乎寻常。

像苏东坡这样的灵魂竟然寂静无声，那么，迟早会突然冒出一种宏大的奇迹，让这个世界大吃一惊。

然而，现在他即便写诗作文，也不会追求社会轰动了。他在寂寞中反省过去，觉得自己以前最大的毛病是才华外露、缺少自知之明。

他想，一段树木靠着瘿瘤取悦于人，一块石头靠着晕纹取悦于人，其实能拿来取悦于人的地方，恰恰正是它们的毛病所在，它们的正当用途绝不在这里。我苏东坡三十余年来想博得别人叫好的地方也大多是我的弱项所在。例如，从小为考科举学写政论、策论，后来更是津津乐道于历史是非、政见曲直。做了官以为自己真的很懂得这一套了，其实我又何尝懂呢？直到一下子面临死亡才知道，我是在炫耀无知。三十多年来最大的弊病就在这里。现在终于明白了，到黄州的我是觉悟了的我，与以前的苏东坡是两个人。（参见《答李端叔书》）

苏东坡的这种自省，不是一种走向乖巧的心理调整，而是一种极其诚恳的自我剖析，目的是想找回一个真正的自己。他在无情地剥除自己身上每一点异己的成分，哪怕这些成分为他带来过官职、荣誉和名声。

他渐渐回归于清纯和空灵。在这一过程中，佛教帮了他大忙，使他习惯于淡泊和静定。艰苦的物质生活，又使他不得不亲自垦荒种地，体味着自然和生命的原始意味。

这一切，使苏东坡经历了一次整体意义上的脱胎换骨，也使他的艺术才情获得了一次蒸馏和升华。他，真正地成熟了——与古往今来许多大家一样，成熟于一场灾难之后，成熟于灭寂后的再生，成熟于穷乡僻壤，成熟于几乎没有人在他身边的时刻。

幸好，他还不年老，他在黄州期间是四十四岁至四十八岁，对一个男人来说，正是最重要的年月，今后还大有可为。中国历史上，许多人觉悟在过于苍老的暮年，刚要享用成熟所带来的恩惠，脚步却已踉跄蹒跚。与他们相比，苏东坡真是好命。

成熟是一种明亮而不刺眼的光辉，一种圆润而不腻耳的音响，一种不再需要对别人察言观色的从容，一种终于停止向周围申述求告的大气，一种不理会哄闹的微笑，一种洗刷了偏激的淡漠，一种无须声张的厚实，一种并不陡峭的高度。勃郁的豪情发过了酵，尖利的山风收住了劲，湍急的溪流汇成了湖，结果——

引导千古杰作的前奏已经鸣响，一道神秘的天光射向黄州，《念奴娇·赤壁怀古》和《前赤壁赋》、《后赤壁赋》马上就要产生。

简说王阳明

王阳明的影响力之大，令人吃惊。

他有很多学生，后来还分成了不同的学派，其中有几位还颇为出名。这种情况，在其他大学者中还能约略找到几个。但是，下面的情况，只能属于他一个人了——

明代灭亡后，不止一个智者说过：如果王阳明还在，这个朝代就不会这样了。

日本著名将军东乡平八郎并不是学者，却写了一条终生崇拜王阳明的腰带，天天系在身上。

蒋介石败退台湾，前思后想，把原来的草山改名为阳明山。

王阳明是我家乡余姚人，当地恭敬地重修了故居，建立了纪念馆。但是，全国凡是他活动过的地方，都在隆重纪念，而且发起了一次次"联动纪念"。

……

——这种盛况，完全超出了人们的正常想象。前不久我在电视上看到贵州对他的纪念典礼，参加人数之多、延续时间之长、仪式规模之大，让我瞠目结舌。

当然，他是明代一位杰出的哲学家，但中国绝大多数民众历来对哲学家兴趣不大。事实上，除他之外也没有另外一位哲学家享此殊荣，包括远比他更经典、更重要的老子在内。很多朋友出于好奇，去钻研一部部中国哲学史，仍然没有找到原因。

在哲学史上，他并不是横空出世的孤峰。他的一些基本观念，并非首创，例如比他早三百多年的陆九渊也曾有过深刻的论述。在宋明理学的整体流域中，还有周敦颐、张载、程颢、程颐、朱熹、薛瑄、胡居仁、陈献章等一座座夺目的航标。总之，如果纯粹以哲学家的方位来衡量王阳明，他就不会像现在这样耀眼。

而且，按照学术惯例，要安顿这样一个哲学家，一定还会发现他在某些理论范畴如心、理、意、物、事、无、本等概念上的不周全。读者如果陷入相关的讨论，很快就会头昏脑涨。在头昏脑涨中，还怎么来崇拜他呢？

因此，王阳明产生如此巨大的影响，一定还有超越哲学史的原因。

有些历史学家认为，他善于打仗，江西平叛，却又频遭冤屈，这个经历提高了他的知名度。

当然，这一些都很重要，也很不容易。但细算起来，他打的仗并不太大，他受的冤屈也不算太重。而且这些事情还不像歼灭外寇、勇抗巨奸那样容易让朝野激动。

我认为，王阳明的最大魅力，在于把自己的哲思和经历，变成了一个生命宣言。这个生命宣言的主旨很明确，是做一个有良知的行动者。

一般说来，多数君子并不是行动者，多数行动者不在乎良知。这两种偏侧，中国人早已看惯，却又无可奈何。突然有人断言，一个人的生命可以克服这两种偏侧，达到两相完满，这就不能不让大家精神一振了。

而且，他提出的行动是重大行动，他提出的良知是普遍良知，两方面都巍然挺拔。他自己，又是一个重量级的学者兼重量级的将军，使这种断言具有了"现身说法"的雄辩之力。

不仅如此，他还以一个哲学家的分析能力和概括能力，把这种断言付之于简洁明了的表达。于是，"断言"也就变成了"宣言"。

这既不是哲学宣言，也不是军事宣言，而是有关如何做人的宣言，也就是人生宣言。这样的人生宣言在历史上很少出现，当然会对天下君子产生巨大的吸引力。

在王阳明看来，一个有良知的行动者，已经不是一般的君子，而是叩开了圣人之门。因此，这个宣言也就成了入圣的宣言。这一点，对于一切成功或失败的大人物，也都形成了强大的磁铁效应。

至此，我可能已经实现了自己的一个心愿，那就是解析王阳明产生巨大影响的主要原因。

接下来，就要具体论述他的人生宣言了。

一共只有三条。

第一条："心即是理"。

不管哲学研究者们怎么分析，我们从人生宣言的层面，对这四个字有更广泛的理解。

天下一切大道理，只有经过我们的心，发自我们的心，依凭我们的心，才站得住。那些无法由人心来感受、来意会、来接受的"理"，都不是真正的理，不应该存在。因此王阳明说，"心外无理"，"心即是理"，理是心的"条理"。

这一来，一切传统的、刻板的、空泛的、强加的大道理都失去了权威地位，它们之中若有一些片段要想存活，那就必须经过心的测验和认领。

王阳明并不反对人类社会需要普遍道德法则，但是这种普遍道德法则太容易被统治者和权势者歪曲、改写、裁切了。即使保持了一些经典话语，也容易因他们而僵化、衰老、朽残。因此，他把道德法则引向内心，成为内在法则，让心尺来衡量，让心筛来过滤，让心防来剔除，让心泉来灌溉。对理是这样，对事也是这样。

他所说的"心"，既是个人之心，也是众人之心。他认为由天下之心所捧持的理，才是天理。

有人一定会说，把一切归于一心，是不是把世界缩小了？其实，这恰恰是把人心大大开拓了。把天理大道、万事万物都装进心里，这就出现了一个无所不能、无远弗届的伟大圣人的心襟。

试想，如果理在心外，人们要逐一领教物理、学理、地理、生理、兵理、文理，在短短一生中，那又怎么轮得过来？怎么能成为王阳明这样没有进过任何专业学校却能事事精通的全才？

在江西平叛时，那么多军情、地形、火器、补给、车马、船载等专业需求日夜涌来，而兵法、韬略、舆情、朝规、军令又必须时时取用，他只有把内心当作一个无限量的仓库，才能应付裕如。查什么书？问什么人？都来不及，也没有用，唯一的办法，是从心里找活路。

于是，像奇迹一般，百理皆通，全盘皆活。百理在何处相通？在心间。

由此可见，"心即是理"，是一个极为重要的人生宣言。

依凭着这样的人生宣言，我们看到，一批批"有心人"离开了空洞的教条，去从事一些让自己和他人都能"入心"的事情。

第二条："致良知"。

心，为什么能够成为百理万事的出发点？因为它埋藏着良知。

良知，是人之为人、与生俱来的道德意识，不学、不虑就已存在。良知主要表现为一种直觉的是非判断和由此产生的好恶之心。

王阳明还认为，他所说的良知很大，没有时空限制。他说——

自圣人以至凡人，自一人之心以达四海之远，自千古之前以至于万代之后，无有不同。是良知也者，是所谓天下之大本也。

（《书朱守谐卷》）

把超越时空、超越不同人群的道德原则，看成是"天下之大本"，这很符合康德和世界上很多高层思想家的论断。所不同的是，"良知"的学说包含着"与生俱来"的性质，因此也是对人性的最高肯定。

良知藏在心底，"天下之大本"藏在心底，而且藏在一切人的心底，藏在"自圣人以至凡人"的心底。这种思维高度，让我们产生三种乐观：一是对人类整体的乐观，二是对道德原则的乐观，三是对个人心力的乐观。

把这三种乐观连在一起，也就形成了以个人之心来普及天下良知的信心。

把"致良知"作为目标的君子，遇到困难就不会怨天尤人，而只会觉得自己致良知的功夫尚未抵达，才会出现种种负面现象。负面越大，责任越重。这样，他一定是一个因善良而乐观、为善良而负责的人。

在这个问题上，王阳明曾经在天泉桥上概括了四句话：

无善无恶心之体，
有善有恶意之动。

知善知恶是良知，

为善去恶是格物。

从浑然无染的本体出发，进入"有善有恶"、"知善知恶"的人生，然后就要凭着良知来规范事物（格物）了，这就必须让自己成为一个行动者。于是有了人生宣言的第三条。

第三条："知行合一"。

与一般君子不同，王阳明完全不讨论"知"和"行"谁先谁后、谁重谁轻、谁主谁次、谁本谁末的问题，而只是一个劲儿呼吁：行动，行动，行动！

他认为，"知"和"行"并不存在彼此独立的关系，而是两者本为一体，不可割裂。他说，"知是行之始，行是知之成"，"未有知而不能行者，知而不行只是未知"。

对这个判断，我需要略做解释。

"未有知而不能行者"。我们在日常工作中总是说："我知道事情该那样办，但是行不通。"王阳明说，既然行不通，就证明你不知道事情该怎么办。因此，在王阳明那儿，能不能行得通，是判断"知否"的基本标准。他本人在似乎完全办不到的情况下办成了那么多事，就是不受预定的"知"所束缚，只把眼睛盯住"行"的前沿，"行"的状态。他认为，"行"是唯一的发言者。

王阳明不仅没有给那些不准备付之于行的"知"留出空间，而且也没有给那些在"行"之前过于扬扬自得的"知"让出地位。这让我们颇感痛快，因为平日见到的大言不惭的策划、顾问、研讨、方案实在太多，见到的慷慨激昂的会议、报告、演讲、文件更多得无可计算。有的官员也在批评"文山会海"、"空谈误国",但批评仍然是以会议的方式进行的,会议中讨论空谈之过,使空谈又增加了一成。

其实大家也在心中暗想:既然你们"知"之甚多,为何不能"行"之一二?王阳明让大家明白,他们无行,只因为他们无知;他们未行,只因为他们未知。

为此,我曾明确地告诫学生:最好不要多听那些"文艺评论家"的长篇大论。转头我又会笑问那些"文艺评论家":你们从来连一篇小说也没有写过,连一篇散文也没有写过,连一首诗也没有写过,何以多年来一遍又一遍地教导别人怎么创作?如果你们还想深入文艺,那就动手吧,先创作几句短诗也好。

一定有人怀疑:重在行动,那么由谁指引?前面说了,由内心指引,由良知指引。这内心,足以包罗世界;这良知,足以接通天下。因此,完全可以放手行动,不必有丝毫犹豫。

说了这三点,我们是否已经大致了解一个有良知的行动者的生命宣言?与一般的哲学观点不同,这三点,都有一个明确的主体:我的内心、我的良知、我的行动。这个稳定的主体,就组合成了一个中心课题:我该如何度过人生?这个课题,当然能吸引一切人。王阳明既提出了问题,又提供了答案,不能不让人心动。

因此,王阳明的影响力,还会延续百年、千年。

虽然意蕴丰厚,但王阳明词句却是那么简洁——"心即是理"、"致良知"、"知行合一",一共才十一个汉字。

门　孔

一

直到今天，谢晋的小儿子阿四，还不知道"死亡"是什么。

大家觉得，这次该让他知道了。但是，不管怎么解释，他诚实的眼神告诉你，他还是不知道。

十几年前，同样弱智的阿三走了，阿四不知道这位小哥到哪里去了，爸爸对大家说，别给阿四解释死亡。

两个月前，阿四的大哥谢衍走了，阿四不知道他到哪里去了，爸爸对大家说，别给阿四解释死亡。

现在，爸爸自己走了，阿四不知道他到哪里去了，家里只剩下了他和八十三岁的妈妈，阿四已经不想听解释。谁解释，就是谁把小哥、大哥、爸爸弄走了。他就一定跟着走，去找。

二

阿三还在的时候，谢晋对我说："你看他的眉毛，稀稀落落，是整天扒在门孔上磨的。只要我出门，他就离不开门了，分分秒秒等我回来。"

谢晋说的门孔，俗称"猫眼"，谁都知道是大门中央张望外面的世界的一个小装置。平日听到敲门或电铃，先在这里看一眼，认出是谁，再决定开门还是不开门。但对阿三来说，这个闪着亮光的玻璃小孔，是一种永远的等待。

他不允许自己有一丝一毫的松懈，因为爸爸每时每刻都可能会在那里出现，他不能漏掉第一时间。除了睡觉、吃饭，他都在那里看。双脚麻木了，脖子酸痛了，眼睛迷糊了，眉毛脱落了，他都没有撤退。

爸爸在外面做什么？他不知道，也不想知道。

有一次，谢晋与我长谈，说起在封闭的时代要在电影中加入一点儿人性的光亮是多么不容易。我突然产生联想，说："谢导，你就是阿三！"

"什么？"他奇怪地看着我。

我说："你就像你家阿三，在关闭着的大门上找到一个孔，便目不转睛地盯着，看亮光，等亲情，除了睡觉、吃饭，你都没有放过。"

他听了一震，目光炯炯地看着我，不说话。

我又说："你的门孔，也成了全国观众的门孔。不管什么时节，一个玻璃亮眼，大家从那里看到了很多风景，很多人性。你的优点也与阿三一样，那就是无休无止地坚持。"

三

谢晋在六十岁的时候对我说："现在，我总算和全国人民一起成熟了！"那时，"文革"结束不久。

"成熟"了的他，拍了《牧马人》、《天云山传奇》、《芙蓉镇》、《清凉寺的钟声》、《高山下的花环》、《最后的贵族》、《鸦片战争》……那么，他的艺术历程也就大致可以分为两段，前一段为探寻期，后一段为成熟期。探寻期更多地依附于时代，成熟期更多地依附于人性。

一切依附于时代的作品，往往会以普遍流行的时代话语，笼罩艺术家自身的主体话语。谢晋的可贵在于，即使被笼罩，他的主体话语还在顽皮地扑闪腾跃。其中最顽皮之处，就是集中表现女性。不管外在题材是什么，只要抓住了女性命题，艺术也就具有了亦刚亦柔的功能，人性也就具有了悄然渗透的理由。在这方面，《舞台姐妹》就是很好的例证。尽管这部作品里也带有不少时代给予的概念化痕迹，但"文革"中批判它的最大罪名，就是"人性论"。

谢晋说，当时针对这部作品，批判会开了不少，造反派怕文艺界批判"人性论"不力，就拿到"阶级立场最坚定"的工人中去放映，然后批判。没想到，在放映时，纺织厂的女工已经哭成一片，她们被深深感染了。"人性论"和"阶级论"的理论对峙，就在这一片哭声中见出了分晓。

但是，在谢晋看来，这样的作品还不成熟。让纺织女工哭成一片，很多民间戏曲也能做到。他觉得自己应该做更大的事。"文革"的炼狱，使他获得了浴火重生的机会。"文革"以后的他，不再在时代话语的缝隙中捕捉人性，而是反过来，以人性的标准来考问时代了。

对于一个电影艺术家来说，"成熟"在六十岁，确实是晚了一点儿。但是，到了六十岁还有勇气"成熟"，这正是二三十年前中国最优秀知识分子的良知凸现。文化界也有不少人一直表白自己"成熟"得很早，不仅早过谢晋，而且几乎没有不成熟的阶段。这也可能吧，但全国民众都未曾看到。谢晋是永远让大家看到的，因此大家与他相陪相伴，一起不成熟，然后再一起成熟。

这让我想起云南丽江雪山上的一种桃子，由于气温太低，成熟期拖得特别长，因此收获时的果实也特别大。

"成熟"后的谢晋让全国观众眼睛一亮。他成了万人瞩目的思想者，每天在大量的文学作品中寻找着符合自己切身感受的内容，然后思考着如何用镜头震撼全民族的心灵。没有他，那些文学作品只在一角流传；有了他，一座座通向亿万观众的桥梁搭了起来。

于是，由于他，整个民族进入了一个艰难而美丽的苏醒过程，就像罗丹雕塑《青铜时代》传达的那种象征气氛。

那些年的谢晋，大作品一部接着一部，部部深入人心，真可谓手挥五弦，目送归鸿，云蒸霞蔚。

就在这时，他礼贤下士，竟然破例聘请了一个艺术顾问，那就是比他小二十多岁的我。他与我的父亲同龄，我又与他的女儿同龄。这种辈分错乱的礼聘，只能是他，也只能在上海。

那时节，连萧伯纳的嫡传弟子黄佐临先生也在与我们一起玩布莱希特、贫困戏剧、环境戏剧，他应该是我祖父一辈。而我的学生们，也已成果累累。二十世纪八十年代"四世同堂"的上海文化，实在让人难以忘怀。而在这"四世同堂"的热闹中，成果最为显赫的，还是谢晋。他让上海，维持了一段为时不短的文化骄傲。

从更广阔的视角来看，谢晋最大的成果在于用自己的生命接通了中国电影在一九四九年之后的曲折逻辑。不管是幼稚、青涩、豪情，还是深思、严峻、浩叹，他全都经历了，摸索了，梳理了。

他不是散落在岸边的一片美景，而是一条完整的大河，使沿途所有的景色都可依着他而定位。

我想，当代中国的电影艺术家即便取得再高的国际成就，也不能忽略谢晋这个名字，因为进入今天这个制高点的那条崎岖山路，是他跌跌绊绊走下来的。在这个意义上，谢晋不朽。

四

谢晋聘请我做艺术顾问，旁人以为他会要我介绍当代世界艺术的新思潮，其实并不。他与我最谈得拢的，是具体的艺术感觉。他是文化创造者，要的是现场实施，而不是云端高论。

我们也曾开过一些研讨会，有的理论家在会上高谈阔论，又明显地缺少艺术感觉。谢晋会偷偷地摘下耳机，出神地看着发言者。发言者还以为他在专心听讲，其实他很可能只是在观察发言者脸部的肌肉运动状态和可以划分的角色类型。这好像不太礼貌，但高龄的他有资格这样做。

谢晋特别想说又不愿多说的，是作为文化创造者的苦恼。

我问他："你在创作过程中遇到的最大苦恼是什么？是剧作的等级，演员的悟性，还是摄影师的能力？"

他说："不，不，这些都有办法解决。我最大的苦恼，是遇到了不懂艺术的审查者和评论者。"

他所说的"不懂艺术"，我想很多官员是不太明白其中含义的。他们总觉得自己既有名校学历又看过很多中外电影，还啃过几本艺术理论著作，怎么能说"不懂艺术"呢？

其实，真正的艺术家都知道，这种"懂"，只出现在创造的最前沿。

那是对每一个感性细节的小心捧持，是对作品有机生命的万千敏感，是对转瞬即逝的一个眼神、一道光束的震颤性品咂，是对全部镜头语汇的感同身受。

用中国传统美学概念来说，这种"懂"，不"隔"。相反，一切审查性、评论性的目光，不管包含着多少学问，都恰恰是从"隔"开始的。

平心而论，在这一点上，谢晋的观点比我宽容得多。他不喜欢被审查却也不反对，一直希望有夏衍、田汉这样真正懂艺术的人来审查。而我则认为，即使夏衍、田汉再世，也没有权利要谢晋这样的艺术家在艺术上服从自己。

谢晋那些最重要的作品，上映前都麻烦重重。如果说，"文革"前的审查总是指责他"爱情太多，女性话题太多，宣扬资产阶级人性论太多"，那么，"文革"后的审查者已经宽容爱情和女性了，主要是指责他"揭露革命事业中的黑暗太多"。

有趣的是，有的审查者一旦投身创作，立场就会发生天翻地覆的变化。我认识两位职业审查者，年老退休后常常被一些电视剧聘为顾问，参与构思。作品拍出来后，交给他们当年退休时物色的徒弟们审查，他们才发现，这些徒弟太不像话了。他们愤怒地说："文化领域那么多低劣的垃圾都不审查，却总是盯着一些好作品不依不饶！"后来他们扪心自问，才明白自己大半辈子也在这么做。

对于评论，谢晋与他的同代人一样，过于在乎，比较敏感，容易生气。

他平生最生气的评论，是一个叫朱大可的上海文人所揭露的"谢晋模式"。忘了是说"革命加女人"，还是"革命加爱情"。谢晋认为，以前的审查者不管多么胡言乱语，也没有公开发表，而这个可笑的"谢晋模式"，却被很多报纸刊登了。

他几乎在办公室里大声咆哮："女人怎么啦？没有女人，哪来男人？爱情，我在《红色娘子军》里想加一点儿，不让；《舞台姐妹》里也没有正面爱情。只有造反派才批判我借着革命贩卖爱情，这个朱大可是什么人？"

我劝他："这个人没有什么恶意，只是理论上幼稚，把现象拼凑当作了学问。你不要生气，如果有人把眼睛、鼻子、嘴巴的组合说成是脸部模式，你会发火吗？"

他看着我，不再说话。但后来，每次研讨会我都提议让朱大可来参加，他都不让。而且，还会狠狠地瞪我一眼。

直到有一天，朱大可发表文章说，一个妓女的手提包里有我写的《文化苦旅》，引起全国对我的讪笑。谢晋也幸灾乐祸地笑了，说："看你再为他辩护！"

但他很快又大声地为我讲话了："妓女？中外艺术中，很多妓女的品德，都比文人高！我还要重拍《桃花扇》，用李香君回击他！"

我连忙说："不，不。中国现在的文艺评论，都是随风一吐的口水，哪里犯得着你大艺术家来回击？"

"你不恨？"他盯着我的眼睛，加了一句，"那么多报纸。"

"当然不恨。"我说。

他把手拍在我肩上。

五

在友情上，谢晋算得上是一个汉子。

他总是充满古意地反复怀念一个个久不见面的老友，怀念得一点儿也不像一个名人；同时，他又无限兴奋地结识一个个刚刚发现的新知，兴奋得一点儿也不像一个老者。他的工作性质、活动方式和从业时间，使他的"老友"和"新知"的范围非常之大，但他一个也不会忘记，一个也不会怠慢。

因此，只要他有召唤，或者，只是以他的名义召唤，再有名的艺术家也没有不来的。

有时，他别出心裁，要让这些艺术家都到他出生的老家去聚合，大家也都乖乖地全数抵达。就在他去世前几天，上海电视台准备拍摄一个纪念他八十五岁生日的节目，开出了一大串响亮的名单，逐一邀请。这些人中的任何一个，在一般情况下是"八抬大轿也抬不动"的，因为有的也已年老，有的非常繁忙，有的片约在身，有的身患重病。但是，一听是谢晋的事，没有一个拒绝。当然，他们没有料到，生日之前，会有一个追悼会……

我从旁观察，发觉谢晋交友，有两个原则。一是拒绝小人，二是不求实用。这就使他身边的热闹中有一种干净。相比之下，有些同样著名的老艺术家永远也摆不出谢导这样的友情阵仗，不是他们缺少魅力，而是本来要来参加的人想到同时还有几双忽闪的眼睛也会到场，借故推托了。有时，好人也会利用小人，但谢晋不利用。

他对小人的办法，不是争吵，不是驱逐，而是在最早的时间冷落。他的冷落，是炬灭烟消，完全不予互动。听对方说了几句话，他就明白是什么人了，便突然变成了一座石山，邪不可侵。转身，眼角扫到一个朋友，石山又变成了一尊活佛。

一些早已不会被他选为演员和编剧的老朋友，永远是他的座上宾。他们谁也不会因为自己已经帮不上他的忙，感到不安。西哲有言："友情的败坏，是从利用开始的。"谢晋的友情，从不败坏。

他一点儿也不势利。再高的官，在他眼中只是他的观众，与天下千万观众没有区别。但因为他们是官，他会特别严厉一点儿。我多次看到，他与官员讲话的声调，远远高于他平日讲话，主要是在批评。他还会把自己对于某个文化高官的批评到处讲，反复讲，希望能传到那个高官的耳朵里，一点儿不担心自己会不会遇到麻烦。

有时，他也会发现，对那个高官的批评搞错了，于是又到处大声讲："那其实是个好人，我过去搞错了！"

对于受到挫折的人，他特别关心，包括官员。

有一年，我认识的一位官员因事入狱。我以前与这位官员倒也没有什么交往，这时却想安慰他几句。正好上海市监狱邀请我去给几千个犯人讲课，我就向监狱长提出要与那个人谈一次话。监狱长说，与那个人谈话是不被允许的。我就问能不能写个条子，监狱长说可以。

我就在一张纸上写道："平日大家都忙，没有时间把外语再推进一步，祝贺你有了这个机会。"写完，托监狱长交给那个人。

谢晋听我说了这个过程，笑眯眯地动了一会儿脑筋，然后兴奋地拍了一下桌子说："有了！你能送条子，那么，我可以进一步，送月饼！过几天就是中秋节，你告诉监狱长，我谢晋要为犯人讲一次课！"

就这样，他为了让那个官员在监狱里过一个像样的中秋节，居然主动去向犯人讲了一次课。提篮桥监狱的犯人，有幸一睹他们心中的艺术偶像。那个入狱的官员，其实与他也没有什么关系。

四年以后，那个人刑满释放，第一个电话打给我，说他听了我的话，在里边学外语，现在带出来一部五十万字的翻译稿。然后，他说，急于要请谢晋导演吃饭。谢导那次的中秋节行动，实在把他感动了。

六

我一直有一个错误的想法，觉得拍电影是一个力气活，谢晋已经年迈，不必站在第一线上了。我提议他在拍完《芙蓉镇》后就可以收山，然后以自己的信誉、影响和经验，办一个电影公司，再建一个影视学院。简单说来，让他从一个电影导演变成一个"电影导师"。

有这个想法的，可能不止我一个人。

我过了很久才知道，他对我们的这种想法，深感痛苦。

他想拍电影，他想自己天天拿着话筒指挥现场，然后猫着腰在摄影机后面调度一切。他早已不在乎名利，也不想证明自己依然保持着艺术创造能力。他只是饥渴，没完没了地饥渴。在这一点上他像一个最单纯、最执着的孩子，一定要做一件事，骂他，损他，毁他，都可以，只要让他做这件事，他立即可以破涕为笑。

他当然知道我们的劝说有点儿道理，因此，也是认认真真地办电影公司，建影视学院，还叫我做"校董"。但是，这一切都不能消解他内心的强烈饥渴。

他越来越要在我们面前表现出他的精力充沛、步履轻健。他由于耳朵不好，本来说话就很大声，现在更大声了。他原来就喜欢喝酒，现在更要与别人频频比赛酒量了。

有一次，他跨着大步走在火车站的月台上，不知怎么突然踉跄了。他想摆脱踉跄，挣扎了一下，谁知更是朝前一冲，被人扶住，脸色发青。这让人们突然想起他的皮夹克、红围巾所包裹着的年龄。

不久后一次吃饭，我又委婉地说起了老话题。

他知道月台上的踉跄被我们看到了，因此也知道我说这些话的原因。

他朝我举起酒杯，我以为他要用干杯的方式来接受我的建议，没想到他对我说："秋雨，你知道什么样的人是真正善饮的吗？我告诉你，第一，端杯稳；第二，双眉平；第三，下口深。"

说着，他又稳又平又深地一连喝了好几杯。

是在证明自己的酒量吗？不，我觉得其中似乎又包含着某种宣示。

即使毫无宣示的意思，那么，只要他拿起酒杯，便立即显得大气磅礴，说什么都难以反驳。

后来，有一位热心的农民企业家想给他资助，开了一个会。这位企业家站起来讲话，意思是大家要把谢晋看作一个珍贵的品牌，进行文化产业的运作。但他不太会讲话，说成了这样一句："谢晋这两个字，不仅仅是一个人名，而且还是一种有待开发的东西。"

"东西？"在场的文化人听了都觉得不是味道。

一位喜剧演员突然有了念头，便大声地在座位上说："你说错了，谢晋不是东西！"他又重复了一句，"谢晋不是东西！"

这是一个毫无恶意的喜剧花招，全场都笑了。

我连忙扭头看谢晋导演，不知他是生气而走，还是蔼然而笑。没想到，我看到的他似乎完全没有听到这句话，只是像木头一样呆坐着，毫无表情。我立即明白了，他从这位企业家的讲话中才知道，连他们也想把自己当作品牌来运作。

"我，难道只能这样了吗？"他想。

他毫无表情的表情，把我震了一下。他心中在想，如果自己真的完全变成了一个品牌，丢失了亲自创造的权利，那谢晋真的"不是东西"了。

从那次之后，我改变了态度，总是悉心倾听他一个又一个的创作计划。

这是一种滔滔不绝的激情，变成了延绵不绝的憧憬。他要重拍《桃花扇》，他要筹拍美国华工修建西部铁路的血泪史，他要拍《拉贝日记》，他要拍《大人家》，他更想拍前辈领袖的女儿们的生死恩仇、悲欢离合……

看到我愿意倾听，他就针对我们以前的想法一吐委屈："你们都说我年事已高，应该退居二线，但是我早就给你说过，我是六十岁才成熟的，那你算算……"

一位杰出艺术家的生命之门既然已经第二度打开，翻卷的洪水再也无可抵挡。

这是创造主体的本能呼喊，也是一个强大的生命要求自我完成的一种尊严。

七

他在中国创建了一个独立而庞大的艺术世界，但回到家，却是一个常人无法想象的天地。

他与夫人徐大雯女士生了四个小孩，脑子正常的只有一个，那就是谢衍。谢衍的两个弟弟就是前面所说的老三和老四，都严重弱智，而姐姐的情况也不好。

这四个孩子，出生在一九四六年至一九五六年这十年间。当时的社会，还很难找到辅导弱智儿童的专业学校，一切麻烦都堆在一门之内。家境极不宽裕，工作极其繁忙，这个门内天天在发生什么？只有天知道。

我们如果把这样一个家庭背景与谢晋的那么多电影联系在一起，真会产生一种匪夷所思的感觉。每天傍晚，他那高大而疲惫的身影一步步走回家门的图像，不能不让人一次次落泪。不是出于一种同情，而是为了一种伟大。

一个错乱的精神旋涡，能够生发出伟大的精神力量吗？谢晋作出了回答。

我觉得，这种情景，在整个人类艺术史上都难以重见。

谢晋亲手把错乱的精神旋涡，筑成了人道主义的圣殿。我曾多次在他家里吃饭，他做得一手好菜，常常围着白围单，手握着锅铲招呼客人。客人可能是好莱坞明星、法国大导演、日本制作人，最后谢晋总会搓搓手，通过翻译介绍自己两个儿子的特殊情况，然后隆重请出。

这种毫不掩饰的坦荡，曾让我百脉俱开。在客人面前，弱智儿子的每一个笑容和动作，在谢晋看来就是人类最本原的可爱造型，因此满眼是欣赏的光彩。他把这种光彩，带给了整个门庭，也带给了所有的客人。

他自己成天到处走，有时也会带着儿子出行。我听谢晋电影公司总经理张惠芳女士说，那次去浙江衢州，坐了一辆面包车，路上要好几个小时，阿四同行。坐在前排的谢晋过一会儿就要回过头来问："阿四累不累？""阿四好吗？""阿四要不要睡一会儿？"……过几分钟就回一次头，没完没了。

每次回头，那神情，能把雪山消融。

八

他万万没有想到，他家后代唯一的正常人，那个从国外留学回来的典雅君子，他的大儿子谢衍，竟先他而去。

谢衍太知道父母亲的生活重压，一直瞒着自己的病情，不让老人家知道。他把一切事情都料理得一清二楚，然后穿上一套干净的衣服，去了医院，再也没有出来。

他恳求周围的人，千万不要让爸爸、妈妈到医院来。他说，爸爸太出名，一来就会引动媒体，而自己现在的形象又会使爸爸、妈妈吃惊。他一直念叨着："不要来，千万不要来，不要让他们来……"

直到他去世前一星期，周围的人说，现在一定要让你爸爸、妈妈来了。这次，他没有说话。

谢晋一直以为儿子是一般的病住院，完全不知道事情已经那么严重。眼前病床上，他唯一可以对话的儿子，已经不成样子。

他像一尊突然被风干了的雕像，站在病床前，很久，很久。

他身边，传来工作人员低低的抽泣。

谢衍吃力地对他说："爸爸，我给您添麻烦了！"

他颤声地说："我们治疗，孩子，不要紧，我们治疗……"

从这天起，他天天都陪着夫人去医院。

独身的谢衍已经五十九岁，现在却每天在老人赶到前不断问："爸爸怎么还不来？妈妈怎么还不来？爸爸怎么还不来？"

那天，他实在太痛了，要求打吗啡，但医生有犹豫。幸好有慈济功德会的志工来唱佛曲，他平静了。

谢晋和夫人陪在儿子身边，那夜几乎陪了通宵。工作人员怕这两位八十多岁的老人撑不住，力劝他们暂时回家休息。但是，两位老人的车还没有到家，谢衍就去世了。

谢衍是二○○八年九月二十三日下葬的。第二天，九月二十四日，杭州的朋友就邀请谢晋去散散心，住多久都可以。接待他的，是一位也刚刚丧子的杰出男子，叫叶明。

两人一见面就抱住了，号啕大哭。他们两人，前些天都哭过无数次，但还要找一个机会，不刺激妻子，不为难下属，抱住一个人，一个经得起用力抱的人，痛快淋漓、回肠荡气地哭一哭。

那天谢晋导演的哭声，像虎啸，像狼嚎，像龙吟，像狮吼，把他以前拍过的那么多电影里的哭，全都收纳了，又全都释放了。

那天，秋风起于杭州，连西湖都在呜咽。

他并没有在杭州长住，很快又回到了上海。这几天他很少说话，眼睛直直地看着前方。有时也翻书报，却是乱翻，没有一个字入眼。

突然电话铃响了，是家乡上虞的母校春晖中学打来的，说有一个纪念活动要让他出席，有车来接。他一生，每遇危难总会想念家乡。今天，故乡故宅又有召唤，他毫不犹豫地答应了。他给驾驶员小蒋说："你别管我了，另外有车来接！"

小蒋告诉张惠芳，张惠芳急急赶来询问，门房说，接谢导的车，两分钟前开走了。

春晖中学的纪念活动第二天才开始，这天晚上他在旅馆吃了点儿冷餐，没有喝酒，倒头便睡。这是真正的老家，他出走已久，今天只剩下他一个人回来。他是朝左侧睡的，再也没有醒来。

这天是二〇〇八年十月十八日，离他八十五岁生日，还有一个月零三天。

九

他老家的屋里，有我题写的四个字："东山谢氏"。

那是几年前的一天，他突然来到我家，要我写这几个字。他说，已经请儿位老一代书法大家写过，希望能增加我写的一份。东山谢氏？好生了得！我看着他，抱歉地想，认识了他那么多年，也知道他是绍兴上虞人，却没有把他的姓氏与那个遥远而辉煌的门庭联系起来。

他的远祖，是公元四世纪那位打了"淝水之战"的东晋宰相谢安。这仗，是和侄子谢玄一起打的。而谢玄的孙子，便是中国山水诗的鼻祖谢灵运。谢安本来是隐居会稽东山的，经常与大书法家王羲之一起喝酒吟诗，他的侄女谢道韫也嫁给了王羲之的儿子王凝之，而才学又远超丈夫。谢安后来因形势所迫再度做官，这使中国有了一个"东山再起"的成语。

正因为这一切，我写"东山谢氏"这四个字时非常恭敬，一连写了好多幅，最后挑出一张，送去。

谢家，竟然自东晋、南朝至今，就一直住在东山脚下？别的不说，光那股积累了一千六百年的气，已经非比寻常。

谢晋导演对此极为在意，却又不对外说，可见完全不想借远祖之名炫耀。他在意的，是这山、这村、这屋、这姓、这气。但这一切都是秘密的，只是为了要我写字才说，说过一次再也不说。

我想，就凭着这种无以言表的深层皈依，他会一个人回去，在一大批远祖面前画上人生的句号。

十

此刻，他上海的家，只剩下了阿四。他的夫人因心脏问题，住进了医院。

阿四不像阿三那样成天在门孔里观看。他几十年如一日的任务是为爸爸拿包、拿鞋。每天早晨爸爸出门了，他把包递给爸爸，并把爸爸换下的拖鞋放好。晚上爸爸回来，他接过包，再递上拖鞋。

好几天，爸爸的包和鞋都在，人到哪里去了？他有点儿奇怪，却在耐心等待。突然来了很多人，在家里摆了一排排白色的花。

白色的花越来越多，家里放满了。他从门孔里往外一看，还有人送来。阿四穿行在白花间，突然发现，白花把爸爸的拖鞋遮住了。他弯下腰去，拿出爸爸的拖鞋，小心地放在门边。

这个白花的世界，今天就是他一个人，还有一双鞋。

幽幽长者

一

早在一九九七年，我写过一篇题为《长者》的长篇散文，记述当时还在世的上海戏剧学院导演系研究员张可女士。这篇文章曾收入《霜冷长河》一书，但在后来编印的选集、合集中都没有收入。理由是，重读时觉得文笔过于散漫拖沓了，不符合我的严选标准。

于是，那篇文章，就像搁置在墙角多年的老家具，一直盖着灰布，也忘了是什么东西了，偶尔掀开灰布，居然眼睛一亮。那天，我不小心掀开了那篇旧文。

张可老师早已不在人世，学院里几乎没有人记得这个名字，各种记录资料中也没有留下任何痕迹。然而，她实在是中国现代女性的一个特殊典型，比现在被传媒反复讲述的那些"才智丽人"、"民国女性"，更有深度。因此，我决定重写一篇，不仅仅是为了她个人。

二

张可老师并不担任课程，属于导演系"教育辅助人员"编制。她是研究莎士比亚的，如果导演系要排演某部莎士比亚戏剧，她可以提供一些咨询。然而好些年下来，这样的机会一直没有出现。因此，张可老师安静而空闲。她来上班时，也独进独出。

只有在一种情况下，张可老师会顷刻成为全院焦点，那就是外宾来访。

上海戏剧学院的外宾一直比较多，包括在尚未开放的二十世纪五六十年代。来的外宾多是表演团体，一行艳丽妖娆、激动夸张，多数翻译人员都有点儿应付不了。即使应付过来了，后面还有几个绅士模样的高傲理论家，满口故弄玄虚的语言更让翻译人员头痛。在这种情况下，学院领导总会低声吩咐："叫张可来！"

张可老师一到场，外宾全都安静了，为她的美貌。她肯定比林徽因滋润，比王映霞清秀，比陆小曼典雅。面对外宾，她并不是热烈地一一握手打招呼，而是迎着他们的目光，在他们五六步前站定，介绍自己是莎士比亚学者，很高兴与他们在学院相遇，然后再充满好奇地询问他们来自什么机构和单位。浅浅问答几句，几乎和所有的外宾都粘连上了。而对那几个高傲的理论家，她会故意多谈一些，不露声色地吐露出让对方很难再高傲的专业素养。

她的英语，是标准的伦敦口音，却又增添了美国的开朗和热度。一开口，就让外宾们非常吃惊，却又障碍全消。于是，她立即成了人群的核心。

只要听说张可老师出来接待外宾，学院里的教师、学生、职工都会远远近近地围观，看她的优雅风范。上海戏剧学院美女如云，因此经常会有"民间口碑"式的"选美"。在叽叽喳喳间，入选名单不断更换，但列为第一名的总是她，张可。

三

美貌是第一惊讶，英语是第二惊讶，第三惊讶更重大：这么一个大美人，居然是老革命！

她在一九三八年未到十八岁就加入了中国共产党的地下组织，长期潜伏在美国新闻处和上海戏剧界的一些单位工作。后来据几位认识她的老人告诉我，正是她的美貌，给地下工作带来很多方便，即使身上藏有情报也容易混过去。但是，这一定是没有藏过情报的人的"外行臆想"。在真正的血火战斗中，外貌的作用并不太大，危险始终近在咫尺。年轻的张可就在危险中奋斗了十多年，直到一九四九年新中国成立，真不容易。

共产党掌握政权了，她还不到三十岁，本应风风光光地担任某个部门的领导，却又出现了第四个惊讶：她功成身退，决然退党。

这第四个惊讶，让人觉得不可思议。

为什么？因为在中国共产党的历史上，退党的人很多。有的是叛变，有的是观念产生了严重分歧，有的是流亡海外失去了联系，更多的是在白色恐怖最严重的时刻考虑到了家人的安危……张可是举世罕例：在自己的党隆重执政的时刻决定退党。

仅仅是几天之隔。几天前，共产党员只要被抓住就会被立即处决，她虽然没被抓住，却在心里坚定自认；几天后，共产党员已经可以在大街上昂首阔步，她反而已经不是。在历史转折关头的这种"反转折"，足以震动十方。

关于她的退党，有好几个传闻。

第一个传闻，在地下党员由暗转明的"报到处"，负责接待的领导人是一位级别不低的军事干部。突然见到张可这么一位美貌的"同志"和"战友"，他眼睛特别亮，话语特别多，似乎就像前些天快速攻入一座城池一样，便用很不恰当的语言表述自己的美好意图。张可早就听惯上海街市间对一个漂亮女性更"不恰当"的语言，但今天眼前这个人代表的，却是自己以命相托的组织。能在这样的话语中向组织"报到"吗？凭着在地下工作时养成的那股硬气，她扭头就走。

她不是原来就有组织吗？这就牵涉到第二个传闻了。地下工作时的领导，也是一位不错的文化人，看到战争结束，雨过天晴，准备重新安排生活，包括重建家庭。他一直有意于张可，但张可已经结婚。他希望两头都改变婚姻，这在当时的革命队伍中比例极高，但张可不想进入这个比例。

据我的判断，这两个传闻都未必虚妄。

她的退党，其实也出于对共产党的信任。终于掌权了，一切都会好起来，天下既然已经转危为安，自己也就可以投入心中最喜爱的文学艺术了。过去出生入死，不也是为了建设更文明的社会吗？

这也是她公开表述的退党理由。

于是，上海戏剧学院出现了一个安静的莎士比亚研究者。

在刚刚结束动荡的年代，在上海这样的城市里，一个安静的人，极有可能封存着一部极为精彩的传奇。

这让我想起了上海戏剧学院的另一位奇特女性，党委副书记费瑛。一九四九年之前，费瑛在复旦大学读书，系里的激进学生为了打击"立场模糊的保守势力"，把她当作了重点批判对象。他们不知道，恰恰是这位打扮时髦的女同学，是中国共产党在上海很大一个片区的地下负责人，当时那些大家佩服的学生领袖，都是由她在幕后指挥。这种说法大概是不错的，因为直到她退休之后，好几位国家级高官每逢过年过节还会来问候这位当年的"神秘领导"。

但是，张可老师的资历，还比费瑛女士高得多。当然，更不必说学识了。她们这两位传奇女性每次在学院草地间的小路上相遇，总会快步上前，长时间亲热地握手，然后看看周边有没有人注意，再退到树荫下讲话。当时的费瑛女士是学院的实际掌权者，经常要作报告、发指示，气势很大，但一见张可老师，立即变成了温顺的小妹妹。其实在外貌上，张可老师要年轻得多。

四

好，现在可以说说我与张可老师的交往了。

我是一九六四年在江苏浏河的一个贫困农村首次见到张可老师的，那时我十七岁，算起来，张可老师应该是四十三岁了。

那个年代，凡是大学师生都要不断地到农村去，名为"社会主义教育"，其实就是从事艰苦的农业劳动。每次下去的时间很长，半年到八个月。刚回来不久又下去了，一轮一轮接得很紧。我到今天还没有想明白，当时上面的领导究竟出于什么动机，让学生不学习，教师不上课，校舍全空着，硬挤到破陋的农舍里长时间煎熬。农民显然不欢迎那么些外来人挤到他们屋子里住，却还是去挤；农民更不乐意那么些完全不会干农活的城里人拥到他们的田里胡乱折腾，却赶不走。

上级有规定，到农村后必须住在全村最贫困的家庭。几个农村干部皱着眉头在选最贫困的几家中最窝囊、最不会讲话的那一家，免得今后不顺心了与入住的人吵架。

我就被分配去了这样一家，一起去这家的还有一位外地干部和一位教师。外地干部叫李惠民，他本是农村的，却为什么要换一个农村来劳动，一直没搞清楚；而教师，就是张可老师。

这家农民有三间破烂的小泥屋。东边一间挤着房东夫妻和子女，西边一间住着房东年老的母亲，还养了两只羊；中间一间放置农具和吃饭，又养着四只羊。我和李惠民住在中间那间，与四只羊相伴。张可老师住在西边一间，与房东母亲和两只羊相伴。这六只羊都是集体所有的，在这家"借住"，和我们一样。

我所说的这一间、那一间，中间隔着墙。但那墙是芦苇秆加泥巴糊成的，六只羊的叫声全都听得见。比羊叫更刺耳的是老太太连续不断的咳嗽声，这实在是让张可老师受罪了。她住的那间泥屋，特别小，老太太的床又窄又脏，紧贴着张可老师的床。张可老师挂了一顶从上海带去的白帐子，但两只已经脏成灰黑色的羊就蹲在帐子边，臭气和霉味扑鼻而来。

这就是我和张可老师初次见面的地方。

我看到这间泥屋的景象就立即大声说："不行，老师，你绝不能住在这样的地方！"

我当时只知道她是我们学院导演系的教师，还不知道她的名字，但看到这么一个恐怖的住所，一下子就产生了一个男学生要保护女老师的责任感。

她竖起食指"嘘"了一下，让我小声一点儿。随即问了我的名字，便轻声说："规定要住最贫困的人家，只能这样了。要换，也没有理由。"

我说："我小的时候在家乡农村长大，也从来没有见过这么腌臜的房子。"

"腌臜，这个词用得好。"她说，"你家乡在哪里？"

"余姚。"我回答。

"余姚？好地方。"她说，"考考你，你知道同乡王守仁吗？"

"考考你。"这是一个老师最能向学生表明身份的说法，在这烂泥屋里听到，我特别高兴。

"王守仁就是王阳明。心外无理，知行合一，致良知。"我说，稍稍有一点儿学生式的小卖弄。

她这下认真看我了，满脸微笑地说："我只是随口一问，你就端上了王阳明三个最重要的学说，真要刮目相看了。"

五

刚下乡时，正逢雨季。村里有规矩，天一下雨就要开会，开会的地方离我们的烂泥屋不近。这就太难为张可老师了，因为门外一片泥泞，她走一步摔一跤，浑身是泥。其实，她到河边洗漱，也寸步难行。雨停了，就要下田劳动，但田埂还是泥泞，她仍然无法行走。

这就需要我来搀扶了。我小时候在农村时成天赤脚玩泥，不把泥泞当回事。因此，几个月中，我成了张可老师最称手的拐杖。

对于吃饭，当时还有一个奇怪的规定，尽管交了饭费，但绝不能吃饭桌上的任何荤菜，连农民在河沟边自捞的小鱼小虾也不能动。幸好这家人家没有这种麻烦，下饭的菜永远是一碟盐豆。为了怕费油，青菜都不炒一个。几个月下来，我们的脸色已惨不忍睹。

张可老师看着我说："你正在长身体，不能一直这样。"但是，又能怎样呢？她叹了一口气，说："现在上上下下都喜欢摆弄苦、炫耀苦，却忘了当初革命是为了什么。"

我当时一点儿也不知道，说这句话的人，最有资格说"当初"。

也有下雨不开会的日子，我们就可以在烂泥屋中间那一间的门内，看看书，说说话。

那天，我在一角看书，张可老师从她的泥屋子走了出来。只是远远地瞟了一眼，她就说："不要只读兰姆，要读原文。"

这下我脸红了。我确实在读兰姆姐弟（Charles and Mary Lamb）合编的《莎士比亚故事集》，从外文书店买来的英文版。原来以为已经很牛了，却被真正的莎士比亚专家一眼看破。她怎么粗粗瞟一眼就能认出哪一本书呢？这就叫专业。

我嗫嚅着："莎士比亚原文是上了年纪的英语，很难。"

"你真不知道读原文的乐趣有多大！"她说这句话的时候，满脸都是光辉。

"如果由中国的剧团来演出，用谁的译本比较好？"我问。

张可老师说："一般用朱生豪的，他只活了三十二岁就翻译出了二十七部，令人感动。但也正因为太匆忙，有点儿粗糙，对那个时代的神韵传达不够。这些年北京大学吴兴华等人进行了校译，质量就提高了。梁实秋倒是翻译全了，翻得从容不迫，但少了朱生豪的那种激情，又不太适合演出。"

顿了顿，她说："记住，现在中国最好的翻译家是傅雷，我们很熟。你听说过他的儿子傅聪吗？大钢琴家……"

我知道，这就是上课，就恭恭敬敬地找了一把小小的竹椅子摆端正，请她坐下，我就坐在对面三块叠着的泥砖上。她一笑，便坐下了，显然，她也愿意在这被大雨封住的小泥屋里讲这样的课。以后每次这样一坐，彼此心头就响起了学院的铃声。

"你能读兰姆，也算不错了，那书是在福州路外文书店买的？"张可老师问。

我说："兰姆是我的中学英语老师孙珏先生吩咐买的，现在这样的书买不到了，满架都是《毛选》的各种外文版。前两次下乡，我为了学英语，把《毛选》的英文版读了一遍。"

"那是偷懒的办法。"她说，"中国人的思维，中国人的词汇，猜都猜得出来。读英语，先读狄更斯，再读莎士比亚。"

"你们系里平常上一些什么课？"她问。

"太差了。当时是以全国最难考的招牌把我们吸引来的，一听课，多半是政治教条。我们等着顾仲彝先生来讲贝克技巧。"我说。

她笑了一下，说："贝克不重要。技巧只是技巧。"

"亚却呢？"我追问。贝克和亚却，都是美国的编剧教师，小有名气。

"也不重要。"她说。

"劳逊呢？"我又问。劳逊的书，已在中国翻译出版。

"稍稍好一点儿，讲到了结构，但还是浅，而且啰唆。"她说。

她三下两下，就把我们所企盼的课程全给否定了。其实按照当时已经泛滥起来的以政治压倒一切的极左思潮，这些课程也不可能进课堂了。这就像一群应招女婿还没上门，就被她婉言谢绝了。当时我听了，是心存怀疑的。

她看出了我的怀疑，就讲了一段话："艺术的最高处，不在技巧。一切都靠时代力量和个人天赋。莎士比亚是一位伟大的诗人，向他学什么编剧技巧，实在是委屈了他。而且，学戏剧文学，目光也不能只在编剧。中国话剧的发展，关键在导演。戏曲，关键在演员。"

"那是不是要学习斯坦尼和布莱希特的表演理论体系？"我问。

"也不必。他们两人都是好导演，但是一钻到理论里就夸张了，把架势撑得太大。凡是艺术家自己搞的体系，都不能太相信。"她说。

——后来我每次回想，都感谢张可老师在我刚懂事的年代示范了如何做减法。这种减法思维，使我毕生受益。

别的老师喜欢把自己知道的一切全都当作宝贝往学生肩上压，张可老师正相反，以自己的阅历衡量轻重、对比高低、去芜存菁，早早地为学生减省负担。并且，把减省负担当作一个重要的学术门径，启发学生。

我想，如果不是那间雨中烂泥屋，而是一直在高楼深院里接受一系列正规教育，那么，我不知道会在大量"看似重要的不重要"中浪费多少年月。

有一天又下雨，她与我谈起了文学。她对中国现代小说，居然全都看不上，包括一系列已经上了现代文学史的"经典作家"在内。

"都不大气，缺少人性和神性。只是社会化、观念化、个人化的东西。既显得神经兮兮，又显得可怜兮兮。"这两个"兮兮"是上海女性的口语，一说出口，她就笑得很开心。

"您会不会也去翻翻当代小说？"我问。

"翻得很少。粗粗的印象，我觉得陕西的作家比较认真，像柳青、王汶石。看起来王汶石更好一点儿，笔下有一种爽朗的劲道，可惜题材太窄。"

我对她读过王汶石，有点儿吃惊。

接下来是她问我了："外国小说你喜欢谁？"

"法国的雨果，俄国的契诃夫和美国的海明威。"我说。

"我知道了，你不喜欢精神撕裂型、心灵忏悔型的作品。"她说，"正好，我也不喜欢。"

就这样，过了五个月。一天上午，乡里一个通信员推着一辆很旧的
自行车来通知，说上海戏剧学院的领导来慰问下乡劳动的师生，今天就
不用下田劳动了，大家到南边一个旧祠堂里去集中，中饭就在那里吃。

这是让人高兴的事，我陪着张可老师走了不少路，找到了那个旧祠
堂。来慰问的领导就是费瑛书记，她一见张可老师便着急地迎过来，握
住手之后又一遍遍上下打量着，那表情的意思是，真不该让她在这里待
那么久。

分散在各村的同学和老师重新见面，都非常开心。这时才发现，旧
祠堂的一角正烧着两只大锅，飘出阵阵无法阻挡的香味。原来，费瑛书
记听说我们在乡下不仅劳动艰苦，而且吃得很坏，就决定来一次最实际
的慰问。那就是请学院食堂的厨师一起下来，办一次聚餐，每人分两块
草扎肉、两个馒头，进行"营养速补"。

所谓草扎肉，就是把五花肉切块后用一根根稻草扎了，放到锅里焖
煮。煮烂了也不会散块，掂起稻草分给各人。由于已经有五个月没有好
好吃饭了，很多男同学打赌，能一口气吃下十块。女同学只闷笑，心想
十块怎么够。看到同学们的狼吞虎咽，费瑛书记眼泛泪光，轻轻摇头。
张可老师只吃了一块肉，把另一块放到我的盘子里，就起身又到费瑛书
记那里去了，我连推让的机会都没有。

这时，在我们邻村劳动的胡导老师挨近我，问："你知道为什么费瑛
书记这样尊重张可老师吗？"

我摇头，看着胡导老师。

胡导老师打趣说："看你和她在一起劳动快半年了，她都没有透露。
可见我也不能透露，这是地下工作的规则。"

看我发呆，胡导老师又加了一句感叹："传奇啊，了不起！"

六

"文革"开始后，舞台美术系的同学带头"造反"，组织了一个叫作"革命楼"的造反组织，全系大约有三分之二的同学参加。表演系也有同学造反了，大约占全系人数的三分之一。我们戏剧文学系和导演系的同学没有人造反，就由我带领着，对抗造反派同学临时学来的暴行，例如批斗老师、抄家、打砸抢。他们开大会，我们也开大会；他们刷出了打倒谁的标语，我们就紧挨着刷出正面标语；他们准备要抄哪个老师的家，我们先赶到一步，贴出布告"这家已由革命群众查检完毕"；他们要烧图书，我们就围成三圈高喊反对的口号……

我的这些对抗行为，被造反派称为"保皇派代表"、"三座大山之首"。但有一段时间，毕竟是反对暴力的师生要多得多，我一时广受拥护。有一次，在红楼前的热闹通道口，一位年迈的女教师大声表扬我是"正派的好孩子"，边上很多人鼓掌。我正为"孩子"的说法烦恼，肩上被拍了一下，一个熟悉的声音传来："最近有没有见到李惠民？"

我转身一看，居然是张可老师。李惠民，是我们在农村同住一家的那位地方干部，几乎忘了，她怎么突然提起？原来，她是想用一个陌生的话题把那个女教师的表扬和别人的掌声打断，把我引开。

我跟着她走到一个无人的角落，她轻声而快速地说："你应该赶快躲起来。在学院里我们是多数，但这是暂时的，从中央的势头看，会有大翻转。你不能站在风口浪尖上。"说完，她拍拍我的手臂，转身就走了。

其实我也在关心形势，已经预判造反派会很快压倒我们。既然这样，张可老师说得对，应该往后退。正好我爸爸被他们单位的造反派打倒了，我要天天代笔为爸爸写交代，就从学院隐退了。

此后，我经常想起突然拍肩又突然转身的张可老师。她在"文革"中，没有引起造反派的注意，因为她不是党员，不是干部，也不是正式教师。她原来所在的导演系没有造反派，而后来她的编制又划到了演出科，那是一个由裁缝、木匠组成的舞台服务机构，没有人对"文革"有兴趣。但是，如此安全的张可老师那天对形势作出的判断，实在是一种充满政治经验的远见。她喊一声陌生人的名字把我引出来的情景，让我联想到了某些间谍片。

当时我的遭遇已经是一片凄风苦雨，爸爸被关押，叔叔被逼死，全家八口人失去经济来源，而我又是大儿子。正在苦得不知道怎么办的时候，上面又下达通知，立即下乡劳动。

下乡不久前的一天，我拿着造反派掌权者为我做的"长期对抗文革"的最低等级思想鉴定，丧魂落魄地在学院里走，又遇到了张可老师。与上次一样，她喊了我名字后先从一个陌生人开头："我家邻居是你中学时的同学，最近从北京回来了……"边说边往小路引。看到周围没人了，就转入正题。

"听说你们又要下农村？"她急切地问。

"是的，已经动员过了。"我说。其实，动员到出发的时间很短，这两天我正在想办法用卖书所得的三元钱买一套防雨的棉衣，但还没有买到。

"去多久？"她问。

"说是一辈子。"

她突然沉默了，低下头去一会儿，又抬起头来。

"一辈子，让带书吗？"她艰难地问。我猜度刚才她沉默时也许会想起我们在烂泥屋里靠谈论书籍熬过了半年的往事。但这次是一辈子，而不是一年半载。

带书，这事我也在想，前几天卖书时还咬着牙齿留下了几本，因而就对张可老师说："让不让带书还不知道，总可以带几本吧。"

说是这么说，心里却明白，如果允许带几本，也一定不是张可老师所说的那种书。

"一辈子，与父母商量了？"她又问。

刚问，她又露出一个抱歉的表情。因为在那个年月一切命令都无法与父母商量。而且我想张可老师也听说了，我家已陷于大祸。

她叹口气，轻轻地拍了拍我的手臂，说："好好照顾自己！"

没想到，不是一辈子。

一九七一年，由于"九一三事件"、重返联合国、准备欢迎美国总统，"文革"的逻辑断了。在周恩来等人的努力下，文化建设悄悄地代替了文化破坏。

复课、编教材、编词典、办学报，都火烧眉毛般地着急推进。这是另一种逻辑的启动，我们也就随之从农村回到了上海。

上海戏剧学院遇到的第一件好事，是抽调专家去编《辞海》。抽到的第一个人，恰恰是张可老师。她当然合适，《辞海》里的很多条目都能够参与。

接下来的事情就分好几个等级了。复课招生是第一等，既热闹，又有点儿权；编学院里的专业教材是第二等；与外校一起编通用教材是第三等；到外校去编我们学院用不着的教材是第四等。我分到的是第四等，到复旦大学去编我们学院用不着的教材。第四等倒无所谓，比较麻烦的

319

是复旦大学太远，去一趟要换好几路车，没人想去。我同意去，是另有所图，想利用复旦大学图书馆的外文书库来充益我已经独自悄悄在编的教材《世界戏剧学》。

从我们学院到复旦，我看到教育恢复的势头十分振奋。有趣的是，所有的造反派骨干成员，全都置身在这个势头之外，他们气鼓鼓地等待着一场"反击"运动。复旦大学中文系的教师们举出一个姓吴的造反派元老，作为典型例证。

那天我回学院，看到教育楼的红砖外墙上新贴出一条标语：

不要资产阶级文痞，
宁要无产阶级文盲。

这种标语在"文革"中看得多了，但这次，显然是针对着教育恢复的势头来的。

我历来不怕极左派，现在更不怕了，就立即在标语边贴了一张纸条，在当时叫"戳一枪"。我写的是：

上海流氓总把别人说成流氓，
上海的文痞也是一样。

写完，签上自己的名字。刚贴出，就围着很多人在看，表情兴奋。可见，社会气氛已变。当天下午我还在那里转悠，看到张可老师也来了，她又把我拉到路边，说："那一枪，很准。"

我说："看了那么多年，发现破坏文化的，都是文人。他们是真正的文痞。"

张可老师说："这我早就知道。但文痞很滥，你要小心。"

我说："不怕他们。"

果然，第二天下午，在我贴纸条的下方，一条新标语又出现了：

警惕老保翻案！

我又在这条标语边"戳一枪"：

天地大案尚未审，

何人翻案未可知。

这次我干脆署名为"老保大山"。这是当年造反派封我的，"保皇派"、"三座大山之首"，我把它们合在一起了。这条标语贴出后，他们不再来闹，可见形势确实变了。

这事的两年之后，他们发动了全国性的反击，叫作"反击右倾翻案风"。但不到一年，"四人帮"被逮捕了，天佑中华。

其间事情太多，不去写了。我只记得，自从那次在教育楼标语前讨论"文痞"之后，一直没有见到张可老师。偶尔想起，估计她还在编《辞海》，什么时候有空，应该去拜访。但是一直没有找到有空的时间，而且我也始终没问过她住在什么地方。

就这样，又过了三年，我遇到了一件与她有关的事。

这件事，让我一时目瞪口呆。

七

一九七九年春天，我在学院资料室里翻阅北京的一本学术杂志，发现一篇用中西比较方法研究《文心雕龙》的文章，心中一喜，却不知道作者王元化是什么人。当时正好有一家上海报纸向我约稿，就写了篇读后感寄去。没想到，几天后报社的编辑亲自来到我家，满脸抱歉。

"感谢您终于为我们报纸写了专文，而且写得那么好。但是，这篇文章暂时还不能发表。"编辑说。

"为什么？"我笑着问，因为这是第一次遇到退稿。

"原因只有一条，王元化的历史问题还没有结论。学术杂志发表他的论文可以，但我们报纸……"

"王元化究竟是谁？"我问。

"您写了文章还不知道他是谁？"编辑十分惊讶，"我们编辑部还以为，是因为您与他爱人同在一个学院的关系呢。"

"他爱人在我们学院？"我好奇极了。

"张可嘛！您真的不知道？"

"啊！"这下我倒真是发呆了。

我从椅子上站起来，在房间里走了几步，又到窗口站了一会儿，回想着张可老师与我交往的点点滴滴。她怎么一点儿也没有吐露，而我怎么一直也没有追问一句？

这就是中国人的师生伦理。好像学生不应该去揣测老师的家庭生活，更不应该随便打听。结果，代代传承，变成习惯，连想也不会去想了。

我怀着慌乱的心情，去找了那次在乡下向我暗示张可老师有"传奇"的胡导老师。胡导老师听我一问，就把隔壁办公室的薛沐老师也叫来了。

他们都是见多识广的长辈，兴致勃勃地轮番叙述着，让我知道了这篇文章前面写到过的张可老师的历历往事。她宁肯退党也不愿意改变婚姻，正因为有这位丈夫王元化。

但是，在退党事件后没几年，王元化被牵涉进了"胡风案件"，因为他是新文艺出版社的总编辑，与诗人胡风有业务交往。由于案件快速膨胀，他被逮捕入狱。那时张可才三十出头，不仅对蒙冤入狱的丈夫不离不弃，而且还处处寻找经常变动的关押地点，又不断地向各个相关部门上访诉冤。王元化出狱后没有单位，没有工资，精神又有点儿失常，全靠张可一人撑持着照顾。一年年下来，直到眼下，形势才有所变化，王元化可以在学术杂志上发表论文了……

我听了两位长辈的叙述，非常激动。张可老师给人的一个个"惊讶"早已叹为观止，没想到还在不断增加。这中间，还夹带着我自己的一个惊讶。就在我们下乡劳动的那些日子，她仍然处于为丈夫上访、为丈夫治病的过程中。我哪能想象，那顶挤在老太太和羊窝之间的白帐里，兜藏着中国女性最贞淑的品质，最坚毅的心灵。

外面，一天一地都是黑夜、暴雨和泥泞，而那顶小小的帐子，却是如此洁白无瑕。

我托请《辞海》编写组的一个年轻工作人员打听，张可老师什么时候会回学院一次。打听到了，那天我就守在我们经常聊天的那个路口。

果然，她来了。

毕竟是"文革"之后的第一次见面，千言万语不知从哪儿开头。我突然觉得不如"中心突破"，一开口就说了对王元化先生文章的评价，并为他终于能发表文章而高兴。

张可老师的表情很吃惊，连问我怎么全都知道了。我正支支吾吾，她又拉着我的衣袖到一边，轻声说："他到现在还没有平反，但从种种消息看，快了。平反后一定请你到我们家去长谈。"

"为什么要等到平反才去？王元化先生什么时候有空，我随即登门拜访。"我说。

"他呀，什么时候都有空。"她笑得很开心。

我们又聊了很多话，临别时，她又说："我一定把你对文章的评价立即告诉他。"

过了三天，与张可老师一起在编《辞海》的柏彬老师找到我，交给我一封厚厚的信。拆开一看，署名是王元化。

王元化先生详尽地叙述了以前如何在张可老师那里一次次听说我的过程，然后郑重约请我去他家一聚。在长信的最后他写了一段话：

> 秋雨，尽管身边还有大量让人生气的事，但我可以负责地说，就学术文化研究而言，现在可能正在进入本世纪以来最好的时期。

这段话让我感动，因为写的人还没有获得平反。

收到信的第二天，我就按照地址找到了他们家。是在淮海中路新造的一幢宿舍楼里，按当时上海的居住水准，已经算是不错的了。他们是新搬进去的，我想，既然上面有了给他们分房的举动，平反的事可能真的不远了。这在中国官场，叫作"正在走程序"。

张可老师一见我乐坏了，忙忙颠颠地端茶、送点心。他们家里雇了一个头面干净的老保姆，张可老师说："她是你的同乡，余姚人。"老保姆用余姚话与我打过招呼，就去忙饭菜了。

王元化先生坐在我边上，说："开头要说的话都写在那封信里了，今天开门见山吧。你读了这篇文章没有？"他拿起一本杂志放在我眼前，我一看，是李泽厚的《论严复》。

"我觉得这一篇，比他五十年代发表的《谭嗣同研究》写得好，尽管那篇资料收集得更细致。"王元化先生说。

张可老师一听，立即嗔怪起来："人家秋雨那么远的路赶过来，茶都没有喝一口，一下子就谈得那么严肃！"说着就拐身到厨房里去了。

我就与王元化先生谈李泽厚。我说王元化先生有眼光，这几年李泽厚进步很大，远超自己的五十年代。尤其是他以康德为背景的美学理论，已经把朱光潜、宗白华比下去了。

王元化先生睁大眼睛看着我，估计他会把朱光潜看得更高一点儿。但他还没有开口，张可老师已经在招呼吃饭了。

菜不多，但很精致。张可老师不断地往我的盘里夹菜，自己几乎不怎么吃。他们家的饭碗很小，我几口就吃完了，张可老师忙着一次次添，添完又夹菜。连王元化先生看了也觉得有点儿过分了，不断笑着说："让秋雨自己来，自己人不用太客气。"

我看着张可老师，想起在烂泥小屋我们一起吃盐豆五个月，想起她在老祠堂把草扎肉让给我……她似乎也想起了什么，对王元化先生说："秋雨像骆驼，可以吃很多，也可以饿很久。"

吃完饭，王元化先生一挥手，要我到隔壁房间谈学问。张可老师向我一笑，说："你们谈学问我就不参与了。"

乍听这话像家庭妇女，但我分明记得，在农村，她一直在给我谈学问啊，而且谈得那么好。

与王元化先生谈了一会儿我就发现，他此刻浑身蕴藏着一个被废黜已久的学者对于学术交谈的强烈饥渴。反过来，他的知识结构又让我

325

不无惊喜。他出事，是在二十世纪五十年代前期，那时，中国在文化领域的极左思潮还没有形成气候。等到他被羁押之后，社会上倒是越来越"左"了，他已经没有权利投入，因此也就保持了一份特殊的纯净。

为此，我们两人决定多谈几次。

在第一次拜访之后，我又在一个月里三次重访。为了谈得长一点儿，我一般都是下午二时去，不要与晚饭靠得太近。张可老师还是不参与，只是与老保姆一起，在厨房准备点心和晚饭。大概在三点半，点心就端出来了，四个煎馄饨，或一小碗酒酿圆子。

通过几次长谈，我大体领略了王元化先生的知识结构。

由于父亲是教师，他小时候住在清华园，"那里连鞋匠都讲英文"，因此有不错的西学背景。原是基督徒，后来加入共产党，较多的时间着力于对革命思想的传播。虽然没有出国留学的经历，也没有安心求学的可能，但对十八、十九世纪欧美的文化思潮都大致了解，又更多地受到俄国别林斯基、丹麦勃兰兑斯和法国罗曼·罗兰的影响。

"胡风事件"使他改变了文化道路。从监狱释放后，他随妻子张可研究了莎士比亚，自学了黑格尔哲学，又把《文心雕龙》作为理论解析的中国标本。这使他从一个文化评论者转化为专业研究者。

他文化视野的下限，大概止于德国社会学家麦克斯·韦伯，这也是"文革"结束后几年他看书自学的。由于年龄的制约，他不可能学得更多。因此，在几次长谈中，他非常仔细地向我询问了弗洛伊德的学说，荣格所代表的文化人类学，接受美学，以及由卡夫卡起头的现代派文学，以萨特为代表的存在主义文学。对于其中一些关键的命题和人名，他还询问了英文字母的拼法。但看得出，这一切，基本上都进入不了他的欣赏范围，他也缺少研究的兴趣。因此，他是一个带有十九世纪的文化印记的学者。他的重返，对上海文化界来说，是一种隔代风格的隐约重现，颇为可喜。

在整个长谈过程中，我一直等待着张可老师的出现。我暗想，即使在学术上，张可老师也会产生一些独特的观点，让王元化先生和我惊喜。但是她一直没有出现，始终在厨房里忙碌。

夏衍曾说："大家都在称赞钱锺书，我却更欣赏杨绛。妻子比丈夫写得更好。"我对张可老师，也有近似的判断。至少在对文学艺术作品的直觉上，她一定强过王元化先生。而这种直觉，来自天性。不错，张可老师应该比王元化先生更靠近无邪天性。

八

终于，我要写出最沉痛的笔墨了。

就在我与王元化先生多次长谈的三个月后，一九七九年六月，张可老师突然在一次会议上脑溢血中风。

她被送到医院，情势十分危急，昏迷十天不醒，半个多月一直处于病危之中。

王元化先生在医院号啕大哭，一遍遍高声呼喊着："我对不起她！我对不起她！"

医院的走廊上，回荡着一个苍老学者撕肝裂胆般的声音。

张可老师虽然暂时挣脱了死神，却像彻底换了一个人。这种情景我不忍描述，一切略懂医学的人都知道。其实，原来的张可老师已经不在了。

不到半年，王元化先生彻底平反。不久，依照他的革命履历，升任为上海市委宣传部部长。

这是一个不小的官职，家里人来人往。张可老师已经不能招待了，躺在床上，眼睛直直地看着窗外的云天，又像什么也没有看。那情景，就像一尊卧姿的汉白玉雕塑。

我想，这位传奇女性又出现了一个令人震撼的"惊讶"拐点：在苦苦陪伴了半辈子的丈夫终于要恢复名誉的关键时刻，她走入了另一个空间。

就像在一九四九年，在终于要昂首阔步的关键时刻，她走入了另一个空间。

九

对于王元化先生担任上海市委宣传部部长，我在高兴过后，更多的是担心。因为，他与这个社会已经脱离太久。

那天有通知下达，新任的市委宣传部部长要向全市各单位的宣传干部作一场报告，地点在淮海中路的社会科学院。我因为心中挂念，也赶去了。

我到现场一看，就知道大事不好。坐在会场前十排的，全是农民打扮，是郊区十县赶来的，因为路远，出发早，就先到了。城里的宣传干部坐在后面，主要是工厂、街道来的，那个时期还整体贫困，都极其朴素。所有来听讲的宣传干部，每人都拿着一本土黄纸封面的"工作手册"，准备记录。

王元化先生那天的讲题是"现代市民的理论素养"，讲得很好，具有学术高度，但他没想过这是在给谁讲。出现最多的引文来自恩格斯、黑格尔和罗曼·罗兰，还两次动用了《文心雕龙》里的段落。那么多"工作手册"，几乎一句也没有记下来。

他知道自己讲砸了，越讲越快。在即将结束的时候，他看到了坐在第三排边上的我。一讲完，他为了不想听随从官员尴尬的评语，立即向我走来，并把我拉到了一间小小的休息室。他当着随从官员的面说："我有一件公事和一件私事，要与秋雨商量。"随从官员听说有私事，也就止步了。王元化先生随手关上了休息室的门。

坐下他就说："部里的工作人员事先没有提醒我听报告的对象。"

我想，如果张可老师还像以前一样，事先提醒的一定是她，因为这是第一场报告。失去了张可老师的提醒，王元化先生有点儿乱。但是此刻我必须安慰，便说："这个报告如果在复旦、交大、师大讲，就会很好。"

他笑着摇了摇头，随即回到正题，说："先商量公事。我上任后连续收到一个匿名者的三次揭发，说巴金参加过上海的'文革'写作组。这事让我挠头，因为巴金太重要。"

我说："这里存在着词语误读。"

"词语误读？"他让我讲下去。

我说："按照正常词语，写作组是几个人聚在一起写文章，但在'文革'中就不对了。那时流行小词语，连最高权力机构'中央文革'都叫小组，下面跟着来，结果上海市政府也就变成了工业组、农业组、公交组、财经组等等，其实都是一个个大系统。写作组是指当时全市文化宣传教育系统，与那些组并列。"

"那为什么不叫文化组、宣传组？"他问。

"因为毛泽东断言文化宣传系统是阎王殿，谁也不敢了。"我说。

这下新任宣传部部长笑了："哦，果然有词语误读。这在中外历史上比比皆是。"

我想，由于张可老师挡除了一切风雨，使得王元化先生长期隔绝世事，心地如此单纯，居然对那样的匿名信也有点儿相信了。我说："巴金在'文革'中受尽迫害，最后被收留在写作组系统独自翻译赫尔岑，有什么问题？按照匿名信的逻辑，连张可老师也编过'文革辞海'呢！我肯定，匿名揭发者是一个迫害狂，当年迫害巴金留下了劣迹，所以要再度迫害，把水搅浑。"

王元化先生说："你说到迫害狂，那就可以引出我的私人问题了。你们戏剧文学系有一个很坏的教师，在'文革'中负责张可的专案审查。一次次逼问张可，威胁张可，没完没了，成了我家的恐怖梦魇。现在我看到张可躺在床上这个样子，很想为她出口气，在哪篇文章中提一提这个教师的名字，你看可以吗？"

我连忙问这个教师的名字，一听，就傻了。

这个人一直躲躲闪闪，几乎被所有人厌烦，包括造反派掌权者。从来没有听说过他在负责什么专案审查，而且张可老师也根本不属于戏剧文学系。我立即断定，这是一个单人作案的诈骗事件，单位里没有第二个人知道，却对张可老师造成那么大的伤害。其实，那个不断揭发巴金的匿名者，也是这样的人。

但是王元化先生为了张可老师，要在文章中提到那个教师的名字，我认为万万不可，因为那会产生"佛头着粪"的恶果。高贵永远无法对付卑鄙，圣贤永远无法对付虫豸。一对付，反而抬举了对方。这很无奈，实在是人世间巨大的悲哀，君子们难逃的宿命。

听了我的劝说，王元化先生同意了，不在文章中提那个人的名字。

那天与王元化先生分手后，我一路在想，以前一直认为张可老师总算在"文革"中大致平安，现在才知道并非如此。祸害的来源不去说它了，只觉得张可老师这一生，真是一天也不得消停。人世间的每一个磨难都不放过她，而且一个一个都咬得那么紧。

她来不及诉说，也不想诉说。此刻不能讲话了，只能让所有的凄楚和苍凉，全然消失于天地之间。

但是，未必全然消失。因为她有一个能够用笔来追踪天下善恶的学生。

我一直想找王元化先生好好谈谈张可老师，然后写点儿什么。

在这么大的城市当宣传部部长确实太忙了，找不出成块的时间。好不容易等到他离休，他、黄佐临、谢晋、我，成了上海市四大文化顾问，经常见面讨论。但四个人一聚，我眼花了。黄佐临和谢晋我也想写一写，借以唤醒上海文化的自尊。而且，因为他们两人的作品大家都知道，写起来也会比较顺手。最难写的是张可老师，我把她放到最后，因此没有在那个时候打扰王元化先生。

后来，国际大专辩论赛邀请王元化先生、我与哈佛、耶鲁的两位教授一起，担任"四人总评委"，中间空闲的时间比较多，我开始不放过王元化先生了。

王元化先生说："由你的文笔来写张可，就会成为一座纪念碑。"

大概在两个月后，我送去了《长者》文稿。

王元化先生看后，立即通知我到衡山饭店找他。

这是衡山饭店朝西的一间不大的客房，王元化先生在这里生活和工作。这是怎么回事？王元化先生说："发生了一些不愉快的事，是一个企业家为我租这间房的。"

什么"不愉快的事"？他不说，我也不问。这就像当年对张可老师，她不说，我都不问。胡导老师说，这是"地下工作的规则"。

王元化先生从抽屉里拿出我的《长者》文稿，我以为他要提一些修改意见，却不是。他郑重地对我说："能不能在你的文章中留出一个不大的篇幅，说说我对张可的评价？"

当然可以。而且，这样也增加了这篇文章的分量，我太高兴了。但是我还不太明白，为什么一个很能动笔的丈夫，要把自己对妻子的评价放在别人的文章里？

王元化先生解释道："如果由我自己写一篇文章，只能是丈夫对妻子的回忆，容易陷入过程性叙述，会显得一般。出现在你的文章中就有了第三者的目光，而且，你的文章拥有最多的读者，我不妨借一把力，把事情做得隆重一点儿。但是你最好标明一下，文章中这一段是以我的名义写的，也算是我自己的一份纪念。"

这就清楚了。我就问："你的评价，是你亲自写，还是我派人来记录？"

他说："我亲自写。"

"几天？"我问。

"三天。"他说。

三天后，我又去了衡山饭店。一敲门，门立即就开了，开门的王元化先生，手上拿着几页文稿。

下面，就是王元化先生为张可老师写的几段文字。我数了数，共约一千二百个字——

张可，一九二〇年十二月出生于苏州一个书香世家，受良好早期教育。十六岁时考进上海暨南大学，这是一所拥有郑振铎、孙大雨、李健吾、周予同、陈麟瑞等教授的大学，学风淳厚。一九三八年十八岁时加入中国共产党，从此全力投身革命。大学毕业后主要在上海戏剧界从事抗日活动，自己翻译剧本、组织小剧场演出，还多次亲自参加表演。结识比她早参加共产党的年轻学者王元化。

抗战初年在一次青年友人的聚会中，有人戏问王元化心中的恋人，王元化说："我喜欢张可。"张可闻之不悦，质问王元化什么意思，王元化语塞。八年抗战，无心婚恋，抗战胜利前夕，有些追求她的人问她属意于谁，张可坦然地说："王元化。"

以基督教仪式结婚。其时王元化在北平的一所国立大学任教，婚后携张可到北平居住。但张可住不惯，说北平太荒凉，便又一起返回上海。

一九四九年五月上海解放，这两位年富力强而又颇有资历的共产党人势必都要参加比较重要的工作，但他们心中的文学寄托，在于契诃夫、罗曼·罗兰、狄更斯、莎士比亚，生怕复杂的人事关系、繁重的行政事务和应时的通俗需要消解了心中的文学梦，再加上已有孩子，决定只让王元化一人外出工作，张可脱离组织关系。

因胡风冤案牵涉，一九五五年六月王元化被隔离，还在幼儿园小班的孩子张着惊恐万状的眼睛看着父亲被拉走。关押地不断转换，张可为寻回丈夫，不断上访。王元化被关押到一九五七年二月才释放。释放后的王元化精神受到严重创伤，幻听幻觉，真假难辨，靠张可慢慢调养，求医问药，一年后基本恢复。当时王元化没有薪水，为补贴家用，替书店翻译书稿，后又与张可一起研究莎士比亚，翻译西方莎学评论。张可还用娟秀的毛笔小楷抄写了王元化《论莎士比亚四大悲剧》和其他手稿。

三年自然灾害期间，王元化曾患肝炎，张可尽力张罗，居然没有让王元化感到过家庭生活的艰难。"文革"灾难中，两人都成为打击对象，漫漫苦痛，不言而喻。

"文革"结束之后，王元化冤案平反在即，一九七九年六月，张可突然中风，至今无法全然恢复。

一九七九年十一月，王元化彻底平反，不久，担任上海市委宣传部门主要领导职务。

王元化对妻子的基本评价："张可心里似乎不懂得恨。我没有一次看见过她以疾言厉色的态度对人，也没有一次看见过她用强烈的字眼说话。总是那样温良、谦和、宽厚。从反胡风到她得病前的二十三年漫长岁月里，我的坎坷命运给她带来了无穷伤害，她都默默地忍受了。人遭到屈辱总是敏感的，对于任何一个不易察觉的埋怨眼神，一种悄悄表示不满的脸色，都会感应到。但她却始终没有这种情绪的流露，这不是任何因丈夫牵连而遭受磨难的妻子都能做到的，因为她无法依靠思想或意志的力量来强制自然迸发的感情，只有听凭仁慈天性的引导，才能臻于这种超凡绝尘之境。"

王元化又说："当时四周一片冰冷，唯一可靠的是家庭。如果她想与我划出一点儿界限，我肯定早就完了。"

我把王元化先生亲笔写下的这篇千字文放在《长者》的第六节，说明是他亲笔所写，并用楷体字排出，区别于其他文字。文章收入书中后，王元化先生写来一封信深表感谢。他说，张可老师已经不可能阅读，他分三次把我的长文读给张可老师听，张可老师躺在床上似听非听，但眼角有泪。王元化先生要我再送十本书过去，后来，又要了四本。

我建议朋友们再读一遍王元化先生所写千字文的最后两段，也就是从"张可心里似乎不懂得恨"，读到"如果她想与我划出一点儿界限，我肯定早就完了"。

我在读了好几遍后认定，这是王元化先生毕生最好的文字。一个孤独了的丈夫吐露的生命秘密，正是人类的秘密。

不错，人很脆弱。不管多高的官职，多大的财富，多深的学问，多广的人脉，毁灭都轻而易举。毁灭的前兆，是亲情的断裂，也就是在突然恶化的环境中打量身旁的眼神，却失望了。

王元化先生的切身感受是，在这个过程中，无论是救助者还是被救助者，思想和意志都帮不上忙，唯一的希望，是仁慈的天性。

因此，人生在世，必须寻找这样的人。

同时，寻找自己内心的仁慈天性。

简单说来，寻找"张可"，或成为"张可"。

——幽幽长者，娉娉吾师，已成寓言。

二〇一七年一月

仰望云门

一

近年来，我经常向大陆学生介绍台湾文化。

当然，从文化人才的绝对数量来说，大陆肯定要多得多，优秀作品也会层出不穷。但是，从文化气氛、文化品行等方面来看，台湾有一个群落，明显优于大陆文化界。我一直主张，大陆在这方面不妨谦虚一点儿，比比自己到底失去了什么。

我想从舞蹈家林怀民说起。

当今国际上最敬重哪几个东方艺术家？在最前面的几个名字中，一定有林怀民。

真正的国际接受，不是一时轰动于哪个剧场，不是重金租演了哪个大厅，不是几度获得了哪些奖状，而是一种长久信任的建立，一种殷切思念的延绵。

林怀民和他的"云门舞集"，已经做到这样。云门早就成为全世界各大城市邀约最多的亚洲艺术团体，而且每场演出都让观众爱得痴迷。云门很少在宣传中为自己陶醉，但亚洲、美洲、欧洲的很多地方，却一直被它陶醉着。在它走后，还陶醉。

其实，云门如此轰动，却并不通俗。甚至可说，它很艰深。即使是国际间已经把它当作自己精神生活一部分的广大观众，也必须从启蒙开始，一种有关东方美学的启蒙。对西方人是如此，对东方人也是如此。

我觉得更深刻的是对东方人，因为有关自己的启蒙，在诸种启蒙中最为惊心动魄。

但是，林怀民并不是启蒙者。他每次都会被自己的创作所惊吓：怎么会这样！他发现当舞员们凭着天性迸发出一系列动作和节奏的时候，一切都远远超越事先设计。他自己能做的，只是划定一个等级，来开启这种创造的可能。

舞者们超尘脱俗，赤诚袒露，成了一群完全洗去了寻常"文艺腔调"的苦行僧。他们在海滩上匍匐，在礁石间打坐，在纸墨间静悟。潜修千日，弹跳一朝，一旦收身，形同草民。

只不过，这些草民，刚刚与陶渊明种了花，跟鸠摩罗什诵了经，又随王维看了山。

二

罕见的文化高度，使林怀民有了某种神圣的光彩。但是他又是那么亲切，那么平民，那么谦和。

林怀民是我的好友，已经相交二十多年。

我每次去台湾，旅馆套房的客厅总是被鲜花排得满满当当。旅馆的总经理激动地说："这是林先生亲自吩咐的。"林怀民的名字在总经理看来，如神如仙，高不可及，因此声音都有点儿颤抖。不难想象，我在旅馆里会受到何等待遇。

其实，我去台湾的行程从来不会事先告诉怀民，他不知是从什么途径打听到的，居然一次也没有缺漏。

怀民毕竟是艺术家，他想到的是仪式的延续性。我住进旅馆后的每一天，屋子里的鲜花都根据他的指示而更换，连色彩的搭配每天都有不同的具体设计。他把我的客厅，当作了他在导演的舞台。

"这几盆必须是淡色，林先生刚刚来电话了。"这是花店员工在向我解释。我立即打电话向他感谢，但他在国外。这就是艺术家，再小的细节也与距离无关。

他自家的住所，淡水河畔的八里，一个光洁如砥、没有隔墙的敞然大厅。大厅是家，家是大厅。除了满壁的书籍、窗口的佛雕，再也没有让人注意的家具。怀民一笑，说："这样方便，我不时动一动。"他所说的"动"，就是一位天才舞蹈家的自我排练。那当然是一串串足以让山河屏息的形体奇迹，怎么还容得下家具、墙壁来碍手碍脚？

离住家不远处的山坡上，又有后现代意味十足的排练场，空旷、粗粝、素朴、实用。总之，不管在哪里，都洗去了华丽繁缛，让人联想到太极之初，或劫后余生。

这便是最安静的峰巅，这便是《吕氏春秋》中的云门。

三

面对这么一座安静的艺术峰巅，几乎整个社会都仰望着、佑护着、传说着、静等着，远远超出了文化界。

在台湾，政治辩论激烈，八卦新闻也多，却不会听到有什么作家、艺术家受到了传媒的诬陷和围攻。这几乎是不可能的事，因为传媒不会这么愚蠢，去伤害全民的精神支柱。林怀民和云门，就是千家万户的"命根子"，谁都宝贝着。

林怀民在美国学舞蹈，师从葛兰姆，再往上推，就是世界现代舞之母邓肯。但是，在去美国之前，他在台湾还有一个重要学历。他的母校，培养过大量在台湾非常显赫的官员、企业家和各行各业的领袖，但在几年前一次校庆中，由全体校友和社会各界评选该校历史上的"最杰出校友"，林怀民得票第一。

这不仅仅是他的骄傲。在我看来，首先是投票者的骄傲。

在文化和艺术面前，这次，只能委屈校友中那些官员、企业家和各行各业的领袖了。其实他们一点儿也没有感到委屈，全都抽笔写下了同一个名字。对此，我感慨万千。熙熙攘攘的台北街市，吵吵闹闹的台湾电视，乍一看并没有什么文化含量，但只要林怀民和别的大艺术家一出来，大家霎时安静，让人们立即认知，文化是什么。

记得美国一位早期政治家 J. 亚当斯（John Adams，1735—1826）曾经说过：

> 我们这一代不得不从事军事和政治，为的是让我们儿子一代能从事科学和哲学，让我们孙子一代能从事音乐和舞蹈。

作为一个政治家的亚当斯我不太喜欢，但我喜欢他的这段话。

我想，林怀民在台湾受尊敬的程度，似乎也与这段话有关。

四

有一件事让我再一次想起了这段话。中国国民党荣誉主席连战先生首度访问大陆，会见了大陆的领导人。他夫人写了一本记录这一重大政治事件的书，由连战先生亲自写了序言。但是，他们觉得在这个序言前面还要加一个序言，居然邀请我来写。他们对我并不熟悉，只知道政治职位上面，应该是无职位的文化。结果，这本书在大陆出版时，大家怎么也想不明白这个奇怪的排位。

同样让我想起亚当斯这段话的，还有台湾的另一位文化巨匠白先勇。

白先勇是国民党名将白崇禧的爱子，但是，他对政治背景的不在意，已经到了连别人都不好意思提及。他后来也写过一本书《父亲和民国》，笔调平静而简洁，丝毫没有我们常见的那种"贵胄之气"。

二十几年前海峡两岸还处于极为严峻的对峙状态，但白先勇先生却超前来了。不是为了寻亲，不是为了纪念，也不是为了投资，而是只为文化。他的《游园惊梦》在内地排演，由俞振飞先生担任昆曲顾问，由我担任文学顾问。这一来，他就读到了我的文章。

他把我的文章，一篇篇推荐给台湾报刊。台湾报刊就把一笔笔稿酬寄给他，让他转给我。但他当时还在美国西海岸的圣塔芭芭拉教书，而那时美国到中国的汇款还相当不便。他只能一次次到邮局领款，把不整齐的款项凑成整数，然后再一次次到邮局寄给我。

我至今还保留着他寄来的一大堆信封，上面密密麻麻地写着收汇人和寄汇人的复杂地址，且以中文和英文对照。须知，这可是现代世界最优秀的华人作家的亲笔啊，居然寄得那么多，那么勤，那么密。两岸的政治对立，他自己的政治背景，全被文学穿越。

我二十多年前第一次去台湾，就是白先勇先生花费巨大努力邀请的。

他看到了我写昆曲的一篇文章，那篇文章以明代观众痴迷昆曲的人数、程度和时间，来论证昆曲是全世界的一个重要戏剧范型。白先生对这篇文章极为赞赏，让我到台湾发表演讲。这也算是内地学者的"第一次"吧，一时十分轰动又十分防范，连《中国时报》要采访我都困难重重。

一天晚上，听说《中国时报》派了一名不能拒绝的重要记者来了。我一看，这名"记者"不是别人，而正是白先勇先生。那个晚上，他真像记者一样问了我很多问题，丝毫没有露出他既是文学大家又是昆曲大家的表情。第二天，报纸上刊登他采访我的身份，竟然是"特约记者"，这真让我感动莫名。

对于地位高低，他毫不在乎；对于艺术得失，他绝不让步。

对于我的辞职，他听了等于没听。但有一次他不知道从哪儿听来传言，说我有可能要"搁笔"了，便立即远道赶到上海，在我家里长时间坐着，希望不是这样。

那夜他坐在我家窗口，月亮照着他儒雅却已有点儿苍老的脸庞。我一时走神，在心中自问：眼前这个人，似乎什么也不在乎，却那么在乎文学，在乎艺术。他，难道就是那位著名将军的后代吗？

但是我又想，白崇禧将军如果九天有知，也会为他的后代高兴，因为这符合了那位美国将军亚当斯的构思。

五

从林怀民先生在旅馆里天天布置的鲜花，到白先勇先生以记者的身份对我的采访，我突然明白，文化的魅力，就在于摆脱名位，摆脱实用，摆脱功利，走向仪式。

只有仪式，才能让人拔离世俗，上升到千山肃穆、万籁俱静的高台。

有人问我："台湾文化最重要又最难以模仿的亮点是什么？"

我回答："仪式。那种融解在生活处处的文化仪式。"

从四年前开始，台湾最著名的《远见》杂志作出一个决定，他们杂志定期评出一个"五星级市长"，作为对这个市长的奖励之一，可以安排我到那个城市作一个文化演讲。可见，他们心中的最高奖励，还是文化。

这样的事情已经实行了很多次，每当我抵达的那天，那个城市满街都挂上了我的巨幅布幔照片，在每个灯柱、电线杆上飘飘忽忽，像是我要竞选高位。我想，至少在我演讲的那一天，这座城市进入了一个文化仪式。直到我讲演完，全城的清洁工人一起动手，把我的巨幅布幔照片一一拉下、卷起，扔进垃圾堆。

扔进垃圾堆，是一个仪式的完满终结。终结，是为了开启新的仪式。

我在台湾获得过很多文学大奖，却一直没有机会参加颁奖仪式。原因是，从评奖到领奖，时间很短，我的签证手续赶不上。但终于，二〇一一年，我赶上了一次。

先有电话打来，通知我荣获"桂冠文学家"称号。光这么一个消息我并不在意，但再听下去就认真了。原来，这是台湾对全球华语文学的一种隆重选拔，因此这次的评委主任是新加坡作家协会原主席、新加坡国立大学中文系主任王润华教授。设奖至今几十年，只评出过四名"桂冠文学家"，我是第五名。前面四名中，两位我认识，那就是白先勇先生和高行健先生，其他两位已经去世。

颁奖仪式在元智大学，要我作获奖演讲。然后，离开会场，我领到一棵真正出自南美洲的桂冠树，装在一辆车上，由两名工人推着，慢慢步行到栽植处。到了栽植处，我看到一个美丽的亭子，亭子前面的园林中，确实已经种了四棵树，每棵树下有一方自然形态的花岗石，上面刻着获奖者的签名。白先勇先生的签名我熟悉，而他那棵树，则长得郁郁葱葱。我和几个朋友一起铲土、挖坑、栽树、平整。做完，再抬头看看树冠，低头看看签名石，与围观者一一握手，然后轻步离开。

我想，这几棵桂冠树一定会长得很好。白先勇先生当年给我写了那么多横穿地球的信，想把华语文学拉在一起，最后，居然是相依相傍。

六

文化是一种手手相递的炬火，未必耀眼，却温暖人心。余光中先生也是从白先生推荐的出版物上认识了我，然后就有了他在国际会议上让我永远汗颜的那些高度评价，又有了一系列亲切的交往，直到今日。

余光中先生写过名诗《乡愁》。这些年内地很多地方都会邀请他去朗诵，以证明他的"乡愁"中也包括着当地的省份和城市。那些地方知道他年事已高，又知道我与他关系好，总是以我"有可能参加"的说法来邀请他，又以他"有可能参加"的说法邀请我。几乎每次都成功，于是就出现了一场场"两余会讲"。

"会讲"到最后，总有当地记者问余光中先生，《乡愁》中是否包括此处。我就用狡黠的眼光看他，他也用同样的眼光回我。然后，他优雅地说一句："我的故乡，不是这儿，也不是那儿，而是中华文化。"

我每次都立即带头鼓掌，因为这种说法确实很好。

他总是向我点头，对我的鼓掌表示感谢。

顺便他会指着我，加一句："我们两个都不上网，又都姓余，是两条漏网之鱼。"

我笑着附和："因为有《余氏家训》。先祖曰：进得网内，便无河海。"

但是，"两余会讲"也有严峻的时候。

那是在马来西亚，两家历史悠久的华文报纸严重对立、事事竞争。其中一家，早就请了我去演讲，另一家就想出对策，从台湾请来余光中先生，"以余克余"。

我们两人都不知道这个背景，从报纸上看到对方也来了，非常高兴。但听工作人员一说，不禁倒抽冷气。因为我们俩已经分别陷于"敌报"之手，只能挑战，不能见面。

接下来的情节就有点儿艰险了。想见面，必须在午夜之后，不能让两报的任何一个"耳目"知道。后来，通过马来西亚艺术学院院长郑浩千先生，做到了。鬼鬼祟祟，轻手轻脚，见面，关门，大笑。

那次我演讲的题目是反驳"中国崩溃论"。我在台湾经济学家高希均先生启发下，已经懂一点儿经济预测，因此反驳起来已经比较"专业"。

余光中先生在"敌报"会演讲什么呢？他看起来对经济不感兴趣，似乎也不太懂。要说的，只能是文化，而且是中华文化。如果要他反驳"中华文化崩溃论"，必定言辞滔滔。

七

从林怀民，到白先勇、余光中，我领略了一种以文化为第一生命的当代君子风范。

他们不背诵古文，不披挂唐装，不抖擞长髯，不玩弄概念，不展示深奥，不扮演精英，不高谈政见，不巴结官场，更不炫耀他们非常精通的英语。只是用慈善的眼神、平稳的语调、谦恭的动作告诉你，这就是文化。

而且，他们顺便也告诉大家：什么是一种古老文化的"现代形态"和"国际接受"。

云门舞集最早提出的口号是："以中国人作曲，中国人编舞，中国人跳给中国人看。"但后来发现不对了，事情产生了奇迹般的拓展。为什么所有国家的所有观众都神驰心往，因此年年必去？为什么那些夜晚的台上台下，完全不存在民族的界限、人种的界限、国别的界限，大家都因为没有界限而相拥而泣？

答案，不应该从已经扩大了的空间缩回去。云门打造的，是"人类美学的东方版本"。

这就是我所接触的第一流艺术家。

为什么天下除了政治家、企业家、科学家之外还要艺术家？因为他们开辟了一个无疆无界的净土，一个自由自在的天域，让大家活得大不一样。

从那片净土、那个天域向下俯视，将军的兵马、官场的升沉、财富的多寡、学科的进退，确实没有那么重要了。连故土和乡愁，都可以交还给文化，交还给艺术。

艺术是"云"，家国是"门"。谁也未曾规定，哪几朵云必须属于哪几座门。仅仅知道，只要云是精彩的，那些门也会随之上升到半空，成为万人瞩目的巨构。这些半空之门，不再是土门，不再是柴门，不再是石门，不再是铁门，不再是宫门，不再是府门，而是云门。

为此，我们应该再一次仰望云门。

文化的替身

在没有发生战争的情况下，一座城市在不长的时间内突然失去了文化重量，这种情形，在世界历史上都极为罕见。

我有幸，亲身经历了。

一九八七年，我还在担任上海戏剧学院的领导职务，接到通知，让我暂时搁置手上极为繁忙的工作，到北京接受一项秘密任务。

秘密任务？这对我来说很不习惯，一路上思考着躲避的借口。到了北京才知道，是参加一次很高级别的文化评选。

文化评选为什么变成了秘密任务？有关官员告诉我，这与诺贝尔奖的评选程序需要保密一样。我们这次要评选的，是每个文化艺术领域中的"首席"，将会由国家领导人亲自在人民大会堂颁布。由于领域划分很大，每个领域只评出一个，很多领域可以空缺。这样的评选，如果公开了，会造成各省、各部门多大的竞争？可以想象竞争的理由都会非常充分，却很可能在吵吵嚷嚷间把事情拖垮了。因此，保密很要紧。

既要实行保密，又要维持规格，因此评选专家很少。北京的评选专家由王朝闻先生领头，外地的评选专家由我领头。

与王朝闻先生结识是一件高兴的事。他已经仔细阅读过我的四部学术著作，而我，则称赞他为"老革命中艺术感觉最健全的人"。

这次评选，有一个很不错的工作班子，他们在整体保密的前提下做了很多民意测验，又搜集了海内外的评价资料。对于一些德高望重的文化老人，也上门进行咨询。因此，在我到达北京的第二天，就可以开始工作了。

因为要评选的是各大文化领域的"首席"，必须人所共知，形成候选名单并不困难。我看到，领头四大领域的第一候选人，确实很难动摇——

文学：巴金。

音乐：贺绿汀。

美术：刘海粟。

电影：谢晋。

比较麻烦的是戏剧领域了。

第一麻烦是：戏曲和话剧要不要分开来评。按照"大领域"的宗旨，应该合在一起评出一个，但戏曲剧种有一百七十多个，知名演员一大堆，如果全部由话剧囊括，似有不妥。因此，我和王朝闻先生一致决定，分开。也就是说，戏曲评一人，话剧评一人。

这就带出了第二个麻烦。话剧的第一候选人不是一个，而是两个：曹禺、夏衍。曹禺当然重要，但夏衍曾与田汉一起，对中国戏剧的发展起到了引领作用。田汉已经去世，夏衍就具有了极高的代表性。

那就先解决第一个麻烦，戏曲领域选谁呢？在梅兰芳、周信芳已经去世的情况下，几乎没有异议的，只有俞振飞。即使在矛盾重重的京剧界，对他也是共同敬重。

面对第二个麻烦，即话剧领域的曹禺和夏衍很难定夺。我们的工作班子拜访了这两位老人，想听听他们自己的意见。工作班子回来后说，两位老人都很谦虚，都不想被选。这是意料之中的，而且工作班子几乎同时收到了他们的亲笔信。

曹禺在信中说："戏剧是一门综合艺术，编剧只是起点，真正的戏剧大师应该是导演。中国导演素称'北焦南黄'，现在焦菊隐先生已经离世，应该评选黄佐临先生。"

夏衍在信中写道："一个生气勃勃的国家，千万不可以把一个五十年没写过剧本的编剧评为戏剧大师。我心中的戏剧大师是黄佐临。"

两位老人都推荐了同一个人，麻烦解决了。

第二天再开会，王朝闻先生笑了。他说："我在今天起床前突然想起，我们要评选的这一些首席大师，居然全在上海！"

"啊？"这下我也惊讶了。这些天我们想来想去，居然完全没有考虑到地域。如果一次国家级的评选结果全在上海，我这个来自上海的评选专家就太有嫌疑了。因此我再一次拿起名单，希望有所调整。

我喃喃地念着："文学，巴金，上海；音乐，贺绿汀，上海；美术，刘海粟，上海；电影，谢晋，上海；戏曲，俞振飞，上海；话剧，黄佐临，上海。"我凝视再三，实在找不出可以调整的缝隙。

王朝闻先生看我着急的样子，说："你不必过于担忧，这是一座城市的骄傲，证明直到今天，中国文化艺术的中心，还稳稳地坐落在上海。就像佛罗伦萨对于意大利，法兰克福对于德国。至于上级要做什么样的全局考虑，那就由他们调整吧。"

我离开北京回到上海，还一直为这件事苦恼着。"全在上海"，这在全国民众的心目中会产生什么印象？我觉得一定是负面大于正面。

但是，我的苦恼很快被一个传言解除了。这个传言说，有这么一个评选，每个戏曲剧种都要评一个最高代表人物。于是，北京京剧界有两位脾气很大的老演员一下子激愤异常，扬言："如果评上了那个人，而不是我，我立即跳楼！"

他们还把这句话写成书信，多处投寄。

一个著名京剧老演员跳楼，这事即使仅仅有一丝可能也不可以发生。因此中央领导示意，这个评选活动暂停。

这件三十年前的往事，经常在我心中盘旋。

开始几年，我在期待这个评选活动的重新开始。因为对于一个民族、一个国家而言，首席艺术家是"仅次于上帝的人"。没有这样的人，再发达的社会也终究会是一片精神沼泽。

但是过了几年，我不再期待。原因，恰恰是由于曾让我骄傲过的上海。

居然，那个让我在王朝闻先生面前感到不好意思的名单快速不见了。更让人瞠目结舌的是，上海已经完全无法进入那个名单。大家不妨算一算，现在，在全国的文学、音乐、美术、电影、话剧、戏曲领域，上海在哪个领域能以"首席"进入？

一个不必争论的事实摆在眼前："全在上海"变成了"全无上海"。

如此彻底的颠覆，肯定不是有外人在刻意扼杀。在正常的社会，文化的事谁也扼杀不了，一定是上海文化本身出了大问题。

老一辈艺术家的相继去世，当然是一个原因。但是，在全国各地乃至世界各地，哪里的老人不会相继去世？对文化而言，老人必然会离开，余脉总是会延续，而且往往是"青出于蓝而胜于蓝"。且不说世界了，只说国内，三十年来在文学艺术的各个领域，涌现了很多国际赞誉、全国关注的杰出人物和杰出作品，然而，几乎都不在上海。更麻烦的是，在可以预见的未来，上海似乎也没有出现的可能。

几十年前，我是为上海文化喝彩的第一人。现在事情反了过来，几乎年年月月都要遇到诘问的目光，大家要我分析此中原因。

原因可以写厚厚一本书，这篇短文我预定了长度，因此只是约略说一说。

著名上海史专家唐振常先生对我说，上海是中国近代报刊业的发祥地，因此，"报刊文痞"成了上海文化的特产，也成了上海优秀文化的主要障碍。因为他们懂一点文化，执掌着传播权力，影响着市民取舍，最容易把优秀文化的高度拉下来，甚至拉成哄传街市的负面新闻。对此，老一代艺术家袁雪芬女士曾以自身经历向我反复讲述。后来，社会制度发生变化，这些文痞中的一部分，居然以"评论家"、"杂文家"、"总编辑"、"名记者"的身份出现了。唐振常先生说，就连"四人帮"里的张春桥、姚文元，也是这样的人物。他们表面上也算"文化人"，实际权力又高于文化创造者，与前面所举的文化大师如巴金、贺绿汀等产生了激烈冲突，与刘海粟、谢晋、俞振飞、黄佐临也格格不入。他们居然成了上海文化的主导，幸好后来因为政治斗争而败落在北京。

新时期以来，随着传播技术的突飞猛进，传媒系统更是笼罩住了文化系统。在很大程度上，也就是根据传媒的两项基本职能，即"听令"、"随潮"，从整体上取代了人文价值。主导者，则是传媒间让全国各地都不太喜欢的所谓"海派文人"。

"海派文人"倒不排外，却严重"恐高"，也就是近乎本能地冷落一切超越上海的宏观创造，只习惯于在传媒上摆弄一些"文化小吃"而自鸣得意。前面列举的各领域文化大师，没有一个算得上"海派文人"。"海派文人"对他们，也敬而远之，毫无热情。

如果要再倒算上去，那么，曾经在上海居住的章太炎、王国维、鲁迅、茅盾，都丝毫没有"海派文人"的气息。他们都不喜欢海派，只把上海作为一个暂居之地，却以一种"非上海化"的宏大生存，使上海文化一度变得宏大。但等他们一走，上海又成了"海派文人"的天地了。上海文化，失去了"非上海化"的宏大生存，格局立即变小。

除了"海派文人"的障碍外，上海文化还遇到另一个"行政替代"障碍。那就是，由于上海的经济发展和社会管理的高度有效，对文化也形成了一个周密的行政体制。这个体制带来了前所未有的文化设施、文化资金、文化交流，看起来是一片繁荣，却忘了，文化创造的高贵灵魂，一定不会栖息在豪华的热闹中。

真正的文化创造者要求的，是独立、宁静、自由、安全、尊严，以及在市井热闹中悄然而又傲然地固守文化等级的权利。

文化官员都有学历，也懂文化，但这与创造的核心奥秘还遥不可及。因此，所有的表扬、商讨、笑容、握手，都只是隔靴搔痒。搔得实在太周到、太规范了，创造者只能脱下靴子，赤脚逃走。

简单说来，当那些大师一一谢世之后，上海文化的魂魄被两种"替身"稀释了：传媒的替身和行政的替身。

这个教训，具有普遍意义。

刀笔的黄昏

一

几年前，我应邀为北京大学中文系、历史系、哲学系、艺术学院的部分学生讲授"中国文化史"。讲了一年，最后结束时，应学生要求，增加了一课"临别赠言"。

整整一年，我主要是在讲正面文化。当然也会涉及负面文化，却不系统。好在所有的学生都读过我论述"小人"的长文，知道了这种笼罩几千年的负面人格。

这种负面人格的文化形态，在明清两代和近现代，又有了更激烈、更伪诈的表现，那就是"刀笔文化"。

由于现代"刀笔文化"至今还经常被美化，因此我要把这个论题作为那门"中国文化史"的最后一课。

我告诉学生，"刀笔文化"在中国并无早期根源，只是明、清两代帝王推行"文字狱"，鼓励告发，才由朝廷刀戟带动文化刀戟，培养出一批"文化鹰犬"和"刀笔吏"，入侵文坛。

"刀笔文化"的基本特征，是占领话语高地，攻击一切想攻击的文化创造者。"刀笔文化"在现代文学中产生了严重恶果，那就是：声音很响，作品很少；战士很多，文士很少；一片狞厉，一片寂寥。

我曾向北大学生概括了"刀笔文化"的四项行为逻辑：

一、因进攻而正义。

二、因虚假而激烈。

三、因无险而勇敢。

四、因传媒而称霸。

今天，我要为这些称霸的胜利者，再增添两条后续逻辑，那就是：

五、因欺人而自萎。

六、因畏法而慌乱。

二

先说"因欺人而自萎"。

对此，我曾经做过一个"概率论"的统计，发现百余年来，在文化界，只要是主动发起对同行攻击的文人，不管一时秉持何等堂皇的理由，没有一个能够在君子世界获得正面声誉。如果是作家，甚至是著名作家，在发起攻击之后，就不会再写出真正的杰作，而且也很难延享高寿。

也可能有例外吧，非常希望读者朋友们一旦发现能及时告诉我。

这是什么原因呢？难道冥冥之中确有"文曲星"明察秋毫，及时地给了报应？

我认为，如果真有报应，可能还是出于现世原因。例如——

第一，任何攻击，在发动之时，都必然为了彰显正义而夸张得声色俱厉，但对方并非高官，而只是一个并无防卫能力的作家和学者。因此，产生了火力和目标的严重失衡。这种失衡，必然会带来多数读者内心的反向疑问。

第二，由于被攻击对象总是一个比较有名的文化人，他成为嫉恨的目标，必然是因为有好作品行世，必然有喜欢者、追随者、崇拜者，因此攻击者虽然伪造了一个敌人，却立即拥有了一个庞大的"敌营"。

第三，攻击者也跻身文化界，对以上两点，不可能没有感应，因此在发起攻击之后不能不暗暗设防，处处敏感，生怕自己留下什么漏洞成为别人的话柄，于是，再也没有放松的心情投入创作。

第四，天下人心，厌恶一切打手。对于那些并未遇到侵略而成天剑拔弩张的文人，一般读者可能稍加关注，却不可能产生好感。他们的名字，至多成为茶余饭后的谈资，很快连谈资也挨不上了。

……

还可以列出很多点。但仅仅以上四点就可以说明，为什么"刀笔文化"的参与者总是快速萎谢。

对于这个有趣的规律，我有资格见证，因为我遇到过不少攻击者。

这些攻击者本来也算是不错的文人，有的是研究现代文学的，有的是讲述历史故事的，有的是从国外读了一点书回来的，有的能写剧本，有的还能画画，有的甚至还是财经评论者，不知怎么回事，突然向我发起攻击了。在攻击时，他们一时成名，老少皆知，但只是闹腾一阵，就一一语塞。他们肯定没有遇到任何阻碍，没有遭到任何反驳，却似乎被抽走了元神，泄漏了精气，全都走向了疲沓。

我多么希望其中能有一两个人保持文化品位，什么时候相遇时愉快地向他们请教向我发起攻击的理由。但遗憾的是，他们全都掉落到了底线之下。我如果不计前嫌走上前去，他们只能羞缩而退了。

他们还是他们，但是那个现代文学研究者呢？那个历史故事讲述者呢？那个剧作家呢？那个从国外回来的画家呢？那个财经评论者呢？却找不到了。

这情景，很像吸毒。吸过几次，看起来亢奋健旺，但其实已经成了半个废人。参与"刀笔文化"向同行发起攻击，只需几次，就与吸毒一样，人格毁了大半。

人格既毁，当然也就谈不上文化创作了。

三

再说"因畏法而慌乱"。

"刀笔文化"如果拿到现代法治下来衡量，绝大部分是违法的。多数是侵犯了名誉权，属于民事案件；但也有不少是诬陷诽谤，属于刑事案件了。按照国际间对于在公众媒体上实施诽谤的判决，中国很多"批判干将"、"揭秘专家"、"咬人黑客"，以及相关报刊的社长、主编，都会承受牢狱之灾、铁窗之苦，而且服罪的时间不会太短。

但是，中国"刀笔文化"的参与者基本上都是"法盲"。他们受到过"战斗精神"的严重误导，以为用最激烈的言辞来侮辱文化界同行的人格是可行的，以为不提供任何证据就加给对方一连串恶名是能够赚得掌声的。结果，他们放手写下了各式诽谤文章，其实是留下了让自己入罪的文字证据。对此，他们到了最近几年才突然惊醒，发现自己已经随时可以被提送法庭。

　　于是，早就萎谢的他们，又慌乱起来了。

　　对此，我又可以提供一些有趣的例证了。

　　我早年的老师盛钟健先生已经年迈，住在家乡宁波的一所敬老院里，我也有二十年未曾与他见面。但在去年，他却被上海的一个陌生人打扰了。说了很久才明白，这个陌生人，曾经以造谣的方式对我发起过几次攻击。

　　他的攻击影响很坏，但是，我当时却考虑到，这个人的一系列荒唐举动，与他在"文革"灾难中曾担任过造反派首领的特殊经历有关，是一段荒唐历史的个体化延续，而算起来他也应该相当苍老，因此决定饶恕。只不过，我并没有把饶恕的决定宣布，因此他在听说一些法律案件后开始紧张起来，而且越来越紧张。他托过很多人试着与我沟通，向我道歉，但都遭到了那些人的拒绝。在百般无奈中，才在我的某本著作中看到了我早年老师的名字。

　　我的老师并不出名，又生活在家乡一个普通的敬老院里，要找到很不容易，但他居然排除万难找到了。可见，实在是慌乱到了极点。

　　我很快让老师转告那个人，我不会起诉，他尽可以安度晚年。

　　重要的转折点，就是英国的《世界新闻报》事件。那么多参与造谣的媒体名人锒铛入狱，使中国的刀笔文人产生了切身联想。随之，我周围渐渐出现了很多"说客"。

　　"说客"们有一个差不多的开头："那些人其实都是余先生的崇拜者，因此他们的谣言不是针对余先生，而是针对钱。既然没拿到钱，那就只能算是'未遂'，请余先生高抬贵手。"

　　针对钱？我立即想到，每个谣言传得如火如荼之际，确实会有自称"公关"、"助理"的一些人来找我办公室的工作人员，声称商讨"止谤费"，一般是开价二十万元上下。我觉得如果付了钱等于证实了谣言，万万不可。因此他们每次都"未遂"。

其实，对他人进行大规模的名誉诋诈，白纸黑字，广为印刷，已经确确实实地犯下了重大罪行，而不是"未遂"。可见，畏法者仍然不懂法。

四

说到这里，忍不住还要提一提武汉那个古怪的文人。他虽然年长于我，却虔诚追随，发表了很多赞谀之文，被我劝阻。但是突然之间，他发现攻击更容易出名，便猛然翻转，开始成为最激烈的诽谤者，并自称是我的"第一论敌"而挤入各种文学会议。一位天津学者告诉我，有一次会议代表都上了火车，那人向大家介绍了自己"第一论敌"的身份并分发了诽谤我的文章。结果是，漫漫几个小时的旅程，没有一个代表与他交谈。而且，他喝水、用餐都遇到了冷落，因为几位列车服务员假装无意地说："我们都是余先生的读者。"后来焦桐先生又告诉我，这个人去台湾参加一个研讨会时，遇到了更大的尴尬。

我认为那几位列车服务员不应该在喝水、用餐等事情上为难他，但这个人应该明白，文学的事与大众有关。

这个人很快在文坛销声匿迹了，有点可惜。因为在他装扮"第一论敌"之前，除了文辞有点夸饰外，研究功力还是具备的。如果能够安静地做一点文化建设工作，不至于像现在这样狼狈。

在文化上，有一个行之千年的民间法庭。其实，在这个民间法庭后面，还有一个更宏大、更神秘的天地法庭。人间的盛衰进退、善恶斡旋，都在那里获得平衡。

不管天地法庭、民间法庭，还是当代社会的真正法庭，都对"刀笔文化"作出了负面判决。

一度呼风唤雨的"刀笔文化"，已经步入它凄厉的黄昏。

世纪日记

今天是二十世纪的最后一天，我在尼泊尔。

我是昨天晚上到达的。天已经很冷，这家旅馆有木炭烧的火炉。我在火炉边又点上了一支蜡烛，一下子回到了没有年代的古老冬天。实在太累，我一口吹熄了蜡烛入睡，也就一口吹熄了一个世纪。

整整十年前，我还是全中国最年轻的高校校长，却在上上下下的一片惊讶中，辞职远行。我辞职的理由，当时谁也听不懂，说是"要去寻找千年前的脚步"，因此辞了二十几次都没有成功。但终于，甘肃高原出现了一个穿着灰色薄棉衣的孤独步行者。

当时交通极其落后，这个孤独步行者浑身泥沙，极度疲惫，方圆百十里见不到第二个人影。

几年后，有几本书受到海内外华文读者的热烈关注。这几本书告诉大家，千年前的脚步找到了。但是这脚步不属于哪几个人，而是属于一种文化，因此可以叫"文化苦旅"。

但是，我和我的读者，真的已经理解了这些脚步、这些苦旅吗？疑惑越来越深。我知道，必须进行一场超越时空的大规模对比，才能真正认识中国数千年的文化苦旅。

然而谁都知道，那些足以与中华文化构成对比的伟大路途，现在大半都笼罩在恐怖主义的阴云之下。在我之前，世界上还没有一个人文学者，敢于全部穿越。

我敢吗？如果敢，能活着回来吗？

妻子知道拉不住我，却又非常担心，尽量陪在我身边。要进入两伊战争战场的时候，她未被准许，于是在约旦沙漠，有了一次生死诀别。我们两人都故作镇静，但心里想的是同一句话：但愿这辈子还能见面。

今天一早醒来，我感到屋子里有一种奇特的光亮。光亮来自一个小小的木窗，我在床上就能看到窗口，一眼就惊呆了。一道从未见过的宏伟山脉，正在窗外。清晨的阳光照着高耸入云的山壁，无比寒冷又无比灿烂。

我赶紧穿衣来到屋外，一点不错，喜马拉雅！

我知道，喜马拉雅背后，就是我的父母之邦。今天，我终于活着回来了。现在只想对喜马拉雅山说一句话：对于你背后的中华文化，我在远离她的地方才读懂了她。

"在远离她的地方才读懂了她"，这句话，包含着深深的自责。就像一个不懂事的儿子有一天看着母亲疲惫的背影，突然产生了巨大的愧疚。

是的，我们一直偎依着她，吮吸着她，却又埋怨着她，轻视着她。她好不容易避过很多岔道走出了一条路，我们却常常指责她，为什么不走别的路。她好不容易在几千年的兵荒马乱中保住了一份家业，我们却在嘟囔，保住这些干什么。我们一会儿嫌她皱纹太多，一会儿嫌她脸色不好，一会儿嫌她缺少风度……

她在我们这些后辈眼中，好像处处不是。但这次，离开她走了几万公里，看遍了那些与她同龄的显赫文明所留下的一个个破败的墓地，以及墓地边的一片片荒丘，一片片战壕，我终于吃惊，终于明白，终于懊恼。

我们生得太晚，没有在她最劳累的时候，为她捶捶背、揉揉腰。但毕竟还来得及，新世纪刚刚来临，今天，我总算及时赶到。

前些日子，在恒河岸边我遇到一位特地来"半路拦截采访"的国际传媒专家。他建议我，回国稍事休息后就应该立即投入另一项环球行程，那就是巡回演讲。演讲的内容，是长寿的中华文化对于古代世界和今天世界的深深叹息，可以叫"千年一叹"。

但是，我内心的想法与这位国际传媒专家稍有不同。巡回演讲是可以进行的，但千万不要变成对中华文化的炫耀。我们过去对中华文化的种种抱怨，并不仅仅是出于"不孝"。中华文化确实也存在一大堆根子上的毛病，在近代国际大变革的时代，又没有赶上。因此，自大、保守、专权、诬陷、欺诈、优汰劣胜，成了积年沉疴。若想治疗，必须在国际性的对比中做出一系列"医学判断"。

因此，我决定再度花费漫长的时间，系统地考察欧洲文化。

哪一个国家、哪一座城市都不能放过，轻轻地走，细细地看。仍然是对比，但主要是为了对比出中华文化的种种弊端。这种对比，在目前会承担一定风险。但是，我既然已经开步行走，眼前也就没有任何障碍能够成为继续前进的疆界。这就是我自己创造的四字铭言，叫"行者无疆"。

我想，只有把映照中华文化尊严的"千年一叹"和揭示中华文化弱项的"行者无疆"加在一起，才是"文化苦旅"的完整版。

这两件事，都非常紧迫。我要快快回国，又快快离开。永远在陌生的天地中赶路，是我的宿命。

那么，喜马拉雅，谢谢你，请为我让出一条道。

一九九九年十二月三十一日

三十年纪念

《文化苦旅》出版已经三十年了。

三十年来，这本书的印刷量，实在无法统计。东方出版中心、中信出版社、中华书局、长江文艺出版社、湖南文艺出版社、山东教育出版社等很多出版机构，都先后出过这本书。作家出版社介入此书较晚，好像是初版二十几年后的事了，照理高波已过，但也很快给我颁授了《文化苦旅》丛书发行四百五十万册的"超级畅销书纪念奖杯"。其实，这还只是在说正规渠道。有趣的是，经常有不少重要人物拿出早已读旧了的这本书要我签名，我一看，几乎都是盗版。据调查，此书盗版本的销量，是正版的整整十八倍。

面对这么庞大的读者群体，我为自己作为一个华文作家而深感自豪。沧海星辰般的黝黑眼神，注视着自己笔下流出的那一些汉字，这是世上其他文字的写作者无法想象的盛景。

然而这种自豪又牵连出了一种心理亏欠：我一直没有把这本书的"背后故事"告诉读者。以前总认为文本就是一切，文本之外的事情即使再重要，也只该藏在作者心底。现在看到几代读者超常的热情，就明白自己不必那么矜持。那些重要的"背后故事"其实也是《文化苦旅》的一部分，很多读者可能都愿意听听。

"背后故事"可分三段来讲。

第一段：**苦心远旅。**

我年轻时，经受了社会思潮的剧烈转折。先是面对长久的极左封闭，我冒险写出了一系列论述世界人文科学的著作与之对峙。这个规模不小的基础工程在改革开放初期获得了极高的社会评价，我也因此被推举为上海戏剧学院院长，还担任几所著名大学的博士学位答辩委员会主席。本来，我很可以在这样的位置上延续风光，安适度日，却遇到了一个精神裂谷。

原来，改革开放引发了全方位的对比性反思，而当时的中国确实还处处贫困，又随时可见政治运动所遗留的伤痕。在这种情况下，海内外某些群落对中国文化作出了整体质疑，"丑陋的中国人"、"民族的劣根性"等论调不绝于耳。

反思是必要的，说一些过头的话也很正常。但是，当贬斥的对象扩大为一个庞大族群的整体，那就违反了我对世界文化和中国文化进行宏观思考的基本理智。

就在这时，我读到了英国哲学家罗素（Bertrand Russell）对中国的论述。罗素曾在二十世纪二十年代初到中国考察，当时的中国，备受欺凌，一片破败，让人看不到希望。但是，这位哲学家却说：

进步和效率使我们富强，却被中国人忽视了。但是，在我们骚扰他们之前，他们还国泰民安。

白种人有强烈的支配别人的欲望，中国人却有不想统治他国的美德。正是这一美德，使中国在国际上显得虚弱。其实，如果世界上有一个国家自豪得不屑于打仗，这个国家就是中国。如果中国愿意，它能成为世界上最强大的民族。

不管中国还是世界，文化最重要。只要文化问题能解决，无论中国采取什么样的政治体制和经济体制，我都接受。

说实话，读到"在我们骚扰他们之前，他们还国泰民安"时，我有点鼻酸。因为这个判断恰恰来自于那个向中国发动鸦片战争的国家，这个论点重新描绘了世界图谱。

其实罗素对中国历史了解不多，却显现出如此公平的见识。这种态度具有巨大的诱惑力，催促我必须为自己的文化做一点事。

于是，我决定摆脱已有的名誉地位，辞职二十三次终于成功，单身来到甘肃高原。当时宣布的目的是"穿越百年血泪，寻找千年辉煌"，而我内心的目标却更加艰深，那就是让中国人找到"集体文化身份"。这件事，五四新文化运动的斗士们没有做，因此使那场运动比不过欧洲的文艺复兴。

若有可能，我还想在文化考察中来思考一个问题，为什么罗素说"如果中国愿意，它能成为世界上最强大的民族"？

要说服自己和别人，理由必须感性、具体，而不能用套话、大话自欺欺人。因此，我独自在沙漠里行走，去寻找一个个伟大的遗址。而且，首先必须是文化遗址，因为罗素说了，"文化最重要"。

寻找遗址，就像拉着一批批不信任我们的人来到曾经发生过事情的现场，用实地、实景、实迹，让他们不能不驻足。

多数遗址一定已经荒落，那就给过去的伟大加上了悲怆。悲怆的伟大更加伟大，因为它们承载着历史的重量。

我会在伟大和悲怆之间不断掂量，看看有哪些遗址还能让今天的中国人心头一热。

当时，多数同行都拥挤在出国、升职、下海的闸门口，而我却背过身去，成了一个"逆行者"，披着一件薄棉袄，穿着一双旧胶鞋，在无人的荒野间细细寻觅。

终于，在一间间乡村小旅馆，我用竹杆圆珠笔开始记述。一些今天的读者非常熟悉，而当时的读者大多陌生的地名，如都江堰、鸣沙山、西域喀什、上京龙泉府、黄州赤壁、青云谱、承德山庄、宁古塔、平遥票号、天一阁、鹿回头、岳麓书院、西江苗寨等，一一郑重地出现在我的笔下。

随之，拜水文化、西域文化、异族文化、魏晋文化、石窟文化、流放文化、晋商文化、藏书文化、科举文化、书院文化、生态文化、废墟文化等，也逐一被勾勒。与这些文化相关，我又恭敬地请出了许多飘渺的身影。

这些地点，这些文化，这些身影，以前虽然也有史籍论及，但几乎都没有被完整地描述过。这也就是说，我完成了一次首创意义上的"文化踩点"。这些点，埋藏着中华民族的精神穴位。

我在寻找这些点的过程中，总是由惊讶而投入苦思。苦思的结果，几乎与传统的历史观念都不一样，这么多不一样，使我领悟到文化思维正面临着一次根本性的大转型。那么，怎么才能让广大读者也参与这种大转型呢？我采用了一种特别的文体，那就是用细声慢语的质朴叙事，来牵引宏观的诗情。我相信，即使是陌生人，也很难拒绝质朴的真情。

这就可以进入"背后故事"的第二段了：**意外轰动**。

当这些在小旅馆写的文章以《文化苦旅》的标题在巴金主编的《收获》杂志发表并出版后，形成了远远出乎意料的轰动。上文已提到惊人的印刷量，那还是指大陆，而更让人诧异的，是全球华文世界的超常热情。

特别是台湾地区，当时与大陆还有重重隔阂，互不了解，但这本书却把隔阂全部穿越了。据著名诗人和出版家隐地先生说，《文化苦旅》以最快的速度进入了"本岛的家家户户"。《文化苦旅》中的文章还被收入了当地教科书，这对大陆作者来说是一个史无前例的突破。在年轻人中间，则兴起了一种时尚，叫作"到绿光咖啡屋听巴赫读余秋雨"，一群台湾作家还以这个书名出版了专著。

写作《丑陋的中国人》一书的柏杨先生在台北见到了我，一见面他就说："两个字，羡慕。羡慕你以大规模的文化遗迹考察，重新定义了中国人。"

"重新定义了中国人"，这件事当然远远超出了文化界，影响了很多意想不到的重要人物。例如，制造芯片的"台积电"董事长张忠谋先生写了自传，专请我写序言；中国国民党荣誉主席连战和夫人的"破冰之旅"记述，也邀我写序言。

此外，一些华人聚居的国家也一次次邀我演讲，每场都人满为患。李光耀先生说，二十世纪后期海外华人重新对中华文化产生感动，主要是因为这本书。

这些盛况并没有让我得意，却让我强烈感受到了各地华人的心理饥渴。他们本来也有很多书可读，却一直期待着有人能用千年实证，唤起长埋心底的生存尊严。而这种生存尊严，就是能够超越种种隔阂的文化。

因此，我知道接下来该做什么了。我顺势应邀到东京召开的联合国

"世界文明大会"上演讲"中华文化的非侵略本性",又到纽约联合国总部大厦演讲"中华文化的八大长寿基因"。这些演讲都引起了不小的震动,甚至成为联合国网站的"第一要闻"。

这样的势头必然会触犯到国际间的某种势力,于是就有"背后故事"的第三段了:**风波来去**。

让世界各地华人找到了"共同的精神遗址",这对那些靠着对立来谋生的人来说,简直是釜底抽薪。因此,这么一本温和的散文书,成了他们的绊脚石。

但是,要直接否定一部大家喜欢的文学作品很困难,唯一的办法是避开作品,制造谣言,形成风波,掩埋作品。这是他们轻车熟路的专业。

发起者,是一个至今活跃在美国的政治人物。

主导者,是香港的《苹果日报》。该报直到二〇〇九年五月才公开发文呈示自己的这个身份。

实施者,是广州的一份报纸和一群老人。这些老人几乎都是十年内乱中的风云人物。选他们,实在是主导者的一片苦心。因为他们只想趁人们年久失忆,用栽赃的方式来洗白自己的历史,而他们的唯一专长就是以"大批判"的方式任意泼污。这种"颠覆名人"的阵仗很能吸引读者,一时在传媒间气势不小,我也如他们所愿,成了"有争议人物",引动海内外瞩目。

然而,早在风波刚起之时,香港一位著名作家就说:"纵然闹成这样,《文化苦旅》还是《文化苦旅》。"

就连香港著名经济学家张五常先生也发表长文,申述了同样的意思。

正是在风波之中,香港一批教授为香港市民开列"古今中外必读书"八十本,《文化苦旅》居然也在其中。后来应民众要求减到五十本,它还在。可见，《苹果日报》在香港也难以侵凌高层文化。

风波终于过去了，所有的谣言都已不攻自破。几个参与造谣的老人突然产生了法律担忧，意识到自己可能已经犯下了诽谤罪，先后拐弯抹角地向我道歉。我托人转告，本人不会起诉，他们尽可以安度晚年。

风波过去原因很多，我只想强调其中两点——

一、丑，永远不是美的对手。我写这本书，始终追求着一种宁静而又弘深的东方大美，而那些诽谤文章，总是躲闪着一种嫉世之丑。朗朗天道，渺渺人心，最终都会站在美的一边。

《文化苦旅》已经证明，我所要的美，只能产生于个体生命在长天大地间的探寻和创造。整个过程，都要避免与丑纠缠。因为一纠缠就会减损了个体生命，淡却了长天大地，即使没有向丑屈服，也会沦于平庸。

二、这么多年过去，中国文化已经可以藐视一切诬辱。连自己人也认为"丑陋"的时代，大致结束。这，也是风波终于过去的大背景。

经历了这场风波，我更明白了，阐释中华文化是当今世界的头等大事。因此，下狠心冒着生命危险考察了人类各大古文化的遗址，来与中华文化对比，写出了《千年一叹》、《行者无疆》等著作。然后，又系统地以国际观念和现代观念解析中华文化元典，写了一整套"基建性"的学术著作，依然每一部都畅销海峡两岸。这一切，都是《文化苦旅》的后续脚印。

当年出行是为了寻找古代的脚印，现在又要寻找当年的脚印了。

突然想起我写的几句诗，与这些脚印有关——

路途荒凉，

我无鞭无缰，

却听到远年的马蹄细碎，胡笳低响。

唐诗的断句总有点凉，

原来沙地都是未化的霜。

其实我人生的路，都是这样走过来的。

辛丑年秋月

我和妻子

一

我和妻子约定，即使真有下辈子，我们也不想再来这个世界一次了。

我们两人，都没有厌世的基因。对于这个世界，也曾欣喜过，投入过，但结论却是清楚的：不应再来。

既然已经彻悟，那就应该在有生之年认真清理一番，把干净的心智留给生命的黄昏。

而且，这是一个没有明天的黄昏。

没有明天的黄昏，有一种海枯石烂般的洪荒诗意。

二

冷冽的彻悟，来自亲身经历。

经历够长，还是从头选一些片段吧。

早期的片段中，怎么也删不掉的，有两位青年男子的身影。他们，都非常英俊。一位姓马，我未来的岳父，当时安徽西部一个县城里唯一的大学生；一位姓余，我的叔叔，自愿报名到安徽东部一家工厂来支援建设的上海工程师。他们同龄，并不认识，却在三十岁那年做了一件同样的事。

那年安徽严重灾荒，但当地官员向北京隐瞒了灾情，还伪造丰收景象，后果触目惊心。他们两位看不下去，便大胆地揭露真相。马先生一次次在会议上大声疾呼，余先生则一次次向北京写信投诉。

北京终于听到了疾呼，也收到了信，调查灾情后处理了此事，还宣布不准报复揭露真相的人。但是，报复还是如期而至。马先生奇怪地成了"后补右派"，余先生则在后来那场政治运动一开始就被官方抛给造反派"彻底打倒"，理由居然是"宣扬封建小说《红楼梦》"。

他们两人，都只想为受苦的百姓说几句话，但转眼间，那些百姓却拿着棍棒围住了他们。

三

马先生这天又被大声吆喝：两天后要接受一次最严厉的批斗。

马先生这次担忧了，不是担忧自己，而是担忧年幼的子女看到父亲在大街的高台上受尽污辱，会不会对人世种下太多的仇恨？

他与妻子商量很久，决定把孩子赶紧送到一个陌生的农村去，他们认识一个上街来的农民。

孩子中最小的一个才五岁，她就是我未来的妻子。

人世如此狰狞，他却要自己的孩子不要仇恨人世。

那天的牛车、泥埂、野花、小女孩，颠颠簸簸地直通一个心灵的圣洁所在。小女孩此刻还不知道发生了什么事，却被父母推上了一条"心中无恨"的道路。

四

小女孩渐渐长大，十二岁考上了省艺术学校，但县城的官员不批准，因为是"右派分子的女儿"。

妈妈是一名主角演员，那天在一个地方演出，正化装，听到了女儿不被批准上学的消息，便立即罢演。

似乎是上天的安排，那夜演出的消息风传十里，无数山民打着松枝火把来看戏，在绵延的山林间拉出了好几条长长的火龙。这景象，既壮观又神秘，好像是巫神要作出某种裁断。条条火龙的终点是戏台，但女主角已经罢演，这局面极有可能闹出群体抗议事件。正好有一名上级干部在那里视察，问清情由后亲自找女主角商谈。女主角步步紧逼直到那干部当场明确点头让女儿上学，锣鼓才重新响起。

几天后，小女孩拖着一个木箱子爬上了通往省城的长途汽车。

我后来常说：马兰投身艺术，松炬十里，苍山舞龙，实在气势非凡。

五

那时的我，正陷于绝境。

一个刚刚二十出头的年轻人，如果条条生路全都堵住了，会怎么样？

我曾经读过不少叙述自家在那些年受苦的回忆录，读着读着总是会哑然失笑，因为一看便知，他们的境况都比我好。

例如那些干部子弟，虽然父亲已经倒台，但他们在军队中总有不少的关系网络，而当时的军队，权势很大。即使是平民家庭，只要亲戚中有一个参加了"工人造反队"或"工宣队"，便无人敢欺。

——这些门道，我家一条都没有。

自从爸爸被关押之后，全家那么多人失去了衣食来源。天天都是难言的惨痛，由此获得了一个认识：生命就是大苦大难。

六

在《借我一生》和《修行三阶》中，曾提及我在那个年月所做的几件事。从当时到现在，总有不少朋友问我，为什么能够在凶险的背景下如此勇敢？我总是笑而不答，因为答案很难被他们理解。

一个完全无路可走的人，很可能会踩出一条小路；一个无力考虑自我的人，也无心考虑恐惧。

其实，这些后来被视为"立场正确"的行为，当时并无这种考量，因为我无法对历史趋向作出预测。

我只是发现自己在当下潮流中格格不入，连火烧眉毛的家里事都束手无策，那就只能勉强做一点儿潮流之外的边缘之事。例如，默默地潜入外文书库编写了当时不可能出版的书，还孤独地做了几件"不合时"的事。

很多人认为，孤独必然闭目塞听。其实凭我的经验，正好相反。

请想象一下海边的一个景象。一群人在帐篷里热闹联欢，一个人在礁岩上独自远望。乍一看，帐篷里的人们看了很多脸面，听了很多消息，换了很多话题，而礁岩上的那个人则什么也没有。但是，正是这个处于边缘状态的孤独者，听到了海天之间的千古低语，发现了鸥鸟桅樯的奇怪缘分，捕捉了风暴将临的依稀可能。

七

谁料，孤独也有可能转变为热闹。

这种悖论，大多出现在历史急剧转折时期，正恰被我遇到了。

二十世纪七十年代末至八十年代，中国经历了一场实质性的社会大变革，一时天高气爽。我此前在孤独中进行的一系列边缘化行为，一下子获得了正面肯定，几乎成了"文化先行者"而广受赞誉，被授予很多奖励和职位。这一来，不仅不再边缘，不再孤独，而且已经众目睽睽。按照世间惯例，我会这样生活下去，而且越来越显赫。

幸好，我一直保持着边缘的目光，在热闹中独自逃回冷清的书房。

写了一整套学术书籍，做了好些年学院院长，我又作出了进一步的边缘思考。

当时，很多知识分子以"反思"之名扮演起西方殖民主义的宣讲师，大谈"丑陋的中国人"、"民族的劣根性"，令中华文化蒙污。针对这股潮流，我又要做自己的事了。我决定去寻找中华文化数千年来辉煌和凄美的遗迹现场，因为现场比古书更能感染今人、后人、外人。但是，这样的现场大多在现今的边缘地带。

因此，我在上上下下的目瞪口呆中辞去了正要快速上升的职务，单身一人来到了甘肃高原，开始了文化苦旅。终于，我又回到了边缘，回到了孤独。在荒途中所写的文章寄给《收获》杂志发表后，在海内外产生了极大影响，但我当时并不知道，只是一个人在路上。

八

当时我的私人生活，也处于孤独状态。

这事说起来还与祖母有关。祖母抱回自己最小儿子的骨灰盒后，独自回到故乡老屋等死。然而到灾难结束后，她还活着，最后心愿是想看到大孙子成家。面对这位长辈我不能不应命，而且看她的身体状态，时间不容拖延。两位老同学在匆忙间介绍了一名他们也不熟悉的女工，草草登记后，对方并不理解我在商业大潮中坚守贫困、日夜写书的生态，便自行去广东经商，五年多时间既无地址又无通信，后来带来一个养女放在她母亲家后又离开了。我因顾虑我家长辈的心理承受能力没有道破这桩婚事的虚空状态，最后在胡志宏书记的一再催促下才找到对方，办了结束手续。结束时，听说对方已是拥有多处物业的投资者，而我还是一个月薪不到百元的穷教师。

也就是说，当时的我，虽然学术地位和社会地位都已经很高，但在私生活上仍然极端清寒又极端孤独。

对于这样的私事，我只能默默承受。后来还是受到佛教僧侣生态的启示，才把心情安置。

因此当时去得最多的地方，是住处附近的龙华寺，听经诵，看袈裟。

我已不想成家，只想做一个不穿袈裟的僧人独自老去，却不料，遇到了她。

九

她，松炬十里，苍山舞龙送出来的她，十二岁拖着一个木箱子独自去省城的她，已经誉满天下。

十八岁名震香港，二十岁被选为全国人大代表，如此年轻已经成为一个著名大剧种无可争议的首席。新闻媒体几度在全国各省份问卷调查最喜爱的演员，她每次都名列第一。

我当时，自己也已经被文化盛名所累，正在竭力摆脱，因此她的赫赫大名对我并没有什么吸引力。她首先把我镇住的，是表演品级。

那次，她到上海演出莎士比亚的一出喜剧。当时正在举行规模宏大的中国首届莎士比亚戏剧节，国内外各个剧团已经轮演了二十几天，连英国皇家莎士比亚剧团也来了，说实话，我已经看疲了。但是，她的演出才看了五分钟，我就坐直了身子，精神陡起。

在她身上，莎士比亚不见了，黄梅戏也不见了，只有一个美好的生命在向世界倾诉愉悦，倾诉得既酣畅又典雅。这个美好的生命既不完全是剧中的角色，又不完全是她，而是包括所有观众在内的一种诗化的生存形态。因此，剧场里所有的观众都全神贯注，出现了一种近乎凝冻的气氛，直到演出结束。

看过无数演出的戏剧家曹禺走上台去，握住她的手说："你在台上真是亮极了！"

那时，我已经出版了广为人知的《世界戏剧学》、《观众心理学》、《中国戏剧史》、《艺术创造学》等一系列学术著作，对表演艺术进行过系统的专业论述，却没想到这一夜，发现了真正的极致状态。

见到台下的她，是很久之后的事情。因为中间有一段时间，我在国外讲学。

台下的她，又出乎我的意外。

所有的名声、成就、地位、赞誉，好像与她一点儿关系也没有。文艺界很多成功者也会有一些谦虚的说辞，她连这样的说辞都没有，因为压根儿没有想过自己的成功。她当时已经是囊括全国所有舞台剧和电视剧最高表演艺术奖的唯一人，但她对于得奖，几乎没有记忆，只把奖牌、奖状、奖座全部交给剧院的办公室，没有一件留在自己身边。她也完全不知道文艺界的升迁排位、潮起潮落。谁说起这一切，在她听来好像是宋朝发生的事，满脸陌生。

她深深沉浸在远方的艺术之中，恰恰对自己所在的剧种很不在意。她所沉浸的远方的艺术，居然是米开朗琪罗、罗丹、凡·高、邓肯、迈克尔·杰克逊，以及几个当代国际建筑大师。

这样一个审美格局，容易会有一点儿"恃才傲物"的气息。但她不，一点儿也不向同事显摆，只在内心默默享用。

她也有不能宽容的对象，那就是伤人者、阿谀者和逞权者。只要闻到气息，就不会有第二次见面。万一见了，也像不认识。

真正让我觉得相见恨晚的，是她由衷的无私。

我与她长谈几次后发觉，她的思路再广泛、再灵动，也不会有一丝一缕拐到自己的名利。而且看得出来，这不是故意掩饰，而是出乎天然。

这总算让我找到了知音。我早就从根子上看穿个人名利的虚妄不实，心底里也没有自私的贮存。这很难让一般人相信，他们觉得你出了那么大的名，得了那么多的稿酬，怎么可能没有名利思想？

幸好，她以自己证实了我。

我微笑着在心里问："原来她也是这样？"

她也微笑着在心里问："原来他也是这样？"

后来有人按常规询问："你们当初是谁追求谁？"

我们总是齐声回答道："那是用不着的。"

十

从父辈巨大的危难中走出，突然获得了巨大的声誉。接下来的路该怎么走？结论是一致的：名声不能再加了，日子已经够过了，有生之年只做一件事，那就是弘扬大善大美。

说好了，她应该不断演出，创造当代中国最美的艺术形象；我应该不断写作，寻得中国文化最高的国际魅力。

我们举起双手，拍击了对方的手掌。

我们首度合作，是创作了轰动国内外的黄梅戏《红楼梦》。

起因，是我讲起我们家与安徽的伤心因缘：叔叔在十年浩劫中以"宣扬封建小说《红楼梦》"的罪名被迫害致死。

我说，叔叔受迫害的实际原因，是他为安徽这片土地说了话，《红楼梦》只是借口。

妻子觉得，必须为这位寂寞去世的男子做点儿事。我说，我参与。

这需要抄录我在《借我一生》中写的一段话了——

就在叔叔去世二十五周年的忌日里，黄梅戏《红楼梦》在安徽隆重首演，产生了爆炸般的轰动效应。这出戏获得了全国所有的戏剧最高奖项，在海内外任何一座城市演出时都卷起了旋风。

全剧最后一场，马兰跪在台上演唱我写的那一长段唱词时，膝盖磨破，手指拍得节节红肿，每场演出都是这样。

所有的观众都在流泪、鼓掌，但只有我听得懂她的潜台词：刚烈的长辈，您听到了吗？这儿在演《红楼梦》！

十一

直到今天，海内外很多戏剧家和戏迷仍然认为，黄梅戏《红楼梦》是他们一生看过最好的舞台剧。

著名电影导演谢晋说："这出戏，是中国第一部真正成功的音乐剧。"

连萧伯纳的嫡传弟子黄佐临先生也在病床上给我写信，直言黄梅戏《红楼梦》为中国戏剧的世纪转型，创造了范例。

这出戏当时受欢迎的盛况，现在说起来简直难以置信。马兰应邀在一些城市演出，已经累得只能白天在医院吊水，晚上再登台了，天天如此，致使国家文化部还专门下发一个红头文件，要求剧院关注她的健康。

但是，中国历史上经常发生的现象重现了：再优秀、再高尚的好事，只要从一个黑暗的角落投出一块小污泥，一切全然散架。

黄梅戏《红楼梦》在海内外的赫赫声誉中进入上海，立即遇到了"小污泥逆袭"。

十二

事情太卑琐，我历来不愿提起。

我在策划黄梅戏《红楼梦》时，由于自己实在太忙，先让人找了一个不认识、也不知名的年老编剧写了个脚本，一看不行，就决定由我和导演马科先生一起，根据曹雪芹的小说原著边排演边成稿。一切都在现场完成，效果很好。等戏出来，总要署个名，我想了想，就把定稿本送给那个曾经试写过一稿的年老编剧，请他单独署名，并把稿酬全部给他。很快得奖，再把奖状和奖金也全部给他，那个人感动得不知道说什么好。

我不署名，不拿稿酬，一是因为我全无名利观念，二是因为我是上海戏剧学院院长，这个职位在当时的戏剧界，云水缥缈，至高无上。

不管怎么说，这总算是一段默默施惠于人的佳话吧。但是，谁能想到，上海居然有人挑唆那个年老编剧突然翻脸，在媒体上诬陷我和导演修改他的剧本是"企图署名"。挑唆者诱惑他说，只要让人相信，连堂堂上海戏剧学院院长也企图把名字署在他的名字后面，那么，他就会大大爆红。

这件事如此荒唐，但因为攻击的目标是我，立即在海内外卷起风潮。香港的评论家罗孚先生也在《明报》上说到此事，后来上海有一个朋友告诉他，我根本就没有署名，也没有"企图署名"的丝毫证据，罗孚先生就在《明报》连续三天向我公开道歉。但是，闹事的上海，却没有人向我道歉，大家都在为一场莫名其妙的投污成功而兴高采烈。

这就是"海派文人"、"海派媒体"的特点。我从改革开放一开始就担任上海新时期高层文化结构的主要策划者，是上海文化"四大顾问"的领头人（其他三位是黄佐临、王元化、谢晋）。我们的工作重点之一，就是要摆脱海派文化的低俗层面。但是，海派文人终于制造出了就是这么一件荒唐透顶的诽谤逆袭。他们历来笑容可掬，却不能容忍高于他们的文化来制约他们，迟早会合力驱逐。

就在那些天，年迈的越剧表演艺术家袁雪芬女士亲自来到了我的办公室。她盛赞黄梅戏《红楼梦》的成就，希望我能具体帮助越剧的改革。顺便，她别有深意地讲起了自己早年在上海的一个惨痛经历。她说，当年越剧在上海爆红后，遇到的最大灾难，是有人向台上的主角演员投掷最肮脏的污秽之物，闹得全场奇臭无比，观众纷纷掩鼻而逃，整个演出也就砸了。她说："一开始我们也以为是地痞胡闹，后来发现投掷者很懂戏，总能准确地抓住剧情的高潮点，也知道满台最重要的主角是谁。后来也抓住过一个投掷者，不是地痞而是文痞，与井市小报有关。"

"市井小报？"我问。

她说："对。他们是为了炒新闻。投掷事件后，各个小报就不断诱导人们，女主角是否有家乡仇人？是否卷入了婚恋纠纷？没完没了。好好一个剧团，也就陷落在小市民的叽叽喳喳中了。这就是上海，地痞、文痞分不清。"

我知道，她这是在直接喻指我们目前正在遇到的事件，提醒我们，上海在文化上有一种奇怪的"毁优机制"。临走，她还低声给我讲了一个挑唆者的名字，居然是一个一直声称"崇拜"我的剧作者。

几天后，我又遇到了忘年之交唐振常先生，研究上海史的大专家。他并没有看过黄梅戏《红楼梦》，却已从报纸上看到了"企图署名"的闹剧。一见面他就拍着我的肩哈哈大笑，说："报应啊！你写的《上海人》是传世之作，但显然掩饰了上海文人的老毛病，这下给你补课了。"

他又说："这些人故意不讲逻辑，是为了把你气走。上海的其他方面都不错，但文化夺去了元神，必然下行，你也应该离开。"

十三

很多上海文人有一种习惯性的行为模式，俗称"捣浆糊"，那就是在黏乎乎的不断搅动中，一切都变成了腻淖，让大创造、大思维难以立足。我在辞职后为了唤醒世界华人的集体尊严而考察中华文化遗址，把每次的出发地、休息地从上海移到安徽合肥。我的移居，也包含着自己在《红楼梦》事件中对妻子的歉意。

在这期间，我们又创作了《秋千架》一剧，由我编剧，由她主演。此剧在北京引起巨大轰动，创造了长安大戏院的票房纪录。在剧场外密密麻麻买不到票的人群中，我们作出决定，请高等艺术院校的博士生和硕士生，凭证件入场，成为侧幕条旁站立的观众。

此剧在台北演出时正逢"大选"，最大剧场外的广场拥挤着十几万"造势"的民众。因此，没有任何剧团敢于在这样的时间和地点演出，因为观众很难穿越摩肩接踵的人群进入剧场。但是，唯有《秋千架》，创造了场场爆满的奇迹，连当地的报纸也认为"无法想象"。马兰在那里，成了不分党派共同痴迷的"头牌明星"。

从台北回到合肥，我应中国科技大学校长朱清时先生的聘请，成了该校的兼职教授并开始工作，同时还完成了《霜冷长河》等著作。我准备陪着妻子，在合肥长期住下去。

在合肥几年，我充分领略了当时全国最受欢迎的剧种和演员，承受着何等的繁忙和荣耀。

我一次次暗想，自己当年提出辞职时，上至国家文化部，下至单位清洁工，都无法想象一所不以我为院长的上海戏剧学院。但是，即使伤筋动骨，我还是离开了。在安徽，看着妻子，我才体会了一种真正的"不能离开"。当时如果到大街上问任何一个行人，这个地方如果让马兰离开会怎么样，几乎每个人都会觉得不可思议。

然而，我终于目睹了最不可思议的事情：一个当地主管文化的官员决定，"封冻"马兰。

这个匪夷所思的决定之所以能够成立，是因为当时安徽的"官本位"全国第一，可谓"极端官本位"。

什么是"极端官本位"？那就是只要某个官员为了炫耀权势作出了最荒唐的决定，大家也不问情由立即服从。即使这个决定颠覆了最重要的文化坐标，四周仍然鸦雀无声。这种情景，在其他省份很难发生，在安徽的其他时期也不那么极端。

突然之间，马兰的一切社会职位和艺术职位都被撤除，逼她全面让位。直到今天，从马兰到她的每一个观众，都不明白这个官员作出这个决定的理由，大家只能胡乱猜测。

也许是马兰几度婉拒出席欢迎北京官员的联欢会？也许因为她宣布今后不再参加任何评奖，会影响官员的政绩？也许是她从来不向省里的官员"汇报思想"？也许是有人塞进了替代的名单？……都有可能，但马兰完全不问。

因为她觉得，这么大的事，只要有一丝一毫正当的理由，哪怕是借口，也应该由官方告诉她。但是直到今天，没有一个官员找她谈过一句话。这当然是因为"说不出口"。既然人家"说不出口"，那么说出来的也必定是假话，何苦去问呢？

按照马兰的性格，既然不让演，就离开。但是，外省并没有这个剧种，官方又不允许她把户口和档案关系迁出。

她完全失业了，那年她才三十八岁。

她失业后，那个曾经是"全国民选第一"的大剧种出现了什么情景，大家都看到了。

正如上海弃置了我，安徽居然也弃置了她。

对于这种弃置，她的无数观众，我的无数读者，都没有提出明确反对。

那么，以前每场演出结束时他们如醉如狂的欢呼，每次新书发布时他们拥挤不堪的景象，难道都是假的？

我们不能不承认，当时确实是真的。但这种真，并不可靠，经不起风吹雨打。他们没有宏观思维，不明白唐振常先生说说的一个地方"文化夺去了元神"，会产生多么严重的后果。

对我们而言，可以把一切都放弃了，但我还有一件更加边缘、更加孤独的大事，藏在心底没有放下。

那就是，为了完整地实现我"重新定义中国文化"的任务，必须作全球规模的对比。因此，我的"文化苦旅"的下半程，应该到世界各大古文明的遗址进行对比性考察。但是，目前那些地方大多已是恐怖主义战场，我走得通吗？

香港凤凰卫视接受了这个计划并聘我当嘉宾主持，我决定，投入这场生死冒险。说好了，其他辅助人员可以分段配合，由我一人走完全程。

这是天下任何妻子都很难同意的，但她同意了。只提出一个条件，希望在最困难的路段由她陪着我。

十四

在千万里的艰难颠簸中，数不尽的废墟和壕沟改写了她心中的文明史。面对最凄凉、最动情的景象，她总会把我的手握得更紧一点儿。

她一路陪着我，终于到了不能再陪下去的地方，那就是要进入伊拉克了。

那时的伊拉克，处于第一次海湾战争和第二次海湾战争的中间，境况非常险恶，羁、掳、刑、杀，随时发生。例如，按照当时伊拉克的法规，去过以色列再到伊拉克的人有"通敌之罪"。我们虽然销毁了去过以色列的种种印痕，但一旦生疑，必陷囹圄。

但是，我能不进去吗？不能。因为今天的危险也正是我的研究题目：古代的大文明怎么会变成现代的火药桶？这是文明遭遇了厄运，还是文明自身的必然？

经过反复商议，终于决定，这次进入，只能是最少几个人，帮着我工作。而马兰，却无论如何不能进去了。

我和妻子在约旦佩特拉山口告别的情景，以及此后发生的一系列贴近"生离死别"的危机，我在《千年一叹》、《借我一生》等书中有叙述，这儿就不重复了。

十五

在这个生死长途中，我的思考成果确实不小。

那天在东南亚一个纷乱的城市，突然传来消息，日本著名的国际新闻主笔加藤千洋先生赶过来了，要对我进行"半途拦截采访"。他说：

"二十世纪就要在我们眼前结束,您已经用脚踩踏了无数个世纪,因此最有资格向世界谈谈世纪大课题。"

我一听就来了精神,便随口说了起来。

我说了一个小时,加藤千洋先生举起手指说:"已经足够了。光是刚刚说的这些观点,就足以震动国际学术界。"

他希望我在这次考察结束后能够开始另一次长途旅行,那就是到世界各地作巡回演讲。他说,至少已经出现了三个重大讲题:《重识中华文明》《警惕单边主义》《质疑文明冲突》。这些讲题既非常及时,又非常迫切,而且必须由万里历险者来讲,由中国学者来讲。

他还告诉我,由于我的这次历险考察引起了国际间的密切关注,因此,日本《朝日新闻》在世界各国选了十个人来讲述世纪跨越,中国就选了我。我问其他九个人是谁,他报了名单,都是各国政要和顶级富豪。他说:"只有你一人属于文化,而且以数万公里来归纳世纪文化,分量最重。"

不管怎么说,我穿过森森枪口、隐隐地堡、幢幢黑影,活着回来了。

十六

一回国,围住我的记者不少。我以为,他们总会询问我数万公里的冒死经历吧?总会询问我世纪之交的文明思考吧?

这样的问题,居然一个也没有。

第一个问题是:"上海一个姓朱的文人,刚刚发表文章,说从一个妓女的手提包里发现了一本《文化苦旅》,妓女在读你的书,你该怎么回答?"

第二个问题是："上海还有一个文人发表文章，说你在'文革'中也写过什么，你该怎么回答？"

顷刻之间，远方的恐怖退去了，人类的文明退去了，世纪的难题退去了，我一下子又跌落在国内传媒文化的滚滚浊流之中。

我的第一感觉是"文革沉渣"趁人们记忆模糊在闹事，因为我在文革中写的《世界戏剧学》，正是对抗他们的文本。后来才知，在"文革沉渣"背后指挥的，是香港的一个基金会和《苹果日报》。

那天，妻子挽着我的手走在上海的街道上，像是捡回了没有摔破的家传旧瓷器，小心翼翼地捧持着。今天她一直走在路的外侧，让我走里侧。但奇怪的是，每当走过书报摊时，她总是拽着我往前走，一连几次都是这样。我终于在一个书报摊前停住了，扫一眼，就立即知道了妻子拽我走的原因，那里有很多我的名字，我的照片。

最醒目的是报刊的标题，都很刺激：

《余秋雨是文化杀手》；

《剥余秋雨的皮》；

《我要嚼余秋雨的骨髓》；

……

——这样的文句居然大大咧咧地印刷在正规报刊的重要地位上，这在古今中外都空前绝后。我的故土，竟然以如此狰狞的迎接万里归来的游子，而且遍布书报亭，这究竟是什么原因？

妻子慌张地看着我，用故作轻松的语气说："说你是杀手，是因为你把他们淹没了。"她又补充了一句，"中国文人对血腥的幻想，举世无双。"

说着，还是把我拽走了。

后来，香港著名传媒学者曹景行先生指出，经他追踪发现，大陆媒体对我的大规模诽谤，受香港一个基金会的掌控。起因是，他们看到我通过遗迹考察重新定义了中华文化和中国人，居然立即感动了世界各地不同政治立场的华人，其中包括不少领袖级人物，这让他们产生了警惕，决定对我进行"贬抑"。采取了三项措施：一是向一切贬抑文章支付三倍的额外稿酬；二是寻找一批"文革写手"来制造事件；三是支派两名专人来往于香港与广州之间。由此，就依次设计了"石一歌"等五项虚构事件，鼓动起了大陆文化界固有的嫉妒、起哄群体，因此声势都很大，延续了十多年。在这过程中，大陆官员为了"社会隐定"，很忌惮这种传媒声势，因此尽量躲避和掩盖我。这样，对方的"贬抑"目的也就达到了。

我是一个独立而纯粹的文化人，只是在时间和空间上论证了中华文化和中国人的尊严，却遭到了政治狙击。奇怪的是，狙击规模铺天盖地，我却一直孤主无援。

有两位海外的华文作家急急找到我，说："对一个重要的文化创造者进行大规模的恐吓和侮辱，在世界任何国家都是严重犯罪。事情都发生在公共报刊上，相关官员为什么对此毫无态度？"

我听了苦笑一下，没有回答，但心里却有答案：我，已经不在权力结构之内，不是官员职责要维护的范围。即便有些喜爱读书的官员想维护，也缺少操作规范，弄不好还会招惹是非。因此，他们集体地选择了沉默。

"对于你的遭遇，为什么那些意见领袖、公共知识分子都不讲几句公道话？"那几位海外作家又问。

我不知道他们指的意见领袖、公共知识分子是哪些人，就请他们报出了一些名字。一听，我再度苦笑。

我说：这些人多数也参与了攻击。对这些人来说，攻击我，既有"以国际背景挑战中国文化"的假象，却又非常安全，这正是当代中国某些"公共知识分子"的生存之道。我曾这样概括他们：因攻击而表演正义，因虚假而表演激烈，因安全而表演勇敢。归根到底，都在表演。我和妻子都是戏剧中人，对于生活中的表演，一眼就能识破。

十七

我和妻子原想稍稍保留一点儿对媒体的信任，但是，大量媒体实在太擅长欺侮好人了，我们夫妻俩几乎被它们接连不断地伤害了大半辈子。别的媒体见了，也都装作没有看见。结果，我们只要一想到媒体，就会感到彻骨寒冷。

例子太多，随举其一。

我说过，二〇〇八年四川汶川大地震后，我第一时间赶到灾区参加救援，看到废墟间留有遇难学生的课本，课本上有我的文章，便立即决定以我们夫妻之力捐建三个学生图书馆。书，要由我自己来挑选，因此不走红十字会的捐献之路。

当时很多媒体有捐献报道，我都没有透露，只在埋头选书。这事被一个记者看出一点儿动向，就猜测我有可能会捐出二十万元办希望小学。其实是猜错了，对此我也未加纠正。

没想到，北京一个盗版者在媒体上说，他去查了中国红十字会的捐助账号，没看到记者所说的款项，因此是"诈捐"。在一个"电视文人"的挑动下，立即变成全国媒体的爆炸新闻，整整闹了两个月。连灾区的教学部门一再证明我捐建图书馆的事实，也平息不了。我所挑选的书籍早就在那里堆积如山，但是没有一家媒体去看过一眼。

那天，我与一个朋友在外面吃晚饭，妻子着急地打来电话，说我家的房门已被大量媒体记者堵住，不断敲门要采访"诈捐"事件。妻子的电话是打给那位与我一起吃饭的朋友的，因为我没有手机。妻子在电话里说，她从门孔里看出去，很多摄像机正支在门口，只要一开门就会蜂拥而入，因此，她要我现在千万不要回家。

乍一听，来了那么多媒体就可以把事情讲清楚了，但再一想，不对。如果媒体早就想把事情弄清楚，为什么在全国闹腾两个月期间，都从来没有来采访我们当事人一分一秒？如果今天真的来进行一次迟到的采访，也该事先联系一下呀，为什么要以迅雷不及掩耳的方式堵住了房门？因此，今天晚上，他们要的是"突击丑态"。

房门仍然被不断敲响。

妻子在门内说："我们从来不接受采访，我丈夫也不在。"

门外问："你丈夫什么时候回来？"

妻子说："不知道。"

门外问："你不能用电话催一催？"

妻子说："我丈夫没有手机。"

门外说："那我们一直在这儿等。"

妻子说："那你们就等下去吧。"

随即，妻子打电话恳求那个与我一起吃饭的朋友，多花一点儿时间陪着我。她会通过门孔观察，决定要不要今夜为我在外面订旅馆。

但是，刚这么说，她又担忧了，这些媒体手眼通天，我一旦入住哪个旅馆，他们会不会立即就获得信息，到那里把我逮住？

——就这样，妻子一直守着门孔，我一直躲在外面。饭店关门了，朋友走了，我就坐在路边的凳子上，坐在被树荫挡住路灯的黑影下，为了不被人家发现。

为什么会落到这个境地？只因为我们做了一点儿捐献，捐献出了我们夫妻两人三年薪金的总和。

默默捐献，出于我们夫妻俩的生命本性。

在《文化苦旅》初版发行到一百多万册的时候，我得到的全部酬劳，先是四千元，后来加到两万元，出版社是按照字数计酬的。后来别的出版社按发行数计酬，我们家也就"衣食无忧"了。但"衣食无忧"又是我们在生活上的最高标准，因为我们崇尚简约，又没有子女。

我们夫妻，做什么事都会商量一下，但只有一件事不必商量，那就是捐献，而且必须是不留任何名声的捐献。

春节将临，马兰几度接到中央电视台春晚的邀请，都婉拒了，没想到又接到了一个矿山的电话："我们这里的工人都想在节日里见到您，但可能付不出演出费。"马兰一听，就冲我一笑，立即去整理行李。这次去矿山，她是得了重感冒回来的。

有一次，她把全部演出报酬都捐给了一座富余城市"苦难儿童"。当地官员说："我们这儿没有苦难儿童"。马兰说："有。我调查过了，就是父母都因吸毒而判刑的子女们。"

我被澳门科技大学连续几届聘为人文艺术学院院长，年薪很高，我全数捐献给了传播专业和设计专业的研究生。但这事，除了几个工作人员外，没有人知道，包括接受了捐助的研究生。最初我在澳门作出这个决定时，并没有打电话与马兰商量，我知道她一定会为我的决定鼓掌，果然。

有时，我会应邀到国外演讲中华文化一段时间，最后会得到该国企业家集资的巨额酬劳。他们会把一大包美金交给同去的马兰，马兰并不接过，要他们听我的回应。我的回应是"全部捐献给你们国家的华文作家协会"，马兰立即鼓掌。

……

但是，我们以前的经历早已证明，即使做了最大的好事，也总会遇到强大的"毁优机制"，逼得我们走投无路。今夜，在树荫的黑影下，我又一次感到，由捐献开始的媒体讨伐、房门围堵、路边躲避……是一幅浓缩了的人生图像。

偌大一个城市，那么多窗户，那么多人影，只有她在保护我，但保护得非常无奈，只是不断关照我，不要回家，不要回家；我惦念的，也只是她，但惦念得非常笨拙，只能在黑暗中嘀咕，不能回家，不能回家。

我们什么也没有了，只有这么一个家。但是连家也不能回了，有那么多人阻挡着，阻挡住了我们唯一的避世小门。

这，难道不是一种象征吗？

十八

看穿，有一种奇特的力量。

那就是：不声述任何真相了，不在乎他人印象了，不期待社会舆论了，不企盼历史公正了。结果，正是这些"不"，带来了生命的独立、创造的纯粹、心态的洁净。

我们逃奔到了当时的一个边缘城市，两人都没有户口，没有单位，没有工作。

落荒南溟，终于成了谁也不关注的草泽夫妻，连最大规模的文艺工作者大会和最小规模的各级座谈会也不可能被邀请参加。没有想到，正在这个时候，突然收到美国林肯艺术中心、纽约市文化局和美华学会的通知，马兰获得了"亚洲最佳艺术家终身成就奖"。

一打听，这是极高的国际荣誉，获得者中有黑泽明、马友友、傅聪、林怀民、张君秋等。这次投票的是十几位资深的东方艺术研究者，他们多数人在洛杉矶看过马兰的赴美演出，其他人在投票前也看了表演录像。

二〇〇八年一月，马兰到美国接受颁奖，地点在哥伦比亚大学礼堂。这事震动了在美国的华裔精英，连何大一博士夫妇、夏志清教授夫妇、徐志摩先生的女儿和宋子文先生的女儿都参加了，更不待说正在美国的海峡两岸的大艺术家。中国驻纽约总领事馆的杨华领事和周燕领事，也出席。

由林肯艺术中心主任亲自颁奖，纽约市文化局局长和哥伦比亚大学副校长陪颁。获颁后，马兰发表演讲《中国戏剧的昨天和明天》。她具有表演艺术家中极为罕见的娴达口才，一次次激起全场的笑声和掌声。

这天晚上，纽约地区的安徽同乡闻讯后为马兰举行了隆重的庆祝宴会。很多工程师、律师、会计师和各行各业的企业家争相发言，赞扬马兰在国际上为安徽人争了光。由此马兰明白了，安徽人在整体上是不会"封冻"她的。

在国际间获得如此大奖，使马兰产生了一个新的想法。原来她早已决定无声无息地悄然陨落，不再演出。但这次看到，这个世界还如此隆重地留下了有关自己的记忆，那就不应该让自己的艺术终结在林肯艺术中心和哥伦比亚大学礼堂。为了表演艺术的明天，她决定在祖国再登台一次。

这次登台不能去安徽，免得让人产生"回归"的误解；也不能去北京，免得让人产生"庆奖"的误解。还是在糟践过《红楼梦》的上海吧，不依托哪个剧团，更不去牵动哪些媒体，自己出资，再从身边的朋友中筹一些款，只算是我们夫妻俩在艺术上再度执手，相视一笑，自己为自己鸣奏。

听说马兰有可能再度登台，并且又是我亲自编剧，事情就立即变大。香港著名电影导演关锦鹏先生愿意亲自执导，国际著名音乐家鲍比达先生亲自作曲，香港首席美术指导张叔平先生出任造型总监……

这个叹为观止的阵容表明，马兰这次演出的已经完全不是黄梅戏，而是全新的东方音乐剧。助演者，则是上海戏剧学院和上海音乐学院的青年教师和学生。

剧名《长河》，是我对自己建立的"象征诗学"的又一次示范。"象征诗学"是我在汲取海明威"非象征的象征"、迪伦马特"非历史的历史"后所探索出来的一种东方美学现代创作风范，马兰以前演的《秋千架》和小说《空岛》《信客》都是实验作品。

这次演出难度极高，却取得了远超想象的成功。台下至少有一半观众是闻讯从全国各地赶来的。湖南省文联书记江学恭先生说："我在戏剧界从业几十年，观看过国内外很多精彩演出，但面对《长河》却受到了极大的震撼，领略了一种毕生难忘的精彩。"

一位当今最受欢迎的电视剧表演艺术家看完演出后独自在座位上哭泣了整整十五分钟。有人问她，这不是悲剧，为什么哭那么久？她说："为剧本，为演出。"

一位美国戏剧博士看完后说："这戏，完全上得了戏剧史。"

每天演出结束时，全体观众一次次长时间地起立鼓掌，谢幕仪式不断重复。连见过太多大场面的上海大剧院工作人员，也为这个戏的谢幕次数之多深感惊讶。

当全台演员又一次恭敬地让出舞台中心地位请马兰再度出现时，掌声如大潮般激烈。这时，马兰伸出手臂朝观众席一指，向全场介绍此剧的编剧。机灵的灯光师立即把灯光打到了我身上，全体观众又转身向我鼓掌。

至此，我们夫妻俩在东方美学上高度相溶的心愿，又一次达到了。这中间，似乎有某种天意乍显，否则，实在太难了。

谁都知道，文化传媒间的黑恶势力，从人数到背景，都远远超过剧场里的创造者和观众。演出过后，一切如旧，我们又消失了。

星云大师知道我们夫妻被诽谤、被"封冻"、被驱逐的消息后，及时发来寄语："中国文化整体优秀，却有一个千年未改的老毛病，那就是容不下最优秀的人。对我们自己来说，只需记住：受难，是为人世承担。"

"受难，是为人世承担。"这话让我心头一亮，决定独自承担起对中国文化元典系统的现代阐释。这事工程极大，却比马兰的演出方便，因为不需要团队。我依靠着她，这个国际级大艺术家的全心照料，写出了一本本厚重的著作。

正是这些书，使我成了被邀到纽约联合国总部、华盛顿国会图书馆和美国各个名校演讲最多的中国学者。这情景又让我想到了海边的比喻，我离开一个个热闹的帐篷独自来到礁石上，反而有千万浪涛与我呼应。

我的世界虽然大到无限，但是，外面的无限都不能吸引我。

别人的家，是向世界出发的码头，而我正相反，家是整个世界的终点。

我们夫妻，对"家"做了一个诚实的阐释。家，就是两个人的小岛。

这小岛，是享受了如雷掌声之后的万般宁静。

这小岛，既阻隔了空间，又阻隔了时间。正像我们不对外界抱有幻想，我们也不对未来抱有幻想。

只有此生，只有单程，只有小岛，只有两人。

十九

记得有人曾询问我，此生是否幸福。

我毫不犹豫地给了肯定的回答。而且特别说明，我的幸福很具体，至少有以下四个方面——

第一，拥有一位心心相印的妻子；

第二，拥有一副纵横万里的体能；

第三，拥有一种感应大美的天赋；

第四，拥有一份远离尘嚣的本性。

这四个方面，都非常确定，因而此生的幸福，也非常确定。

但是，这种确定要有一个不可思议的前提，那就是必须找到小岛，必须找到她。如有来生，那显然是完全不同的时间和空间，有可能找到吗？没有可能。

既然如此，那就不必再有来生。稀世的幸福不应重复享受，一次就够。

二十

那么，在余下的岁月里，日子也就会变得极为单纯了。

在生活细节上，我们两人都乐于打理炊厨茶事、帘窗巾枕；在精神支点上，又共同信仰"大悟、大爱、大美"。因此，无论大事小事，都对视一笑，心领神会。

就在我遭受诽谤最严重的时候，马兰对朋友们说："我与他成家三十多年，完全可以担保，这个人绝不会产生损人利己的念头，哪怕是一分一秒、一丝一毫。即使对于重大的诬陷，也不作及时反驳，因为自己文化份量较重，又精通论辩之道，一旦反驳就会给对方带来终身性的嘲谑。他深知世界很不美好，因此自己必须加倍美好。"

对我来说，这一生，在空间上穿越过世界上无数莽原大川，在时间上研习过历史上各种衰世盛朝，现在都可以挥手删去，只凝聚到一个人身上。我曾在一首诗中写道：

> 你的眉眼是我的山水，
> 我的山水来自唐代。
> 拍去风雪，洗去粉黛，
> 浅浅一笑，草草一拜。
> 西出阳关我做伴，
> 孤帆远影我也在。

你是我的第一高度，

你是我的最后要塞。

千年一眄，万里一鞋。

有你有我，再无期待。

附

录

名家论余秋雨

余秋雨先生把唐宋八大家所建立的散文尊严又一次唤醒了。或者说，他重铸了唐宋八大家诗化地思索天下的灵魂。

——白先勇

余秋雨有关文化的研究，蹈大方，出新裁。他无疑拓展了当今文学的天空，贡献巨大的。这样的人才百年难得，历史将会敬重。

——贾平凹

北京有年轻人为了调侃我，说浙江人不会写文章。就算我不会，但浙江人里还有鲁迅和余秋雨。

——金庸

中国散文，在朱自清和钱锺书之后，出了余秋雨。

——余光中

文化界不少人的成绩，可以用很多语言来介绍；但也有少数人不必如此介绍；余秋雨先生则是特例中的特例，完全不用介绍，几乎全国所有读者都知道他，喜欢他。因此，今天我主持他的演讲，非常轻松。

———张贤亮

余秋雨先生在文化上的建树，气势恢宏，让人回肠荡气。他又淡泊名利，与世无争，这样的人在佛教看来，已经属于"当代菩萨"之列。

———星云大师

余秋雨先生每次到台湾演讲，都在社会上激发起新一波的人文省思。海内外的中国人，都变成了余先生诠释中华文化的读者与听众。

———美国威斯康星大学荣誉教授　高希均

余秋雨先生对中国文化的贡献功不可没。他三次来美国演讲，无论是在联合国的国际舞台，还是在华美人文学会、哥伦比亚大学、哈佛大学、纽约大学或国会图书馆的学术舞台，都为中国了解世界，世界了解中国搭建了新的桥梁。他当之无愧是引领读者泛舟世界文明长河的引路人。

———联合国中文教学组前组长　何勇

历史将会敬重

著名作家贾平凹在评价余秋雨时写道："这样的人才百年难得，历史将会敬重。"余、贾两位，在经历、地域、生态上都有很大距离，因此这样的评价具有客观的远瞻性。我在香港关注余先生已经三十多年，愿意为贾先生的评价提供下列理由——

一、余先生在交通条件很艰难的二十世纪八十年代初期，通过非常辛苦的实地考察，在中国近代以来十分热闹的"军事地图"和"行政地图"之外，首次拼接了"文化地图"。这幅"文化地图"以全新的史识描绘了一系列古老的美好，由于直接回答了长期贬低中华文化和中国人的国际潮流，立即如空谷足音，震撼了华文世界。曾经写过《丑陋的中国人》一书的柏杨先生当面对余先生说："嫉妒，至少是羡慕。羡慕你以大规模的文化遗址考察，重新定义了中国人。"

"重新定义了中国人。"这意义当然远远超越了文化界。因此，被称为"世界芯片大王"的台积电董事长张忠谋先生要出自传，专请余先生一人写序言；中国国民党荣誉主席连战先生首访大陆的"破冰之旅"记述，也专请余先生一人写序言。

二、考察中所写的《文化苦旅》《山居笔记》等著作，展示了一种被陶岚教授称为"一过目就放不下"的"余氏文体"，更是一时风靡，其中不少文章居然同时被收入两岸的国文课本，成为当代语文中的唯一孤例。这种文体的特点，被语文学者评为是"质朴叙事、宏大诗情、低语谈心"的三相融合，显现了当代华文有可能达到的高位。我曾经在台湾新北市大礼堂听著名作家白先勇在演讲时说道："余秋雨先生的著作长期以来一直是全球各地华人社区读书会的第一书目。他创造了中华文化在当代罕见的向心力奇迹。我们应该向他致以最高敬礼。"

三、余先生紧接着又在世纪之交冒着极大生命危险，贴地考察了人类各大古文明遗址，与中华文明对比。考察日记《千年一叹》、《行者无疆》在海内外同时连载并出版，读者之多超乎想象，他也就成了国际间最有资格的比较文化的演讲者。二〇〇五年七月应邀在联合国世界文明大会上发表了主旨演讲《中华文化的非侵略本性》，二〇一三年十月又在联合国总部大厦演讲《中华文明长寿的八大要素》。这些纯学术的演讲，为世界各国学者提供了读解中华文化的全新思路。由于演讲者的身份是"当代世界走得最远的非官方独立知识分子"，在国际间具备了基本的公信力。其中的论点和论据，以后被广泛引用。我有幸两度抵达演讲现场，切身感受到中华文化在肃穆的学术气氛中的"高光时刻"。

四、当文化热潮兴起之后，学术界发现，各种文化话语还缺少一些公认的理论基点，就像数学中少了一些公式，产生了纷乱。对此，余先生在二〇〇六年制定了一条最简短的文化定义，并在香港凤凰卫视的"秋雨时分"发布，向海内外征求意见。这条定义一共只有二十几个汉字，为："文化，是形成了习惯的生活方式和精神价值；它的最终成果，是集体人格。"世界上有关文化的定义，自英国学者泰勒之后，至今已出现二百多条，每一条都非常冗长又各执一端，唯有这一条，被海内外学术界称赞为"最简洁、最准确的概括，很难被替代"。众所周知，世界上不论哪个学科，定义之立，都是一件奠基性的大事。

五、由于认定文化的最终成果是"集体人格"，余先生此后多年就把精力集中在对中华民族集体人格的探究上。他比较了世界上各个著名的集体人格范型，例如"圣徒人格"、"先知人格"、"绅士人格"、"盎格鲁－撒克逊人格"、"武士人格"之后，确认中华文化的集体人格范型是"君子"，并以"君子之道"来概括儒家学说。他力排众议，认为儒家学说在政治、社会方面"治国平天下"的各种主张，很少被历代统治者真正采用，早已黯然褪色，而其中最具时间韧性的，是一种已经广泛普及于中国民间的人格标准，那就是"做君子，不做小人"。这个论断，使儒学研究和中国文化研究都焕然一新，而又进一步印证了柏杨先生对他的判断："重新定义了中国人。"

二〇一四年，专著《君子之道》出版，包括"本论"二十四款，"延论"三十六款。特别让世人瞩目的是，此书在史上第一次系统地研究了君子的对立面——小人，被评为"历代负面人格研究的开山之作"。有一位香港学者撰文说："在这项研究中，中华文化因为没有被刻意掩饰千年阴影，反而变得更立体、更真实、更可信。"由于这本书，余先生再度受到台湾诸多机构的邀请而进行了"环岛演讲"。

除儒家外，余先生还深入研究了中国古代的其他思想体系，指出在"君子之道"之上，还有更重要的一个道，那就是道家的"天道"。为此他又写出了《老子通释》、《周易简释》等一部部厚重的著作，系统地阐明：天人合一、元亨利贞、柔静守中，是中华文化的立世之根。

六、在中国古代三大思想体系中，佛教典籍最为玄奥。现代佛教学者大多难于逐句译释，又疏于宏观学理，致使他们的讲述常常陷于浅俚和驳杂。余先生的《心经通解》、《金刚经全译》、《坛经简释》、《群山问禅》等著作问世，才改变了这种状态。他在北京大学、中国艺术研究院讲授的佛学课程，经由网络视频，均创造了很高的收视率。

余先生在阐释这些古代经典的同时，还创造了一种全新的学术形态，那就是，尽力摆脱自清代以来的那种艰涩、繁琐、缠绕的考证痼疾，返璞归真，以通达和明晰，让现代读者直达古哲本源，领略开山大师们的第一风采。当然，能做到这样，需要更深厚的学术功力。

七、"国学"的时尚，在大陆不少传媒间渐渐泛滥成单向夸张的炫古表演，致使中国古代文学在良莠不分、高低错乱的"泡沫竞吹"中失去了历史的筋骨。为此，余先生早在十几年前就针对时弊，率先提出了"中国文脉"的命题，主张以批判和选择的眼光，为古代文学"祛脂瘦身"，寻得主脉。他以跨时空的审美高度，在三千年遗产中爬剔、淬炼，终于写成《中国文脉》一书。书中，中国古代文学也就由"日渐痴肥"的形态一变为健美精干的体格，相当于一部颇有魅力的中国文学简史。不久，他应邀到耶鲁大学和纽约大学讲授这一课题。

八、与《中国文脉》相应，余先生又对中国古代文学进行了大规模的今译。他认为，准确而优美的今译，能使枯萎的古典复活，欧洲不少文化大师都做过这件事。由他今译的古典作家，包括庄子、屈原、司马迁、王羲之、陶渊明、刘勰、韩愈、柳宗元、欧阳修、苏东坡，结集成《文典一览》和《古典今译》，出版后受到朗诵专家和古文字家的共同好评。我在网上看到这样一则评论："别人的今译，常常把一坛古代美酒分解成了一堆现代化学分子式，唯独余先生，保存了千年酒香。"

九、余先生早年的专业基点是西方美学史。但是早在二十世纪八十年代他到上海、北京、香港、新加坡几所大学授课时，已从康德、黑格尔的古典美学转向到现代心理美学，代表著作是《观众心理学》。从二十一世纪开始，他又进一步从"虚拟美学"转向"实体美学"，并由此建立中国美学在国际间的独特风范，代表著作是《极品美学》。余先生认为，中国美学历来不以虚拟的概念引领，而总是让概念追随实体，而所有的实体则由"极品"引领。本书由"文本极品"、"现场极品"、"生态极品"三部分组成，反映了中国人在顶级审美领域的稀世历程。显然，这部书在中国美学的研究上，具有界碑的意义。

十、由《观众心理学》，联想到余先生在二十世纪八十年代已经出版的其他重大学术著作如《世界戏剧学》、《中国戏剧史》、《艺术创造学》，每一部都称得上是一代学术高峰。我查资料，发现它们分别获得过"全国优秀教材一等奖"、"哲学社会科学著作奖"等当时最高的学术荣誉。三年前在一次教材研讨会上，我曾挽请香港五位资深教授，对这些著作进行专业评估。他们经过几天研读后认为，《世界戏剧学》的第三、四、十、十一、十二、十三章，《中国戏剧史》的第一、二、三、六章，《艺术创造学》的引论"伟大作品的隐秘结构"，以及《观众心理学》的导论，均"包含着全新的学理创建"。他们还一致认定："这几部著作，至今仍然可以作为一流的高校教科书。"

十一、余先生尽管被公认为"国学巨子"，恰恰又明确反对文化上的"国家至上主义"。他多次坦陈，自己心中的光源，是一种世界性的聚焦。除了道家、儒家、佛家和王阳明的心学外，还有狄德罗、歌德、罗素、荣格、海德格尔、萨特。他精熟西方人文历史，上列这些智慧星座，他都做过深入论述，早在三十年前就淬砺了自己的精神结构。正因为这样，他笔下的中国文化，也就不仅仅属于中国的了。

十二、在上述一系列重大学术成就之外，余先生还是一名几乎全能的文学创作高手。除了散文和"记忆文学"，还创作了剧本、小说、诗歌，每一项都取得了很大成功。他为妻子马兰创作的剧本《秋千架》、《长河》，演出时曾在几个著名大剧院创造了票房纪录，被专家评为"应该进入戏剧史的作品"。在台湾演出时正逢大选，我恰好在当地采访，看到台北戏剧院门口的广场上拥挤着十几万为大选造势的民众，没有一个剧团敢于在这个时间、这个地点演出，但是，马兰的演出仍然场场爆满，被当地媒体惊叹为"不可思议"。

余先生的剧本和他的小说《信客》、《空岛》一样，既不是现实主义，也不是现代派和后现代，而是深受海明威"非象征的象征"、迪伦马特"非历史的历史"的影响，参照西方当代"文化诗学"的构想，实践着他自己提出的"以诗境消解历史，以通俗指向彼岸"的艺术哲学，开启了一种自辟云路的创作高度。

十三、还必须立即补充，余先生又是当代杰出的书法家。二〇一七年五月至六月在北京举办的"余秋雨翰墨展"，参观人数之多，创造了中国美术馆创建半个多世纪以来的最高纪录。中国书法家协会原主席张海说："即使秋雨先生没有写过那么多著作，光看书法，也是真正专业的大书法家。"其实，即便在历史上，著作和书法同时壮观的大家，也屈指可数。正因为这样，我听说，在一次大型的慈善拍卖中，余先生的一幅书法作品拍出了惊人的最高价。

从几部已经出版的书法、碑楹集来看，余先生无疑是现今被邀请为全国各地名胜古迹题写碑文、榜额最多的一个人。被邀最多，除了公认的书法水准之外，更因为邀请者们全都相信，余先生的文化美誉度，能够被各方游客敬重。他的笔墨，不会让名胜古迹逊色。

——以上，我为贾平凹先生的评价提供了十几条理由，已经不短，应该归纳几句了。但是作为一名老记者，我还是习惯于采用别人的语言。记得新加坡"总统文化奖"获得者郭宝崑先生多年前曾经这样撰文来总结余先生的文化成就："以旷世的才华和毅力，创建了中华文化在当代世界的全新感知系统，既宏大又美丽，功绩无人可及。"二〇一八年五月，台湾最权威的"天下文化事业群"赴上海为余先生隆重颁授奖匾，铭文为"余秋雨——华文世界最具影响力的一支笔"。

他出版的书，可以排满整整几堵书壁，而且，几乎每一本都在文化史上开门拓户、巍然自立。有两位华裔教授曾经站在这样的书壁前对我说："余先生一人的成就规模，从数量到质量，都远远超过了很多研究所。这中间一定有神秘的天命所指，百川合一。"我说，先不论"天命"，我长期从旁观察，只知道有两个最表面的原因，别人也无法仿效。

表面原因之一，他不参与一切应酬、会议、社团。让人难以置信的是，他如此业绩，却不是任何一个级别的代表、委员，也不是任何一个级别的作协、文联会员。这也使他不可能进入大陆文化界的各种"排名"。近十年来，他与外界切割得更加彻底。正因为远避光圈，销声匿迹，才使他完全不受干扰地完成了如此宏大的文化工程。

表面原因之二，他不理会一切谣言、诽谤、讹诈。由于文化名声太大又不肯依从何方，他成了香港某个"基金会"的觊觎目标，曾长期遭到香港那家日报，广州那家周末报，以及一些职业性文痞的联手诬陷，在媒体上制造出一个又一个的"事件"，害得很多人至今还在误信。这股力量甚至一度还裹胁权势，企图毁人夺笔，连他妻子马兰也受到牵累，在艺术最辉煌的年月竟然平白无故地失去了工作。但是，他们夫妻为了不污染心境，不浪费时间，全然放弃一切反击、起诉、追究，只说"马行千里，不洗尘沙"。

衍　语

在结束这篇文章的时候，我又随手翻阅了余先生的文集，发现以前还是漏读了不少文章。

例如，在《修行三阶》一书中读到"破惑"和"安顿"这两大部分，在《暮天归思》一书中读到"大悟、大爱、大美"这三项"生命支点"，在《门孔》一书中读到几位文化前辈在磨难中的人格固守，都使我在精神上获得全方位的皈依，而且皈依得那么恬静和熨帖。

平时对不少流行的观念也心存疑惑，却求解无门，余先生在书中都做了简明的指点。例如，现在很多人把"传统"看作是"文化"的支撑，他不赞成，说"中国文化是一条奔腾向前的大河，而不是河边的枯藤、老树、昏鸦"。还有一些尴尬问题，像以前左右文坛的"刀笔战士"们目前心态如何，上海文化突然失去优势究竟原因何在，等等，也都进行了有趣的剖析（见《暮天归思》中《刀笔的黄昏》、《文化的替身》等文）。然而，不管说到哪一种弊病，余先生基于自己的文化辈分，态度都很宽容，只说是"学生们不用功，走偏了"。

最后我要说一句：生在同时代而不读余先生的书，那就实在太可惜了。记得前些年，香港中文大学受托为香港市民开列"古今中外必读书目"八十本，世上那么多作者，唯独余先生一人占了两本。后来应市民要求，书目缩小成五十本，余先生依然两本。这件事，体现了一种眼光，应该为我们香港鼓掌。

在历史上，真正的文化巨峰少而又少，诚如贾平凹先生所说，"百年难得"。一旦出现，同时代的人往往很难辨识，因为大家被太多流行的价值系统挡住了眼，而文化的高度又无法用权力标尺和财富标尺衡量出来。但是，如果历史还值得信任，那么，高度总会还原。

香港《亚洲周刊》江迅
二〇二一年九月

余秋雨文化档案

简要索引资料

姓　　名　余秋雨（从未用过笔名、别名）

国　　籍　中国

民　　族　汉族

出 生 地　浙江省余姚县（今慈溪）

出生日期　1946.08.23

主要成就　海内外享有盛誉的文学家、艺术家、史学家、探险家。建立了"时间意义上的中国、空间意义上的中国、人格意义上的中国、审美意义上的中国"四大研究方位，出版相关著作五十余部而享誉海内外。文学写作，拥有当代华文世界最多的读者。

1. 文化大事记

1946 年 8 月 23 日出生于浙江省余姚县桥头镇（今属慈溪），在家乡读完小学。

1957 年—1963 年，先后就读于上海新会中学、晋元中学、培进中学至高中毕业。其间，曾获上海市作文比赛首奖、上海市数学竞赛大奖。

1963 年考入上海戏剧学院戏剧文学系，但入学后以下乡参加农业劳动为主。

1966 年夏天遇到了一场极端主义的政治运动，家破人亡。父亲余学文先生因被检举有"错误言论"而被关押十年，全家八口人经济来源断绝；唯一能接济的叔叔余志士先生又被造反派迫害致死。

1968 年被发配到军垦农场服劳役，每天从天不亮劳动到天全黑，极端艰苦。

1971 年"9·13事件"后，周恩来总理为抢救教育而布置复课、编教材。从农场回上海后被分配到"各校联合教材编写组"，但自己择定的主要任务是冒险潜入外文书库独自编写《世界戏剧学》，对抗当时以"八个革命样板戏"为代表的文化极端主义。

1976 年 1 月，编写教材被批判为"右倾翻案"，又因违反禁令主持周恩来的追悼会而被查缉，便逃到浙江省奉化县大桥镇半山一座封闭的老藏书楼研读中国古代文献，直至此年 10 月那场政治运动结束，下山返回上海。

1977 年—1985 年，投入重建当代文化的学术大潮，陆续出版了《世界戏剧学》、《中国戏剧史》、《观众心理学》、《艺术创造学》、《Some Observations on the Aesthetics of Primitive Chinese Theatre》等一系列学术著作，先后获全国优秀教材一等奖、上海哲学社会科学著作奖、全国戏剧理论著作奖。

1985 年 2 月，由上海各大学的学术前辈联名推荐，在没有担任过副教授的情况下直接晋升为正教授。

1986 年 3 月，因国家文化部在上海戏剧学院举行的三次民意测验中均名列第一，被任命为上海戏剧学院副院长、院长。主持工作一年后，即被文化部教育司表彰为"全国最有现代管理能力的院长"之一。与此同时，又出任上海市咨询策划顾问、上海市写作学会会长、上海市中文专业教授评审组组长兼艺术专业教授评审组组长。被授予"国家级突出贡献专家"、"上海十大高教精英"等荣誉称号。

1989 年—1991 年，几度婉拒了升任更高职位的征询，并开始向国家文化部递交辞去院长职务的报告。辞职报告先后共递交了二十三次，终于在 1991 年 7 月获准辞去一切行政职务，包括多种荣誉职务和挂名职务。辞职后，孤身一人从西北高原开始，系统考察中国文化的重要遗址。当时确定的考察主题是"穿越百年血泪，寻找千年辉煌"。在考察沿途所写的"文化大散文"《文化苦旅》、《山居笔记》等，快速风靡全球华文读书界，由此成为最具影响力的华文作家之一。

1991 年 5 月，发表《风雨天一阁》，在全国开启对历代图书收藏壮举的广泛关注。

1992 年 2 月开始，先后被多所著名大学聘为荣誉教授或兼职教授，例如复旦大学、上海交通大学、同济大学、上海大学、中国科技大学、西安交通大学等。

1993 年 1 月，发表《一个王朝的背影》，首次充分肯定少数民族王朝入主中原的特殊生命力，重新评价康熙皇帝，开启此后多年"清宫戏"的拍摄热潮。

1993 年 3 月，发表《流放者的土地》，首次系统揭示清朝统治集团迫害和流放知识分子的凶残面目，并展现筚路蓝缕的"流放文化"。

1993 年 7 月，发表《苏东坡突围》，刻画了中国文化史上最有吸引力的人格典范，借以表现优秀知识分子所必然面临的一层层来自朝廷和同行的酷烈包围圈，以及"突围"的艰难。此文被海峡两岸暨香港、澳门的报刊广为转载。

1993 年 9 月，发表《千年庭院》，颂扬了中国古代最优秀的教学方式——书院文化，发表后在全国教育界产生不小影响。

1993 年 11 月，发表《抱愧山西》，首次系统描述并论证了中国古代最成功的商业奇迹——晋商文化，为当时正在崛起的经济热潮寻得了一个古代范本。此文发表后读者无数，传播广远。

1994 年 3 月，发表《天涯故事》，首次梳理了沉埋已久的海南岛文化简史，并把海南岛文化归纳为"生态文明"和"家园文明"，主张以吸引旅游为其发展前景。

1994 年 5 月—7 月，发表长篇作品《十万进士》（上、下），首次完整地清理了千年科举制度对中国文化的正面意义和负面影响。

1994 年 9 月，发表《遥远的绝响》，描述魏晋名士对中国文化的震撼性记忆。由于文章格调高尚凄美，一时轰动文坛。

1994 年 11 月，发表《历史的暗角》，首次系统列述了"小人"在中国文化中的隐形破坏作用，以及古今君子对这个庞大群体的无奈。发表后在海峡两岸暨香港、澳门引起巨大反响，被公认为"研究中国负面人格的开山之作"。

1995 年 4 月，应邀为四川都江堰题写自拟的对联"拜水都江堰，问道青城山"，镌刻于该地两处。

1996 年 7 月，多家媒体经调查共同确认余秋雨为"全国被盗版最严重的写作人"，由此被邀请成为"北京反盗版联盟"的唯一个人会员，并被聘为"全国扫黄打非督导员（督察证为 B027 号）"。

1998 年 6 月，新加坡召集规模盛大的"跨世纪文化对话"而震动全球华文世界。对话主角是四个华人学者，除首席余秋雨教授外，还有哈佛大学的杜维明教授、威斯康星大学的高希均教授和新加坡艺术家陈瑞献先生。余秋雨的演讲题目是《第四座桥》。

1999 年 2 月，为妻子马兰创作的剧本《秋千架》隆重上演，极为轰动，打破了北京长安大戏院的票房纪录。在台湾地区演出更是风靡一时，场场爆满。

1999 年开始，引领和主持香港凤凰卫视对人类各大文明遗址的历史性考察，成为目前世界上唯一贴地穿越数万公里危险地区的人文教授，也是"9·11"事件之前最早向文明世界报告恐怖主义控制地区实际状况的学者。由此被日本《朝日新闻》选为"跨世纪十大国际人物"。

2002 年 4 月，应邀为李白逝世地撰写《采石矶碑》（含书法），镌刻于安徽马鞍山三台阁。

从 2000 年开始，由于环球考察在海内外所造成的巨大影响，国内一些媒体为了追求"逆反刺激"的市场效应而发起诽谤。先由北京大学一个学生误信了一个上海极左派文人的传言进行颠倒批判，即把当年冒险潜入外文书库独自编写《世界戏剧学》的勇敢行动诬陷为"文革写作"，并误植了笔名"石一歌"。由此，形成十余年的诽谤大潮，并随之出现了一批"啃余族"。余秋雨先生对所有的诽谤没有做任何反驳和回击，他说："马行千里，不洗尘沙。"

2003 年 7 月，由于多年来在中央电视台的文化栏目中主持"综合文史素质测试"而成为全国观众的关注热点，上海一个当年的造反派代表人物就趁势做逆反文章，声称《文化苦旅》中有很多"文史差错"，全国上百家报刊转载。10 月 19 日，我国当代著名文史权威章培恒教授发文指出，经他审读，那个人的文章完全是"攻击"和"诬陷"，而那个人自己的"文史知识"连一个高中生也不如。

2004 年 2 月，由于有关"石一歌"的诽谤浪潮已经延续四年仍未有消停迹象，余秋雨就采取了"悬赏"的办法。宣布"只要证明本人曾用这个笔名写过一篇、一段、一节、一行、一句这种文章，立即支付自己的全年薪金"，还公布了执行律师的姓名。十二年后，余秋雨宣布悬赏期结束，以一篇《"石一歌"事件》做出总结。

2004 年 3 月，参加联合国开发计划署《人类发展报告》的设计、研讨和审核。

2004 年年底，被联合国教科文组织、北京大学、《中华英才》杂志等单位选为"中国十大文化精英"、"中国文化传播坐标人物"。

2005 年 4 月，应邀赴美国巡回演讲：

1. 4 月 9 日讲《中国文化的困境和出路》（在纽约市立大学亨特学院）；

2. 4 月 10 日讲《中国知识分子的问题所在》（在北美华文作家协会）；

3. 4 月 12 日上午讲《空间意义上的中华文化》（在马里兰大学）；

4. 4 月 12 日下午讲《君子的脚步》（在华盛顿国会图书馆）；

5. 4 月 13 日讲《时间意义上的中华文化》（在耶鲁大学）；

6. 4 月 15 日讲《中国文化所追求的集体人格》（在哈佛大学）；

7. 4 月 17 日讲《中华文化的三大优势和四大泥潭》（在休斯敦美南华文写作协会）。

2005 年 7 月 20 日，在联合国"世界文化大会"上发表主旨演讲《利玛窦的结论》，论述中国文明自古以来的非侵略本性，引起极大轰动。演说的论据，后来一再被各国政界、学界引用。收入书籍时，标题改为《中华文化的非侵略本性》。

2005 年 11 月，应邀撰写《法门寺碑》（含书法），镌刻于陕西法门寺大雄宝殿前的影壁。

2006 年 4 月，应邀撰写《炎帝之碑》（含书法），镌刻于湖南株洲炎帝陵纪念塔。

2005 年—2008 年，被香港浸会大学聘请为"健全人格教育奠基教授"，每年在香港工作时间不少于半年。

2006 年，在香港凤凰卫视开办日播栏目《秋雨时分》，以一整年时间畅谈中华文化的优势和弱势，播出后在海内外产生广泛影响。

2007 年 1 月，发表《问卜中华》，详尽叙述了甲骨文的出土在中国文明濒临湮灭的二十世纪初年所带来的神奇力量，同时论述了商代的历史面貌。

2007 年 3 月，发表《古道西风》，系统叙述了中华文化的两大始祖老子和孔子的精神风采。

2007 年 5 月，发表《稷下学宫》，对比古希腊的雅典学院，将两千年前东西方两大学术中心进行平行比照。

2007 年 7 月，发表《黑色的光亮》，以充满感情的笔触表现了平民思想家墨子的人格光辉。

2007 年 8 月，应邀为七十年前解救大批犹太难民的中国外交官何凤山博士撰写碑文（含书法），镌刻于湖南益阳何凤山纪念墓地。

2007 年 9 月，发表《诗人是什么》，论述"中国第一诗人"屈原为华夏文明注入的诗化魂魄，分析了他获得全民每年纪念的原因，并解释了一些历史误会。

2007 年 11 月，发表《历史的母本》，以最高坐标评价了司马迁为整个中华民族带来的历史理性和历史品格。

2008 年 5 月 12 日，中国发生"汶川大地震"，第一时间赶到灾区参加救援。见到遇难学生留在废墟间的破残课本，决定以夫妻两人三年薪水的总和默默捐建三个学生图书馆，却被人在网络上炒作成"诈捐"，在全国范围喧闹了两个月之久。后由灾区教育局一再说明捐建实情，又由王蒙、冯骥才、张贤亮、贾平凹、刘诗昆、白先勇、余光中等名家纷纷为三个学生图书馆题词，风波才得以平息。

2008 年 9 月，上海市教育委员会颁授成立"余秋雨大师工作室"。

上海市静安区政府决定为"余秋雨大师工作室"赠建办公小楼。

2008年12月，为妻子马兰创作的中国音乐剧《长河》在上海大剧院隆重上演，受到海内外艺术精英的极高评价。

2009年5月，应邀为山西大同云冈石窟题词"中国由此迈向大唐"，镌刻于石窟西端。

2010年1月，《扬子晚报》在全国青少年读者中做问卷调查"你最喜爱的中国当代作家"，余秋雨名列第一。"冠军奖座"是钱为教授雕塑的余秋雨铜像。

2010年3月27日，获澳门科技大学所颁"荣誉文学博士"称号。同时获颁荣誉博士称号的有袁隆平、钟南山、欧阳自远、孙家栋等著名专家。

2010年4月30日，接受澳门科技大学任命，出任该校人文艺术学院院长。宣布在任期间每年年薪五十万港元全数捐献，作为设计专业和传播专业研究生的奖学金。

2010年5月21日，联合国发布自成立以来第一份以文化为主题的"世界报告"，发布仪式的主要环节，是联合国教科文组织总干事博科娃女士与余秋雨先生进行一场对话。余秋雨发言的标题为《驳"文明冲突论"》。

2012年1月—9月，最终完成以莱辛式的"极品解析"方法来论述中国美学的著作《极品美学》。

2012年10月12日，中国艺术研究院成立"秋雨书院"。北京众多著名学者、企业家出席成立大会，并热情致辞。该书院是一个培养博士生的高层教学机构，现培养两个专业的博士研究生：一、中国文化史专业；二、中国艺术史专业。

2013年10月18日下午，再度应邀赴美国纽约联合国总部大厦演讲《中华文化为何长寿》。当天联合国网站将此演讲列为国际第一要闻。

2013年10月20日，在纽约大学演讲《中国文脉简述》。

2013年12月，完成庄子《逍遥游》的巨幅行草书写，并将《逍遥游》译成可诵可吟的现代散文。

2014年1月，完成屈原《离骚》的巨幅行书书写，并将《离骚》译成可诵可吟的现代散文。

2014年1月31日，完成《祭笔》。此文概括了作者自己握笔写作的艰辛历程。

2014年3月，发表以现代思维解析《般若波罗蜜多心经》的文章《解经修行》，并由此开始写作《修行三阶》、《〈金刚经〉简释》、《〈坛经〉简释》。

2014年4月，《余秋雨学术六卷》出版发行。

2014年5月，古典象征主义小说《冰河》（含剧本）出版发行。

2014年8月，系统论述中华文化人格范型的《君子之道》出版发行，立即受到海峡两岸读书界的热烈欢迎。

2014年10月，《秋雨合集》二十二卷出版发行。

2014年10月28日，出任上海图书馆理事长。

2015年3月，再度应邀在海峡对岸各大城市进行"环岛巡回演讲"，自台北市、新北市、台中市到高雄市。双目失明的星云大师闻讯后从澳大利亚赶回，亲率僧侣团队到高雄车站长时间等待和迎接。这是余秋雨自1991年后第四次大规模的环岛演讲。本次演讲的主题是"中华文化和君子之道"。

2015年4月，悬疑推理小说《空岛》和人生哲理小说《信客》出版。

2015年9月，应邀为佛教胜地普陀山书写《心经》，镌刻于该岛回澜亭。

2016 年 3 月，应邀为佛教圣地宝华山书写《心经》，镌刻于该山平台。

2016 年 7 月，中华书局出版《中华文化读本》七卷，均选自余秋雨著作。

2016 年 11 月，被选为世界余氏宗亲会名誉会长。

2017 年 5 月 25 日—6 月 5 日，中国美术馆举办"余秋雨翰墨展"（中国艺术研究院主办），参观者人山人海，成为中国美术馆建馆半个多世纪以来最为轰动的展出之一。中国文联主席兼中国作协主席铁凝说："这个展览气势恢宏，彰显了秋雨先生令人慨叹的文化成就，使我对先生的为人和为文有了新的感受。"中国书法家协会原主席张海说："即使秋雨先生没有写过那么多著作，光看书法，也是真正专业的大书法家。"国务院参事室主任王仲伟说："余先生的书法作品，应该纳入国家收藏。"据统计，世界各地通过网络共享这次翰墨展的华侨人数，超过千万。

2017 年 9 月，记忆文学集《门孔》出版发行。此书被评为《中国文脉》的当代续篇，其中有的文章已成为近年来网上最轰动的篇目。作者以自己的亲身交往描写了巴金、黄佐临、谢晋、章培恒、陆谷孙、星云大师、饶宗颐、金庸、林怀民、白先勇、余光中等一代文化巨匠，同时也写了自己与妻子马兰的情感历程。作者对《门孔》这一书名的阐释是："守护门庭，窥探神圣。"

2017 年 12 月，《境外演讲》出版发行。此书收集了作者在联合国的三次演讲，又汇集了在美国各地和我国港澳地区巡回演讲和电视讲座的部分记录，被专家学者评为"打开中华文化之门的钥匙"。

2018 年全年，应喜马拉雅网上授课平台之邀，把中国艺术研究院"秋雨书院"的博士课程向全社会开放，播出《中国文化必修课》。截至 2019 年 10 月，收听人次已经超过六千万。

2019 年—2020 年，在全民防疫期间，闭户静心，总结以往研究成果，完成了《老子通释》、《周易简释》、《佛典译释》、《文典译写》、《山川翰墨》这五大古典工程的全部文本及书法。

2. 配偶情况

妻子马兰，一代黄梅戏表演艺术家，是迄今国内囊括舞台剧、电视剧全部最高奖项的唯一人；荣获美国林肯艺术中心、纽约市文化局、美华协会联合颁发的"亚洲最佳艺术家终身成就奖"。她是这一重大奖项的最年轻获奖者。马兰的主要舞台剧演出，大多由余秋雨亲自编剧。十五年前，马兰被不明原因地"冷冻"，失去工作。夫妻俩目前主要居住在上海。

2013 年 4 月 24 日，上海一个"啃余族"在网络上编造《马兰离婚声明》，又一次轰传全国。马兰第二天就公开宣布："若有下辈子，还会嫁给他"。

3. 创作特色

从大陆和台湾三篇专业评论中摘录——

第一，余秋雨先生在写作散文之前，就已经是一位学贯中西、著作等身的大学者。一切能够用学术方式表达清楚的各种观念，他早已在几百万言的学术著作中说清楚。因此，他写散文，是要呈现一种学术著作无法呈现的另类基调，那就是白先勇先生赞扬他的那句话："诗化地思索天下。"他笔下的"诗化"灵魂，是"给一系列宏大的精神悖论提供感性仪式"。

第二，余秋雨先生写作散文前已经有过深切的人生体验。他出生在文化蕴藏深厚的乡村，经历过十年浩劫的家破人亡，又在灾难之后被推举为厅局级高等院校校长，还感受过辞职前后的苍茫心境，更是走遍了中国和世界。把这一切加在一起，他就接通了深厚的地气，深知中国的穴位何在，中国人的魂魄何在。因此，他所选的写作题目，总能在第一时间震动千万读者的内心。即使讲历史、讲学问，也没有任何心理隔阂。这与一般的"名士散文"、"沙龙散文"、"小资散文"、"文艺散文"、"公知散文"、"愤青散文"有极大的区别。

第三，余秋雨先生在小说、戏剧方面的创作，皈依的是欧洲二十世纪最有成就的"通俗象征主义"美学。诚如他在《冰河》的"自序"中所说："为生命哲学披上通俗情节的外衣；为重构历史设计貌似历史的游戏。"更大胆的是，《空岛》的表层是历史纪实和悬疑推理，而内层却是"意义的彼岸"。这种"通俗象征主义"表现了高超的创作智慧，成功地把深刻的哲理融化在人人都能接受的生动故事之中。

4. 获奖记录

说明：平生获奖无数，除了大家都知道的鲁迅文学奖和诸多散文一等奖、特等奖、文化贡献奖、超级畅销奖外，还有一些比较安静的奖项，例如——

1984 年全国戏剧理论著作奖；

1986 年上海哲学社会科学著作奖；

1991 年上海优秀文学艺术奖；

1992 年中国出版奖；

1993 年全国优秀教材一等奖；

1995 年金石堂最有影响力书奖；

1997 年台湾读书人最佳书奖；

1998 年北京《中关村》"最受尊敬的知识分子"奖；

2001 年香港电台最受听众推荐奖；

2002 年台湾白金作家奖；

2002 年马来西亚最受欢迎华语作家奖；

2006 年全球数据测评系统推荐影响百年百位华人奖；

2010 年台湾桂冠文学家奖（设立至今几十年只评出过五位）；

2014 年全国美术书籍金牛杯金奖（书法集）；

……

5. 主要著作

《文化苦旅》

《千年一叹》

《行者无疆》

《门孔》

《冰河》

《空岛》

《余之诗》

《借我一生》

《中国文脉》

《君子之道》

《修行三阶》

《老子通释》

《周易简释》

《佛典译释》

《极品美学》

《境外演讲》

《台湾论学》

《北大授课》

《暮天归思》

《雨夜短文》

《文典译写》

《山川翰墨》

《世界戏剧学》

《中国戏剧史》

《艺术创造学》

《观众心理学》

（此外，还出版过大量书籍，均在海内外获得畅销。例如：《山居笔记》、《文明的碎片》、《霜冷长河》、《何谓文化》、《寻觅中华》、《摩挲大地》、《晨雨初听》、《笛声何处》、《掩卷沉思》、《欧洲之旅》、《亚非之旅》、《心中之旅》、《人生风景》、《倾听秋雨》、《中华文化·从北大到台大》、《古圣》、《大唐》、《诗人》、《郁冈》、《秋雨翰墨》、《新文化苦旅》、《中华文化四十八堂课》、《南冥秋水》、《千年文化》、《回望两河》、《舞台哲理》、《游走废墟》等等。）

（周行、刘超英整理，经余秋雨大师工作室校核。）

图书在版编目（CIP）数据

秋雨散文五十篇 / 余秋雨著. -- 北京：作家出版社，2023.11
ISBN 978-7-5212-2563-1

Ⅰ. ①秋… Ⅱ. ①余… Ⅲ. ①散文集 – 中国 – 当代 Ⅳ. ①I267

中国国家版本馆CIP数据核字（2023）第196708号

秋雨散文五十篇

作　　者：余秋雨
统筹策划：王淑丽
特约编辑：王淑丽　戚　亚
责任编辑：杨兵兵
装帧设计：张晓光
版式设计：张晓光
出版发行：作家出版社有限公司
社　　址：北京农展馆南里10号　　　　邮　　编：100125
电话传真：86-10-65067186（发行中心及邮购部）
　　　　　86-10-65004079（总编室）
E-mail:zuojia@zuojia.net.cn
http://www.zuojiachubanshe.com
印　　刷：北京中科印刷有限公司
成品尺寸：170×240
字　　数：260千
印　　张：27.25
印　　数：001-10000
版　　次：2023年11月第1版
印　　次：2023年11月第1次印刷
ISBN　978-7-5212-2563-1
定　　价：98.00元